JENNY MAI-NUYEN

Die Sturmjäger von Aradon – Magierlicht

Jenny-Mai Nuyen

Die Sturmjäger von Aradon
MAGIERLICHT

Roman

blanvalet

MIX
Papier aus verantwortungsvollen Quellen
FSC® C014496
FSC
www.fsc.org

Verlagsgruppe Random House FSC-DEU-0100
Das FSC®-zertifizierte Papier *Super Snowbright*
für dieses Buch liefert Hellefoss AS, Hocksund, Schweden

1. Auflage
Taschenbuchausgabe Juli 2012
bei Blanvalet, einem Unternehmen
der Verlagsgruppe Random House Gmbh, München.

Umschlaggestaltung: Carolin Liepins, München
Umschlagillustration: © Marta Dahlig
UH · Herstellung: sam
Satz: Uhl + Massopust, Aalen
Druck und Einband: GGP Media GmbH, Pößneck
Printed in Germany
ISBN: 978-3-442-37716-9

www.blanvalet.de

Die Sturmjäger von Aradon
Magierlicht

Hellesdim
Sümpfe
das Alte Reich
Silberne Steppen
Kauende Klippen
Gondurill
Tridad
Verwunschene Wälder
Orrùn
Pellinar
Moia
Isen

N
W
O
windige Stadt
Wüste
Harpunaptra
Acba
Aradon
ittLands
Karua
wässer des Horrün
Nordun
dige Land

Inhalt

Prolog

Der Westen ist tot. Reglos die Berge, in alle Weite leere Erde ohne Licht. Nur die glimmende Spur des Mannes, der das Totenlicht trägt.

Rosig fiel der Abend über das Zedernwäldchen. Ging wie ein Atemstoß durch Gräser, Holz und Wildblumen und schwemmte ihren schläfrigen Duft auf. Noch flackerte die Wärme des Tages im Dickicht und die Luft schmeckte nach Sommer, roh und jung. Hauchdünn hing dazwischen eine Ahnung von Vergangenem: Es war der süße Geruch von Blut.

Der Druide hielt im Unterholz inne, als ein Dornenzweig unter seinen Schnürschuhen brach. Echos ebbten durch die Baumwipfel und ließen die Stille danach noch tiefer um ihn sinken. Er schob sich die Kapuze von seinem zusammengebundenen hellbraunen Haar. Sommersprossen bedeckten das Gesicht. Auch im Grün seiner Augen tanzten Punkte, verliehen ihm eine stille Heiterkeit. Er war jung, kaum zwanzig Jahre. Sein Blick schien hell, doch ohne Neugier, als er den sterbenden Mann sah.

Der Mann ächzte. Ringsum im Farn lagen die Überreste seiner toten Gefährten. Fahrig streckte er seinen zerschnittenen Arm nach dem Druiden aus. »Hil… fe…«

Der Druide blieb reglos. Wenn er sich nicht bewegte, vergaß der Mann vielleicht, dass er da war. Lange konnte es sowieso nicht mehr dauern, bis ihn der Tod holte. Doch als merkte der Alte nicht, dass er in seinem eigenen Blut lag, versuchte er sich aufzustützen.

»Überfall… helft… mir«, hauchte er.

Der Druide schloss die Augen. Lästerliche Menschen! Den letzten Atemzug sparten sie sich für sinnlose Worte. Das Land gab, das Land nahm. Menschenblut auf der von Menschen ausgebeuteten Erde – es war ein Tropfen Gerechtigkeit.

Als der Druide die Augen wieder aufschlug, nahm er eine Bewegung hinter sich wahr und fuhr herum. Eine zweite Gestalt stand unter den Bäumen. Rötliches Haar fiel ihr fast bis zur Hüfte und ringelte sich leicht in der feuchten Luft. Selbst aus der Ferne konnte er sehen, wie ausdruckslos die Augen unter den dichten Brauen waren, Öltropfen gleich, die nichts von den Gefühlen preisgaben, die sie haben mochte.

Eine Weile standen sie sich gegenüber und schwiegen. Der Mann hustete blutige Bläschen. Wenigstens hatte er mit dem Winseln aufgehört. Weder der Druide noch die Druidin schenkten ihm Beachtung. Dann begannen sie die Leichen zu umrunden, langsam im Kreis, den anderen stets im Blick. Das Licht ertrank hinter den Zweigen. Bald war alles Schatten und Schemen in schmelzendem Blei. Die Druidin spreizte die Finger. Er spannte reflexartig die Muskeln, obwohl er wusste, dass er unfähig war, etwas gegen sie zu unternehmen. Doch sie griff nicht an – nicht ihn. Kurz schoss ein Vibrieren durch den Boden, als zucke eine Ader im Gewebe der Erde. Ein Aufschrei erklang, dann fiel der Mann mit einem heftigen Schütteln zurück. Zähneklappern drang aus dem Farngestrüpp, schließlich erstarb auch dieses Geräusch. Der Wald hatte seine Stille wieder.

Der Druide und die Druidin waren fast auf Armlänge aneinander herangekommen. In der Dunkelheit konnte er ihre Züge nur ahnen. Er spürte, dass er lächeln musste. Sein Herz zitterte, war ein rauschendes Blatt im Wind.

»Du hast auch noch kein Totenlicht gefunden«, sagte sie, er fühlte ihre Stimme Spinnweben gleich auf der Haut, zart, unmöglich abzustreifen. Ihre Stimme war sehr schön.

»Glaubst du, ich hätte dich sonst angegriffen?«, entgegnete er leise.

Sie antwortete nicht. Er fragte sich, ob sie ihn attackiert hätte, wäre sie in Besitz eines Totenlichts. Nein, lieber dachte er nicht darüber nach. »Ich verfolge den Mann. Wie du.«

»Den Isen mit dem Totenlicht.«

»Er hat die Karawanenleute überfallen.« Der Druide blickte auf die Männer in den dunklen Lachen. »Sein Schwert hat sie niedergestreckt. Er kennt die Kräfte des Totenlichts nicht. Vielleicht weiß er nicht einmal, dass er es in sich trägt. Ich kann mir nicht vorstellen, wie er es Totumé überhaupt entwendet hat. Und wie er Mercurin davongekommen ist. Schließlich hat Mercurin doch das Totenlicht aus Har'punaptra.«

Einen Moment schwiegen sie. Sahen sich an. Sie war

nicht hübsch, ihr Gesicht zu lang, und sie gab sich keine Mühe, mit Magie etwas daran zu ändern. Doch er träumte von ihrem blassen Hals, ihren Knien, seit er sie zuletzt berührt hatte. Damals, in Hellesdîm, in einem anderen Leben. Einem Traum vor dem Albtraum.

»Ich werde den Isen kriegen, nicht du«, sagte sie leise.

Er schüttelte den Kopf.

»Wenn du das Totenlicht bekommst … Wirst du mich töten, Anetán?«

Seinen Namen zwischen ihren Lippen zu hören, besiegte die letzte Vorsicht. Er streckte den Arm nach ihr aus, sie ließ sich widerstandslos heranziehen, und dann hielt er sie, seine Schwester, seine Konkurrentin, und die vergangenen Wochen der Einsamkeit flohen durch einen Strohhalm in die Ferne.

»Wenn ich das Totenlicht habe«, sagte er, »werde ich es dir geben.«

»Und sterben?«

»Saraide …« Er presste seinen Mund auf ihren, stieß an ihre Zähne und wusste, sie hatte die ganze Zeit gelächelt.

Jahrestag

Magische Explosionen erschütterten die Nacht. Der Himmel riss in Licht auf, ehe Wogen aus Lirium zur Erde herabstürzten wie Abertausend verglühende Sterne. Die Halle bebte vor Beifall.

Hel klatschte nicht, denn sie hielt zwei Fruchtpunschgläser in den Händen, einen Teller Knusperkartoffeln, zwei Schalen Karamellmandeln und Likörkirschen und eine kleine Fahne mit dem Wappen Aradons, die gemächlich vor sich hinwehte und dabei bunte Funken versprühte. Hel stieß ein Knurren aus, das im fröhlichen Lärm niemand hörte. Obwohl sie sich wie alle anderen das Feuerwerk ansah, das zum fünfhundertdreizehnten Jahrestag der Magierschaft veranstaltet wurde, waren ihre Gedanken woanders. Genauer gesagt unter der Tafel rechts. Denn dort kauerte Nova.

Eine neue Salve Raketen zischte aus den Dächern der vier Türme. Im nächsten Moment war die Welt in zuckende Blitze getaucht. Dieses Jahr beeindruckten die Feierlichkeiten besonders. Seit Einbruch der Dunkelheit zogen magische Sternschnuppen über den Himmel, und nach jedem donnernden Finale kam noch eine Zugabe, kolossaler als alles davor. Kleinere Schwebeschiffe flogen Runden über der Uferstadt, um Lametta, Girlanden und hin und wieder ein paar Münzen herabregnen zu lassen. An Hausdächern und Turmspitzen wehten leuchtende Fahnen mit dem Pentagramm der Magierschaft. Es war, als hätte ganz Aradon die Tatsache verdrängt, dass das Land am Aussterben war und die Liriumquellen fast vollkommen erschöpft. Stattdessen wurde mit Zauberwerk geprahlt, als müssten die letzten Reserven in dieser Nacht verbraucht werden.

Vielleicht lag der Magierschaft aber auch deshalb so viel daran, ihren Geburtstag zu zelebrieren, da der Krieg gegen das Alte Reich unmittelbar bevorstand. Niemand wusste, welcher Feind sie jenseits der Kauenden Klippen erwartete – falls sie es überhaupt über die lebendige Gebirgskette schafften. Wenn es dafür einen konkreten Plan gab, hielten die Magier ihn geheim. Wenigstens schienen sie so siegessicher zu sein, dass sie ihre Liriumvorräte nicht für den Heerzug sparten.

Ungeduldig verlagerte Hel ihr Gewicht von einem Fuß auf den anderen und gab acht, nichts vom Punsch zu verschütten. Es war nun schon das vierte Mal heute Abend, dass Nova ihr alles in die Hand gedrückt hatte, um hinter Vorhänge oder Möbel zu hechten, weil er glaubte, Aricaa erspäht zu haben. Unfassbare drei Wochen umging er bereits jede Begegnung mit seiner ehemaligen Verlobten, obwohl der Nordturm, in dem die Sturmjäger untergebracht waren, nur einen Steinwurf vom Westturm der Magier entfernt war. Magenschmerzen suchten ihn heim, wenn ein Bankett mit der Magierschaft anstand, und vor Versammlungen befiel ihn eine einzigartige Schlafkrankheit. Er hatte sogar angefangen, Reparaturen an der *Taube* vorzunehmen, dem Schwebeschiff seines Vaters, um tagelang draußen auf der Anlegestelle zu bleiben, wo die Schiffe der Liga bis auf Weiteres ruhten.

Aber vor dem heutigen Fest hatte Nova sich mit keiner Ausrede drücken können. Es war die Pflicht eines jeden Sturmjägers, den Entstehungstag der Magierschaft zu feiern. Wenn man sich nicht gerade vor einer heiratswilligen Magierin versteckte, war das ja auch nicht schlimm, im Gegenteil – die Sturmjäger fieberten dem Feiertag sonst das ganze Jahr über entgegen. Die Tafeln bogen sich unter Leckerbissen aus allen Königreichen, die mit der Magierschaft im Bündnis standen: Es gab gegarte Riesenkrabben und gebackenen Walfisch von Moias Küsten, Süßbaumwatte aus den Wäldern von Warhall, Früchte von den Plantagen Kapuas, Felspilze aus Orrún und ein Dutzend zwergischer Spezialitäten – allerdings leicht abgewandelt, sodass sie für menschliche Gaumen genießbar wurden. Zu den gebratenen, geräucherten, kandierten und glasierten Köstlichkeiten wurden reichlich Wein, Rum und Punsch ausgeschenkt. Hin und wieder sang ein Barde über die Gründung der Magierschaft, den Wiederaufbau Aradons nach der Schlacht gegen die Druiden vor Jahrhunderten oder die Entdeckung der Sturmjagd. Es waren bekannte Balladen, sodass die Sturmjäger und Magier manche Strophen mitsangen und die große Halle wie ein Bienenstock zu vibrieren begann. Hel fühlte Erinnerungen in sich aufsteigen, ohne dass sie es verhindern konnte. Gharra hatte zum Jahrestag der Magierschaft immer ein Ständchen gesungen. Er war auf die Bühne gestiegen und hatte laut und schief, aber voller Inbrunst Strumjägerlieder zum Besten gegeben. Hel konnte ihn beinahe sehen, gehüllt in seinen kostbarsten Umhang, ein uraltes Ding aus rotem Samt mit Goldborten und Schulterpolstern, die Hel ihm jährlich etwas mehr ausstopfen musste.

»Hungrig, was?«, meldete sich eine Stimme. Sie sah sich um, konnte aber niemanden entdecken. Da schob eine Hand die wehende Fahne zur Seite und zwei runde schwarze Haarknoten kamen zum Vorschein. Darunter saß das herzförmige Gesicht einer Zwergin. Als Harlem grinste, erschienen ein paar kleine, schiefe Zähne in den Mundwinkeln. Wie immer hatte die berühmte Attentäterin sich unbemerkt angeschlichen. Allerdings war das beim tosenden Krach des Feuerwerks auch nicht schwierig.

»Ihr seid wirklich ein trinkfreudiges Völkchen, ihr Sturmjäger«, fuhr Harlem fort und nickte den beiden Punschkelchen zu.

»Das ist nicht alles für mich. Ich hasse Likörkirschen … die sind von Nova.«

»Wo ist er denn?«

Wortlos löste Hel ihren Zeigefinger vom Glas und deutete unter die Tafel. Harlem hob die Tischdecke an.

»Hallo, Harlem.« Nova räusperte sich. Er hockte zwischen zertretenen Weintrauben auf dem Fußboden. »Würde es dir was ausmachen, das Tuch wieder runterzulassen?«

Hel seufzte. »Sie ist gar nicht mehr hier, Nova.«

»Wer?«, fragte Harlem. »Das Dämonenmädchen? Oder ein normales Mädchen?« Sie kicherte.

Unsicher streckte Nova den Kopf unter der Tafel hervor und spähte in die Menge. Außer den Sturmjägern und einigen Königen und Fürsten, die für den Anlass nach Aradon gereist waren, befand sich auch die gesamte Magierschaft auf dem Fest. Mit ihrem weißen Haar und ihren fließenden Roben konnte man sie leicht verwechseln, vor allem von hinten. Für Nova war höchste Wachsamkeit geboten.

»Sie stand eben genau dort, genau hinter dir«, stammelte er.

Harlem trat zur Seite, damit er aus seinem Versteck krabbeln konnte. Geduckt blieb er neben Hel stehen und nahm sein Essen und den Punsch entgegen, ohne die Menge aus den Augen zu lassen. Niemand schenkte ihnen Beachtung, alle verfolgten das Feuerwerk durch die hohen Bogenfenster auf der anderen Seite des Festsaales.

Harlem suchte sich eine Gabel von den Tabletts und begann ihre Fingernägel daran zu säubern. »Wenn du Geld hast, leg ich sie für dich um.«

Nova wurde blass. »Wie bitte?«

»Du kannst in Raten bezahlen. Aber das ist eine Ausnahme!«

»Nein, wirklich, das ist nicht nötig.«

»Keine Raten?«

»Kein Mord!«, zischte er.

Harlem zuckte die Schultern. Dann bemerkte sie Hels und Novas Blicke. »Nun starrt mich nicht so an, ihr zwei! Jeder gibt irgendwann den Löffel ab.« Nachdrücklich bohrte sie ihre Gabel in eine Likörkirsche, sodass der Saft herausspritzte. »Um eins klarzustellen, ich wende nur schmerzfreie Methoden an. *Schmerzarme* Methoden. Sonderwünsche kosten immer extra.«

Draußen explodierten die letzten Lichter und Musik

setzte ein. Es war eine bekannte Melodie, die Hel abermals in die Vergangenheit zurückzog. Als sie noch klein gewesen war, hatte Gharra manchmal dieses Lied gesungen, mit zittriger, leiser Stimme, damit sie nach einem Albtraum wieder einschlief. Kurz spürte sie ein Brennen hinter den Augen, schluckte ihre Tränen aber sofort hinunter. Sie war gut darin geworden in den letzten Monaten. So oft und unkontrolliert manche Gefühle auch über ihr zusammenstürzen mochten, meistens konnte sie sie sofort ersticken. Es war, als würde sie Sand über eine Flut kippen, wieder und wieder. Nur wenn sie alleine war, in den endlosen Stunden vor Sonnenaufgang, und nicht schlafen konnte, dann sickerte alles an die Oberfläche –

Der Absturz der *Schwalbe*. Die Schreie. Das fauchende Prasseln des lebendigen Sandes. Möbel, Fensterscheiben und Menschen in der Luft –

Hel merkte, dass sie schon seit geraumer Zeit nicht mehr auf das Gespräch von Harlem und Nova geachtet hatte, und versuchte sich mit einem kräftigen Schluck Punsch in die Gegenwart zurückzuholen. Ein wattiges Gefühl stieg ihr in den Kopf. Vielleicht war das doch keine so gute Idee. Sie stellte ihren Kelch weg, entschlossen, es für heute gut sein zu lassen.

»Sag mal, hast du eigentlich nie Schwierigkeiten, einen Auftrag auszuführen?«, fragte Nova soeben.

»Doch … wenn ich auf heftigen Widerstand stoße.« Harlem zwinkerte Hel flüchtig zu, ohne dass Nova es merkte. Hel grinste, aber ganz wohl war ihr dabei nicht. Zwar hatte Harlem offensichtlich Spaß daran, Nova mit ihrem Gerede Angst zu machen, doch frei erfunden war es schließlich nicht. Die Zwergin tötete für Geld. Es war leicht, das zu vergessen, wenn man sie so betrachtete. Mit dem verschmitzten Lächeln hätte sie auch eine zwergische Raupenköchin sein können. Nur wenn man genau in ihre Augen sah, erkannte man, dass tief in ihrem Blick völlige Finsternis herrschte. Eine Leere, als hätte sich die Seele vor langer Zeit verabschiedet und ins Unsichtbare zurückgezogen … Wer andere tötete, egal aus welchem Grund, tötete dabei auch sich selbst.

Irgendwo stimmten zwergische Blasschnecken eine Melodie an.

»Mein Lied! Ich muss tanzen.« Harlem klatschte in die Hände und hüpfte fröhlich mitsummend davon.

Nova schüttelte halb fasziniert, halb erschrocken den Kopf. »Also, wenn unsere Mission weitergeht und Harlem mitkommt, lege ich mir ganz bestimmt ein Taschenmesser zu. Oder besser ein paar Lirium-Bomben.«

Hel griff doch noch einmal nach ihrem Kelch und trank ihn ganz leer. Insgeheim teilte sie Novas Misstrauen, auch wenn sie es nicht sagen wollte. »Ich glaube nicht, dass Harlem dir etwas antun würde. Ebenso wenig wie Aricaa hinter dir her ist. Die hat dich sicher längst vergessen.«

Er lächelte sein charmantestes Lächeln, was Hel tief beleidigte. Als könnte er sie damit entwaffnen wie andere, die ihn weniger gut kannten. »Mädchen vergessen mich nicht so leicht. Leider!«

Dass das höchstwahrscheinlich stimmte, konnte seine Selbstgefälligkeit nicht entschuldigen. Hel spitzte die Lippen. »Wenn Aricaa noch an dich denken würde, hätte sie dich längst vergiftet oder mit einem Liriumblitz getötet.

Heiraten will sie dich keinesfalls mehr, so feige wie du das Weite gesucht hast.«

Er schien unangenehm berührt. Ohne etwas zu erwidern, warf er sich eine Kirsche in den Mund – und erinnerte sich zu spät daran, dass Harlem mit ihrer schmutzigen Gabel darin herumgestochert hatte. Hastig spuckte er wieder aus. Hel reichte ihm einen Wasserkrug zum Mundspülen.

Inzwischen hatte sich die Tanzfläche mit Sturmjägern gefüllt, die in wilden Kreisen umeinanderwirbelten. Sogar ein paar Magier hatten ihren Zauberstab losgelassen, um mitzutanzen. Zu ihrer Überraschung erspähte Hel Meister Olowain im Getümmel. Doch auf den zweiten Blick erkannte sie, dass er nicht klatschend unter den Armen der Sturmjäger hindurchhüpfte, sondern sich einen umständlichen Weg durch die Menge bahnte.

In den zwei Wochen seit ihrer Ankunft in Aradon hatte er die verbotenen Bibliothekshallen der Magierschaft kaum verlassen. Schließlich musste er alles über die Totenlichter herausfinden, die die Dämonen des Alten Reichs suchten. Von seinem Erfolg hing vielleicht die Zukunft der magischen Welt ab. Hätte man der sorgenumwölkten Miene des Magiers in den vergangenen Tagen glauben können, sah es nicht allzu rosig aus.

Meister Olowain bewegte sich auf Hel und Nova zu, geriet dabei in einen Tanzkreis, stolperte eine Runde mit und befreite sich schließlich mithilfe seines Stabes, den er abwehrend vor sich hielt. Endlich war er durch die Menge zu ihnen vorgedrungen.

»Bei allen Himmelsgeistern!« Der Magier zog ein Taschentuch aus dem Ärmel seines langen, über und über mit

Silbergarn verzierten Gewandes und tupfte sich über das Gesicht. »Was … was für eine Stimmung! Vernünftig von euch, nicht zu tanzen. Da ist es belebender und vor allem gesünder, hier zu stehen und Punsch zu trinken. Er steigt schnell zu Kopf, aber wenigstens nicht auf die Füße!« Er lachte, wischte sich ein letztes Mal über das Gesicht und schien damit auch seine Heiterkeit abzunehmen. Sorgfältig faltete er das Taschentuch zusammen und schob es in seinen Ärmel zurück. »Freunde, es gibt Neuigkeiten. Brandneue Nachrichten, sozusagen. Ich hab es eben erst erfahren. Nach dem Fest wird es eine kurze Versammlung geben, der Vorsitzende Palairon hat sie einberufen. Wir treffen uns nach der Abschlussrede am Ausgang.«

Hel und Nova tauschten Blicke. Eine Zusammenkunft mit Meister Palairon, dem stets gereizten Vorsitzenden der Magierschaft, musste einen wichtigen Grund haben. Sie warteten darauf, dass Olowain mehr verriet, doch er beobachtete nur einen Schwarm murmelgroßer Leuchtkugeln, die zum Takt der Musik schimmernd über ihre Köpfe hinwegschwebten.

»Ah, diese kleinen Spielzeuge waren eine der ersten Erfindungen der Magierschaft. Sie sind so alt wie der Schiffsflug selbst und dabei noch immer so entzückend. Aber nun entschuldigt mich, ich muss Arill und seine Söldner noch von dem Treffen in Kenntnis setzen.« Er nickte ihnen zum Abschied zu. »Meine Freunde, wir treffen uns später!«

Und schon tauchte er in der Menge unter.

Gute Nachricht

Spätnachts trat Meister Palairon mit einer Magierin auf das Podest, um die letzte Ansprache zu halten. Inzwischen waren die Gäste in so ausgelassener Stimmung, dass kaum noch jemand registrierte, was der Vorsitzende sagte. Es waren die üblichen Floskeln und Lobesreden auf die Gründer der Magierschaft und jene, die sich vor über fünfhundert Jahren gegen Natur und Druidentum erhoben hatten. Dann überließ er der Magierin das Wort, die reglos darauf wartete, dass es still wurde. Ungeduldiges Hüsteln und Murmeln stieg in der Halle. Hel reckte sich, um zu sehen, warum die Magierin nicht anfing. Es war eine jener ranghohen Magierinnen aus der ständigen Eskorte Palairons, die auf keiner Versammlung fehlte. In dem imposanten grauen Kleid und dem breitschultrigen Umhang sah sie aus wie eine große Silberglocke. Obwohl das schwammige Gesicht vollkommen faltenfrei war, wirkte die Magierin wie eine alte Frau. Vielleicht wegen der krötenhaften Augen, von denen das rechte noch durch ein grün gefärbtes Sehglas vergrößert wurde. Oder wegen des Munds, der unvergnügt nach unten hing.

»Liebe Gäste«, begann sie nun unvermittelt. Endlich

wurde es ruhiger. Bedächtig setzte sie die Hände vor sich zu einem Dach zusammen. »Liebe Freunde der ehemaligen Liga. Liebe Brüder und Schwestern der Magierschaft!« Sie versuchte ein Lächeln. Nur ein Mundwinkel ließ sich nach oben ziehen. »Welche Freude und Ehre, den fünfhundertdreizehnten Gründungstag unseres glorreichen Aradon mit euch zu feiern. Wie die meisten von euch wissen, bekleide ich seit nunmehr neun Jahren das Amt der stellvertretenden Vorsitzenden und gehöre zu den sieben Hüterinnen der Bibliothek. Heute Abend kann ich verkünden, dass ich einen weiteren Dienst in der Magierschaft antreten werde: den der Kriegsbeauftragten.« Sie legte eine Pause ein und Meister Palairon begann zu klatschen. Die Menge stimmte in den Beifall ein. Auch Hel klatschte zögernd. Eine Kriegsbeauftragte – nun war es also wirklich offiziell. Die Magierschaft, die immer höchsten Wert darauf gelegt hatte, allein mit Diplomatie und Handel Druck auszuüben, würde in den Krieg ziehen. Und niemand hatte Einwände! Alle blieben stumm und klatschten, als wäre das Wiederaufleben eines Krieges, der vor Jahrhunderten fast die Welt zerstört hatte, eine freudige Nachricht.

Eine Weile nickte die Magierin lächelnd in alle Richtungen. Dann verhallte der Beifall und sie rieb sich die Finger mit einem leisen Seufzen. »Es ist spät und darum möchte ich nicht lange Vorträge halten. Doch eins kann ich euch versprechen, liebe Freunde: Das Alte Reich wird es nicht leicht haben mit uns. Gute Nacht!«

Während Meister Palairon noch einmal neben die Magierin trat, den Jubel entgegennahm und mit ihr vom Podest schritt, öffneten sich auf ein magisches Zeichen hin alle

Doppeltüren. Die plaudernde, singende und scherzende Menge drängte nach draußen, um zu schlafen oder – was Hel bei den meisten eher vermutete – in der Uferstadt weiterzufeiern. Es war, als hätte bei der Rede niemand wirklich hingehört.

Meister Olowain, Harlem und Kelda standen bereits am Ausgang, als Hel und Nova dazukamen. Nova bezog sofort hinter einer Säule Stellung, damit die herausströmenden Magier, unter denen auch Aricaa sein musste, ihn nicht sehen konnten.

»Pienova Nord!«, rief eine laute Männerstimme durch die Menge. Hel drehte sich um und entdeckte Arill und seine Männer. Offenbar hatten die Söldner munter gefeiert. Zumindest ihr Anführer. Während Arill auffällig winkte, mussten Berano und Caiden ihn links und rechts stützen. Die dunklen Augen des Söldners waren glasig, sein sonst so scharfer Blick verschwommen. Auch Relis, die hinter ihren Kameraden herging, hickste so sehr, dass das Kurzschwert an ihrem Gürtel klapperte.

»Immer noch auf der Flucht, Junge?«, schrie Arill, beugte sich hinter die Säule und klopfte lachend gegen den Marmor.

»Verschwinde, du Schnapsdrossel«, kam gedämpft die Antwort.

Arill kratzte sich durch die dichten schwarzen Bartstoppeln und blickte in die Runde. »Wisst ihr, manchmal muss ein Mann … ein Mann sein!« Weil er der Einzige war, der darüber lachte, schlug seine gute Laune schlagartig in Misstrauen um. »Was ist los? Wisst ihr schon was über die geheime Besprechung, das ich nicht weiß? Raus damit! Diese verdammte Geheimniskrämerei unter den Magiern, ich sage euch …«

»Senke deine Stimme«, knurrte jemand. Sie drehten sich um. Meister Palairon hatte sich vor ihnen aufgebaut, umringt von seinen engsten Beratern. Ihr schlohweißes Haar war mit Silberdraht zu kunstvollen Türmen aufgesteckt wie Spitzhüte. Selbst Meister Palairon wirkte heute Abend etwas festlicher als sonst. Zumindest hatte er sich den Bart gekämmt. Hel hätte schwören können, dass auch seine buschigen Augenbrauen gestutzt waren – aber die Vorstellung, dass der Magier seine kostbare Zeit mit einer Schere vor dem Spiegel verbrachte, kam ihr doch zu abwegig vor. Wie immer sah der Vorsitzende mit seinem grimmigen, flachen Gesicht und den ruhelos umherblickenden Augen aus, als erwarte er einen Mordanschlag. Oder plane selbst einen.

Arill verneigte sich hastig. »Meister Palairon!«

Ohne ein weiteres Wort zu verlieren, bog der Vorsitzende in einen Seitenflur. Alle anderen folgten ihm. Der Festlärm wurde zu einem undeutlichen Summen und verhallte schließlich ganz, als sie durch hohe Gewölbe in einen Raum gingen, der mit dunklen Steinplatten getäfelt war. In der Mitte stand ein Tisch mit sieben Polsterstühlen auf jeder Seite und einem hohen Sitz am Ende. Samt war vor die Fenster gezogen, nur durch ein paar Ritzen schimmerte das Licht der Uferstadt, weit unten in der Nacht. Eine plötzliche Sehnsucht nach den Tavernen am Wasser befiel Hel. Als Kind hatte sie dort mit den Sturmjägern der *Schwalbe* gefeiert … Sie schloss die Augen. Sie konnte nicht ständig daran denken. Es war geschehen und vorbei, ihr Leben ging weiter, auch wenn das der anderen beendet war. Sie nahm auf einem Stuhl zwischen Arill und Nova Platz. Das Holz der Armlehnen war überraschend kühl. Der ganze Raum kam ihr jetzt kalt vor. Ein träges Kribbeln stieg von ihren Füßen die Beine hinauf.

Meister Palairon setzte sich auf den hohen Stuhl am Tafelende und ließ den Blick durch die Runde schweifen, wie um sicherzugehen, dass ihm die ungeteilte Aufmerksamkeit galt. Hel blinzelte sich die Schläfrigkeit aus den Augen.

»Ich gehe davon aus, dass die Konzentration der meisten hier nicht von Dauer sein wird, also machen wir es kurz. Meister Olowain.« Der Vorsitzende schnipste mit den Fingern. »Fangt an.«

»Ja, sehr gerne. Danke.« Olowain nickte feierlich. »Meine Freunde, wie ihr wisst, haben wir in allen Reichen der bekannten Welt nach dem Isen fahnden lassen, der das Dämonenmädchen getötet hat. Selbst der Zwergenkönig Moradin hat sein Wort gegeben, dem Isen kein Asyl in Gondurill zu gewähren, sollte er dort vorbeikommen. Und wenn man bedenkt, wie starrköpfig die Zwerge von Gondurill sich bisher gezeigt haben, wenn es um die Zusammenarbeit mit Aradon ging, ist ein solches Versprechen alle Achtung wert. Natürlich könnte der Ise sich noch auf den Inseln verstecken, wo ihn sicher keiner seiner Landsmänner verraten würde – das war in der Tat unsere größte Sorge. Andererseits ziehen die wenigsten Isen auf die Inseln zurück, sobald sie einmal den Komfort eines zivilisierten Lebens mit Magie kennengelernt haben …« Olowain räusperte sich, als der Vorsitzende der Magierschaft ungeduldig auf den Tisch trommelte. »Wie dem auch sei, wir haben den ersten Hinweis erhalten. Vor zwei Stunden, während der Festlichkeiten, erreichte uns eine

Eilige Feder. Der isische Auftragsmörder, bekannt unter dem Namen Karat – was übersetzt ›Schakal‹ bedeutet, wenn ich mir diese kleine Anmerkung erlauben darf –, wurde in den Gebirgen des Mittlands gesichtet.« Olowain holte Luft. »Genauer in Tridad, einer Handelsstadt nördlich der Eisenberge von Warhall. Kürzlich wurde dort ein Händlertross überfallen. Die Waren – laut Bericht Eisenkessel, Geschirr und größere Mengen Zwiebelschnaps, eine Spezialität aus Warhall, die sehr beliebt ist aufgrund ihrer gesundheitlichen…« Olowain erwachte aus seinem Redeschwall, als der Vorsitzende die Faust auf den Tisch fallen ließ, und fuhr hastig fort: »Jedenfalls wurden die Waren unbeschädigt liegen gelassen, die Händler und ihre Leibwachen getötet. Nur Wegzehrung und etwas Geld wurde gestohlen. Ich vermute, dass der Räuber alleine war und die Beute deshalb nicht mitnehmen konnte. Doch welcher Räuber kann schon ganz alleine eine Karawane überfallen? Er müsste dafür dämonische Kräfte besitzen.« Olowain schwieg einen Moment. Hel wusste, dass alle Gefährten an das Dorf denken mussten, in das sie gekommen waren, nachdem das Dämonenmädchen dort alles Leben ausgerottet hatte. Die starren Leiber der Menschen dort, die wirkten, als hätte sie ein tödlicher Schlaf überkommen. Nova rutschte unruhig auf seinem Stuhl hin und her.

»Wie gesagt, eine Eilige Feder erreichte uns vorhin«, fuhr Olowain etwas lauter fort. »Karat wurde in Tridad gesichtet. Die Betreiberin eines Badehauses behauptet, er sei für eine Nacht bei ihr eingekehrt. Weiter deutet sie an, zu wissen, wohin er unterwegs sei. Und vor allem, in wessen Auftrag.«

Meister Palairon blickte nervös zwischen den Gefährten umher, als sei der Auftraggeber womöglich unter ihnen. Hel glaubte, dass er Kelda eine Sekunde länger beäugte als alle anderen. Die Isen, die nun einen Anspruch auf Land und Lirium erhoben, waren Aradons größte Bedrohung – größer vielleicht noch als das Alte Reich, das irgendwo jenseits der Kauenden Klippen lauerte. Längst waren die isischen Rebellen zahlreich genug, um ganze Städte in ihre Gewalt zu bringen. Kämen Waffen wie die Totenlichter in ihren Besitz, konnte das das Ende der Menschenherrschaft bedeuten.

»Also brechen wir nach Tridad auf?«, fragte Arill.

Olowain nickte. »Und zwar so bald wie möglich. Das heißt, morgen. Ist die *Taube* bereit?«

»Die Triebwerke wurden letzte Woche mit neuem Lirium aufgefüllt«, sagte Nova zögerlich. »Wir müssen nur Vorrat an Bord bringen, je nachdem, wie groß die Mannschaft sein soll.«

»Keine Mannschaft«, schaltete sich Meister Palairon ein. »Es dürfen keine Sturmjäger mehr eingeweiht werden. Ihr«, er sah die Gefährten einem nach dem anderen an, »seid doch genug, um ein Schiff zu steuern. Schließlich geht ihr nicht auf Sturmjagd.«

Hel und Nova tauschten Blicke. Im Prinzip konnte ein Schwebeschiff zwar von einem Einzelnen bedient werden, doch wenn sie in einen Sturm gerieten oder aus irgendeinem Grund die Getriebe versagten, sodass sie auf Trollkraft angewiesen waren, konnte eine Fahrt ohne ausreichende Besatzung tödlich enden.

»Also, ich würde davon abraten«, sagte Hel. »Auch

wenn es unwahrscheinlich ist, könnte immer noch ein Liriumsturm …«

»Ich dachte, du kannst Magie sehen«, fiel ihr Meister Palairon ungeduldig ins Wort. »Dann wirst du das Schiff rechtzeitig von Stürmen wegsteuern können, oder nicht?«

»Ich bin dafür, dass mindestens Kapitän Nord mitkommt«, schlug Nova vor. »Ein erfahrener Sturmjäger wie er sollte dabei sein.«

Hel wusste, dass Nova seinen Vater nur mitnehmen wollte, um ihn im Auge zu behalten. Ohne Nova, der sich um ihn kümmerte, fiel er womöglich in alte Gewohnheiten zurück und versuchte sich die Langeweile in Aradon mit Wein wegzutrinken.

Meister Palairon brummte. »Nord kann mitkommen. Aber er wird nicht in die Mission eingeweiht. Immerhin … hat er seine Nase oft genug in Angelegenheiten der Magierschaft gesteckt.« Der Vorsitzende schmunzelte unverschämt. Nova bemühte sich, seinen Blick gelassen zu erwidern, doch er konnte nicht verbergen, wie schwer es ihm fiel. Dass seine Eltern ein Sturmjäger und eine Magierin waren, war noch immer ein Skandal.

»Mein Vater steckt seine Nase ja nicht absichtlich in fremde Angelegenheiten«, sagte Nova und lächelte angespannt. »Er hat bloß eine sehr lange Nase.«

Hel wäre fast für ihn im Boden versunken. Eine peinliche Stille trat ein.

»Wie auch immer«, sagte Olowain und versuchte eine sachliche Miene aufzusetzen. »Tridad sollten wir in fünf Tagen erreichen können. Sobald wir wissen, wohin Karat unterwegs ist, holen wir ihn hoffentlich recht bald ein.«

Meister Palairon beugte sich vor, als wollte er den ganzen Tisch packen. Die Falte zwischen seinen Augenbrauen wurde zu einer tiefen Narbe. »Ich will den Isen lebendig. Koste es, was es wolle, und wenn ihr ihn den ganzen Weg nach Aradon in einer zauberfesten Kiste tragen müsst.«

Hel beobachtete Meister Palairon mit einem flauen Gefühl. Unter den hängenden Lidern schienen seine Augen seltsam leblos, als würde er sie alle nur wahrnehmen, aber nicht erkennen.

»Womöglich hat er Verbündete oder Befehlshaber bei der Isenbewegung. Wenn jemand unter Verdacht steht, tötet ihn.«

Harlem nickte langsam. Fragen standen ihr ins Gesicht geschrieben, doch sie zögerte. »Was ist mit den Dämonen des Alten Reichs? Ich dachte, wir sind hinter ihnen her und nicht mehr hinter den Isen.«

»Der Ise«, knurrte Palairon, »ist der Schlüssel, um das Alte Reich zu besiegen.«

Hel und Nova waren die Einzigen, die verstanden, was der Vorsitzende damit meinte. Außer ihnen war niemand in die Geschichte der Totenlichter eingeweiht. Eine klebrige Furcht breitete sich in Hel aus. Was genau hatte Palairon mit dem Totenlicht vor? Wollte er etwa selbst Träger des Lichts werden? Hel schluckte hörbar. Ein Dämon irgendwo in den westlichen Wäldern war ihr immer noch lieber als ein Dämon in den Türmen Aradons.

»Was, ähm, hat die Magierschaft dann eigentlich vor mit dem … Isen?«, fragte sie. Meister Palairon durchbohrte sie mit seinem Blick.

»Das ist eine Angelegenheit der Magierschaft, meine liebe

Hel, und muss dich nicht weiter kümmern«, sagte Olowain schnell. »Es wird so sein wie bisher: Du setzt deine außerordentliche Fähigkeit ein, Lirium zu sehen, um den Dämon aufzuspüren, und um alles andere machst du dir keine Gedanken.«

»Ich dachte, wir suchen jetzt den Isen«, schaltete sich Arill ein.

»Dann hör auf zu denken, Söldner«, schnaubte Meister Palairon.

»Der Ise ist ein Dämon«, erklärte Olowain leise.

Ratlos blickte der Söldner zwischen den Magiern hin und her, bis Palairon sich mit einem Knurren erhob. »Genug der Fragerei! Ihr seid hier, um einen Auftrag zu erfüllen, und nicht, um zu diskutieren! Das ist alles.« Mit einer unwirschen Bewegung erhob er sich. Sein Zauberstab schwebte dicht neben ihm her, als er aus dem Raum verschwand.

Hel und Nova verabschiedeten sich von den anderen, als sie im Stockwerk der Sturmjäger ankamen. Meister Olowain war im Westturm geblieben, wo die Magier ihre Unterkünfte hatten, und Kelda hatte sich längst auf den Weg in die Uferstadt gemacht. Nur Harlem und die Söldner schliefen in den Zimmern, die den Gefährten zur Verfügung gestellt worden waren. Für Hel und Nova kam es nicht infrage, sich von den anderen Sturmjägern der Liga zu trennen – alles hatte sich verändert, aber wenigstens dieses bisschen Gewohnheit wollte Hel sich bewahren.

Der Teppich dämpfte ihre Schritte und die Müdigkeit saß ihr wie Watte in den Knien, doch ihre Gedanken waren hellwach. Jeden Tag hatte sie damit gerechnet, wieder aufzubrechen, trotzdem fühlte sie sich überrumpelt. Natürlich kam die Nachricht nicht überraschend und sie hatte lange genug Zeit gehabt, sich auf die Weiterreise einzustellen. Aber erst jetzt waren mit einem Schlag all die Zweifel und die Fragen wieder da. Wenn sie den Isen fanden, würde dessen Totenlicht in Meister Palairons Besitz wandern. Wenn sie ihn nicht fanden, würden die Dämonen des Alten Reiches womöglich sein Totenlicht rauben. So oder so wäre das Totenlicht in den falschen Händen …

»Wenn der Ise dieselben Fähigkeiten hat wie das Dämonenmädchen, das zuvor das Totenlicht getragen hat«, sagte Nova gähnend, »können wir ihn unmöglich hierher entführen. Wie stellen die Magier sich das vor? Immerhin besitzt der Ise jetzt dämonische Kräfte.«

Hel brummte zustimmend. Sie bogen um die Ecke und kamen in die große Speisehalle der Sturmjäger. Zwei einsame Leuchtkugeln schwebten über der Tafel und einem Heer aus Krügen und Flaschen. Wie erstarrte Tänzer schienen sie darauf zu warten, dass die Musik zurückkehrte und das Fest wieder begann. Hel hob eine Leuchtkugel aus der Luft und ließ sie verlöschen. Gerade streckte sie sich nach der zweiten aus, als ein dumpfes Rumpeln erklang. Verdutzt drehte Hel sich um. Nova war zwischen zwei Stühle gefallen. Oder gesprungen. Bevor Hel fragen konnte, ob alles in Ordnung war, hörte sie Schritte auf der Treppe. Sie drehte sich um.

Aricaa kam die Stufen herab. Ihr prächtiges Kleid war in einer eleganten Schleife über die Brust geschlungen und fiel nach hinten zu einer Schleppe aus.

»Ho«, sagte Hel. Mehr ließ sich von einem Hallo nicht herauswürgen.

Aricaa blieb ein paar Stufen über ihr stehen. Das stupsnasige Gesicht der Magierin erinnerte Hel immer noch an ein Kaninchen, doch sie wirkte ernster, erwachsener als noch vor ein paar Monaten, bevor sie zu ihrer Ausbildung nach Aradon gekommen war. Vielleicht hatte Hel aber auch nur den Eindruck, weil sie Aricaa damals so kindisch erlebt hatte – eben frisch verliebt in Nova.

»Guten Abend, Hel«, sagte Aricaa nach einer langen Pause. Hel wunderte sich, dass sie ihren Namen überhaupt kannte. Obwohl sie zusammen von Har'punaptra bis Aradon gereist waren, hatten sie nie ein Wort gewechselt. Es war tatsächlich das erste Mal, dass sie miteinander sprachen.

»Weißt du, wo Nova ist?« Aricaa bemühte sich um eine gefasste Miene, doch in den Falten ihres Gewandes kreuzte sie nervös die Finger.

»Nicht, äh, direkt… er müsste irgendwo in der Nähe sein.« Hel widerstand dem Drang, zu den Stühlen zu blicken. Ein dunkler Verdacht beschlich sie, dass sein Fuß herauslugte. Vielleicht war es auch nur eine Flasche. Hoffentlich dachte Aricaa, es sei eine Flasche.

»Ich hatte angenommen, er sei bei dir.«

»Wieso?«, japste sie und klang wie ein Trottel.

»Ihr seid doch immer zusammen.«

Wenn Worte Dolche wären, dachte Hel, hätte sie jetzt ein paar tödliche Stichwunden. Sie schluckte. »Wir sind gut befreundet. Aber er war ja oft… lange krank in letzter Zeit. Also, ja.« Bei diesem ungeschickten Gestotter musste Aricaa klar sein, dass das eine Lüge war. Hel sah sie schuldbewusst an. »Er war mit seinen Gedanken ganz woanders seit den Dämonen und dem Krieg, der …«

»Hat er dir gesagt, warum er mir aus dem Weg geht?« Aricaa reckte sich; es auszusprechen musste sie viel Mut gekostet haben.

Hel ließ die Schultern fallen. »Er ist in einer sehr schwierigen Phase. Er mag Euch sehr, das weiß ich. Aber Nova …«

»Ist Nova«, beendete Aricaa den Satz. Sie lächelte bitter.

»Ich nenne ihn auch ganz gerne Windbeutel.«

Sie sahen sich an und grinsten. Trotz allem, was zwischen ihnen stand, kam eine merkwürdige Nähe auf, flüchtig nur. Wenn Aricaa keine Magierin gewesen wäre und Hel keine Sturmjägerin und wenn es Nova nicht gäbe, hätten sie sich womöglich gut verstanden. In diesem Moment dachten sie dasselbe.

Aricaa kam die Stufen herab. Hel fiel auf, dass die Magierin gar nicht viel größer war als sie selbst.

»Wenn du Nova siehst, sag ihm bitte, dass ich morgen den ganzen Tag frei habe.« Sie zögerte. »Und dass ich im Aussichtsturm bei der Westbrücke bin. Und warte.«

Hel nickte. »Ich sage es ihm. Er kommt bestimmt.«

Aricaa atmete lang durch die Nase aus. »Danke. Weißt du, ich … wünschte, ich würde ihn kennen wie du.« Hastig ging sie an Hel vorbei. Hel hätte schwören können, dass ihr Blick über die Stelle glitt, wo Nova kauerte. Sie drehte sich um und sah Aricaa nach, die den Flur hinuntereilte, ein heller Fleck in der übermächtigen Dunkelheit. Bald war sie um die Ecke verschwunden.

Erschöpft ließ Hel sich auf einen der Stühle sinken und fuhr sich durch die Haare. Zuletzt hatte Jureba sie ihr auf der *Schwalbe* geschnitten, vor mehr als einem halben Jahr. Inzwischen konnte sie sich schon einen kleinen Zopf im Nacken binden.

Nova streckte ächzend die Beine aus und setzte sich auf, sodass er mit Hel auf einer Höhe war.

»Du bist unverbesserlich«, murmelte sie.

Er antwortete nicht. Dann wandte er sich ihr zu und sah sie so lange an, bis sie sich ebenfalls zu ihm drehte.

»Aber es stimmt«, sagte er leise. »Sie kennt mich nicht wie du.«

»Nein. Deshalb findet sie dich ja toll.«

»Charmant wie gewohnt, Hel, trotz der späten Stunde.« Er rappelte sich auf, schlang die Arme um sie und zerzauste ihr das Haar. Hel versuchte sich aus seiner Umklammerung zu winden.

»Es ist übrigens ein Zeichen von geistiger Unterlegenheit, wenn man seine körperliche Überlegenheit ausnutzt!«, keuchte sie, kam endlich frei, sprang die Stufen hinauf und schüttelte sich die Haare wieder glatt.

»Wo hast du denn diesen Unsinn her?« Er lief ihr nach.

»Bin ich selbst draufgekommen.«

»Mit dieser Formulierung? Glaub ich nicht.«

Sie puffte ihm gegen den Arm und Nova blieb stehen. »Hel, es ist ein Zeichen geistiger Unterlegenheit, seine körperliche Kraft einzusetzen.«

»Zum Glück hab ich die nicht eingesetzt, sonst würdest du schon bewusstlos auf dem Boden liegen!«

Lachend gingen sie auf ihre Schlafräume.

Im dunklen Zimmer schälte Hel sich aus ihren Kleidern und kroch unter die Bettdecke. Ein angenehmes Gefühl, zu fallen, überkam sie. Glatte, rasche Träume zogen auf.

Sie geht durch ein regloses Land.

Blau gemalte Berge und Wälder am Horizont.

Es sind Leichen. Riesenhafte Leichen einer ausgestorbenen Welt.

Mit jedem Schritt knirscht der Boden, blassblauer Staub, knisternde Haut einer Mumie.

Der Tod im Land greift nach ihrem Licht wie gierige Knochenfinger.

Sie spreizt die Hände. Nicht sie wird Licht verlieren, sie wird Licht nehmen.

Gras und Moos zu beiden Seiten verdorren.

Neue Kräfte strömen durch ihren Körper, der eins ist mit dem großen Körper Erde.

Sie denkt an einen Nachmittag zurück, auf einer felsigen Anhöhe. Beim Altar des Wassers. In Hellesdîm. Ihrer Heimat. Seiner. Meiner Heimat.

Mit ausgebreiteten Armen vor dem Altar, einem flachen Steinbecken, die Gezeiten rufen. Sie ist Wolkenmasse. Federleicht und tonnenschwer. Weich und finster, mächtig, zart. Sie, nur ein Gedanke.

Der Himmel kracht. Die Sonne ertrinkt in aufquellenden Schatten und dann fällt Regen. Das leere Steinbecken füllt sich mit laut klatschenden Tropfen.

»Du hast es vollbracht, Mercurin«, sagt die vertraute kratzige Stimme ihres, seines Meisters. »Du wirst ein Druide der Ewigen Vier sein, Hüter der Elemente, Herr und Diener des Blauen Elements!«

Wie ein Blitzschlag erstrahlte Mercurins Gesicht vor ihr: Erschrocken starrte er sie an, schweißnass aufgewacht in einer fernen Nacht. »Hel?«

Die Erinnerung stürzte davon und sie blieb schutzlos und allein zurück, im Dunkel ihres Herzklopfens.

Mercurin, dachte sie. Dachte sein schönes Gesicht. Er sah sie an, seine Augen die Farbe eines sterbenden Abendhimmels, voller Schreck, voll Traurigkeit. Er murmelte Verse, die sie nicht genau verstehen konnte, die ihr aber vage vertraut vorkamen. Sein Blick glitt langsam über sie. Stumm sagte er ihr, sie solle die Augenklappe abnehmen, und sie nahm sie ab, und er sah sie in ihrer Blöße. Hel fühlte sich so beschämt, so hässlich, dass es wehtat. Doch er hatte Mitleid mit ihr. Nein, es war kein Mitleid. Es war Bewunderung. Sie konnte nicht begreifen, dass er etwas Bewundernswertes an ihr fand.

»Warum bist du hier? Warum bist du noch hier, bei mir, immer …?«

Ohne Antwort zu geben, lief Hel vor ihm davon, mit Füßen, die schneller glitten als Schatten am Meeresgrund.

Im Westen

SIE waren bei ihm, immerzu, und manchmal war IHRE Nähe so überwältigend, dass Karat sich in IHREN verschlungenen Gedankenarmen vergaß.

Hier in den nördlichen Gebirgswäldern nieselte es fast die ganze Zeit, der Boden war feucht und strotzte vor dunkelgrünem Leben. Er lag zusammengekauert zwischen Wurzeln und Farn. Zwischen Traum und Wachsein. Karat hielt die Augen geschlossen, so ließen sich die Stimmen besser ertragen. Und die Lichter.

Diese Lichter, sie trieben ihn in den Wahnsinn. Er sah sie erst seit Kurzem. Oder vielleicht fielen sie ihm erst seit Kurzem auf. Jedenfalls konnte er sich nicht daran erinnern, sie früher schon einmal bemerkt zu haben: die Funken, die überall waren, in Pflanzen, Tieren, Menschen und manchmal auch der Erde. Sogar er selbst strahlte dieses Licht aus. Sanft bebte es mit seinem Pulsschlag, ein schwarzglimmender Schleier, Licht zwar, aber mehr das Gegenteil von Helligkeit. Ähnlich wie das Schimmern, das sonst nur Pixies, Kobolde und andere Geisterwesen umgab. Er war nicht sicher, ob er es mit den Augen sah oder mit einem anderen, neuen Sinn.

Als er den Händlertross vor einigen Tagen überfallen hatte, war das Licht der Männer mit ihrem Tod erloschen. Die platzenden Funken waren so schrecklich schön gewesen, Karat hatte im Kampf innegehalten und einfach nur das Wunder des Sterbens betrachtet. Dann hatte ihn eine wirre Angst gepackt, nein, es war eher Panik gewesen – Panik vor seiner eigenen Verzückung vielleicht, diesem schmelzendwarmen Gefühl, das wie Tränen durch sein Innerstes lief und alles zum Bröckeln brachte. IHRE Stimmen sagten ihm, dass er fliehen sollte, zurück in die Schatten der Wälder. Er packte sich einen Proviantbeutel und ließ die toten Männer liegen.

IHRE Stimmen sagten ihm vieles. SIE lenkten ihn, wenn er nicht weiterwusste, und genau genommen wusste er nie weiter. Seine Vergangenheit, nichts als ölige Spuren im Sand. Die Zukunft, ein Wüstenhorizont. Aber SIE wussten für ihn. SIE sagten und zeigten ihm, was wichtig war. Durch SIE erinnerte er sich an Dinge, die er nie erlebt hatte. Er sah einen aufbrechenden Boden, der Menschen in die Tiefe riss, gigantische Lichtfontänen aus den Tiefen der Erde, die alles Leben tilgten und Städte in ihrem weißen Atem verglühen ließen. Und die tiefen Lichter, sie gehorchten ihm. In einer Erinnerung, die ihm nicht vertraut war, hob Karat alte, bleiche Menschenhände, denn das Licht unterlag seinem Willen. Die Himmelswinde füllten sich mit zischenden, rasselnden Funken und radierten Festungen einfach aus. Schwebeschiffe stürzten ab, wenn er die Faust ballte. Denn das Tiefe Licht war sein Herr. Und er beherrschte das Tiefe Licht. *Und ich bin… das Tiefe Licht!*

Luftschnappend öffnete Karat die Augen. Immer wieder

zerrten die Visionen ihn so weit von der Wirklichkeit fort, dass er das Atmen vergaß. Wie ein Ertrinkender tauchte er aus den dunklen Tiefen auf und fuhr sich über die Brust, um sicherzugehen, dass er noch da war und lebte. Sein Herz trommelte nach einem neuen, schwereren Takt. Aus Gewohnheit griff er nach dem Araidann, das er auf dem Rücken trug. Das isische Säbelschwert rief ihm ins Gedächtnis, wer er war: Karat, der Schakal. Karat, der bezahlte Tod. Vor Ewigkeiten ein Junge von den Inseln der Isen, einer von tausenden entführten Kindersoldaten im Krieg zwischen Moia und Lhun, einem Reich, das vor mehr als zwei Jahrzehnten untergegangen war. Karat. Das war sein Name, der einzige, an den er sich noch erinnerte. Erinnern musste. Dabei kam ihm dieser Mann, der er angeblich war, reichlich fremd vor.

Hatte der Junge von den Inseln den Krieg damals tatsächlich überlebt? Hätte überhaupt ein Junge diese Erfahrungen überleben können…

Schwerfällig richtete er sich auf und schob den Farn beiseite. Irgendwo hinter klauenförmigen Ästen schwamm Mondlicht. Die Nacht war noch jung, doch an Schlaf konnte Karat jetzt nicht denken. Überhaupt schien Schlaf sehr lange her. Lange Zeit… wie lange hatte er hier gelegen? Es konnten Minuten oder Tage vergangen sein, alles war merkwürdig sprunghaft geworden. Tag und Nacht hatten sich längst in ein geteiltes Grab gelegt, Arm in Arm zerfallen zu Dämmerstaub. Verwirrt fuhr Karat sich durch die dunklen Haare, die nur noch lose zurückgebunden waren. Laub knisterte zwischen den krausen Locken. Er schlug sich auf die Wangen.

»Komm zu dir!« Erst nach einem Moment wurde ihm klar, dass er mit sich selbst gesprochen hatte. Die Erkenntnis war so erschreckend, dass er fast den Kopf schüttelte. Nur Verrückte redeten mit sich selbst. Mit einem seltsamen Lächeln, das in seinen Mundwinkeln juckte, stand er auf und begann sich einen Weg durch das Unterholz zu schlagen. In der Finsternis versanken selbst die Umrisse des Mondes, doch das andere Licht war da und wogte überall auf wie ein stummes Orchester. Er sah Tiere vorüberhuschen, sah Tiere in ihren Höhlen unter der Erde schlafen, weil ihr Licht sie verriet. Das Licht hatte keine Geheimnisse vor Karat. Es war eins mit ihm.

Eins habe ich. Aber die anderen drei… denn es gibt vier. Doch nur einer wird sie alle in sich tragen können.

Plötzlich war der Dämon da. Mit geschlossenen Augen sah Karat ihn deutlich vor sich: Der unheimliche Junge beobachtete ihn. Er las in seinen Gedanken, folgte ihm in all seine Träume. *Mein Bruder, mein Todfeind. Ich bin dir auf der Spur*, flüsterte der Dämon. *Ich werde dich kriegen. Warte nur. Warte.*

Karat keuchte. Er sah den Jungen näher kommen, sein wehender Umhang verwandelte sich in den vorbeiziehenden Nachthimmel und jeder seiner Schritte legte Meilen zurück. Die kalte Farbe seiner Augen war ein Todesversprechen, so sicher und unaufhaltsam wie der stahlblaue Morgen. Schweiß brach ihm aus, Karat wischte sich zitternd über den Nacken. Er wusste, dass der Junge ihn verfolgte: IHRE Stimmen hatten ihn gewarnt. Der Junge mit den dämonischen Kräften wollte ihm das Kostbarste wegnehmen, trachtete nach dem Licht, nach dem Tiefen Licht in ihm… Karat presste sich beide Hände auf das Herz, als könnte es ihm herausfallen.

Er musste erfahren, was die Lichter bedeuteten. Tief in ihm war die Antwort und schlummerte in Ölblasen. *Tief in der Erde.*

»Wohin laufe ich«, murmelte er, und wieder merkte er erst einen Moment später, dass er Selbstgespräche führte. Argwöhnisch sah er sich um, als könnte ihn jemand gehört haben. Ihm war, als käme Lachen aus dem Unterholz. Lichter glitten vorüber, viel zu groß für Tiere oder Liriumfunken im Wind. Karat blinzelte. SIE waren da, natürlich. Zu gegebener Zeit würde er erfahren, wer SIE waren. Zu gegebener Zeit würde er verstehen, wohin SIE ihn führten. Denn das taten SIE: ihn führen. So wie der Schwertkämpfer sein Araidann führte, durch Schatten und durch Sonnenschein.

Tage verstrichen und Nächte vergingen, ohne Erinnerungen zu hinterlassen. Andere Erinnerungen entfalteten ihre schwarzen Blüten in Karat, rankten sich tückisch um die Gegenwart und raubten ihr ihren Platz.

Karat sah, wie die Welt unterging und die Völker in Lichtfluten ertranken. In einem Krieg, der fünf Jahrhunderte zurücklag, hatte er mit seinen eigenen Händen die Erde umgegraben, um das Tiefe Licht hervorzubringen. Wie wunderschön es war! Wie wunder-, wunderschön der Tod das Leben umschlingen konnte… verschlingen… mit Haut und Haaren *fressen*.

Was tue ich hier? Wo war ich fünfhundert Jahre? Die Fragen schliefen in den Knospen des Rosengestrüpps, das sein

Gedächtnis durchwucherte. Er hatte in einem Grab gelegen, unter feuchtem Lehm und dunkler Erde und Granit, mit einem Herzschlag für jedes verstreichende Jahr, während weit über ihm die Zeit der Menschen vorüberraste. Jetzt war er zurück. Und die Zeit der Verfluchten war vorbei.

Aufbruch

Hel erwachte, als der Tag anbrach. Fahrig befreite sie sich aus ihrer Bettdecke. Der Stoff war feucht vor Schweiß und sie zitterte. Höchstens drei Stunden waren vergangen, seit sie sich hingelegt hatte, doch sie würde nicht mehr schlafen können, das wusste sie. Sie wollte auch nicht. Die Augen zu schließen bedeutete, wieder in der Dunkelheit zu versinken, in der alles passieren konnte … Sie fuhr sich über die Stirn, als könnte sie so die Bilder wegwischen. Woher kamen nur diese Träume … Als Erinnerungen an das eben Gesehene in ihr hochstiegen, stand sie so hastig auf, dass ihr schwindelig wurde.

Sie zog sich die Augenklappe auf, schlüpfte in ein frisches Hemd, ihre grüne Wolltunika und Beinlinge, stieg in ihre Halbstiefel und schlang sich den Gürtel um die Taille. Zuletzt legte sie sich ein leeres Feenlicht an einer Lederschnur um den Hals. Der Stein war durchsichtig wie Glas – erst wenn er sich mit Lirium füllte, würde er seine Farbe ändern und schließlich schwarz zu funkeln beginnen. Oft hatte Hel den Wandel eines Feenlichts beobachtet und sich gefragt, wie es funktionierte. Angeblich gab es Leute, die das

Geheimnis der Magierschaft entschlüsseln wollten – doch Feenlichter ließen sich nicht zertrümmern oder schmelzen. Die Magier mussten eine andere Methode anwenden, um das gesammelte Lirium wieder aus den Feenlichtern zu bekommen.

Den magischen Umhang aus Moia, der vor Kälte, Regen und Feuer schützte, packte Hel in ihren Quersack, zusammen mit Arills Weste, dem einzigen Erinnerungsstück, das ihr von der Mannschaft der *Schwalbe* geblieben war. Nachdenklich fuhr sie über den Stoff, als sie ihn einpackte. Sie hatte die Weste nie gewaschen und manchmal, wenn sie verstohlen daran roch, glaubte sie vertraute Gerüche wahrzunehmen… von Abenden in der Schiffsküche bei gebratenem Sandwurm… und von Wüste, ihrer Reise durch die Wüste mit ihm, Mercurin… Das war stets der Moment, in dem sie die Weste wieder weglegte. Wahrscheinlich bildete sie sich die Gerüche sowieso nur ein. Trotzdem war das alte Kleidungsstück mit den abgerissenen Ärmeln und dem zerschlissenen Kragen das Kostbarste, was sie besaß.

Nach ein paar Silbermünzen für ihre Augenklappe, um die zweite Sicht abzuschirmen, hatte sie kaum mehr einzupacken. Eine Tüte Kirschsaftpulver noch und so viele Datteln, wie hineinpassten. Außerdem hatte sie im Lesezimmer der Liga eine Ausgabe von Jurebas Lieblingsbuch gefunden: *Die Leiden des jungen Waydir*. Im Gedenken an die isische Sturmjägerin, der Hel das Lesen verdankte, hatte sie das Buch geklaut. Jetzt schob sie es zwischen ihre Kleider in den Quersack und schnürte alles zu.

Bevor sie ging, sah sie sich noch einmal im Zimmer um. Zwischen diesen vier Wänden hatte sie die letzten Wochen geschlafen, es war ihr erstes Zuhause gewesen seit dem Absturz der *Schwalbe* vor fast einem halben Jahr. Dennoch war ihr nichts im Raum vertraut. Das Eichenholzbett war so steif und streng wie ein Vertreter der Magierschaft, die dunklen Wandschränke schienen sie wie stumme Zeugen aus ihren Schlüssellöchern zu mustern. Es roch sogar wie in den Ratssälen des Westturms, nach kühlem Stein und dem Staub von Jahrhunderten. Hel trat hinaus und schloss die Tür hinter sich. Sie würde das Zimmer nicht vermissen. Nicht einmal die Ruhe und Bequemlichkeit. In der unmittelbaren Nähe der Magierschaft würde sie sich nie wirklich wohlfühlen.

Hel lief zu Novas Zimmer, doch als sie anklopfte, kam keine Antwort. Sie öffnete einen Spalt und lugte hinein. Das Bett war zerwühlt, die Schränke standen offen und waren leer geräumt. Hel warf einen Blick durch die Fenster. Der Morgen zog gerade erst auf, blassgrau und dunstig. Um die Uhrzeit war Nova sonst im Tiefschlaf. Sie hatte sich doch nicht verspätet? Sie eilte die Treppe hinunter, durchquerte die Speisehalle der Liga, in der noch immer Chaos von gestern herrschte, und lief die große Wendeltreppe hinab nach draußen.

Nestern gleich säumten die Schiffe der Sturmjäger die weite Anlegestelle, die aus dem Turm wuchs wie ein Pilz. Alle Fenster waren zugezogen, die Beutel für den Liriumfang eingerollt; stumm schienen die Schiffe darauf zu warten, dass man sie wieder mit Leben erfüllte.

Nur auf der *Taube* herrschte Bewegung. Hel sah Kelda

und die Söldner an Deck, die Gepäck und Proviant verluden. Sie kletterte über die Planke und grüßte die anderen. Meister Olowain kam vom Schiffsbug angeschlendert und blinzelte gen Osten. Die Sonne war hinter den Wolken nur als Lichtkleks auszumachen.

»Morgen«, sagte Hel.

Olowain nickte und unterdrückte ein Gähnen. Vermutlich hatte er kaum geschlafen. »Ich habe mein Gepäck an Bord gebracht. Wenn ihr mich braucht … bitte klopft an.« Damit verschwand er unter Deck.

»Zu Befehl«, murmelte Hel und runzelte die Stirn. Wahrscheinlich würden sie Olowain erst wieder zu Gesicht bekommen, wenn sie in Tridad ankamen. Nun, irgendwer musste schließlich dafür sorgen, dass das auch geschah. Sie rückte sich den Quersack zurecht und stieg hinauf in die Steuerkabine. Die Leuchtkugel brannte, obwohl es schon hell genug war, um das Licht zu sparen. Die Verschwendung machte sie immer wieder wütend. Es überraschte sie nicht, Nova vorzufinden, der Harlem gerade etwas erklärte.

»Also bewegst du diesen Hebel am besten gar nicht, der kann hier in der Sicherung stecken bleiben. Wenn wir das Schiff höher oder tiefer fliegen müssen, mach ich das lieber. Oder Hel. Hallo! Alles munter da drunter?« Er tat, als wolle er unter ihre Augenklappe lugen.

Hel wedelte ihn weg. »Warum bist du denn um diese Zeit schon so wach?«

»Es gibt viel zu tun!« Er ließ die Hand auf das Steuerrad fallen und maß sie mit einem kleinen Grinsen. »Wie du siehst, weise ich gerade meine neue Mannschaft ein.«

»Unsere Mannschaft.«

»Wie bitte? Ich bin stellvertretender Kapitän der *Taube*! Und Kapitän Nord ist gerade verhindert. Du bist nur Mitreisende.«

Hel musste gähnen. »Wie du meinst. Dann bist du auch für die Küche zuständig.«

Bevor Nova widersprechen konnte, schaltete sich Harlem ein: »Was ist das hier?«

Sie wies auf die zwei Lichtwaagen, silberne Kästchen mit einem Glasdeckel, in denen ein Pfeil zwischen Null und Fünfhundert schwanken konnte.

»Damit misst man, wie voll die Beutel bei einer Sturmjagd sind«, erklärte Hel.

»Beutel sind die …?«

»Ballons am Schiffsbauch, die sich mit Lirium füllen«, kam Nova ihr zuvor. Er stemmte die Arme in die Seiten, offenbar, um seine Autorität zu demonstrieren. »Sie sind mit einem feinen silbernen Draht umhüllt und innen voller Feenlichter. Wenn sich die Feenlichter mit Lirium füllen, erhöht sich die Lichtstärke in den Beuteln. Das kann man dann an den Lichtwaagen beobachten. Sobald die Beutel voll sind, müssen wir sie schließen, sonst würden sie zerreißen. Und das Schiff gleich mitsprengen.«

Harlem nickte langsam. Ihr war anzusehen, dass beunruhigende Vorstellungen durch ihren Kopf geisterten.

»Keine Sorge«, versuchte Hel sie zu beruhigen. »Dass wir auf einen Liriumsturm stoßen, ist heutzutage ziemlich unwahrscheinlich. Es gibt ja kaum noch freies Lirium. Und selbst wenn, würden wir ihm ausweichen. Für eine Sturmjagd ist eine komplette Mannschaft nötig.«

»Ganz zu schweigen von einer Liga«, murmelte Nova.

Sie sahen sich an und dachten beide an die schockierende Botschaft, die Palairon vor einigen Monaten verkündet hatte: Die Liga war aufgelöst worden. Seit Jahren hatten alle den Tag gefürchtet, an dem sich die Jagd nach Lirium nicht mehr lohnte, und er war tatsächlich eingetreten. Das Land war ausgestorben, all sein Leben hatten die Menschen verbraucht – die dämonischen Angriffe auf manche Schiffe waren nur ein willkommener Anlass gewesen, die Liga endgültig aufzulösen, sie hatte ohnehin nicht mehr ausreichend Lirium geliefert. Ihnen blieb gar keine andere Wahl, als im Alten Reich einzufallen, Dämonen hin oder her. Es war der einzige Ort, an dem das Land noch lebendig war. Aber selbst wenn sie den Krieg gewannen und die magische Welt gerettet werden konnte – es würde nie wieder dasselbe sein. Ihre Zukunft kostete dann nicht mehr nur das Leben der Erde. Sondern auch das Leben vieler Menschen.

Nachdem die Söldner und Kelda ihr Gepäck an Bord gebracht hatten, erklärten Hel und Nova ihnen die wichtigsten Regeln. Solange sie nicht auf Sturmjagd gingen, war ein Schwebeschiff leicht zu bedienen. Je nach Wetter und Windstärke musste das Lirium reguliert werden, das durch die Rohre strömte, die Messungen würden Hel und Nova übernehmen. Sonst gab es nur die Trollaufsicht, die sie untereinander aufteilten. Sie stellten einen Plan für die Tages- und Nachtschichten auf. Dann mussten die Trolle an Bord gebracht werden, die man seit der Auflösung der Liga von den Schiffen ins Innere des Turms verlegt hatte.

In den dafür bereitgestellten Katakomben nicht weit von der Anlegestelle schliefen gut zweihundertfünfzig Trolle.

Ein atemberaubender Gestank nach Ammoniak und modrigen Steinen schlug ihnen entgegen, als sie durch die Eisentüren traten und durch große Bodengitter in die Käfige hinabblickten. Die Leuchtkugeln, die sie mitgebracht hatten, erhellten die Gewölbe nur dürftig. Hier war es stockdunkel, so wie Trolle es am liebsten mochten. Im ungewohnten Schein begannen die ersten sich zu regen und zu knurren.

»Hier sind unsere«, sagte Nova und ging zu einem Bodengitter vor. Daneben standen eine Steintafel mit dem Namen des Schiffs und eine Kurbel mit eisernem Zahlenrad. Nova zog einen Finger Lirium aus seiner Gürteltasche und träufelte etwas davon in die silberne Ampulle im Rad. Dann drehte er die Kurbel, bis sie dreimal einrastete. Nach einem kurzen Wackeln begann sie sich von allein weiterzudrehen. Im Käfig unter ihnen brach Bewegung aus. Grollen und Knurren erklang, als die Trolle erwachten. Die Kurbel drehte sich klickernd weiter. Die Ketten, mit denen die Trolle aneinandergebunden waren, wurden Stück für Stück eingezogen. Wütendes Schnauben brachte die Luft zum Beben, als einer nach dem anderen in einen Gitterwagen gezogen wurde, der durch eine kleine Öffnung mit dem Gehege verbunden war. Eisen klirrte. Die Trolle rissen an ihren Fesseln. Doch die Kurbel drehte sich unaufhaltsam weiter. Schließlich waren alle zwölf Trolle im Wagen. Inzwischen ließ ihr Gebrüll die Gewölbe erzittern, dass Rinnsale aus Staub von der Decke rieselten. Auch die anderen Trolle erwachten wütend aus ihrem Schlaf. Hel stellte sich vor, wie sie alle auf einmal aus ihren Käfigen ausbrachen, zornig und hungrig, und sich auf sie stürzten … aber das konnte nicht passieren, die Käfige hielten schon seit Jahrhunderten aufgebrachten Trollen stand. Es gab keinen Grund, sich zu fürchten. Trotzdem, bei dem ohrenbetäubenden Lärm ließ sich eine Gänsehaut nicht verhindern.

Die Kurbel drehte sich noch immer verlässlich klickend wie ein Uhrwerk. Ein Gitter schob sich vor den Wagen. Dann wurde er mitsamt der Trolle Stück für Stück durch den Boden nach oben befördert. Mittendrin hielt das Zahlenrad inne und Nova musste rasch eine weitere Prise Lirium in den Flakon geben. Schließlich stand der Gitterwagen mit den zwölf Trollen vor ihnen. Hel und Nova lösten die schweren Eisenketten, an denen der Wagen nach oben gezogen worden war, wobei sie darauf achteten, nicht in Reichweite der Trollpranken zu kommen, die durch die Stäbe nach ihnen schlugen. Gemeinsam mit den Söldnern und Kelda zogen sie den Trollwagen durch die Katakomben nach draußen; Harlem war bereits vorgelaufen und drehte nervös ihre Wurfmesser in den Händen, als sie auf die Anlegestelle hinauskamen.

Es dauerte eine Weile, bis sie die Trolle über die Planke an Bord und schließlich in ihr Gehege im Schiffsbauch transportiert hatten. Jeder Schritt musste wohldurchdacht sein, um sich nicht in Gefahr zu bringen, doch Hel hatte die mühselige Prozedur schon so oft durchgeführt, dass sie kaum über ihre Handgriffe nachdachte. Der Wagen wurde an Sicherheitsketten befestigt und in den Käfig herabgelassen. Die Fußfesseln der Trolle wurden an beiden Enden in den Ringen eingeklinkt. Zu Hels Überraschung war der Trollkäfig bereits mit frischem Futter und Stroh ausgestattet. Nova musste wirklich früh aufgestanden sein, wenn er alles vorbereitet hatte – falls er überhaupt zu Bett gegangen war. Trotz verräterischer Augenringe wirkte er voller Tatendrang, als könnte er ihre Abreise kaum erwarten. Hel dämmerte, was hinter seinem Fleiß steckte.

»Wolltest du nicht noch jemanden treffen?«, raunte sie ihm zu, als sie den leeren Wagen wieder aus dem Käfig hochkurbelten. »Auf der Westbrücke?«

Nova unterdrückte ein Schnaufen, während er die schwere Kurbel drehte. Plötzlich drehte er viel langsamer als vorher. »Gleich. Hab noch zu tun.«

Sie brachten den Wagen gemeinsam zurück in die Trollgehege. »Jetzt musst du dich aber beeilen«, sagte Hel, als sie aus der stinkenden Dunkelheit flohen.

Doch statt Richtung Westbrücke zu gehen, eilte Nova zum Schiff zurück. »Bringen wir erst noch die Trolle an die Kurbel. Jetzt haben sie bestimmt schon fertig gefressen. Komm, alleine schaffe ich es nicht.«

Mithilfe verschiedener Kettensysteme lotsten sie sieben Trolle an die große Kurbel, die den Antrieb des Schiffs ausmachte. Früher, als es Lirium noch in verschwenderischen Mengen gegeben hatte, war die Kurbel nur in technischen Notfällen eingesetzt worden. Nun wurden alle Schiffe von Trollmuskeln angetrieben, allein ihre Schwebekraft kam noch von den Liriumrohren entlang der Reling.

Als die Trolle auf ihren Plätzen an der Kurbel waren und Nova den Gefährten ausgiebig erklärt hatte, wie man sie zu beaufsichtigen hatte, zog Hel ihn ein Stück von den anderen weg. »Und jetzt verabschiedest du dich von Aricaa, oder?«

»Oder?«, machte er sie leise nach. »Bemüh dich nicht, es wie eine Frage klingen zu lassen. Ich hab schon begriffen, was du für richtig hältst.«

»Na, dann ist ja gut«, sagte sie und nahm ihm die Trollpeitsche weg. Die Söldner spähten neugierig zu ihnen herüber, auch Harlem beobachtete sie ganz unverhohlen. Nur Kelda beugte sich über die Reling zu den Trollen hinab und schien in Gedanken versunken.

»Hör auf, dich einzumischen.« Nova hatte inzwischen gemerkt, dass Caiden, Berano und Relis über ihn kicherten. Arill ermahnte seine Söldner nicht zu mehr Anstand, im Gegenteil, er grinste ebenfalls. Nova schien ärgerlich zu werden.

»Ich gehe ja sowieso gleich! Nicht deinetwegen, nicht ihretwegen, sondern nur weil ich es will. So.« Er ließ die Worte sacken. »Aber erst muss ich nachsehen, ob wir wirklich zwölf Kisten Rüben bekommen haben.«

Die Söldner wichen seinem wütenden Blick aus und wandten sich den Trollen zu, bei denen eine tosende Kabbelei ausgebrochen war. Die Bodenbretter bebten mit jedem Faustschlag. Zum Glück waren Kurbel und Käfig mit Eisen ausgekleidet.

Nova blieb für einen Moment unbeachtet und floh zu seinen Rüben unter Deck.

Es dauerte fast eine Stunde, bis er alle Gemüsekisten einzeln geöffnet und auf Gewicht, Geruch und Frische untersucht hatte. Als Nova anfing, Kessel zu sortieren, riss Hel die Geduld. »Da wartet jemand auf dich! Wir haben nicht ewig Zeit.«

»Ich wollte gerade gehen!« Er drückte ihr einen übel riechenden, über und über verkrusteten Messingtopf in die Arme. Die schmierigen Griffe rutschten ihr aus den Händen – sie ging in die Knie und konnte den Topf gerade noch festhalten. Als sie aufsah, hatte Nova die Küche bereits verlassen. Im Gang hörte sie ihn noch etwas vor sich hinmurmeln, das klang wie »vergammelte Hähnchen« oder »verdammte Mädchen«. Wahrscheinlich eher Letzteres. Kopfschüttelnd hievte Hel den Topf in den Waschbottich, konnte sich ein Lächeln aber nicht verkneifen.

Im Himmel

Hel hatte eigentlich erwartet, dass Nova nicht zu Aricaa gehen, sondern sich stattdessen in seinem Zimmer verstecken würde. Umso mehr überraschte es sie, ihn eine knappe Stunde später von der Westbrücke schlurfen zu sehen. Sie klappte das Fenster im Esszimmer zu und lief an Deck.

Ein kalter Nieselregen hatte eingesetzt und schien das Tageslicht fortwaschen zu wollen. Seit den frühen Morgenstunden war es kaum heller geworden, eher noch dunkler. Eine entsprechende Miene trug Nova zur Schau.

Er warf Hel einen kurzen Blick zu, trottete über die Planke und zog sie hinter sich ein. Hel öffnete den Mund, entschied dann aber, lieber nichts zu sagen. Gemeinsam gingen sie in die Steuerkabine und starteten das Schiff. Als die *Taube* mit einem unwirschen Ruckeln abhob, lächelte Hel ihn flüchtig an. Er wischte sich die nassen Haare aus der Stirn. Für einen Herzschlag erinnerte er sie an Meisterin Medeah – es waren diese kurzen Momente, wo er sich nicht in Pose warf, in denen die Ähnlichkeit zu seiner Mutter deutlich wurde. Hel konnte nicht sagen, woran es lag, doch dann strahlte er jene distanzierte Anmut aus, die sie damals an der Magierin von Moia erlebt hatte. In ihm floss eben doch das Blut einer alten Magierfamilie, es ließ sich nicht leugnen.

Während sie langsam durch die ersten Wolkenschleier schwebten, sah sie beinahe ein wenig neidisch zu Nova hinüber. Kein Wunder, dass er so selbstsicher war. Immerhin musste er sich für seine Eltern nicht schämen: eine hochrangige Magierin als Mutter, ein berühmter Sturmjäger als Vater, darauf konnte man stolz sein ... Vielleicht war Meisterin Medeah keine fürsorgliche Mutter und Kapitän Nord hatte inzwischen ein ernsthaftes Problem mit dem Trinken – trotzdem hatte Nova keine schlechten Karten gehabt.

Das erste Mal seit langer Zeit wurde Hel wieder bewusst, dass sie keine Eltern hatte. Nicht dass sie das vergessen könnte – aber man dachte eben nicht ständig an die Leere, die man da hatte, wo andere Geschichten, Menschen, ein Zuhause hatten. Irgendwann war die Sehnsucht nach Antworten für sie in den Hintergrund getreten. Jetzt, ganz plötzlich, sprangen uralte Fragen in ihr auf: Wer waren ihre Eltern gewesen? Hatten sie sich sehr geliebt? Waren sie schön gewesen?

Hel schüttelte diese Überlegungen energisch ab. Wie lächerlich! Wunderschön konnten ihre Eltern sowieso kaum gewesen sein, der Beweis blickte ihr aus jedem Spiegel entgegen.

Als die *Taube* ihre geplante Flughöhe erreicht hatte und ruhig durch die Nieselwogen glitt, lehnte sich Hel an die Reling im Bug des Schiffes und beobachtete, wie die vier Türme Aradons hinter Nebeln verblassten. Sie sahen aus wie verschworene Magier in Kapuzenmänteln, die sich fortschlichen. Allwissend und schweigend. Die namenlose Abneigung, die sich oft beim Anblick der Türme in ihr geregt hatte, verwandelte sich jetzt beinahe in Wut. Darüber, dass Geheimnisse emsig gehütet wurden in einer Welt, in der ohnehin zu viel Ratlosigkeit herrschte. Darüber, dass alle und alles stumm blieb und ihre Eltern ihr nichts hinterlassen hatten, keine Erinnerung, kein Wort. Nicht einmal einen Namen.

Der Tag blieb verregnet. Immer wieder peitschten heftige Schauder gegen die Bullaugenfenster, dann legten Nebel und Wolken ihre Arme um das Schiff und löschten die Welt unter ihnen aus, bis sie reglos im Nichts zu schweben schienen.

Hel, Relis, Berano und Caiden bereiteten in der Küche das Mittagessen vor. Kelda war anfangs bei ihnen gewesen und hatte Holz im Ofen aufgeschichtet, war aber bald ohne Erklärung und unbemerkt verschwunden. Arill hatte sich gleich nach dem Abflug zurückgezogen, um den verpassten Schlaf der letzten Nacht nachzuholen, ebenso wie Kapitän Nord und Meister Olowain, die sich ohnehin nie in der Küche blicken ließen. Auch Nova war auf sein Zimmer geschlichen – mit der Bemerkung, in Dichterstimmung zu sein. Hel fragte sich, auf welche Art die Begegnung mit Aricaa ihn wohl inspiriert hatte. Doch sie konnte sich beim besten Willen nicht vorstellen, wie das Treffen verlaufen war.

Ein Hackmesser flog an ihr vorbei. Ihr blieb das Herz stehen. Berano fing es geschickt in der Luft, schenkte Relis, die das Messer geworfen hatte, ein Lächeln und begann, eine Keule zu zerlegen. Manchmal vergaß Hel, dass die drei kichernden Freunde auch gefährliche Krieger waren.

Sie scherzten über Harlem, die man vorhin einstimmig aus der Küche verbannt und zur ersten Trollaufsicht geschickt hatte. Es wurde ein Abkommen geschlossen, Harlem mit vereinten Kräften vom Herd fernzuhalten. Sie hatte doch tatsächlich vorgeschlagen, Glumpsklöße zum Mittagessen zu machen. Keiner wusste so genau, was Glumpsklöße waren, aber es gab heftige Spekulationen.

»Und ob die aus Regenwürmern bestehen!«, beharrte Relis. »Harlem hat mir erst kürzlich von Wurmklößen in Essig vorgeschwärmt …«

Ein Schauder jagte Hel den Rücken hinab. Nein, sie durften die Zwergin wirklich nicht an die Kessel lassen.

Als das Mittagessen fertig war, ging Hel von Tür zu Tür, um den anderen Bescheid zu sagen. Nur Nova war wach und erschien. Bei Tisch versuchte sie beiläufig etwas aus ihm herauszubekommen, doch er war offenbar nicht zum Reden aufgelegt. Schweigend schaufelte er sich fünf Löffel Gemüseeintopf in den Mund, dann schob er die noch halb volle Schüssel von sich weg.

»Schon ein Gedicht geschrieben?«, fragte Hel, als er Anstalten machte, zu gehen.

Er zuckte mit den Schultern. Dann sah er sie an. »Vielleicht lass ich es dich lesen. Später.« Er stand auf.

»Krieg ich's auch zu lesen?«, säuselte Caiden und grinste, dass sämtliche Brotkrümel aus seinen blonden Bartstoppeln rieselten.

»Dafür müsstest du erst mal lesen *können*«, erwiderte

Nova mit einem raschen Lächeln und verließ das Esszimmer, bevor jemand sehen konnte, wie er errötete.

Es hatte gerade aufgehört zu regnen, als Hel an Deck ging, um Harlem etwas zu essen zu bringen. Die Zwergin saß auf dem Hochsitz, den Trollen zugewandt, und ließ die Peitsche knallen. Der Boden bebte unter dem steten Vorwärtstrotten der Trolle.

Hel räusperte sich. »Ich hab was zu essen für dich mitgebracht. Wenn du willst, löse ich dich jetzt ab«, sagte sie zu Harlem. Die Zwergin beäugte misstrauisch ihren Eintopf, steckte den Finger in die Schüssel und probierte kurz, dann erhob sie sich.

»Gut. Ich geh mal rein … und würze das nach.« Sie schwenkte die Schüssel und überreichte Hel die Peitsche. »Nicht mal Essig … Menschen!«, murmelte Harlem liebevoll tadelnd. Dann kletterte sie die Stiege hinunter.

Hel nahm ihren Platz im Hochsitz ein und blickte nachdenklich auf die gewaltigen Trolle, die das Schiff antrieben. Im Moment verrichteten die Kolosse stumm ihren Dienst, und sie war froh, nicht die Peitsche schwingen zu müssen.

Leise kam Kelda an Deck. Hel winkte ihm zu. »Willst du nicht hochkommen und mir Gesellschaft leisten?« Er lächelte sie an, wie immer bedacht, dabei den Mund geschlossen zu halten, sodass sie seine spitzen Isenzähne nicht sah. Als wollte er seine Herkunft am liebsten leugnen. Er erklomm die Stiege und ließ sich neben Hel fallen. Unter ihnen gingen die Trolle im Kreis. Kelda blieb stumm wie so oft.

»Ich hoffe, ich habe dich nicht gestört«, sagte Hel nach

einer Weile. »Entschuldige. Ich wollte einfach nicht allein hier sitzen. Wenn du gerade etwas Wichtiges …«

Kelda stieß ein Lächeln durch die Nase. »Immer so höflich! Auf dem Schiff, auf dem du groß geworden bist, waren da alle so wie du?«

Hel dachte kurz an die Mannschaft der *Schwalbe*, unter der es üblich gewesen war, sich mit einem Tritt in den Allerwertesten zu begrüßen. Oder zu verabschieden. Oder sonst wie mitzuteilen.

Kelda deutete ihr kurzes Schweigen richtig und für einen Moment fühlte sie seine Hand auf der Schulter. Als sie ihn ansah, blickte er wieder in den grauen Himmel hinauf. Seine Finger drehten an einer isischen Pfeife aus Silber und Schilfrohr, die er in Aradon erstanden haben musste. Seit Kurzem lief er ständig damit herum, auch wenn Hel ihn noch nie beim Rauchen gesehen hatte.

»Wie ist es mit Nova und … Aricaa gelaufen?«, fragte er.

Hel runzelte die Stirn. »Woher weißt du davon?«

»Die Söldner.«

Sie musste auflachen. »Und ich dachte früher, die vier wären furchtbar ernst und verschwiegen.«

»Sie tratschen mehr als alte Marktfrauen.«

Sie grinsten sich an.

»Na ja, wie es mit Aricaa war, weiß ich auch nicht. Nova schreibt gerade ein Gedicht.«

Kelda nickte, als sei das die naheliegende Reaktion auf ein Wiedersehen mit einer sitzen gelassenen Verlobten.

»Ich hoffe, er hat das Richtige getan.«

Hel schwenkte nachdenklich die Peitsche. Sie hasste die Trollaufsicht, aber zum Glück reichte es meistens, die Peitsche in der Luft knallen zu lassen. Auch wenn die Körper der Trolle mehr Fels als Fleisch waren, brachte sie es nie über sich, ihnen etwas anzutun. Vor allem hier oben, bei der Aufsicht, konnte man die hässliche Tatsache nicht mehr leugnen, dass alle Errungenschaften der Magie auf Ausbeutung basierten. Nein – nicht nur die Errungenschaften der Magie, das war eine feige Ausflucht. All die Annehmlichkeiten, mit denen auch sie, Hel, lebte, waren auf der Knechtschaft anderer gebaut. Sie räusperte sich und vertrieb diesen Gedanken.

»Ja, Nova … Dass er sich richtig verhalten hat, hoffe ich auch, aber das wäre eine Überraschung. Es würde ja schon reichen, wenn er nichts schlimmer gemacht hat.«

»Magst du ihn?«, fragte Kelda unverwandt.

Hel starrte ihn an. »Nein! Nein.«

»Das meinte ich nicht«, sagte der Ise ruhig. »Dass ihr kein Liebespaar seid, ist offensichtlich. Ich frage nur, ob du ihn wirklich magst, von Herzen.«

Ihre Wangen begannen zu glühen. »Natürlich. Er ist ein Freund.« Sie wollte sagen: mein bester Freund, doch traute sich nicht. Dabei war er genau das. Ihr bester Freund. Und ihr einziger. Vor dem Absturz der *Schwalbe* waren auch die Sturmjäger ihrer Mannschaft ihre Freunde gewesen, ja, ihre Familie. Trotzdem war es mit Nova anders.

»Du redest oft schlecht von ihm, deshalb war ich mir nicht sicher«, erklärte Kelda.

»Oh.« Hel wurde bewusst, dass er recht hatte. Wieso eigentlich? »Nova hat auch verdammt viel auf dem Kerbholz. Aber im Grunde ist er schon ein guter Mensch.«

Kelda beobachtete sie aus seinen stillen, aufmerksamen

Augen, die selbst so wenig preisgaben. »Es ist gut, dass du ihn hast.«

»Was meinst du?« Hel hatte das Gefühl, dass der Ise eines ihrer Geheimnisse durchschaute, aber sie konnte beim besten Willen nicht sagen, was für eins.

»Du glaubst an das Gute in Nova, trotz der Dinge, die du an ihm bemängelst. Es ist ein großes Geschenk, so jemanden im Leben zu haben. Dem man vertraut.« Er schob sich die Pfeife unter den Umhang und setzte sich die Kapuze auf, als das Schiff durch eine Nieselwoge glitt. Hel merkte deutlicher denn je, dass sie Kelda von allen Gefährten am wenigsten kannte. Während der letzten Monate waren sie alle an ihre Grenzen gestoßen, sie hatten wochenlang zusammen in der Wildnis geschlafen, waren nicht selten isischen Rebellen entkommen, ganz zu schweigen von einem Riesentroll in den Bergen. Irgendwann zwischendurch hatte jeder von ihnen etwas preisgegeben: Olowain, dass er kein Blut sehen konnte, Harlem, dass sie in Gondurill einen Sohn zurückgelassen hatte; selbst Berano, der von allen Söldnern noch am verschwiegensten war, hatte bei einem Weingelage in Aradon unter Tränen und Rülpsern offenbart, dass er todunglücklich verliebt sei. Nur Kelda war, egal in welcher Situation, so verschlossen und beherrscht geblieben wie jetzt. Hel wusste praktisch nichts über ihn. Nicht einmal, was sein Lieblingsgericht war. Er aß ja auch kaum mit den anderen zusammen.

Als sie ihn nun von der Seite betrachtete, fiel ihr auf, wie ausgemergelt er war: Die nussfarbene Haut spannte sich deutlich über den Wangenknochen, seine Augen versanken in Schatten wie Lichter auf dem Grund des Meeres. Sie versuchte sich zu erinnern, ob er schon immer so hager ausgesehen hatte, doch sie bezweifelte es. Als er merkte, dass sie ihn anstarrte, wandte sie sich schnell den Trollen zu.

»Hast du denn jemanden, dem du vertraust?«, fragte sie und versuchte ganz beiläufig zu klingen. Aber natürlich ließ Kelda sich in seiner Rätselhaftigkeit nicht so leicht fassen.

Er zog ein Knie an und stützte die Arme darauf. »Wahrscheinlich kannst du dir das nicht vorstellen, aber wir beide haben einiges gemeinsam.«

Hel schwieg. Sie konnte es sich sogar sehr gut vorstellen, aber sie sagte nichts und wartete.

»Auch ich… habe meine Familie früh verloren.« Es klang, als erinnerte er sich erst jetzt daran, dass er eine Familie gehabt hatte – eine höchst verwunderliche Begebenheit. »Ich weiß noch, wie der Junge hieß, mit dem ich Muscheln getauscht habe, und ich kann mich an die Alte erinnern, die immer die Netze in den Buchten auslegte, aber meine Schwestern – außer ein paar Kleinigkeiten, die ich noch über sie weiß, sind sie mir verloren gegangen. Ich musste kämpfen, im Krieg zwischen Moia und Lhun. Und lernen, dass es überall Gut und Schlecht gibt – bei den Isen wie bei den Menschen.« Er öffnete die Hände, schmal wie von einer Frau beinahe, und legte sie bedächtig zusammen, als schließe er ein Buch. »Ich weiß, wie es ist, keinen Boden unter den Füßen zu haben. So sagt man in der Sprache der Isen. Nicht zu wissen, woher und von wem man abstammt. Mir hat niemand gesagt, wer ich bin. Ich denke, dir auch nicht.« Er sah sie an, doch sobald er merkte, wie ihre Miene erstarrte, blinzelte er rasch weg. »Wenn man keine Familie hat, die einem sagt, wer man ist, muss man selbst die Antwort finden. Nun, vielleicht muss das jeder ein bisschen. Aber wir noch mehr, und niemand hilft uns dabei. Das ist schwer, so schwer, wie Freiheit eben zu tragen ist. Und man muss achtgeben, die Antwort bei sich zu suchen und nicht bei anderen. Egal, wie gut und ehrenhaft sie einem vorkommen.« Er machte eine Pause, die Hel unangenehm deutlich erschien. Endlich fuhr er fort: »Und ganz alleine dazustehen, macht es fast unmöglich, an das wahre Gute in anderen zu glauben. Dieses Vertrauen, das Vater und Mutter ihrem Kind als größtes Geschenk mitgeben können, ist für solche wie uns selten zu erlangen. Darum kannst du so froh sein, in Nova einen Freund zu sehen, dem du trauen darfst. Er ist dann der Boden, auf dem du stehst.«

Hel dachte darüber nach. Nova als Halt im Leben – jeden anderen hätte sie für diese rutschige Planke herzlich bemitleidet. Aber erstaunlicherweise war dieser Gedanke für sie gar nicht so beunruhigend, jetzt wo sie darüber nachdachte. Auch wenn er sicher nicht wenigen Mädchen aus den Fingern geronnen war wie Sand, wusste sie, dass es bei ihr nicht so war. Zumindest solange sie ihn nicht zum Heiraten zwingen wollte. Fast musste sie grinsen. Etwas entspannter suchte sie Keldas Blick.

»Jeder braucht doch Boden unter den Füßen. Wer gibt ihn dir?«

Ein Zucken ging um seine Mundwinkel; wenn es ein Lächeln war, wirkte es eher verbittert als fröhlich. »Das Leben ist wie unsere Erde. Alles verschiebt sich, und wo heute Berge sind, kann morgen schon eine tiefe Schlucht sein.« Er erhob sich.

Hel versuchte seinen Schwermut aufzubrechen und sagte

augenzwinkernd: »Es sei denn, das Land ist ausgestorben, dann bewegt sich nichts mehr.«

Ein kläglicher Versuch. Keldas Gesicht war zur Hälfte unter der Kapuze verschwunden. »Ja. Wenn sich nichts mehr bewegt, ist man tot«, murmelte er leise, mehr zu sich selbst. »Entschuldige, ich bin müde. Ich werde etwas schlafen.« Damit stieg er die Sprossen hinunter.

»In Ordnung … schlaf gut«, sagte Hel, doch er hörte sie nicht mehr. Sie blickte seiner gebeugten Gestalt nach, die über das regennasse Deck davoneilte.

Relis kam drei Stunden später, um Hel abzulösen. Sie erklärte der Söldnerin noch eine Weile, was sie zu tun hatte, und dass sie sie holen sollte, wenn etwas geschah. Auf dem Weg unter Deck kam sie an der Steuerkabine vorbei und sah Berano, der sich über die vielen Instrumente und Hebel beugte. Als Hel eintrat, zuckte seine Hand gewohnheitsmäßig zum Schwertgriff.

»Alles in Ordnung hier?«

»Ich denke«, erwiderte Berano und errötete leicht, als hätte Hel ihn bei etwas ertappt. Unsicher blinzelte er nach draußen.

»Wenn du aufpassen willst, musst du nur den Sturmmesser im Auge behalten, das Anzeigeblatt dort. Wenn das Wetter umschlägt, ruf mich oder Nova, dann fliegen wir tiefer.«

Berano nickte, dann fügte er grinsend hinzu: »Aye, Aye, Kapitän!«

Hel ging in ihre Kabine. Sie musste daran denken, dass Gharra sie am Abend des Absturzes zum neuen Kapitän der *Schwalbe* ernannt hatte. Unwillkürlich schüttelte sie den

Kopf. Es kam ihr wie ein fernes, vor langer Zeit erträumtes Leben vor. Nicht einmal für einen Gedanken an diese Zukunft war ihr damals Zeit geblieben.

Die frische Luft und die Kälte hatten sie müde gemacht und sie beschloss sich hinzulegen, anstatt noch bei Nova vorbeizuschauen. Erschöpft schloss sie die Tür hinter sich, zog die Vorhänge vor die runden Fenster und ließ sich längs auf das Bett fallen. Im Liegen rollte sie sich aus dem feuchten Umhang und streifte ihre Stiefel ab. Sie legte sich das Kissen übers Gesicht und seufzte in die Daunen. Die Gerüche des Schiffes, von wettergegerbtem Holz und oft gewaschenen Laken, schlossen sich um sie wie Schichten aus Erinnerungen. Warme Küchendüfte sickerten durch die Dielen, aber vielleicht bildete sie es sich auch nur ein. Sie schnupperte. Hatte Harlem gekocht? Ehe sie sich ernsthafte Sorgen machen konnte, war sie eingedöst.

Mercurin stand mit wehendem Umhang vor ihr, während ringsum die Welt unterging. Wellen, gigantisch wie Berge, schwarz wie Öl, wuchsen am Horizont empor und verschlangen das Land. Risse brachen die Erde auf, teilten sie bis ins Innerste, und aus dem schwelenden Herz der Welt strahlte das Tiefe Licht. Unerträgliches Weiß, so glühend rein, so tödlich. Nichts blieb am Leben, das Tiefe Licht nahm alles Leben in sich auf, nur Mercurin … nur Mercurin und sie standen noch und sahen sich an. Sie sahen sich, wie nie zuvor jemand sie gesehen hatte. Sie spürte seine Hand an der Wange. Seine Fingerspitzen in ihrem Nacken. Legten sich sacht um ihren Hals. Und sie begriff, dass die zornigen Wogen des Ozeans sie nicht töten würden, nicht die

Schlünde der Erde, nicht einmal das Tiefe Licht. Sie konnten ihr nichts anhaben. Er allein war ihr Tod. Oder sie würde ihn töten müssen. Kein Weg führte daran vorbei. Die unvermeidbare Wahrheit lag in seinen schönen Augen, die ihr überallhin folgten.

Nachricht aus Moia

Hel lag in einer unbequemen Position im zerwühlten Bett und fühlte sich fiebrig. Draußen war es schon dunkel. Sie drehte sich auf den Rücken und blieb eine Weile liegen, wartend, dass die verschwommenen Bilder ihrer Nachmittagsträume verblassten. Sein Name schwebte unaufhörlich durch ihr Bewusstsein, seine Nähe… aber sie durfte jetzt nicht an ihn denken. Sie wollte nicht.

Ruckartig richtete sie sich auf und stieg in ihre Stiefel. Ohne sich die Mühe zu machen, sie zuzuschnüren, schlurfte sie aus dem Zimmer. Es roch nach Abendessen. Hel hatte Hunger, aber der konnte warten. Sich die Haare glatt streichend, ging sie zu Novas Zimmer und klopfte.

Drinnen erklang gedämpftes Papierrascheln, dann Schritte. Die Tür öffnete sich und Nova stand ihr gegenüber.

Er sah grässlich aus. Das lockige Haar stand ihm wirr zu einer Seite ab, unter seinen Augen zeichneten sich zwei längliche lilafarbene Schatten ab. Das Hemd hing ihm aufgeknöpft über den Schultern.

»Habe ich dich aufgeweckt?«, fragte Hel vorsichtig.

Mit einem Schulterzucken trat er beiseite und ließ sie ins

Zimmer. Es roch stickig. Auf dem Schränkchen neben seinem Bett türmten sich Weingläser und angekrustete Kaffeebecher, obwohl sie erst ein paar Stunden unterwegs waren; über die Kissen lagen bunte Bonbonpapiere verstreut.

»Du kannst dich nicht nur von Süßkram ernähren.« Hel wusste nicht, warum sie das sagte. Sie kam sich vor wie seine Großtante.

Nova ließ sich auf seinen knarzenden Sessel fallen, zog eine Schachtel Schokoladenfrüchte unter sich hervor und warf sich eine dunkel überzogene Traube in den Mund. Wortlos nahm sich Hel eine, als er ihr die Schachtel hinhielt. Danach ließ er sie auf seinen Schreibtisch fallen. Ein paar Schokotrauben kullerten über die Papierrollen und Bücher, die darauf ausgebreitet waren.

»Weißt du, was man über Leute sagt, die viel Süßes essen?«, mampfte er. »Dass sie eine traurige Kindheit hatten.«

Hel schluckte hinunter. Die Schokolade blieb ihr im Hals kleben. »Und du hattest eine traurige Kindheit?«

»Mein ganzes Leben ist traurig.« Er vergrub das Gesicht in den Händen und stöhnte. »Wann hört dieses Elend einmal auf?«

»Versuch doch einfach, erwachsen zu werden!« Sie ließ sich auf der Bettkante nieder, hob ein halb volles Weinglas vom Boden auf und trank einen Schluck. Nova seufzte jetzt, einmal, zweimal, als bekäme er schwer Luft. Hel glaubte fast zu sehen, wie ihm die Tragik seines Lebens aus den Poren troff.

»Jetzt reiß dich zusammen, verdammt noch mal«, sagte sie besänftigend. »Hat Aricaa dir so ein schlechtes Gewissen gemacht?«

Er strich sich die Haare aus der Stirn, um Hel anzusehen. »Wie bitte, schlechtes Gewissen? Ich hasse mich wegen ihr! Ich hasse den Feigling, der ich ihretwegen bin. Ein schlechtes Gewissen, das habe ich schon, seit ich zum ersten Mal einem Mädchen das Herz gebrochen habe...« Sein Blick irrte träumerisch durch den Raum, als suchte er nach der Erinnerung.

Hel zog geräuschvoll die Nase hoch. Sie kannte diese Momente inzwischen. Dann brach der ganze Pathos eines jungen Menschen aus ihm hervor, der zu viel liest.

»Was hat sie denn gesagt?«

Nova beobachtete konzentriert, wie er seine Fingerspitzen aneinandertippte, als sei es das Interessanteste auf der Welt.

»Nova?«

»Nichts«, murmelte er. »Sie hat nichts gesagt.«

Hel runzelte die Stirn. Aricaa war ihr nie wie jemand vorgekommen, der den Mund nicht aufbekam. Eher hätte sie erwartet, dass die Magierin ihm eine ordentliche Standpauke hielt. Vielleicht war sie stattdessen handgreiflich geworden... Hel musterte ihn besorgt, doch es waren keine blauen Flecken oder Handabdrücke zu sehen.

»Hast du dich wenigstens entschuldigt?«

»Nein.«

»Nein?«

Er schüttelte knapp den Kopf.

»Wenn ihr nicht geredet habt, was habt ihr denn dann gemacht?«

Er warf ihr einen missbilligenden Blick zu und unterstellte ihr damit eine Anzüglichkeit, an die sie überhaupt nicht gedacht hatte. »Willst du's wirklich wissen? Also schön, noch mieser kann ich mich sowieso nicht fühlen, egal was du mir vorwirfst. Hier.« Er fasste unter die Papiere, Bücher und Schokofrüchte auf dem Schreibtisch und beförderte ein weißes Taschentuch hervor. Erst auf den zweiten Blick erkannte Hel das magische Taschentuch wieder, das Meisterin Medeah ihm in Moia geschenkt hatte.

Das Taschentuch, das unsichtbar machte.

»Oh nein.«

»Sie hat mich nicht gesehen.« Nova schloss die Faust um das Taschentuch. »Sie stand ganz still da, die ganze Zeit, und hat auf mich gewartet. Ich hätte sie berühren können.«

Hel stellte sich vor, wie Aricaa bibbernd auf der windigen Brücke stand. Sie tat ihr leid.

»Warum?«, fragte sie kraftlos.

»Weil ich ein Feigling bin.« Er schwieg einen Moment, starrte das Weiß an, das zwischen seinen fest geschlossenen Fingern hervorquoll. »Ich habe mir alles, was ich ihr sagen wollte, genau zurechtgelegt. Ich wollte ihr sagen, dass ich sie liebe, aber sie in Gefahr bringen könnte mit unserer geheimen Mission. Also müsste ich mich um ihretwillen von ihr fernhalten.«

Hel schlug sich eine Hand vor die Augen.

»Ich weiß, wie unglaubwürdig das klingt«, fuhr er etwas schärfer fort. »Aber das hätte sie ja nicht gewusst. Als ich sie dann gesehen habe, konnte ich es nicht sagen. Ich konnte sie nicht anlügen.«

»Und die Wahrheit, wie wäre es damit?«

Er schüttelte den Kopf. »Ihr sagen, dass ich sie vielleicht doch nie so mochte, dass ich mir manchmal selbst was vormache und alles nur ein kleiner Irrtum war? Das hätte sie bestimmt gern gehört.«

»Besser als gar nichts«, beharrte sie, obwohl sie sich inzwischen auch nicht mehr sicher war.

Nova ließ den Kopf zurücksinken und legte sich das Taschentuch übers Gesicht. Fast als wollte er jetzt auch vor Hel unsichtbar werden.

Sie wartete eine Weile, ob er noch etwas sagte, doch er blieb stumm. Auch ihr fiel nichts mehr ein. Für Vorwürfe war es ohnehin zu spät. Aricaa würde denken, er hätte sie einfach so vergessen, und kam mit etwas Glück schon bald darüber hinweg. Aber im Grunde ahnte Hel, dass es nicht so sein würde. Im Vergleich zu Nova meinte Aricaa, was sie sagte. Sie hatte sich wirklich mit ihm verloben wollen.

Hel stellte den Weinkelch ab und erhob sich.

»Wohin gehst du?«, fragte Nova, als sie die Tür schon erreicht hatte. »Bleib.« Er schob sich das Taschentuch seiner Mutter in die Hosentasche. »Bitte.«

»Wozu?«

»Lenk mich ab. Erzähl mir was.« Er versuchte ein Lächeln. »Irgendwas Aufmunterndes. Etwas über den Dämon!«

Ein Stich durchfuhr sie, als Mercurins Gesicht in ihr aufglomm. Dann wurde ihr erst klar, dass Nova gar nicht ihn, sondern den Isen meinte. Natürlich. Den Isen, den zu verfolgen sie beauftragt waren.

»Ich habe über die Sache mit dem Totenlicht noch einmal nachgedacht«, erzählte Nova munter. »Wenn es sich immer auf den überträgt, der den vorherigen Besitzer tötet, müsste es doch Möglichkeiten geben, einen Mord zu verhindern. So würde das Totenlicht nicht der Magierschaft in die Hände fallen. Zum Beispiel wenn …«

Hel kehrte zum Bett zurück und hörte zu. Sie redeten, bis Nova mit der Trollaufsicht dran war und an Deck musste. Als er ging, musste sie wieder an Aricaa denken und daran, dass sie sich bestimmt keinen Reim auf Novas Verhalten machen konnte. Jungen – Menschen – waren doch verdammt kompliziert. Sie sagten das eine, taten das andere, und wer konnte schon wissen, was sie fähig waren, einem anzutun.

Ihre Träume beruhigten sich nicht. In den folgenden zwei Nächten schlief sie kaum drei Stunden am Stück, schrak aus Todesvisionen auf und wirren Erinnerungen, die sie nie erlebt hatte. Anfangs schob sie ihren schlechten Schlaf darauf, dass sie lange nicht mehr geflogen war. Vielleicht bekam ihr die Himmelsluft nicht gut … Es war ein armseliger Versuch, sich selbst zu beruhigen. Das waren keine Albträume, die sie plagten. Es waren Falltüren in eine andere, konfuse Realität, die irgendwo zwischen Vergangenheit und Zukunft hin- und hersprang und immer wieder zu ihm zurückführte.

Eines Nachts, als es schon fast hell wurde, lag Hel reglos auf dem Rücken, starrte an die Holzbalken über sich und wusste, dass sie ihm wieder begegnen würde. Sie wusste es einfach, anders konnte es gar nicht sein. Er war ebenfalls hinter dem Isen her – oder besser gesagt dem Totenlicht, das der Ise trug – und früher oder später würden sie sich gegenübertreten. Als Gegner. Sie rieb ihre müden Augen. Zum tausendsten Mal hörte sie seine Stimme. *Wenn du mir noch einmal in die Quere kommst, werde ich dich töten.*

Sie dachte an sein Lächeln, wie er einen Mundwinkel etwas höher zog als den anderen und Grübchen bekam. Wie er in der Wüste seinen Umhang über sie gebreitet hatte, damit sie nicht fror. Der Stoff, der um sie herum aufflog wie ein dunkler Vogel und sich zeitlupengleich auf sie breitete, und seine Augen, die sie dabei aufmerksam beobachteten. Derselbe Junge, der am Absturz der *Schwalbe*, dem Tod ihrer Mannschaft Schuld trug. Sie ballte die Fäuste. Und ob sie ihm in die Quere kommen würde. Das und noch mehr. Egal was er für sie getan hatte, dem Mörder von Gharra, Jureba und den anderen konnte sie niemals verzeihen.

Aus den Augenwinkeln bemerkte sie ein Licht vor ihrem Fenster. Sie richtete sich halb auf. Das Licht tauchte sofort ab – aber sie hatte ihn trotzdem erkannt. Tix. Gharras ehemaligen Pixie.

Schon in Aradon hatte sie ihn hin und wieder bemerkt. Scheinbar hielt er sich immer noch in ihrer Nähe auf, mochten die Windgeister wissen, warum. Sie wollte gerade ins Kissen zurücksinken, als der violette Lichtball vor das Fenster zurückkehrte. Diesmal blieb er vor dem Glas schweben. Hel stieg aus dem Bett und beugte sich zum Licht vor. Mit einem leisen Seufzen stellte sie fest, dass Tix seinen Hintern an die Scheibe rieb.

Hel schob das Fenster ein Stück auf. »Hast du keinen anderen, dem du nachstellen kannst?«

»Ihr kriegt Ärger!«, zirpte der Pixie. Sein Gesicht, kaum größer als Hels Daumennagel, teilte sich in einem breiten Grinsen, das sämtliche spitze Zähnchen entblößte.

Hel hob die Augenbrauen.

»Da ist eine Eilige Feder!« Tix deutete nach oben. »Das Wappen von Moia hängt dran. Also, wer wird verhaftet?«

Ohne sich die Mühe einer Antwort zu machen, lief Hel aus dem Zimmer. Sie eilte die schmale Treppe hinauf an Deck. Als sie die Tür aufschob, schoss ihr tatsächlich eine Eilige Feder entgegen. Tix hatte nicht gelogen. Die Eilige Feder musste eine ganze Weile vor der Tür auf und ab getanzt haben, denn nun trudelte sie ungeduldig durch den Flur. Hel folgte ihr. Eine kleine Fahne war an die Feder gebunden, auf der das Wappen Moias prangte. Ungeduldig stieß das spitze Ende der Feder gegen die Tür von Kapitän Nord.

Hel zögerte. Es war eher noch Nacht als Morgen, jedenfalls keine Uhrzeit, um jemanden ohne dringenden Grund aufzuwecken. Andererseits kam die Feder höchstwahrscheinlich von Meisterin Medeah. Und so heftig, wie sie gegen das Holz tippte, musste sie mit einem Eifrigkeitszauber belegt sein. Hel kaute auf ihrer Unterlippe, dann öffnete sie kurz entschlossen die Tür.

Die Kapitänskajüte war hell erleuchtet. Drei, vielleicht sogar vier Leuchtkugeln schwebten nahe am Boden hinter Kleiderhaufen, umgestürzten Möbeln und Bücherstapeln. Hier hatte sich Nova seinen Ordnungssinn also abgeguckt.

Rings um das weitläufige Himmelbett stand ein Heer aus Flaschen. Sogar ein kleines Rumfass war zwischen Nachtschränkchen und Bett gerollt und tropfte einen dunklen Fleck auf den Teppich. Das Zimmer roch wie fünfzig betrunkene Sturmjäger.

Stockend blieb Hel im Türrahmen stehen, die Eilige Feder aber ließ sich nicht beirren. Wagemutig bahnte sie sich einen Weg durch das Flaschenmeer, bis sie auf ein nacktes, haariges Bein stieß. Hel wandte sich hochrot ab. Das war *ein* Hintern zu viel für eine Nacht.

Kapitän Nord lag nur halb im Bett. Seine untere Hälfte hing auf dem Boden. Ein muffiges Knurren drang aus den Laken, als die Feder nicht aufhörte, ihn ins Bein zu piksen.

»Kapitän?« Hel räusperte sich zaghaft. Genau genommen pikste die Feder ihn nicht direkt ins *Bein*. »Kapitän Nord … Ihr habt Post.«

Zögernd trat sie ein und versuchte dabei nicht in die Richtung des Bettes zu blicken. Auf dem Schreibtisch suchte sie ein leeres Blatt Papier, fand aber nichts, das nicht von Wein durchweicht oder bekritzelt war. Schließlich riss sie die letzte, unbeschriftete Seite aus einem alten Buch, das dem Kapitän hoffentlich nicht allzu wichtig war. Seitlich bewegte sie sich auf das Bett zu, den Blick fest auf die Tapete gerichtet.

»Kapitän. Wacht auf, da ist eine Eilige Feder für Euch.«

Grunzen. Vielleicht auch nur ein bewusstloses Schnarchen. Sie tastete nach der Hand, die irgendwo zwischen Bettdecke und einer halb ausgelaufenen Flasche lag. Vorsichtig schob sie das Papier zwischen seine Finger.

Augenblicklich ließ die Feder von seinem Bein ab und stürzte sich darauf. In Windeseile trug sie ihre Botschaft auf. Hel legte den Kopf schief, um die Nachricht zu entziffern – entsann sich aber dann, dass es sie ja gar nichts anging. Vielleicht enthielt der Brief romantische Details über Nords und Medeahs Beziehung, die sie gar nicht wissen wollte. Schon war die Feder fertig und sank leblos in die Laken.

»Kapitän Nord«, versuchte Hel es noch einmal. Doch der

alte Kapitän befand sich im seligen Schlaf der Trunkenheit. Sie gab es auf. Er würde die Nachricht schon lesen, wenn er gegen Nachmittag aus seinem Rausch erwachte. Sie unterdrückte ein Gähnen und schlich aus dem Zimmer.

Ein Aufschrei, gefolgt von polternden Schritten, riss Hel aus ihren Träumen. Sie musste irgendwann in der Dämmerung eingedöst sein. Nun goss Sonnenlicht durch ihr Fenster und zog einen Balken aus goldenem Staub durch die Kajüte. Als Hel hochfuhr, geblendet und halb noch im Schlaf, war sie einen Moment nicht sicher, warum sie überhaupt aufgewacht war. Dann hörte sie wieder den Lärm: Jemand stapfte den Flur hinunter.

»Wenden! Wendet das Schiff!«, brüllte Kapitän Nord, als er an ihrer Tür vorbeikam.

Sie stolperte aus ihrer Decke und trat hinaus. Im selben Moment erschien Meister Olowain vor seinem Zimmer weiter vorne und stellte sich Nord in den Weg. Der Magier sah erfrischt und ordentlich aus, sein weiß gefärbter Bart war zu einem komplizierten Zopf geflochten, das lange Haar fiel ihm glatt wie eine Decke über den Rücken. Die Zurückgezogenheit – oder vielleicht einfach die Abreise aus Aradon – schien ihm gutzutun.

»Was ist geschehen?«, fragte er und klammerte sich verblüfft an seinen Silberstab, als Kapitän Nord ihn an den Schultern packte. Hel sah, dass er den Brief in der Hand hielt.

»Notfall«, keuchte Nord. Er versuchte offenbar nicht nur, Olowain beiseitezuschieben, sondern hielt sich auch an ihm fest. Er war barfuß und wankte leicht. Olowain verzog das Gesicht, als Nord ihn aus so geringer Entfernung anhauchte.

»Moia ist in Gefahr! Die isischen Rebellen, sie… sie belagern den Königshof! Die Liriumvorräte des Königs sind erschöpft, es ist nicht genug übrig, um ein Schiff zu starten. Wir müssen sie retten!«

Als hätte der Befehl ihm selbst gegolten, stemmte er sich an Olowain hoch und sprang die Treppenstufen empor, so schnell, wie sein Gleichgewichtssinn es ihm erlaubte. Hel hörte, wie er draußen Anweisungen brüllte, als gäbe es eine Mannschaft außer der paar verdutzten Gesichter, die sich jetzt aus dem Esszimmer beugten.

Olowain runzelte die Stirn. Dann gab er den Gefährten ein Handzeichen, dass er sich darum kümmern wollte, und folgte Nord gemächlich an Deck.

Hel drehte sich zu den anderen um. Nova schob sich an Relis und Kelda vorbei und folgte Meister Olowain.

Auch Hel, die Söldner, Kelda und Harlem stiegen kurz darauf an Deck. Draußen ging Kapitän Nord nervös auf und ab, während Meister Olowain versuchte, ihn zu beruhigen; Nova stand mit schmalen Lippen daneben.

»Medeah, sie ist in Gefahr, der König von Moia und sein Hof, sie werden belagert!« Nord wedelte mit dem zerknitterten Brief unter Olowains Nase herum. »Wir müssen augenblicklich wenden und den Belagerten zu Hilfe eilen! Wer weiß, wozu diese verrückten Isen fähig sind!«

Hel zuckte kaum merklich zusammen. Kelda stand neben ihr, am liebsten hätte sie seine Hand gedrückt, um Kapitän Nord zu entschuldigen. Doch seine Miene war völlig reglos.

»Dass Moia belagert wird, ist der Magierschaft bekannt«, erwiderte Olowain.

Nord starrte ihn an.

»Bereits seit einer knappen Woche sind die Städte Moias in Gewalt der isischen Rebellen.« Olowain drehte sich so, dass die anderen Gefährten ihn nicht sehen konnten, als er leise fortfuhr: »Der Hof von Moia ist noch nicht erobert. Die Festung ist Jahrhunderte alt und hat schon vielen Heeren standgehalten.«

»Darum ist König Pentaklon nicht zum Jahrestag der Magierschaft in Aradon erschienen«, stellte Nord fest. »Darum war niemand vom Hofe Moias anwesend!«

»Es gibt keinen Grund zur Sorge. Meisterin Medeah steht in ständigem Kontakt mit Aradon und man wird sich dort so schnell wie möglich um die Rebellen kümmern. Wir allerdings haben eine andere Aufgabe zu erfüllen.«

Nord packte den Magier wieder an den Schultern, ungeachtet des Zauberstabs, den Olowain hielt. »Medeah schreibt, dass sie Hilfe braucht! Wieso würde sie sich an mich wenden, wenn die Magierschaft ihr helfen könnte?!« Nord verstummte nach diesem heftigen Ausbruch. Ihm wurde bewusst, was er da gesagt hatte, und ein Ausdruck tiefer Bekümmerung trat in sein Gesicht. Wahrscheinlich war es das erste Mal in seinem Leben, dass die Frau, die er liebte, ihn brauchte. Und er wusste, dass er der denkbar schlechteste Helfer war, an den man sich wenden konnte. Medeah musste in einer verzweifelten Situation sein.

Einen Moment lang starrte er Olowain an, dann die Gefährten. »Wir wenden. Auf nach Süden!«

Niemand rührte sich. Nur Nova machte einen unsicheren Schritt auf seinen Vater zu. Nord schlug ihm auf die Schulter, dann eilte er in die Steuerkabine.

»Kapitän Nord.« Olowain wandte sich langsam zu ihm um und bewegte seinen Stab. Der Brief wurde Nord aus der Hand gerissen und flog zu Olowain. Vor ihm rollte sich das Papier zusammen und schob sich in die Innentasche seines Umhangs, den Olowain aufhielt. Danach schloss er seinen Umhang wieder.

»Vergesst nicht, dass wir ein Ziel haben, Kapitän Nord. Es liegt jenseits der Gebirge des Mittlands. Im Westen.« Olowain nickte freundlich, dann ging er unter Deck.

Wie festgefroren blickte Nord ihm nach. Olowain zwinkerte den Gefährten zu, als er an ihnen vorbeitrat, doch sein Lächeln wirkte angespannt. »Es gibt hier nichts mehr zu sehen. Kommt, wir wollen frühstücken.«

Kombasa

Für den Rest des Tages war Olowain offensichtlich bemüht, viel Zeit mit den Gefährten zu verbringen, plauderte unentwegt über das Alte Reich, Tridad und das Wetter, als müsste er seine bisherige Abwesenheit wiedergutmachen. Nach dem Mittagessen, das er überschwänglich lobte, bestand er darauf, Hel bei der Trollaufsicht Gesellschaft zu leisten. Wahrscheinlich wollte er von oben aus die Steuerkabine im Auge behalten, falls Nord einem Anfall von Heldenmut erlag und die Kontrolle über das Schiff an sich riss. Doch der Kapitän hielt sich in seiner Kabine versteckt. Während Hel mit Olowain bei der Aufsicht saß, der unentwegt von der Entstehungsgeschichte der Trollnutzung erzählte, beobachtete sie, wie im Verlauf von drei Stunden vier Eilige Federn aus Nords Fenster flogen. Alle Richtung Süden. War die Lage in Moia tatsächlich so kritisch, dass Meisterin Medeah in Nord ihren letzten Ausweg sah? Wenn die Magierschaft schon so lange von der Belagerung der Isen wusste, wieso hatten sie keine Unterstützung geschickt? Stattdessen rüstete sie sich für einen Krieg gegen das Alte Reich, dessen Ausmaße sich noch niemand vorstellen konnte. Wer auch immer die Entscheidungen in den Türmen Aradons traf, hatte eindeutig die Flucht nach vorne gewählt.

Weil Olowain ohne Pause redete und Hel ihren eigenen Gedanken nachhing, blickte sie überrascht auf, als der Magier sich plötzlich erhob. Mit einer erzwungen zuversichtlichen Miene deutete er geradeaus. »Siehst du die Fahne an den Klippen denn nicht, Hel? Wir müssen tiefer fliegen.«

Sie stand ebenfalls auf und hoffte, dass er ihre Zerstreutheit nicht bemerkte. Tatsächlich entdeckte sie nun in der Ferne einen roten Fleck, der über den dunkelgrauen Bergwänden tanzte. Ein Wappen.

»Ist das Tridad?«

Olowain warf ihr einen Blick zu. »Was sage ich denn die ganze Zeit? Natürlich ist das Tridad! Wir sind schon da. Also husch, husch! Wir müssen landen!«

Hel schob sich die Augenklappe ein Stück zur Seite und hielt die Luft an. Mit der zweiten Sicht erkannte sie, dass es an den Klippen vor Lichtern wimmelte. Dort lag eine Stadt.

Es dauerte fast eine halbe Stunde, bis sie endlich die Anlegestelle für Schwebeschiffe entdeckten: Versteckt zwischen dunkelgrünen Zedernwäldern, die von oben wie Federgras im Wind wogten, lag eine Felsplattform, auf der drei kleine Schwebeschiffe lagen. Die *Taube* war schmal, aber länger als die Handelsschiffe, und es brauchte eine Weile, bis Hel und Nova sie sicher gelandet hatten. Tix umschwirrte Hel dabei und versuchte sie mit Sticheleien abzulenken, bis Nova ein Glas packte und über ihn stülpte. Der Pixie zerbrach es, dass hundert Scherben den Boden bedeckten. Dann riss er

Nova einen halb vollen Liriumflakon aus der Hosentasche, biss ihm ins Bein und verschwand fürs Erste.

Kapitän Nord stand während dieser Zeit unbewegt im Heck des Schiffes und starrte in die Ferne. Er schien um Jahre gealtert.

Zollwächter kamen ihnen entgegen, halfen die Planke vom Schiff zu ziehen und notierten den Namen des Schiffes, ihre Herkunft und die voraussichtliche Dauer ihres Aufenthalts. Olowain überlegte kurz, dann sagte er: »Einen Tag, höchstens zwei.«

Er zahlte mit einer Silbermünze aus Aradon, die die Form des Pentagramms trug, und erkundigte sich, wo das Badehaus einer Dame namens Kombasa zu finden sei. Der Zollwächter warf ihm einen halb neugierigen, halb verschmitzten Blick zu und erklärte den Weg.

Sie stiegen eine breite, krumme Treppe von der Anlegestelle in die Stadt hinab, deren Stufen direkt in den Fels gemeißelt waren und an schroffen Klippen und Zedern vorbeiführten. Häuser aus Stein und dunklem Holz bevölkerten die Vorsprünge, breite Bergspalten und angebaute Holzstege. Ein kleiner Wasserfall mündete in einen Damm und verschwand weiter unten im dichten Gedränge der Häuser und Brücken. Dazwischen standen riesige, dunkle Zedern, die nicht selten als Stützpfeiler für Gebäude dienten.

Bald war die Treppe nicht mehr Teil des Felsens, sondern bestand aus ordentlichem Pflasterstein, und zu beiden Seiten führten immer wieder Holzstege und Straßen weg, die allesamt beschildert waren. Sie kamen an einem großen Gasthof mit vielen Türmen vorbei, auf dessen Balkonen Menschen und Zwerge an Tischen aßen und tranken. Hier und da entdeckte Hel sogar einen dunkelhäutigen Isen zwischen ihnen. Ein paar Straßen weiter bahnte sich eine Gruppe zwergischer Händler auf stämmigen schwarzen Keilpferden einen Weg durch die Stadt, über und über mit Kisten und Truhen beladen. Olowain hatte ihr erzählt, dass Tridad eine Handelsstadt war, in der die meisten nur auf der Durchreise haltmachten; die wenigen, die hier wohnten, lebten von den Karawanenleuten. Dementsprechend sahen sie auf ihrem Weg mehr Gasthöfe, Schmieden und Werkstätten als Wohnhäuser. In einer Höhlenöffnung in den Klippen fand gerade ein Markt statt; das Rasseln von Eisenketten und Münzen verriet, dass Trolle versteigert wurden. Kein Wunder, schließlich wurden viele Trolle hier in den Gebirgen gefangen.

Sie erreichten eine schmale Treppe, die vom Hauptweg abzweigte. Olowain warf einen Blick auf den Torbogen über der Treppe, der in geschwungenen Lettern verkündete:

Es ist Zeit
für Reinlichkeit!

Sie gingen durch den Torbogen. Dahinter schwebten zwei Kobolde: Die Geisterwesen waren kaum länger als Hels Handfläche und leuchteten in schwachem Smaragd und Violett. Anders als Pixies waren Kobolde dürr wie Grashalme und hatten einen flammenden Haarflaum zwischen den spitzen Ohren. Die Kobolde huschten zu einem Korb, der am Torbogen befestigt war, und streuten den Gefährten Rosenblätter vor den Weg. Hel sah überrascht auf. Es war nicht leicht, Geisterwesen so zu erziehen, dass sie sich ohne böse Späße Befehlen fügten. Die Kobolde schwebten zum Torbogen zurück, sobald sie ihre Blütenblätter gestreut hatten, und warteten auf die nächsten Gäste. Beiden von ihnen fehlte ein halbes Bein: Das Pfand, das sie einst gegen einen Köder für ihre Freiheit eingetauscht haben mussten.

Die Treppe führte um eine Biegung, dann erschien ein großes Gebäude aus dunklen Holzbrettern vor ihnen, das sich an die Klippen und Zedern schmiegte. Obwohl der Bau nichts Prunkvolles an sich hatte, strahlte er eine ganz besondere Eleganz aus. Weite, mit Binsen verschlossene Fensterfronten zogen sich durch alle Stockwerke, versteckte Treppchen führten von einer Terrasse zur anderen. Und es gab Schornsteine. Unzählige. Überall trat Dampf aus, als versteckte sich hinter der hölzernen Fassade ein gigantischer kochender Kessel.

Tatsächlich merkte Hel beim Näherkommen, dass es nach allerlei Kräutern und Blumen duftete, und die Luft war schwer von heißem Wasserdampf. Die Treppe führte zu einem Weg aus dunklen Steinplatten, der sich an Brunnen und Kräutergärtchen vorbeischlängelte und auf eine große, runde Tür zuhielt. Bevor sie anklopfen konnten, öffneten sich die Flügel. Zwei Knaben in weißen Kleidern und Kränzen im Haar schoben die schwere Tür auf und verbeugten sich vor ihnen. Eine Wolke aus duftendem Dampf waberte ihnen entgegen.

»Willkommen…«, sagte der eine Junge mit gesenktem Blick.

»…in Kombasas Badehaus!«, beendete der zweite den Gruß.

Die Gefährten betraten eine Halle mit Marmorsäulen und

bemalten Wänden, die blühende Gärten, badende Nymphen und Geisterwesen darstellten. Der Boden war so glatt poliert, dass Hel auf dem Stein ihr Spiegelbild sehen konnte. Eine wuchtige, kurze Treppe ragte vor ihnen auf. Aus Zimmern weiter oben im Haus drangen gedämpfte Melodien.

Olowain wischte sich mit dem Ärmel über die Stirn – es war heiß hier drinnen –, dann erklomm er die Treppe. Die anderen folgten ihm.

Oben erwartete sie ein dicker, glatzköpfiger Zwerg, der an einem Steintisch saß. Neben dem wuchtigen Möbelstück wirkte der Zwerg noch kleiner. Als die Gefährten näher kamen, hängte er die Feder ins Tintenfass, mit der er gerade etwas notiert hatte, und schob die Schublade zu, sodass seine Notizen verschwanden. Er richtete sich auf. Sein Stuhl war doppelt so hoch wie er. Der Kragen seines grün und golden schillernden Mantels ragte weit über seinen glänzenden Kopf hinaus. Er strich über die dünnen schwarzen Bartsträhnen, die über den Mundwinkeln hingen, und ein Lächeln teilte das feiste Gesicht in der Mitte, sodass seine strahlend weißen Zähne sichtbar wurden.

»Guten Tag, die Herrschaften, willkommen in Kombasas Badehaus, der Oase von Tridad!« Er breitete die Arme aus und seine Stummelfinger bewegten sich wie lockende Haken. »Mein Name ist Loraccin, willkommen! Gestattet mir, Eure Wünsche zu erhören. Seid Ihr heute Gäste unseres wundervollen Badehauses sowie der Küche und der Ruheräume für die Nacht?«

»Nein, nichts von alledem«, sagte Olowain höflich.

Loraccin, der bereits seine Feder gezückt und eine andere Schublade mit einem Notizblock aufgezogen hatte, verlor sein Lächeln, als wäre es ihm abgefallen. Die Barthaare hingen über seine Mundwinkel wie bei einem bösartigen Karpfen.

»Wir sind hier, um Kombasa, die Betreiberin des Badehauses, zu treffen.« Olowain zog den Brief aus dem Umhang, den Kombasa der Magierschaft geschrieben hatte, um sie über Karats Aufenthalt zu informieren.

Loraccin steckte sich ein Vergrößerungsglas zwischen die wulstige rechte Augenbraue und Wange, dann beugte er sich vor und schnappte Olowain den Brief flink aus den Händen.

»Es würde Eurer Herrin sicher nicht gefallen, wenn Ihr ihre Briefe lest«, sagte Olowain.

Loraccin warf ihm einen misstrauischen Blick zu, wendete den Brief hin und her und betastete ihn mit seinen Stummelfingern, roch sogar flüchtig daran – dann rutschte er von seinem hohen Stuhl und eilte davon. Hinter ihm schloss sich eine schmale Tür, die in der Holzvertäfelung der Wände gar nicht zu sehen gewesen war.

Die Gefährten sahen sich ratlos an.

Kurz darauf öffnete sich der blattförmige Haupteingang hinter dem Steintisch. Aus einer Dampfwoge erschien eine Gruppe bärtiger Männer in Leinenumhängen. Mädchen mit Blumenkränzen und seidenen Mänteln, die rauchende Kannen, Handtücher und Salbentöpfchen trugen, geleiteten sie lächelnd an den Gefährten vorbei, eine geschwungene Marmortreppe empor, die sich irgendwo in den Höhen des Gebäudes verlor.

Kobolde flitzten hinterher und wischten alle Wassertropfen auf, die die Gruppe auf dem Boden hinterlassen hatte.

Dann schlossen die Geisterwesen die blattförmige Tür wieder. Nur ein Rauchkringel blieb zurück und löste sich langsam in der Luft auf.

Endlich erschien Loraccin wieder. Den Brief hatte er nicht mehr. Gerade als er etwas sagen wollte, öffnete sich erneut die blattförmige Tür und zwei grimmig dreinblickende, schmerbäuchige Männer kamen heraus, die ebenfalls nur mit Leinentüchern bekleidet waren. Sie sprachen leise miteinander, während ihnen drei Mädchen in Seidenmänteln folgten, beladen mit Kisten und Kannen.

»Guten Tag, die Herrschaften!«, schnurrte Loraccin und verbeugte sich so tief, dass seine Barthaare ihm auf die Schuhe fielen. »War alles zu Eurer Zufriedenheit? Haben die Herrschaften noch einen besonderen Wunsch, den sie mir zu erfüllen gestatten?«

Einer der Gäste machte eine abwehrende Geste, als er vorbeiging, woraufhin Loraccin sich abermals verbeugte.

»Zu Euren Diensten. Viel Vergnügen und wohlige Entspannung!«

Die Männer und ihre Begleiterinnen verschwanden auf der Treppe. Wieder flatterten Kobolde nach, um das Wasser aufzuwischen. Loraccin schlug einen wie eine Fliege weg, als er zu nah an ihm vorbeiflog, dann drehte er sich zu den Gefährten um. Das Lächeln, das er für die Gäste aufgesetzt hatte, war zu einem zähen Grinsen zerlaufen. »Wenn die Herrschaften gestatten, Kombasa erwartet Euch jetzt.« Er deutete galant auf die blattförmige Tür und ging ihnen voraus. Dabei schnipste er kurz mit den Fingern. Unter dem Steintisch krabbelte ein weiterer Zwerg hervor und setzte sich auf Loraccins Stuhl, nahm die Feder und streckte den

Rücken, bereit, Gäste zu empfangen. Hel fragte sich, wie lange er unter dem Tisch gekauert haben musste.

Hinter Loraccin traten sie nun in die gigantische Badehalle. Breite Stege aus Zedernholz führten jenseits der Haupttür in den Rundbau mit den Ausmaßen einer Arena. Die Wände waren mit hölzernen Vorsprüngen, Treppen, Balkonen und Arkaden zugepflastert, auf denen sich zahllose Gestalten tummelten. Entlang der Stege standen große Badebecken aus Holz oder Stein, eckig, rund, hoch oder niedrig, und darin saßen Gäste wie träge vor sich hin köchelndes Gemüse. Mädchen trippelten in Plateaupantoffeln umher, massierten müde Schultern oder schrubbten weit gelaufene Füße. Andere brachten Tabletts, beladen mit Tee, Weinpunsch, heißem Schnaps und kunstvoll angerichteten Speisen. Die Gefährten mussten zur Seite weichen, als zwei Mädchen ein Spanferkel am Spieß vorbeitrugen. Hel drehte sich nach ihnen um, als Loraccin sie bereits weiterführte, doch wer auch immer sich das Schwein bringen ließ, verbarg sich hinter einer Wand aus Wasserdampf.

Am Rand der Halle führte Loraccin sie eine knarzende Treppe hinauf, die unermüdlich von Kobolden trocken gewischt wurde. Loraccin trat mit den Füßen nach ihnen, und die grün-gelb leuchtenden Geisterwesen stoben in alle Richtungen davon, nur um ihre Arbeit gleich wieder aufzunehmen.

Über der Treppe zogen Kobolde eine Schiebetür aus bemalter Seide auf, sodass Loraccin und die Gefährten einen hohen Marmorgang betreten konnten. Es war finster bis auf eine dämmrig flimmernde Leuchtkugel an der Decke. Kobolde, die den Zwerg erkannten, öffneten mit vereinten

Kräften eine massive Flügeltür am Ende des Ganges. Grollend schabte Stein auf Stein. Die Tür war dicker als Hels Oberarm.

Der Raum dahinter unterschied sich so sehr von der Badehalle, dass er zu einem anderen Haus zu gehören schien. Selbst die Luft war plötzlich trocken und kühl. Wertvolle Teppiche bedeckten Boden und Wände. Obwohl der Raum groß und voller Winkel war, gab es keinen leeren Fleck: Prachtvolle Liegen, Sofas und Sessel standen dicht gedrängt, dazwischen Tischchen aus edlem Holz und Marmor, hohe Standpfeifen und Vasen, Statuen und altertümliche Kerzenständer. Alles in allem wirkte das Zimmer eher wie ein Ausstellungsraum.

Es gab keine Fenster. Das ganze Licht kam aus silbernen Käfigen an der Decke, denn über ihnen schwirrten gefangene Geisterwesen. Pixies, Kobolde, sogar Gnome in allen Farbnuancen tummelten sich in ihren engen Gefängnissen. Das Gequietsche und Flügelschlagen klang, gedämpft von den Teppichen, wie das panische Rauschen eines Waldbrands. Mit offenem Mund starrte Hel empor.

»Nichts darf angefasst werden, bitte«, schnurrte Loraccin und lächelte so unecht, dass Hel sich fragte, warum er sich überhaupt die Mühe machte. Flink wie ein Dachs schob er sich zwischen den Möbeln hindurch auf eine Flügeltür zu, hinter der ein ganz ähnlicher, fensterloser Raum voller erwählter Kunstgegenstände und noch mehr Käfigen mit Geisterwesen lag. Hel sah sich fassungslos um. Auf den größten Märkten Har'punaptras hatte sie nie so viele gefangene Geisterwesen auf einmal gesehen.

Loraccin winkte die Gefährten an eine zweite Tür und

schob feierlich die Flügel auf, um sich sogleich zu verneigen.

»Herrin, hier sind die ehrwürdigen Herrschaften aus Aradon!« Er trat zur Seite, um die Gefährten mit einer weit ausgeholten Geste zum Eintreten aufzufordern.

Auch hier standen edle Möbel, doch sie waren an die Wände geschoben, nur ein riesiger Teppich bedeckte die Mitte des Raumes. Vor ihnen saß auf einem Diwan mit hoher Lehne, umgeben von Silberkäfigen und geschnitzten Truhen, die Besitzerin des Badehauses: Kombasa.

In der Welt der Gesetzlosen, die zu allen Zeiten neben der Welt von Recht und Ordnung existierte wie ihr längerer Schatten, hatte Kombasa unter vielen Namen Berühmtheit erlangt, und die wenigsten wussten, dass all die schillernden Figuren, die sie im Leben bereits verkörpert hatte, von ein und derselben Frau gespielt worden waren.

Kombasa war weit über sechzig Jahre alt. Sie war oftmals gestorben und ebenso oft mit neuem Namen auferstanden.

Sie kam in einem Freudenhaus an der südlichen Küste des Königreichs Nordun zur Welt, das durch Silbervorkommen im Boden reich geworden war. Hier, wo sich Großhändler, Schmuggler und Glücksritter aller Länder zusammenfanden, lagen sich Armut und Ausschweifung in den Armen. Kombasas Mutter war eine halbisische Kurtisane, deren Mutter wiederum, eine Vollblütige des Isenvolks, zu einer Zeit ins Land der Menschen gekommen war, als Isen noch eine Kuriosität für Theatertruppen, Privatarmeen und Hurenhäuser gewesen waren. Kombasas Mutter war in Letzterem aufgewachsen und das geworden, was aus fast allen Töchtern dieser Häuser wird; auch Kombasa verlebte ihre Kindheit in jener wackeligen Spelunke am Hafen, zwischen deren schäbigem Prunk von Vergnügungssucht und Tod, Puder und Fischgestank, Gewalt und bezahlter Liebe sie geboren worden war. Ihre Mutter nannte sie Zhaba – in der Isensprache eine mehr oder weniger liebevolle Bezeichnung für einen Quälgeist –, alle anderen riefen sie Krähe, denn Kinder solcher Häuser hatten oft die Aufgabe, Gäste für ihre Mütter laut krakeelend auf der Straße aufzulesen.

Schon damals war der Frieden zwischen Menschen und Isen brüchig, von denen immer mehr die Inseln verließen, angelockt durch die Verheißungen eines bequemen Lebens in der magischen Zivilisation. Die Anfeindungen gegen die Isen häuften sich. In einem Kleinkrieg, wie entlang der südlichen Küsten Norduns täglich welche ausbrachen, wurde das isische Freudenhaus in Brand gesetzt und alle dunkelhäutigen Frauen vertrieben. Zhaba sah, wie ihre Mutter in den Flammen starb. Sie war acht Jahre alt.

Da die kleine Krähe beinahe so hellhäutig war wie ihr unbekannter Vater und ihre Zähne nichts von der Länge und Schärfe aufwiesen, die für Isen so typisch waren, wurde sie verschont und an ein anderes Haus verkauft. Zum ersten Mal musste sie ihren Namen wechseln: aus Zhaba, in der das Blut des Inselvolkes floss, die nachts zu Mutter Meer und den Wellengeistern betete, wurde das Menschenmädchen Glöckchen.

Glöckchen verstand sich in ihrem neuem Heim durchzusetzen, wurde eine einflussreiche Kurtisane und nannte sich von jetzt an Glocke.

Glocke herrschte über das vierstöckige, schmale Haus wie eine Regentin über erobertes Land. Sie nahm kleine, wirksame Veränderungen in der Hausführung vor und vermehrte den Reichtum ihres Besitzers erheblich, obgleich sie im Verborgenen tüchtig für sich selbst zurücklegte. Sobald sie genug zusammengespart hatte, entledigte sie sich ihres Besitzers. Man fand seine Leiche unter den breiten Stegen, die den Hafenweg am Vergnügungsviertel säumten; seine aufgeschnittene Kehle trug die Handschrift der ansässigen Auftragsmörder, und da der Tote zu der Zeit viele Feinde, aber wenige Freunde gehabt hatte, ging man dem Mord nicht weiter nach.

Jetzt war Glocke ihre eigene Herrin und musste keine Abgaben mehr leisten. Sie erweiterte ihr Reich um eine Taverne im Vorderhaus und schaffte sich ein Dutzend Bedienstete mehr an. Glocke war gerade siebzehn, als sie einen zweiten Gasthof in einer anderen Straße erwarb, den sie ausschließlich mit isischen Kurtisanen bestückte. Jede bekam ein Kettchen um den Hals, an dem zwei kleine Muscheln hingen – nicht zuletzt wegen des klackernden Geräusches waren sie bald als Glockenmädchen bekannt.

Glocke war auf dem Höhepunkt ihres Erfolges, als sie sich in einen Händler namens Kombain verliebte, der auf der Flucht vor Schuldnern Unterschlupf in ihrem Gasthof suchte. Wahrscheinlich war er der einzige Mensch außer ihrer Mutter, den sie jemals liebte. Obgleich er den Körper eines Bären und ein Gesicht wie narbige Baumrinde hatte, verfügte er über ein besonderes Feingefühl, seinem Gegenüber stets angenehm zu sein. Mit seiner wandelbaren Stimme und seiner tänzerischen Art, sich zu bewegen, musste er auch Glocke wie ein galanter Herr von Welt erscheinen. Kombain, der gefälschtes Silber verkaufte und noch keinen Handel ohne Betrug abgeschlossen hatte, besaß schon bald eine Macht über Glocke, die einzig Frauen ihres Gewerbes nachvollziehen können. Um was er auch bat – Glocke gab es ihm.

Doch so aufrichtig er auf seine Geschäftspartner wirken mochte und so liebevoll Glocke ihn erlebte, im Herzen blieb er das, was er äußerlich war: ein grobschlächtiges Tier. Er überredete Glocke, in sein Geschäft zu investieren. Die junge Kurtisane steckte fast ihr gesamtes Vermögen in den verzweifelten Versuch, Kombain vor seinen Schuldnern zu retten. Als sein Schwindel im Silbergeschäft aufflog, ergriffen beide die Flucht. Für ihn gab Glocke das kleine Imperium am Hafenviertel auf, für das sie ihr ganzes Leben gearbeitet hatte.

Zwei Jahre blieben sie spurlos verschwunden. Dann tauchte in Acba, an der Grenze zur Wüste und nicht weit vom Meer entfernt, eine Silberhändlerin namens Komba auf. Sie tauschte Kunst und Raubgut, gewährte Kredite und sammelte überdies aufgefüllte Feenlichter, um sie an die Magierschaft zurückzuverkaufen. Daraus wurde ein so reges Geschäft, dass Komba für die kleine Stadt das wurde, was Fürsten und Könige für Länder waren, die ebenfalls dafür zuständig sind, frische Feenlichter an ihr Volk zu vergeben und volle zur Magierschaft zurückzubringen. Kombas Buchhalter war ein älterer Mann, den sie als ihren Vater bezeichnete. Es hieß jedoch, der Mann mit dem groben Gesicht und den guten Manieren sei in Wahrheit ihr Geliebter. Sie nannte ihn Babain.

Fünf Jahre vergingen, in denen Kombas Einfluss und Reichtum stetig wuchsen. Es hieß sogar, der König von Acba wollte ihr einen Adelstitel verleihen; damit wäre sie in der großen Welt ebenso anerkannt worden, wie sie es längst in der zwielichtigen der Diebe war.

Im sechsten Jahr kam eine Gesandtschaft aus Aradon in das Wüstenstädtchen. Babain wurde des Hochverrats bezichtigt; man beschlagnahmte zahllose Feenlichter aus seinem Besitz, an denen Babain mysteriöse Experimente durchgeführt hatte: Er wollte das Geheimnis ihrer Herstellung und Entschlüsselung ergründen. Die Magier, die dieses Geheimnis mit ihrem Leben hüteten, veranlassten seine sofortige Hinrichtung. Da Komba bestritt, von den Machenschaften Babains gewusst zu haben, wurde sie vorerst unter Arrest gesetzt. Doch mittels eines geheimen Tunnelwegs, der durch Babains Labor im Keller ihres Hauses nach draußen führte, gelang Komba die Flucht.

Die Hehlerin tauchte an verschiedenen Orten auf und ebenso schnell wieder unter. Eine Zeit lang arbeitete sie in ihrem alten Gewerbe in Har'punaptra unter dem Namen Tulippa, scheiterte jedoch bei dem Versuch, sich ein Freudenhaus durch Intrigen und Erpressung anzueignen. Abermals musste sie das Weite suchen, täuschte in einer Windigen Stadt in der Wüste ihren eigenen Tod vor und kehrte schließlich an die Küste von Nordun zurück. Zu jener Zeit war der Krieg zwischen Moia und dem untergegangenen Reich Lhun auf seinem Höhepunkt. Weil die Magierschaft die Königreiche nicht weiter unterstützte, wurde auf die alte Art weitergekämpft, Krieger gegen Krieger. Kampffähige Männer und Frauen waren längst knapp geworden, sodass der König von Moia begonnen hatte, isische Söldner anzuheuern. Komba stieg in das Geschäft ein: Weil sie die Sprache beider Völker sprach, begann sie als Vermittlerin. Bald gehörten ihr zwei kleine Schiffe, die Moia mit isischen Kriegern belieferten. Als sich immer weniger freiwillige Krieger fanden und Moia immer neue Kräfte brauchte, ließ Komba Kinder von den Inseln entführen.

Fünf Jahre baute Komba ihren Menschenhandel aus. In Weinfässern wurden die Kinder von den isischen Inseln bis nach Kapua geschifft, wo die Kontrollen weniger streng waren, und in den Wäldern von Nordun ausgebildet. Wie viele tausend Kinder entführt wurden, wusste niemand mehr, wahrscheinlich nicht einmal Komba selbst.

Als der Krieg endete und Lhun von den Landkarten verschwand, zog Komba nach Tridad. Hier nahm sie ihren bislang letzten Namen an: Kombasa. Mit Geldern, deren Ursprung sie allein kannte, erwarb sie eine alte Taverne und ließ sie umbauen. Aus dem Gasthof wurde bald ein für die Gegend typisches Badehaus, in dem anspruchsvolle Gäste die kleinen Zusatzverpflegungen erhielten, mit denen die schlaue Hehlerin sich auskannte. Nach und nach erweiterte sie ihr Reich, ließ Gebäude anbauen, suchte sich Diener und Angestellte, Köche und Spielleute. So schuf sie das berühmte Badehaus von Tridad.

Kombasa war alt, ohne dass die Mimikfalten ihrem Gesicht eine boshafte Kindlichkeit hatten nehmen können. Bleigraues Haar umgab ihren Kopf wie ein Helm. Die Mandelaugen lagen unter beweglichen Brauen wie Murmeln, die ganz aus Pupillen zu bestehen und denen nichts zu entgehen schien. Der breitlippige Mund glitt zu einem schnellen Lächeln auf, als die Gefährten eintraten.

»Ah, welche Ehre! Besuch aus Aradon!« Sie presste die Hände zusammen. Da jeder ihrer Finger mit Ringen bestückt war, wurden ihre Bewegungen von einem ständigen Klirren begleitet. »Willkommen in Kombasas Badehaus! Bitte, tretet näher! Nehmt Platz!«

Ehe Hel sich fragen konnte, wo sie Platz nehmen sollten, erhoben sich Sessel am Rand des Raumes und schwebten in die Mitte. Mehrere Dutzend Gnome trugen die Möbel. Hel beobachtete, wie die kugelrunden Geisterwesen die Sessel abstellten und sich dann leuchtenden Staubkörnern gleich in die Winkel des Zimmers zurückzogen.

Lächelnd strich Kombasa über die Ketten, die sie um den Hals trug. Unzählige Anhänger baumelten daran, in denen winzige, sanft glimmende Hände, Füße, Herzen, Augen, Beine, Ohren und Schwänze ruhten – Körperteile, die die versklavten Geisterwesen in einem unbedachten Moment gegen Lirium eingetauscht hatten. Unter dem fellbesetzten Morgenrock aus Musselin schien sie noch mehr Ketten zu tragen. Der Stoff ließ Wölbungen und Knubbel um ihren Hals erahnen und spannte sich über den Formen ihres kleinen, schweren Körpers.

Die Gefährten nahmen Platz. Einen Moment breitete sich Schweigen aus, während Kombasa wohlig seufzte – ein Mädchen kniete an ihrer Seite und massierte ihre Füße mit warmem Öl. »Was bin ich nur für eine schlechte Gastgeberin! Ich habe kein Mahl vorbereiten lassen! Allerdings wusste ich auch nicht, wann mit dem hohen Besuch aus Aradon zu rechnen sein würde.« Sie untermalte ihre Worte mit einem Mienenspiel, das ihr Gesicht wie Teig modellierte, und schnippte mit den Fingern. »Loraccin! Ein Diner für meine Gäste.«

Der Zwerg verneigte sich. »Sehr wohl, Herrin.« Er verbeugte sich auch vor den Gefährten, ehe er rückwärts aus dem Raum glitt.

»Nun.« Kombasa ließ sich tiefer in den Sessel sinken und legte ihre Hände auf die gewaltigen Armlehnen. »Besuch aus Aradon! Ich bin zutiefst geehrt.«

»Immerhin habt Ihr der Magierschaft einen sehr interessanten Brief geschrieben«, erwiderte Olowain. »Euer Hinweis könnte sich als unschätzbar wertvoll erweisen für Aradon … und die gesamte bekannte Welt.« Er taxierte die Badehausbesitzerin einen Moment, wie um festzustellen, ob ihr selbstgefälliges, ironisches Lächeln seinen Worten widersprach. »Ihr schreibt, Ihr habt den gesuchten Auftragsmörder Karat gesehen. Wann war er hier und wo befindet er sich jetzt?«

Kombasa lachte leise und tief; es klang wie ein Quaken. »Nicht so schnell, nicht so schnell … ich habe gesagt, er sei hier gewesen. Nicht dass ich wüsste, wo er sich jetzt aufhält. So vertraut bin ich nicht mit dem Kopfgeldjäger, auf den Aradon ein Kopfgeld ausgestellt hat. Verzeiht, wenn ich Euch enttäuscht haben sollte.«

Olowain lehnte sich zurück und zog einen samtenen Geldbeutel aus dem Umhang. »Natürlich bin ich nicht enttäuscht … alle Informationen werden von der Magierschaft reich belohnt.« Mit einem Schwenk des Zauberstabs schwebte der Geldbeutel zu Kombasa.

»Ehrwürdiger Meister, Ihr beleidigt mich!«, sagte sie und

zog eine trotzige Schnute. »Erscheint mein Haus Euch, der Ihr immerhin die prächtigen Türme Aradons gewohnt seid, so armselig, dass Ihr glaubt, ich sei auf den Lohn der Magierschaft angewiesen?« Während sie sprach, gab sie dem Mädchen zu ihren Füßen einen Wink. Das Mädchen griff den Geldbeutel aus der Luft und verstaute ihn sekundenschnell in einer goldenen Truhe unter Kombasas Diwan.

»Dass ich einen kleinen Beitrag dazu leiste, einen Feind der Magierschaft zu überführen, will ich mir nicht bezahlen lassen. Es ist eine Selbstverständlichkeit und eine Sache der Ehre für mich.« Sie presste eine Hand auf ihr Herz, das irgendwo unter den dicken Ketten und dem Fell schlagen musste. »Lasst mich alles berichten, was ich über Karat weiß. Ist mein Wissen auch gering – wenn es der Magierschaft nur in geringstem Maße dienen kann, so ist mein Gewissen beruhigt.« Sie klimperte mit den rußgeschwärzten Wimpern. »Darf ich beginnen, ehrwürdiger Meister …?«

»Meister Olowain«, antwortete Olowain und nickte. »Sehr gerne.«

»Meister Olowain! Nun. Da ich dieses bescheidene Etablissement seit einundzwanzig Jahren betreibe, kann ich nicht leugnen, im Verlauf der Zeit Einblicke in gewisse Kreise gewonnen zu haben. Leider sind nicht alle meine Gäste ehrbare Männer und Frauen; viel Gesindel wird durch die Tore Tridads geschwemmt und ein Großteil davon hat ein Bad bitter nötig. So machte ich auch die unselige Bekanntschaft mit Karat, der bezahlten Klinge.« Ihre Finger hatten sich ineinander verhakt, als wollte sie um Vergebung bitten. Doch in ihren Augen funkelte alles andere als Reue. »Vor zwei Jahren hatte ich ihn zuletzt gesehen. Er war damals regelmäßig Gast. Wann immer er sich in der Gegend herumtrieb, kam er hierher. Auch die verdorbensten Seelen kennen so etwas wie Treue, wenn es um ihren Genuss geht.« Ihr Blick schweifte zu den Käfigen der Geisterwesen empor. »Wer einmal in diesem Haus eingekehrt ist, kommt mit aller Wahrscheinlichkeit wieder. Es gibt Annehmlichkeiten, die man nirgendwo finden wird außer hinter diesen bescheidenen Wänden.« Sie entzog dem Mädchen ihren glänzenden Fuß und streckte ihr den anderen hin. Mit glitschigen Knetgeräuschen nahm diese ihre Arbeit wieder auf. Kombasa lächelte liebenswürdig wie eine Katze, die satt vor lauter Mäusen ist. »Als Karat lange nicht wieder auftauchte, hielt ich ihn für tot. In seinem Geschäft ist der Tod eine Größe, mit der man rechnet. Zwei Jahre vergingen. Vor etwa einer Woche erwartete ich einen Händlertrupp aus Orrún, der sich per Eilige Feder angemeldet hatte. Seht Ihr, nicht selten ist mein Badehaus ausgebucht, und größere Gruppen reservieren Übernachtungen oft im Voraus. Der Händlertrupp aus Orrún kam nie an. Doch Karat tauchte auf. Und er zahlte mit Münzen aus Orrún.« Sie grinste hintergründig, während sie Daumen und Zeigefinger aneinanderrieb. »Als mir zu Ohren kam, dass es in den nördlichen Wäldern nicht weit von hier einen schrecklichen Überfall gegeben hatte, konnte ich eins und eins zusammenzählen. Allerdings …«

Kombasa ließ die Hände auf die Armlehnen fallen, als hätte sie ihre Lust, zu erzählen, verloren, denn in diesem Moment ging die Tür auf. Vier Jungen traten ein, jeder trug ein großes Tablett voller abgedeckter Schüsseln und Teller. Tischchen kamen vom Rand des Zimmers angeflogen. Die Jungen stellten ihre Tabletts darauf ab und hoben die

Deckel. Warme Düfte stiegen Hel in die Nase. Bratgemüse mit Fleisch und dicken weißen Nudeln, dazu Kloßsuppe und Strudelkuchen mit heißen Beeren und Honignüssen.

»Ein bescheidenes Mahl«, klagte Kombasa mit übertrieben schamhafter Miene und ließ den Löffel in die Schüssel fallen, die einer der Jungen ihr servierte. »Ihr müsst verzeihen! Ich führe ein äußerst genügsames Leben und meine einfältigen Diener haben das Abendbrot gebracht, mit dem ich mich gewöhnlich zufriedengebe. Sie haben nicht bedacht, dass ich heute hohen Besuch habe.«

Der Junge zuckte zusammen, als sie ihm einen Fußtritt verpasste, und zog sich eilig zurück.

»Ich bin sicher, dass es uns allen schmecken wird«, versicherte Olowain, der seine Gabel schon erhoben hielt. Dann senkte er sie jedoch wieder. »Aber bitte, fahrt fort mit Eurer Erzählung. Karat hat also eine Händlerkarawane überfallen. Hat jemand überlebt?«

Hel wusste, was Olowain eigentlich fragte: Ob es jemanden gab, der wusste, dass Karat die Kräfte des Totenlichts besaß.

Kombasa trank aus ihrer Suppenschale und schlürfte ein paar lange Nudeln auf. »Nein, sie wurden alle getötet. Mir war bekannt, dass Karat ein außerordentlicher Krieger ist, doch wie er eine Gruppe von zwölf Mann erledigen konnte, bleibt mir ein Rätsel.«

Die Söldner tauschten einen Blick. Sie wussten ja nichts von dem Totenlicht, das Karat in einen Dämon verwandeln würde … oder vielleicht schon verwandelt hatte.

Kombasa beobachtete sie über den Schüsselrand wie ein Falke.

»Als Karat hier war«, sagte Olowain langsam, »ist Euch da irgendetwas Ungewöhnliches aufgefallen? Irgendwelche … Verletzungen?«

»Keine.« Kombasa machte eine entschiedene Handbewegung. »Kein einziger Kratzer.«

Hel fragte sich, woher die Badebesitzerin das so genau wissen wollte. Sie sah zu dem Mädchen, das noch immer ihre Füße massierte. Vermutlich hatte sie es über Dritte in Erfahrung gebracht.

»Er war nur sehr abgemagert. Und er wirkte verwirrt. Er redete mit sich selbst.«

»Was hat er gesagt?«, fragte Olowain sofort.

Kombasa wischte sich das Kinn an ihrer Serviette ab. »Unverständliches Zeug. Nur Gemurmel.«

Olowain beugte sich über seine Schüssel und eine Weile aßen sie in Schweigen.

»Er blieb nur zwei Tage«, fuhr Kombasa fort. »In der zweiten Nacht verließ er überstürzt sein Zimmer und war aus Tridad verschwunden, noch ehe das Bademädchen ihm das Restgeld bringen konnte.«

»Ihr wisst nicht zufällig, wohin er ging?«, fragte Olowain.

»Nein. Angeblich wurde er gesehen, als er die Ader Richtung Norden einschlug. Aber wohin er ging und wo er jetzt ist, kann ich leider nicht sagen. Jedenfalls kann er höchstens vier Tagesreisen entfernt sein – es sei denn, er hat sich ein Pferd gestohlen. Oder ein Schwebeschiff.« Kombasa lachte ihr quakendes Lachen. »Verwegen genug wäre er dafür. Darf ich fragen, aus welchem Grund die Magierschaft hinter ihm her ist?«

Olowain lächelte. »Er ist ein gefährlicher Verbrecher, wie Ihr wisst.«

Kombasa nickte und hob ihr Weinglas. »Also darf ich nicht fragen.«

Ein Pixiezahn

Kombasa ließ sich nicht davon abbringen, den Gefährten eine Übernachtung zu gewähren. Nachdem das Essen abgeräumt war, schlüpfte die Badehausbesitzerin in ein Paar seidener Pantoffeln, durch die bereits Ölflecken schimmerten, und bedeutete ihnen, mitzukommen. Ihre Dienerin folgte dichtauf und bereitete im Gehen eine schneckenförmige Pfeife vor, die Kombasa wortlos entgegennahm, sobald sie brannte.

Rauchend führte die Badehausbesitzerin sie durch die große Halle, Treppen hinauf und durch hölzern verkleidete Flure, erklärte, auf welche Weise die Gäste hinter den jeweiligen Türen verwöhnt wurden und wer schon alles bei ihr genächtigt hatte. Hel versuchte sich vorzustellen, wie Kombasa zu dem Badehaus und ihrem Wohlstand gekommen war. Gewiss nicht auf ehrlichem Wege. Als sie sie von hinten beobachtete, fiel ihr auf, dass ihr Nacken viel dunkler war als ihr dick gepudertes Gesicht. Tatsächlich, sie hatte einen nussfarbenen Ton in der Haut, der bei Menschen dieser Gegend selten war. Einer ihrer Vorfahren musste isischer Herkunft gewesen sein … Hel schüttelte den Kopf über sich, dass ihr das nicht früher aufgefallen war. Jetzt schien es ihr unübersehbar.

Kombasa brachte sie in einen entlegenen Flügel im vierten Obergeschoss. Die Räume waren durch bemalte Seidentüren getrennt und auf dem Boden waren bestickte Teppiche ausgebreitet. Außer Sitzkissen, flachen Liegen und niedrigen Steintischchen gab es keine Möbel.

»Grasschnaps und Pfeifen für unsere Gäste«, befahl Kombasa ihrer Dienerin knapp. Das Mädchen huschte davon. Wenig später brachten mehrere Mädchen Wasserpfeifen, Schnaps in tönernen Bechern und Gebäck. Kombasa ließ ihre Schneckenpfeife einfach fallen und sofort hob ein Mädchen sie auf und nahm sie mit.

»Wisst Ihr«, seufzte Kombasa und machte es sich auf ihren Kissen bequem, sobald sie alleine waren, »ich betreibe zwar ein Haus, das sich der Erholung und Entspannung verschrieben hat, doch ich selbst führe ein Leben in ständiger Sorge.« Sie zog an der großen Wasserpfeife, bis es blubberte, und blies mit trauriger Miene ein paar Ringe. »Man kann sich seine Kundschaft nicht aussuchen – und ich bin ja dankbar für jeden Gast, der mich beehrt –, aber könnt Ihr Euch vorstellen, wie strapaziös es ist, wenn täglich Gestalten aus allen Winkeln der bekannten Welt ein und aus gehen? Der eine ist des anderen Todfeind, hier schlafen Räuber und Gesetzesjäger Tür an Tür, und meine fleißigen Kinderchen werden mit dem Gold bezahlt, das der eine Gast dem anderen abgezogen hat. Ich bin gezwungen, mir Klatsch und Tratsch einzuprägen, damit ich ja nie verwechsle, wessen Bruder des anderen Schwester beim Kartenspiel betrogen hat! Eine kleine Unachtsamkeit dieser

Art, eine flüchtige Begegnung zweier Gäste, und es würde Mord und Totschlag geben! Wisst Ihr, wie viele Türen schon bei Prügeleien zerbrochen sind, in den einundzwanzig Jahren, seit ich hier bin? Nicht wenige, das lasst Euch sagen. Und doch ist der Schaden minimal, wenn man bedenkt, wer hier schon mit wem das Badewasser geteilt hat, ohne es zu wissen!« Sie stieß ein Grunzen aus und ließ die Hand flach auf ihren Bauch fallen. »Was soll ich tun? Ich bin eine gutmütige, alte Frau, eigentlich viel zu sanft für das harte Geschäft ...« Lauernd sah sie Olowain an. »Natürlich wäre es etwas ganz anderes, wenn ich Unterstützung aus Aradon bekäme. Wenn ein Repräsentant der Magierschaft hier wohnen und an Recht und Ordnung und die Übermacht Aradons erinnern würde ...«

»Ich fürchte, die Magierschaft schickt Ihre Diplomaten nur an die Höfe von Königen, nicht zu privaten Etablissements. Wir sind nicht an Geschäften interessiert, sondern an Politik. Verzeiht.«

»Gewiss, gewiss.« Kombasa nagte am Mundstück der Pfeife, dass das Holz knirschte. »Aber sagt mir, ist eine Wirtschaft wie meine nicht immer auch politisch? Und ist Politik denn wirklich etwas anderes als Geschäftemacherei?« Sie grinste und zum ersten Mal war der zuckersüße Ton aus ihrer Stimme gewichen. Dann leerte sie ihren Schnapsbecher in einem Zug. »Ich habe von diesen Dingen wenig Ahnung. Aber eins kann ich Euch versichern: An keinem feinen Königshof würde ein Magier mehr Komfort genießen als hier!« Schneller, als Hel es ihrem schwerfälligen Körper zugetraut hätte, war Kombasa auf den Beinen. »Kommt, überzeugt euch selbst davon!«

Kombasa führte sie zu ihren Schlafräumen. Olowain bekam das größte und prächtigste, ausgestattet mit einem niedrigen, aber kunstvoll geschnitzten Himmelbett, einem in den Boden gelassenen Badebecken – und einer kleinen Schar Dienerinnen. In einer Reihe verneigten sie sich, jede von ihnen hielt Seifen, Öle und Handtücher bereit. Olowain sah aus, als hätte man ihm seinen Henker vorgestellt, zwang sich aber zu einem steifen Lächeln.

Arill rieb sich die Hände, als Kombasa sie zu ihren Zimmern brachte. »Ich glaube, heute Nacht werde ich nicht schlafen«, raunte er und erntete einen pikierten Blick von Harlem. Doch zu Arills Enttäuschung erwartete die Gefährten in ihren Räumen lediglich ein Bett – keine Badebecken, keine Dienerinnen.

»Schlaf gut«, sagte Harlem zu Arill, der grummelnd die Tür zuzog.

Zuletzt brachte Kombasa Hel in ihr Zimmer. Dankend neigte Hel den Kopf, als Kombasa plötzlich ein listiges »Ahhh!« ausstieß. Sie packte Hel an den Armen und drehte sie um. Verwirrt folgte Hel dem Blick der alten Badehausbesitzerin – und beobachtete, wie sie ihren Quersack aufschlug. Ein violettes Licht kam zum Vorschein. Tix hatte es sich bei ihrem Proviant bequem gemacht und war gerade dabei, einen Flakon Lirium mit den Zähnen zu bearbeiten.

»Pixies haben die unangenehme Angewohnheit, all ihre Probleme mit den Beißerchen lösen zu wollen«, erklärte Kombasa fast liebevoll. Sie griff in die Tasche ihres Hausmantels, um eine winzige Silberschatulle hervorzuholen. Sie klappte sie mit dem Daumen auf und tauchte ihren Ringfinger in das glitzernde Lirium darin. Dann hielt sie ihren Finger an Hels Quersack.

Augenblicklich schwebte Tix heraus und leckte das Lirium gierig ab.

»Na, du gefräßiges kleines Ungeheuer? Bestiehlst du etwa meine Gäste?«

»Die da ist kein Gast, das ist 'ne einäugige Last!«, zwitscherte Tix und gackerte über seinen eigenen Witz.

Hel unterdrückte ihren Zorn. »Hau einfach ab!«

Kombasa grinste. »Man stiehlt aber nicht, du kleiner Frechdachs! Nicht, wenn man auch so alles bekommt...« Listig hielt Kombasa ihm die Schatulle hin und öffnete einen Spalt.

»Mehr! Hergeben! Gib mir noch was davon. Bitte, nur ein bisschen!«

»Du bekommst all das und noch mehr«, versprach Kombasa in einem Ton, der Hel schaudern ließ. »Ich verlange auch nichts von dir außer... eines deiner gefräßigen kleinen Zähnchen. Davon hast du doch genug, oder?«

Mit offenem Mund gaffte Tix die Silberschatulle an, wagte aber nicht, sich darauf zu stürzen – der Kontakt mit Silber war für Geisterwesen höchst schmerzvoll.

Hel ahnte, was passieren würde, und versuchte Tix mit der Hand zu verscheuchen. »Mach, dass du wegkommst, na los!«

»Ein Zähnchen, was sagst du?«, wiederholte Kombasa lauter.

Tix nickte benommen. Dann schüttelte er seinen runden, haarlosen Kopf und zog sich mit Händen und Füßen einen Zahn aus dem Maul.

»Tix, nicht!« Hel wollte den Pixie packen – zu spät. Schon fiel der leuchtende Zahn in Kombasas ausgestreckte Hand. Sie blitzte Hel an. Im nächsten Moment hatte sie den Zahn in einem silbernen Ring verschlossen. Dann öffnete sie die Schatulle, sodass Tix kopfüber ins Liriumpulver tauchen konnte. Blitzschnell ließ sie die Schatulle zuklappen. Ein ersticktes Fiepen erklang.

»So.« Kombasa ließ die Schatulle in ihrem Mantel verschwinden. »Angenehme Nacht.«

Und mit einer kleinen Verbeugung ließ sie Hel alleine.

Dunkle Träume

In den Wäldern schützten SIE, die immer da waren, Karat vor dem Jungen. Der Junge beobachtete ihn ständig. Sein Blick klebte hinter Karats Augen wie ein öliger Film und kannte jeden Gedanken, der ihm durch den Kopf strich. Nur wo Karat war, konnte der Junge nicht feststellen, denn das tiefe Tannendickicht sah meilenweit gleich aus.

Karat hörte ihn durch die Wildnis hetzen, ein hungriger Wolf, der überall Blut wittert, sein Knurren und Keuchen ein Zittern im Blätterrauschen: *Wo bist du? Ich werde dich finden. Warte nur. Du wirst dich verraten. Ich finde dich.*

Karat war schwach, er brauchte Nahrung. Der Junge wusste das. Als die Wegzehrung verbraucht war, die er dem Händlertrupp abgenommen hatte, stieß er auf die Ader, die nach Tridad führte. Taumelnd folgte er der breiten Waldstraße, der er schon so oft gefolgt war, früher, als er noch ein bezahltes Schwert gewesen und sinnlos durch die Welt geirrt war. Jetzt irrte er auch, doch SIE kannten seinen Weg und führten ihn über verworrene Pfade zu einem klaren Ziel.

Wohin? – *Ans Ende der Welt.*

Zwei Jahre hatte Karat sich nicht mehr in Kombasas Badehaus blicken lassen. Die Alte begrüßte ihn mit der herzlichen Überschwänglichkeit, die nur Huren und Händler zur Vollkommenheit bringen. Kombasa war das eine gewesen und das andere geworden, und ihr Gesicht wirkte jetzt noch fratzenhafter, als Karat es in Erinnerung hatte. Jedes Lächeln, das sie schnitt, war unmenschlicher als das vorherige, und Karat konnte nicht anders, als sie erschrocken zu beäugen. Das Licht ihres Lebens glomm gelblich wie altes Bratfett, durchsetzt von den unzähligen leuchtenden Talismanen, mit denen sie sich ihre Geistersklaven hielt. Erst als ihr Blick misstrauisch wurde, zwang er sich, wegzusehen.

Mochte Kombasa mit der Zeit auch schrecklicher geworden sein, ihre Bäder waren heiß wie eh und je, die Hände ihrer Sklavenmädchen warm, und Karat schlug sich den Bauch voll mit den Köstlichkeiten der Küche. Er fühlte sich wie ein König. Fast vergaß er, dass er einen Auftrag hatte.

Für das Gold des Händlertrupps nahm er sich ein gutes Zimmer für zwei Nächte und genoss die Ruhe. Die sachten Fingerspitzen, die über seinen Körper huschten, erinnerten ihn an Sybahl… Sybahl, die immer noch in Har'punaptra war, in ihrem abgedunkelten Höhlenzimmer, wo sie Pfeife rauchend auf ihn wartete… Karat hatte lange nicht mehr an sie gedacht und die Erinnerung an die Kurtisane schmerzte ihn plötzlich.

Unsinn. Er konzentrierte sich auf die angenehmen Dienste, die ihm gerade erwiesen wurden, und verdrängte Sybahl. Er schuldete ihr nichts, außer vielleicht ein paar Münzen. Sie wartete auf ihn, wie sie auf ein Dutzend Männer wartete. Es gab niemanden, der ihn vermisste, dem er eine Erklärung schuldete. Er hatte nur eine Verpflichtung, eine einzige: Aber welche? SIE wussten es … er nicht.

Nachts erwachte er aus schrecklichen Visionen, in denen sich der Junge mit rasender Geschwindigkeit näherte. Das Haar wehte um sein fiebriges, bleiches Gesicht. Die blauen Augen erbarmungslos. Karat wusste, dass es keine Albträume waren. Es geschah wirklich. Panisch fuhr er hoch, schlug die Arme weg, die ihn umschlangen, und stolperte in seine Kleider.

Du musst … »Ich muss hier weg.«

»Was ist?«, murmelte eine schläfrige Stimme.

»Halt den Mund!« Wusste das einfältige Ding nicht, dass der Junge sie hören konnte?

»Geht Ihr?«

Karat warf alle Münzen auf das Bett, die er aus seiner Tasche fischen konnte, und stürmte hinaus.

Das Badehaus. Alles, was er sah, sah der Junge auch.

»Verschwinde«, keuchte Karat, als er an den dampfenden Becken, den Gestalten vorbeihastete. »Lass mich in Ruhe!«

Er presste die Augen zu, versuchte den Jungen aus seinem Kopf zu drängen. Doch der war stärker. Es bestand ein Band zwischen ihnen, ein Lichtband, dick wie Stahlstreben, die Karat nicht zerreißen konnte.

Er sieht dich! Flüchte … zurück … in unser Reich!

Die Angst rann ihm über den Rücken wie tausend kleine Spinnen. Hinterließ eine verwobene Spur für den Jungen. Blindlings rannte Karat in die finsteren Wälder, in die raschelnde, wirr glimmende Nacht. Wohin? Wohin? SIE, deren Stimmen überall waren, flüsterten ihm den Weg kreuz und quer durch seine Gedanken, bis er sich selbst vollkommen verloren hatte.

Feuer

Wirre Lichter tanzten vor ihren Augen, und Hel wusste längst nicht mehr, ob sie wach war oder träumte. Vielleicht weder noch. Sie war gefangen in der furchtbaren anderen Realität, die sie überkam, wenn sie nicht schlief und nicht ausreichend bei Bewusstsein war, um die Augen aufzureißen.

Karat war in ihren Gedanken, seine Gedanken waren in ihrem Kopf wie ein Strudel des Wahnsinns. Seine Panik ließ auch ihr Herz rasen. Schweiß trat aus ihren Poren, sie fühlte feuchtes Moos zwischen seinen, ihren Fingern, die sich zitternd von Baumstamm zu Baumstamm tasteten.

Der Junge war ganz nah. Sein knurrender Atem heiß in ihrem Nacken. Ihn trieb kein Hunger. Es waren Mordgedanken ohne Zorn oder Hass, ein nüchterner Beschluss, der in seinem Verstand wurzelte, nicht in seinem Herzen. Er war auf dem Weg. Zu ihm, zu ihr?

Welcher Wettkampf trieb ihn an? Wo waren ihre Gegner? Wer waren ihre Gegner?

Es war so heiß und stickig... Hel wollte ihre Bettdecke wegstrampeln, doch ihr Körper gehorchte ihr nicht. Sie bekam kaum Luft. Die Lichter machten sie fast blind. Trug sie ihre Augenklappe nicht mehr? Sie befahl ihrer Hand, ihr Gesicht abzutasten, doch die Hand blieb reglos neben ihr liegen wie ein totes Stück Fleisch. So heiß ... Ein Schrei erklang. Gegenstände brachen und Lärm platzte in die Stille ihres Kopfes herein wie ein kalter Wasserstoß.

Atemlos fuhr sie auf. Es roch nach Rauch. Feuer. Irgendwo war Feuer. Endlich war sie wieder Herr ihrer selbst. Hel stürzte aus dem Bett und riss die Tür auf. Sie musste husten, als ihr der Rauch entgegenschlug. Sie hatte den langen Korridor erreicht und sah die Treppe vor sich, die in die Badehalle hinabführte, ehe sie sich recht erinnern konnte, wo sie überhaupt war.

Zwei kreischende Dienerinnen rannten an ihr vorbei. Hel taumelte die Treppe hinab und blieb auf halber Höhe stehen.

Unten war ein Balken eingestürzt und hatte Feuer gefangen. Der Dampf der Badebecken mischte sich mit den schweren schwarzen Wolken und drückte das letzte bisschen Luft zu Boden. Gestalten rannten durcheinander, Bedienstete, halb bekleidete Badegäste. Ein Gekreische, das fast unmenschlich klang, überlagerte alle anderen Geräusche: Kombasa.

Hel blinzelte. Sie war nicht sicher, ob sie richtig sah. Am Rand der Halle zappelte die dicke kleine Frau in ihrem fellbesetzten Hausmantel in der Luft. Nichts hielt sie dort oben. Doch vor ihr stand eine Gestalt in einem dunklen Umhang und deutete mit dem Finger auf sie.

Wie im Traum stieg Hel die letzten Stufen hinab. Sie fühlte die Schritte nicht, die sie näher trugen. Der Rauch raubte ihr die Sicht.

»Wo ist er?«, fragte eine Stimme, tief und sanft wie eine Sommernacht.

Kombasa würgte. Spuckebläschen traten ihr aus den Mundwinkeln. Ihre Hände versuchten nach ihrem Hals zu fassen, doch unsichtbare Mächte hielten sie zurück.

»Sage mir, wo er ist.«

»Lass sie runter.« Hel war nicht sicher, ob sie es geschrien oder geflüstert oder überhaupt ausgesprochen hatte. Plötzlich züngelten Flammen am Saum seines Umhangs empor. Erschrocken ließ Mercurin die Hand sinken – gleichzeitig sackte auch Kombasa aus der Luft nach unten. Ihre Zehen berührten den Boden, gerade so, als würde sie in tiefem Wasser stehen und mit der Nase eben noch über die Oberfläche herausragen.

Mit einer raschen Handbewegung ließ Mercurin die Flammen an seinem Saum verrauchen, als säble er Mohnblumen ab. Dann starrte er sie an. Blinzelte.

»Ich träume.« Das sagte er und nicht mehr.

»Lass sie runter«, wiederholte Hel mit aller Kraft, die sie aufbringen konnte. Trotz ihrer Atemlosigkeit klang sie bestimmt.

Mercurin drehte sich ganz zu ihr um, ohne Kombasa zu beachten. »Das Feuer … du?«

Hel schritt auf ihn zu. Er kam ihr drei Schritte entgegen. Dann standen sie sich gegenüber, unwirklich nah, und Hel holte aus und schlug ihm die Faust ins Gesicht.

Mercurin taumelte zur Seite. Kombasa röchelte, als ihre Füße über den Boden streiften wie bei einer tanzenden Marionette. Hel stürzte sich auf ihn, diesmal traf ihre Faust seine Unterlippe. Sie spürte seine Zähne über ihre Knöchel schrammen. Sie presste ein Knie auf seine Brust, packte ihn am Kragen und stieß ihn auf den Rücken. In der Nähe lag eine zerbrochene Schale; Hel griff nach einer Scherbe und hielt sie ihm an den Hals. All das geschah in wenigen Sekunden. Nicht genug Zeit, um zu fassen, dass er da war, dass der Moment tatsächlich gekommen war.

»Mörder«, keuchte sie. »Du hast sie alle umgebracht!«

Durch wirre Haarsträhnen sah er sie an. Erst als Hel merkte, dass Tränen auf ihn herabtropften, wurde ihr bewusst, dass ihre Augen wässrig waren und er sich gar nicht wehrte. Seine Lippe war aufgeplatzt. Er blutete. Langsam zog er die Hände nach oben. Kombasa brach mit einem Stöhnen zusammen und blieb reglos liegen, aber Hel sah nicht hin – sie konnte nur in seine Augen blicken, in denen winzig ihre Spiegelbilder flackerten. Noch immer drückte sie ihm die Scherbe an den Hals. Er legte die Finger um ihr Handgelenk, ohne sie wegzuschieben.

»Ich dachte, es wäre ein Trugbild. Wie kannst du hier sein?«, flüsterte er gebrochen. Hustete er wegen dem Rauch? Oder war es ein Schluchzen? »Ich dachte, wir sehen uns nie wieder.«

»Du hast sie umgebracht«, sagte Hel noch einmal. Dabei wusste sie längst nicht mehr, was die Worte bedeuteten. Alles, was sie fühlte, war Hitze, so unbändige, unerträgliche Hitze… »Warum hast du das getan? Warum? Antworte!«

»Aradon ist verflucht. Ihr seid verloren. All deine Freunde werden sterben.«

»Ist das der Grund, weshalb du hier bist?«

Seine Finger klammerten sich um ihr Handgelenk. »Ja.«

Blut rann ihm über den Hals, wo die Scherbe seine Haut

angeritzt hatte. »Wenn du es nicht tust, tun es die anderen Dämonen, richtig?«

»Ja.«

»Wie viele?«

Er atmete zitternd aus. »Vier. Jetzt nur noch drei. Und vier Totenlichter. Einer von uns wird alle in sich einen. Euer verdorbenes Reich geht unter, und alle Ungläubigen mit ihm.«

Als ihre Tränen unkontrolliert auf ihn herabfielen, schloss er die Augen. Plötzlich fühlte sie seine Hand im Nacken und er zog sie zu sich herab. Ohne dass sie es verhindern konnte, presste er sie an sich. Sie spürte seinen Atem heiß an der Wange, und ihren eigenen, der ihr von seinem Hals entgegenschlug.

»Du musst Aradon verlassen. Was … was kann ich mehr tun, als dich darum zu bitten? Geh doch endlich, verdammt!« Er unterdrückte ein Ächzen; die Scherbe bohrte sich tiefer in seine Haut. Dann öffnete Hel die Faust, die Scherbe fiel mit einem Klirren zu Boden. Er sah sie an. Hel wich zurück, bis ihre Nasenspitzen sich nicht mehr berührten.

»Nein. Ich gehe nirgendwohin. Eher werde –«

Sein Blick irrte zur Seite. Innerhalb eines Wimpernschlags sprang er auf und zog sie auf die Beine. Hel drehte sich um, doch da waren nur Rauch und Nebel. Ein Schemen huschte durch die Eingangstür nach draußen. Vielleicht eine Dienerin in wehendem Mantel. Oder jemand in einem Umhang, wie Mercurin ihn trug.

»Wer war das?« Hel wurde bewusst, dass er sie noch immer im Arm hielt, und stieß ihn von sich.

Widerwillig löste er den Blick vom Eingang. Als er sie ansah, veränderte sich sein Gesicht; seine Züge schienen ihm zu entgleiten, die unheimliche Kälte schmolz von ihm ab wie ein Schutzschild, und für einen Augenblick war er nur ein Junge, nichts als ein ausgezehrter, schwer atmender Junge. Im nächsten Moment hatte er ihr Gesicht in die Hände genommen und – küsste sie.

Ihre Wahrnehmungen erreichten sie mit Verzögerung, wie aus weiter Ferne herabrasende Sterne. Sein Mund auf ihrem. Rau und weich. Sie schmeckte das Blut, wo sie ihn geschlagen hatte. Seine Lippen zogen eine brennende Spur über ihre Wange. Sein Flüstern, als käme es aus ihrem eigenen Kopf: »Ich würde es bis in den Tod bereuen, hätte ich es nie getan. Und vielleicht war es die letzte Gelegenheit. Wenn du bleibst, stirbst du. Aber … ich werde dich beschützen, bis dahin.«

Er drückte sie, dass es sicher wehgetan hätte, wenn Hel noch etwas gespürt hätte. Dann war er weg, war plötzlich alles weg, und Hel sah ihm nach, wie er durch Rauch und Dampf und Feuer zum Ausgang stolperte.

Diebstahl

Wie versteinert stand Hel da, ohne zu wissen, wie viel Zeit verging. Irgendwann brachte ein heftiger Hustenanfall sie wieder zu sich. Der Rauch lag dick über der Halle. Ein zweiter Balken stürzte von der Decke und ein Regen aus Funken prasselte in die Badebecken. Hel wankte auf eins der Becken zu, füllte einen Tonkrug mit aschegrauem Wasser und warf es über die Flammen. Sie fauchten wie lebendige Wesen, und ein merkwürdiger Stich durchfuhr Hel, als könnte sie den Schmerz des sterbenden Feuers fühlen. Sie tauchte den Krug erneut ins Wasser und löschte die Flammen. Immer wieder warf sie Wasser auf die brennenden Balken, bis ihr Körper gar nichts mehr mit ihr zu tun zu haben schien und sie längst nicht mehr begriff, was sie überhaupt tat.

Irgendwann merkte sie, dass sie nicht alleine in der Halle war. Sie hörte panische Stimmen und sah Diener, die wie sie die Flammen löschten. Wie war das Feuer überhaupt da oben ausgebrochen? Mercurin natürlich. Dämonische Kräfte steckten dahinter.

Bald verstummte das Zischen und Fauchen. Wie gefällte

Baumstämme lagen die beiden Balken da, hatten drei Badebecken, einen Holzsteg und zahllose Geschirrstücke zertrümmert. Doch niemand war ernsthaft zu Schaden gekommen. Die Dienerschaft kümmerte sich um ein paar hustende Gäste und um Kombasa, die wieder erwacht war und leise wimmerte. Erschöpft ließ Hel sich auf die Treppenstufen sinken und beobachtete, wie eine Schar Kobolde sich daran machte, das Chaos aufzuräumen.

Ihr Kopf drehte sich. Was geschehen war, kam ihr vor wie einer ihrer merkwürdigen Träume, und sie konnte nicht sagen, wann er angefangen und wann er aufgehört hatte. Irgendjemand schüttelte sie heftig an den Schultern. Sie sah auf und begegnete den Blicken ihrer Gefährten, die sie sorgenvoll umringten. Sie hatte nicht einmal bemerkt, dass sie gekommen waren.

»Bist du in Ordnung?«, fragte Nova.

Zittrig wischte sie sich über das Gesicht. Es war feucht. Sie wollte erklären, dass sie den Dämon gesehen hatte, aber sie brachte kein Wort hervor. Sie konnte nicht einmal nicken oder den Kopf schütteln. Völlig machtlos saß sie da, starrte die anderen an und kam sich vor wie eine Närrin. Und wie eine Verräterin.

Der Kuss. Wie hatte sie das nur zulassen können. Von ihm, ihrem Todfeind, der die ganze Mannschaft der *Schwalbe* auf dem Gewissen hatte.

Kribbelnde Wut stieg in ihr auf. Er meinte also, sich einfach nehmen zu können, was ihm gefiel! Und die dreiste Behauptung, sie beschützen zu wollen – wovor denn? Vor ihm selbst, vor seinesgleichen? Weil Hel so hilflos war, dass sie ihm nicht einmal den Kuss hatte verweigern können?

Vor Zorn ballte sie die Fäuste und kam wieder halbwegs zu sich. Ärgerlich wischte sie sich die letzten Tränenspuren weg. Dabei lag tief unter dem hitzigen Gefühl kaltes Entsetzen. Denn ihre Wut galt gar nicht nur Mercurin … sondern sich selbst. Ihr, die ihn hätte hassen und verfluchen sollen und dabei nicht anders konnte, als wieder und wieder an den einen Moment zu denken.

Oft hatte sie sich ihn vorgestellt.

Ihren ersten Kuss.

Der Schaden war nicht so groß, wie er ausgesehen hatte. Es dauerte nicht lange und die fleißigen Geisterwesen hatten das Gröbste aufgeräumt. Das Schimpfen und Husten einiger Gäste erfüllte das Badehaus, doch als die Fenster geöffnet wurden, löste sich der Rauch allmählich auf. Junges Tageslicht tastete mit blassen Fingern durch die Halle, verwischte die Schatten der Nacht zu nebelhafter Erinnerung.

Man trug Kombasa auf einer Liege weg. Loraccin, der schwitzend umherhetzte und Befehle brüllte, ließ den Gefährten wie allen anderen Gästen Tee und heißen Schnaps bringen. Sie blieben auf der Treppe sitzen, bis Hel so weit war, von dem Vorfall zu berichten. Sie konnte Nova nicht ansehen, als sie Mercurin erwähnte. Sie fürchtete, ein Blick von ihr würde reichen und er würde wissen, was sie verschwieg.

»Aradon soll also dem Untergang geweiht sein«, wiederholte Olowain, als sie geendet hatte, und ein harter Spott funkelte in seinen Augen. Dann legte er beide Hände um seinen Stab und schien nachzudenken. »Ich glaube, nun verstehe ich …«

»Was denn? Dass die Dämonen aus dem Alten Reich kommen, ist nichts Neues«, sagte Arill. »Aber wenn sie Aradon vernichten wollen, wieso sind sie dann hinter dem Isen her? Es sind keine Angriffe mehr auf Dörfer und Städte verübt worden, oder?«

Die Söldner beobachteten Olowain. Hel wusste, dass er ihnen nichts von den Totenlichtern verraten durfte. Davon wusste niemand außerhalb der Magierschaft. Dass sie und Nova eingeweiht waren, musste Palairon, dem Vorsitzenden der Magierschaft, schon schlaflose Nächte bereiten, und wie um sie daran zu erinnern, warf Olowain den beiden einen mahnenden Blick zu. Hel verspürte auch nicht den leisesten Drang, irgendwem von den Totenlichtern zu erzählen. Es war ein Wissen, das sie niemandem zumuten wollte – zu schrecklich war die Aussicht darauf, sie könnten tatsächlich vereint werden.

Als sie ihren Tee und Schnaps getrunken hatte, fühlte sie sich schummrig, aber trotzdem wieder wirklicher als vorher. Loraccin tauchte hinter ihnen auf und wischte sich mit einem Taschentuch über das glänzende Gesicht.

»Kombasa will Euch sehen«, sagte er und blickte dabei Hel an. »Wenn die Herrschaften erlauben.« Er deutete die Treppe hinauf und ging ihnen voran.

Die Gefährten folgten ihm durch den Korridor und die Räume voller Käfige. Kombasa lag auf ihrem Diwan wie ein Fisch an Land und gab stöhnende Laute von sich. Eine Schar Dienerinnen umringte sie, flößte ihr Tee ein, fächerte ihr Luft zu und knetete ihren schlaffen Körper. Als Kombasa die Gefährten eintreten sah, scheuchte sie die Mädchen fort und stieß dabei einen Teekrug um, den eine Dienerin im letzten Moment auffing. Schwerfällig richtete Kombasa sich auf. Ihr Mantel rutschte zur Seite und gab den Blick auf ihren Oberschenkel frei. Hel spürte, wie Nova neben ihr schauderte.

»Du«, keuchte sie und deutete mit dem Finger auf Hel. »Du … hast mir das Leben gerettet.«

Hel schluckte. Sie wusste nicht, was sie erwidern sollte, und fühlte die Blicke der Gefährten im Nacken.

Kombasa stützte sich auf die Armlehnen. »Dieser verfluchte Karat! Lässt man eine Kakerlake ins Haus, folgen ihr ein Dutzend! Was wäre nun, wenn ich Aradon nie die Eilige Feder geschickt hätte, wenn Ihr nicht da gewesen wärt? Ich wäre tot!« Sie leckte sich die Spucke von den Lippen, dann starrte sie Olowain an. »Was war das für ein Mann? Er hatte magische Kräfte.«

Olowain legte die Stirn in Falten. Ungewohnt knapp erklärte er: »Ein Dämon des Alten Reiches. Einer der Gründe, weshalb Aradon dem Alten Reich den Krieg erklären musste.«

Zitternd fasste Kombasa sich an den Hals. »Ein Dämon … ein Dämon des Alten Reiches hätte mich um ein Haar umgebracht!«

Eine Dienerin begann eilig, ihr Luft zuzufächern, doch Kombasa schlug den Fächer weg. Dann winkte sie Hel näher. »Komm her, mein tapferes Mäuschen. Komm.«

Hel machte einen weiteren Schritt auf sie zu.

»Dir verdanke ich, dass dieser Dämon von mir abgelassen hat. Ich bin eine Frau des Geschäfts, aber ich habe ein weiches Herz. Sage mir, wie ich dir danken kann. Ich weiß die Dienste zu entlohnen, die man mir erweist – ebenso wie ich die Schäden immer sofort begleiche, die meinetwegen entstehen.« Sie lächelte liebenswürdig, doch für eine Sekunde irrte ihr Blick zu Meister Olowain hinüber. Womöglich erwartete sie, dass die Magierschaft die Kosten übernahm, die durch Mercurins Überfall entstanden waren. Hel war das gleich. Sie reckte sich.

»Danke. Ich habe einen Wunsch, den Ihr mir erfüllen könnt.«

Kombasas Gesicht erstarrte. Offenbar hatte sie das von dem »tapferen Mäuschen« nicht erwartet.

»Ich hätte gerne den Pixie, den Ihr gestern gefangen habt. Tix.«

»Den Pixie?«, fauchte Kombasa. Augenblicklich setzte sie wieder ein sanftes Lächeln auf. »Wenn das dein Wunsch ist, gut. Auch wenn ich gerne bereit gewesen wäre, mehr für mein Leben zu geben als so ein unbedeutendes kleines Ungeheuer.« Sie trommelte mit den Fingernägeln auf die Armlehne. Als Hel ihre Bitte nicht zurücknahm, griff sie in ihre Manteltasche und wühlte eine Weile, bis die Silberschatulle zum Vorschein kam. Sie öffnete ihren Ring und drückte den leuchtenden Zahn mit der Schatulle einer Dienerin in die Hand, die beides zu Hel trug.

Hel steckte beides in ihre Gürteltasche. »Danke.«

»Ist mir ein Vergnügen«, erwiderte Kombasa in einem Ton, der etwas anderes verriet. Dann wandte sie sich an Olowain. »Ich hoffe, Ihr treibt diesen Karat auf. Und auch den Dämon des Alten Reichs.«

Olowain nickte. »Was Euch widerfahren ist, tut mir sehr leid. Wir werden alles daran setzen, den Verantwortlichen schnellstmöglich zu finden. Und Karat natürlich auch. Darum dürfen wir keine Zeit verlieren. Habt Dank für Eure Gastfreundschaft, Kombasa. Wenn Ihr erlaubt, brechen wir sofort auf.«

Kombasa sagte eine Weile nichts, doch ihr Blick war tödlich. »Aber selbstredend. Loraccin! Geleite die Herrschaften hinaus. Auf Wiedersehen, Meister Olowain. Es war mir eine Ehre. Auf bald.«

»Ja … Auf Wiedersehen«, sagte Olowain und bewegte sich bereits Richtung Tür. Auch die anderen Gefährten verabschiedeten sich von Kombasa, die grimassenhaft lächelte.

Am Ausgang erwarteten sie zwei Dienerinnen mit ihren Sachen. Sie schulterten ihre Quersäcke, und die Söldner prüften misstrauisch ihre Waffen, ob auch nichts beschädigt war oder fehlte. Doch der Einzige, dem etwas fehlte, war Nova: Sein Vater war nicht am Ausgang erschienen.

»Ich hole ihn schnell … ihr könnt schon vorgehen und die *Taube* klarmachen.« Er eilte zurück, während die anderen sich auf den Weg nach draußen machten.

Loraccin verabschiedete sie mit gefalteten Händen und einer tiefen Verneigung. »Beehrt uns bald wieder!«

»Als hätte er sich die Zähne mit Nacktschnecken eingeschleimt!«, hörte Hel Harlem murmeln, und das klang so ernst, dass Hel sich fragte, ob manche Zwerge das tatsächlich taten.

Sie passierten das Tor, über dem schläfrig eingerollte Kobolde schwebten, und kamen auf die Straße, die bergauf führte.

»Gut, dass du den Pixie wieder hast«, sagte Olowain im

Gehen, sodass nur Hel ihn verstand. »Ich wusste nicht, dass Kombasa ihn gefangen hatte.«

Dabei entsann Hel sich der Schatulle in ihrer Gürteltasche. Sie holte sie hervor und öffnete sie.

Tix sah kläglich aus. Matt glimmend lag er auf dem Rücken und streckte alle viere von sich wie ein aufgeblähter Frosch. Sein Bauch schien dem Platzen nahe. Er hatte das ganze Lirium in der Schatulle gefressen und lag nun direkt auf dem Silber der Schatulle, das ihn schrecklich brennen musste. Dort wimmerte er mit geschlossenen Augen vor sich hin.

»He, Tix.« Hel nahm den Zahn und ließ ihn ins röchelnde Maul schweben. »Du bist wieder frei.«

Tix blinzelte träge.

»Na los, hau schon ab.« Sie kippte die Schatulle am Straßenrand aus und Tix kullerte auf das Pflaster. Hel stand auf und blickte eine Weile auf ihn herab. Er würde sich wieder erholen. Wahrscheinlich litt er im Moment eher unter seinem vollgefressenen Bauch als unter der Silberfolter.

»Du willst ihn nicht behalten?«, fragte Harlem verwundert.

Hel schüttelte den Kopf. »Auf keinen Fall.« Sie betrachtete die Schatulle und steckte sie wieder ein. Das Silber konnten sie noch gegen Proviant tauschen.

»Kombasa hat wirklich genug Geisterwesen versklavt«, murmelte Harlem, als sie ihren Weg fortsetzten. »So viel gibt es gar nicht zu putzen.«

Olowain stieß ein Grunzen aus. »Ich glaube nicht, dass sie Tix zum Putzen wollte.«

Hel sah ihn fragend an. »Nun, ich gehe davon aus,

dass Kombasa eher hinter streng vertraulichem Wissen der Magierschaft her ist«, erklärte er leise. »Die vielen Geisterwesen … ich wette, sie führt Experimente durch. Ich werde veranlassen, dass man baldmöglichst eine Investigation einleitet. Sie ist verdächtig.«

»Was meint Ihr? Was für Experimente?« Hel starrte Olowain an, doch der Magier winkte ab.

»Auch dass sie eine Vertretung aus Aradon in ihrem Haus haben will, liegt gewiss nicht daran, dass sie sich mehr Sicherheit wünscht. Sie denkt wohl tatsächlich, sie könnte einem Magier die Zunge lockern mit ihren Bädern und ihren Mädchen und ihren, ihren … mit ihrem Schnaps.«

Hel war nicht sicher, was er meinte, doch Olowain machte wieder eine abwinkende Geste, um das Thema zu beenden. Hinter welchem Wissen war Kombasa her? Ahnte sie etwas von den Totenlichtern?

Hinter ihnen erklang ein Ruf. Nova kam angerannt.

»Er ist weg! Er … mein Vater ist verschwunden!«

Olowain starrte ihn an. Und wurde kreidebleich. »Das Schiff!«

Die *Taube* war fort, als sie auf den Anlegeplatz kamen. Verwirrt traten die beiden Wächter zu ihnen und erklärten, Kapitän Nord sei bereits gestern Abend abgeflogen – sie hatten ihn nicht aufgehalten, in der Annahme, er habe die Gefährten bloß in Tridad abgesetzt. Ob das stimmte oder ob Nord die Wächter bestochen hatte, spielte jetzt keine Rolle mehr. Die *Taube* war weg, sie saßen in Tridad fest.

Es begann zu nieseln. Stöhnend zog Hel sich die Kapuze über den Kopf. Musste das jetzt auch noch sein?

Olowain wandte sich von den Wächtern ab, die sich murmelnd entschuldigten, und fixierte Nova mit einem Ausdruck, als hätte dieser das Schiff höchstpersönlich aufgefressen. »Du hast es gewusst. Nicht wahr?«

»Nein«, sagte Nova. Er erwiderte ruhig den Blick des Magiers, doch sein Gesicht war hochrot. Er schämte sich für die Tat seines Vaters.

»Er will Meisterin Medeah zur Hilfe kommen«, versuchte Hel den Diebstahl zu entschuldigen. »Er hat ja nicht absichtlich …«

»Wie konnte er nur?« Die Wut schwappte so aus Olowain heraus, dass er die Faust in die Höhe stieß. »Wem will er helfen, dieser … dieser Nichtsnutz von einem Sturmjäger?! Er wird mit dem Schiff im nächsten Baum landen und dann kann er auf Hilfe warten!«

Nova biss die Zähne zusammen.

»Was tun wir jetzt?«, fragte Harlem und stützte die Hände in die Hüften. »Sehr aufschlussreich war das, was Kombasa über Karat gesagt hat, nicht gerade. Das hätte sie auch in einer Eiligen Feder an Aradon schreiben können. Dafür wissen wir jetzt, dass der andere Dämon ebenfalls in der Nähe ist und Karat sucht. Die Spur des einen wird uns zum anderen führen.«

»Der Dämon von letzter Nacht ist weitaus gefährlicher als der Ise«, sagte Olowain dumpf. »Mir wäre es lieber, eine Begegnung mit ihm zu vermeiden … aber du hast recht, Harlem. Wo der Dämon ist, muss auch Karat in der Nähe sein. Vielleicht ist es einfacher, den Dämon zu verfolgen.«

»Das ist nicht nötig«, warf Hel leise ein. Insgeheim hatte sie gehofft, man würde sie überhören, doch alle Blicke richteten sich auf sie. Nervös streckte sie die Schultern und merkte, dass sie bis jetzt geduckt gestanden hatte. »Ich glaube, ich weiß, wo Karat ist.«

»Woher?«, fragte Arill verblüfft.

»Hat der Dämon es dir gesagt?«, rief Olowain.

»Nein, nein. Also, ich weiß es nicht direkt. Ich sehe ihn nur manchmal.« Sie sah ausnahmslos in verstörte Gesichter. Selbst Kelda schien kein Verständnis zu haben. Natürlich nicht – wie klang es denn, wenn man jemanden zu sehen behauptete, der gar nicht da war?

»Ich kann es mir nicht erklären, keine Ahnung, ob ich's träume oder nicht, aber ich glaube, Karat ist irgendwo nördlich von hier, in irgendwelchen Gebirgen mit hellem Gestein und wenig Grün«, sagte sie schnell und fast ein wenig ärgerlich.

Olowain kam einen Schritt auf sie zu und hob beschwichtigend die Hand. »Also, Hel … was? Der Reihe nach.«

»Ich habe diese Bilder im Kopf«, stammelte sie. »Ich weiß nicht, woher sie kommen oder ob sie stimmen. Aber … ich hab ihn auch hier gesehen, in Kombasas Badehaus. Noch bevor wir aufgebrochen sind.«

Die wässrigen Augen des Magiers durchbohrten sie. »Sagst du auch wirklich die Wahrheit?«

»Warum sollte sie lügen?«, seufzte Harlem und fluchte irgendetwas auf Zwergisch. »Das Mädchen kann Magie sehen und keiner von euch Magiern hat bis jetzt herausfinden können, warum. Vielleicht kann sie noch viel mehr Unerklärliches. Hm?« Sie nickte Hel zu, als erwarte sie ihre Zustimmung.

»Ich weiß nicht, ob ich es nur träume«, wiederholte sie.

»Wenn es aber stimmt, dann schwöre ich, dass ich nicht den blassesten Schimmer habe, wieso.«

Olowain beobachtete ihr Gesicht. Der Regen glänzte auf seiner geschwungenen Nase und glitzerte im weiß gefärbten Bart.

»Was ist jetzt?«, fragte Relis. »Wie geht es weiter?«

Olowain wandte sich von Hel ab und blickte eine Weile ins Land hinaus, das sich Hügel um Klippe, grau und tiefgrün bis zum Horizont fortsetzte. Früher war das Land in ständiger Bewegung gewesen. Aber die Menschen hatten der Erde so viel Lirium genommen, dass sie starr geworden war. Nichts bewegte sich mehr, alles war ausgestorben.

»Kelda. Wo sind die Wrauden?«

Kelda zögerte. »Nicht hier.«

»Ruf sie. Sie können uns doch finden, oder?«

»Ich will nicht, dass sie ohne den Schutz von Feenlichtern –«

»Dann sollen sie auf den Adern bleiben, um Himmels willen!« Olowain ließ den Stab zu Boden fahren. Kelda erwiderte nichts mehr.

Nachdem er einen eisigen Blick in die Runde geworfen hatte, zog sich Olowain die Kapuze über und ging davon.

»Wohin … was machen wir?«, fragte Nova.

Olowain blieb weder stehen noch drehte er sich um. »Kombasa hat gesagt, Karat sei auf nördlichem Weg gesichtet worden. Also auf nach Norden.«

»Zu Fuß?«, fragte Harlem.

Olowain rang ungeduldig die Fäuste. »Du kannst auch auf allen vieren laufen, Zwergin, und uns tragen, wenn du möchtest!«

Unter der Weide

Es hatte den ganzen Tag und die Nacht hindurch genieselt, doch nun wurde der Regen stärker. Wasser prasselte auf die Bäume, während die Dämmerung eine stahlblaue Haut über die Finsternis zog.

Unter einer alten Weide war der Boden trocken geblieben. Fellweiches Moos bedeckte die Wurzeln, die sich umschlangen wie die Arme Ertrinkender. Von den Zweigen rann das Wasser und verdichtete den Blättervorhang mit flüssigem Silber.

Saraide und Anetán standen sich unter dem Blätterdach der Weide gegenüber. Das Trommeln des Regens übertönte alle Geräusche, doch als Anetán auf sie zutapste und den Kopf neigte, spürte Saraide seinen schnellen Atem in der Halsbeuge und sein pochendes Herz, das mit jedem Schlag Hitze durch den Körper trieb, der so vertraut und zugleich fremd war. Er war ihr Bruder, mit ihr verwandt, wie die Elemente miteinander verwandt sind. Der Hüter der Erde und die Hüterin des Feuers. Sie wusste, dass er sie liebte, seit sie Kinder waren. Und vielleicht war das auch der Grund, warum sie ihn verachten musste, denn es zeugte von einer

Schwäche, die den höheren Geist in ihm ebenso entehrte wie seine kindlichen, hellen Augen. Dennoch – sie hatte seine Liebe immer geduldet, geheim gehalten und in verstohlenen Momenten sogar geschürt. Sie hatte gewusst, dass sie eines Tages davon profitieren würde.

Sie drehte den Kopf, bis ihre Lippen sich trafen. Seine Hände zitterten, als Saraide sie nahm und zu sich führte. Mit einem Seufzen schmolz er in ihre Arme.

Es hörte auf zu regnen, als der Morgen kam. Träge öffnete der Tag sein gerötetes Auge. Vögel begannen zu singen. Anetán schlief und Saraide beobachtete sein großes Gesicht mit Staunen und Bedauern darüber, dass er so vertrauensselig war, neben ihr einzuschlafen.

»Weißt du nicht, dass wir bald Feinde sind?«, hatte sie ihn einmal gefragt, vor drei Jahren, in Hellesdîm.

»Ich weiß«, hatte er gesagt, »dass ich dich jetzt liebe.«

Jetzt. Dieser Moment währte immer noch. Damals hatte er schon gewusst, dass sie sich eines Tages töten mussten. Aber davor wollte er ihre Geschwister Totumé und Mercurin töten, denn wenn Saraide starb, würde er nur noch eins fertigbringen, ehe er selbst zugrunde ging: das Tiefe Licht beschwören. Sie ahnte jedoch, dass er nicht einmal das konnte. Er würde für sie zum Verräter am Tiefen Licht werden, er konnte sie nicht bekämpfen. Sie war seine große Schwester und sie hatte sein Herz.

Saraide stand auf und setzte sich auf eine breite Wurzel. Sie war ganz reglos, ihr Blick starr, so wie immer, wenn die Kälte in ihr hochkam, die ihr eines Tages die Kraft geben würde, das Tiefe Licht zu beschwören. Sie war stolz auf ihre Stärke. Aber wieso zog dieser Stolz einen Schleier von

Schwermut hinter sich her? Manchmal war sie so bekümmert, ohne sagen zu können, weshalb. Wegen allem. Wegen nichts.

Als er erwachte, kam er und blieb neben ihr stehen, um den Sonnenaufgang durch die Zweige zu beobachten, so wie sie es zu tun vorgab. Er zupfte ein Blatt ab und rollte es zwischen Daumen und Zeigefinger.

»Ich habe Mercurin in Tridad gesehen. Er war in einem Badehaus, um den Isen zu suchen. Das Totenlicht hat ihm enorme Kräfte verliehen. Ich sah ihn Menschen wie Laub durch die Luft werfen. Er konnte sich schnell bewegen wie ein Schatten.«

»Hat er sich verloren, so wie Totumé?«

Anetán schüttelte den Kopf. »Er ist beherrschter. Aber … da war ein Mädchen. Mit einer Augenklappe. Sie hat ihm Befehle erteilt und er hat auf sie gehört. Dann ist er gegangen.«

Saraide blickte noch immer ruhig geradeaus, doch ihre Kehle war wie zugeschnürt. Ein Mädchen mit einer Augenklappe. Sie erinnerte sich an den Abend in Har'punaptra, kurz bevor sie, Anetán und Mercurin um das Totenlicht gekämpft hatten, das tief unter der Stadt gelegen hatte. Anetán war kaum zu einer Attacke fähig gewesen und sein Zögern hatte Saraide aus dem Konzept gebracht. So war Mercurin mit dem Licht geflohen. Bei der Erinnerung ballte Saraide die Fäuste. Schon früher hatte sie es schwer ertragen, wenn eins ihrer Geschwister besser war als sie. Zum Glück war das selten vorgekommen. Totumé konnte mit ihren dreizehn Sommern, ihrer Unerfahrenheit ohnehin niemandem das Wasser reichen, Anetán hatte sich stets gehütet, Saraide zu erzürnen, nur Mercurin … er war verdammt gut gewesen und hatte seine größten Fähigkeiten obendrein geheim gehalten. Bei ihrer Begegnung in Har'punaptra vor dem Kampf hatte er ein Mädchen bei sich gehabt, das auf einem Auge blind war.

Für einen kurzen Moment überlegte Saraide, ob er sie … aber das war ausgeschlossen. Mercurin war nicht wie Anetán; er kannte nichts als seine Treue zum Tiefen Licht. Zudem war das Mädchen eine Verfluchte und sie war entstellt. Wenn Mercurin für Saraides Reize unempfänglich gewesen war, wie sollte ihm dann ein einäugiges Mädchen von den Verfluchten gefallen?

Und wenn sie doch keine gewöhnliche Verfluchte war … konnte es sein, dass das Tiefe Licht eine fünfte Erwählte auserkoren hatte, die nicht Druidin in Hellesdîm war – eine Helferin, die besondere Macht besaß, die womöglich dazu beigetragen hatte, dass Mercurin das Totenlicht aus Har'punaptra erlangt hatte und nicht sie oder Anetán? Immerhin musste auch Totumé fremde Hilfe gehabt haben, sonst hätte sie unmöglich vor allen anderen ein Totenlicht finden können. Die Vorstellung, dass jemand ihren Geschwistern beistand und nicht ihr, jagte Saraide einen Schauder über den Rücken.

Sie war doch die Stärkste von allen. Oder? Wo hatte sie versagt? Sie war immer die Beste gewesen … und wieder war sie da: die namenlose Traurigkeit. Saraide spürte, wie sie jetzt in juckenden Zorn umschlug.

Anetán legte eine Hand auf ihre Schulter und sie zuckte innerlich zusammen. Sie stand auf und entglitt ihm. Natürlich hielt er sie nicht zurück, er sagte nicht einmal etwas, obwohl sie hörte, dass er den Atem anhielt. Dieser Dummkopf – ja, ihr Bruder war ein Dummkopf! Wie konnte er sie bloß so verehren? Zwischen den Zweigen blieb sie stehen und sah zu ihm zurück. Wie er dastand, mit bloßem Oberkörper und zerzaustem Haar, wirkte er so verletzlich, dass es ihr fast wehtat. Ja, sie hatte ihn doch irgendwie gern, diesen Dummkopf.

»Wehe, du trittst mir noch mal unter die Augen, bevor du ein Totenlicht hast«, sagte sie hart und ging, bevor er ihr liebevolles Schmunzeln bemerken konnte.

Spuren

Sie kauften Proviant in einem großen Gasthof in Tridad, ehe sie die Stadt verließen. Der Wirt wollte sich nicht mit Geld bezahlen lassen, sondern verlangte einen halben Liriumfinger von Olowain. Hel erinnerte sich an Zeiten, als ein halber Finger Lirium kaum drei Dukaten wert gewesen war, und jetzt bekamen sie dafür Wegzehrung, die ihnen zusammen für fünf Tage reichte.

In finsterer Stimmung passierten sie das Stadttor und bogen auf die Ader Richtung Norden. Eine Weile blieb die Straße gepflastert, dann gab es nur noch platt getretenen Erdboden voller Fuß-, Huf- und Räderspuren. Ein paar Grasbüschel hingen matt in den Pfützen. Hier und dort war der Weg überflutet, und sie mussten durch das tropfende Unterholz stapfen, damit sie nicht bis zu den Knien nass wurden. Fluchend raffte Olowain das lange Gewand, das er unter dem Umhang trug und das offenbar kein Wasser abweisen konnte wie der magische Stoff des Umhangs.

Händlerkarawanen begegneten ihnen, die sie misstrauisch beäugten. Alle Reisenden waren bis auf die Zähne bewaffnet. Kelda zog sich die Kapuze tief ins Gesicht, damit man seine dunkle Haut nicht sah. In diesen Zeiten war ein Ise unter lauter Menschen genauso in Gefahr wie ein Mensch unter Isenrebellen.

Hel schloss immer wieder die Augen und ging nur mit der zweiten Sicht. Immer öfter hatte sie die Silbermünze aus ihrer Augenklappe genommen, setzte sie nur noch ein, wenn sie gerade in einer Stadt waren oder einem anderen belebten Ort. Hier draußen in der Natur, wo das Land sich kaum noch bewegte, war ihr die zweite Sicht lieber. Sie sah ein wenig Licht durch die Pflanzen pulsieren und in den Körpern der Gefährten leuchten. Es war so beruhigend, so verlässlich … nicht zu glauben, dass ihr früher von der zweiten Sicht schwindelig geworden war! Damals hatte sie die Silbermünze nur herausgenommen, um nach Stürmen Ausschau zu halten. Aber seit der Reise durch die Wüste mit Mercurin …

Ein Kribbeln rann durch ihren Körper.

Er wollte sie beschützen. Er wollte ihre Welt zerstören, aber *sie* wollte er dabei beschützen.

Was machte das für einen Sinn? Und warum, in Himmels Namen, ausgerechnet sie? Er musste verrückt sein!

Hel stieß beinahe ein Schnauben aus. Natürlich war er verrückt, er war wahnsinnig, immerhin war er ein Dämon. Aber warum musste er sich ausgerechnet vor ihr als Junge zeigen? Der Moment, als er sie angesehen hatte, als die unheimliche Starre aus seinen Augen gewichen war und er so hoffnungslos gewirkt hatte, als sei sie diejenige, die ihn mit einer Handbewegung umbringen könnte –

»Sind wir noch auf dem richtigen Weg?«, fragte Olowain über die Schulter hinweg.

Hel glaubte einen bissigen Unterton herauszuhören. »Hmhm«, murmelte sie.

»Ja?« Er sah zu ihr zurück.

Hel blieb stehen. »Keine Ahnung!«

Er schnaubte empört und alle hielten inne.

»Ich habe keine Ahnung, ob ich richtig liege«, wiederholte Hel ruhiger. »Ihr müsst mir vertrauen, ich kann es nicht erklären.« Sie sah die Gefährten an. Verständnis in Novas Gesicht. Ratlosigkeit bei den Söldnern. Ein aufmunterndes Blitzen in Harlems Augen. Keldas Miene blieb ausdruckslos. Olowain schien wütend.

»Wir können uns nicht leisten, Stunden, gar Tage zu verlieren, indem wir auf falscher Fährte durch die Wildnis stapfen, während irgendwo da draußen ein Ise mit …«

»Wir können es uns nicht leisten?«, fiel Harlem dem Magier ins Wort. »Das sagt der Richtige! Was haben wir denn vor ein paar Monaten getan, als eine gewisse Person plötzlich entschied, dass alles umsonst war und wir schnurstracks umkehren sollten?«

»Also, ich dulde keine solchen –«

»Lasst uns weitergehen«, rief Relis ungeduldig und spuckte auf den Boden. »Wir werden schon sehen, ob Hels Ahnung stimmt. Oder hat hier noch irgendwer hellsichtige Träume von dem Isen?« Sie schob sich ihren Quersack voller Waffen zurecht und stapfte weiter, ohne auf Antwort zu warten.

Mit einem Grinsen folgten ihr Berano, Caiden und schließlich Arill, der über seine Söldnerin die Stirn runzelte. »Also ich habe auch spannende Träume, aber die führen uns ins Badehaus der Kombasa zurück, zu den hübschen kleinen …«

Nova und Hel lächelten sich an und gingen den anderen nach.

Sie entfachten das Lagerfeuer für die Nacht hinter einem steilen Hang, der neugierige Blicke von der Straße abschirmte. Jeder wickelte sich, so gut es ging, in seinen magischen Umhang, denn der Boden war nass. Harlem hatte dabei weitaus geringere Probleme als Nova, Olowain und Caiden mit ihren langen Beinen; die Zwergin löste einfach die Klammern, mit denen sie den Stoff am Saum sonst aufkrempelte, und konnte sich fast doppelt einpacken.

Nach einem leichten Abendessen legten sie sich zum Schlafen. Es wurde still, aber Hel wusste, dass die Gefährten wie sie noch lange keinen Schlaf fanden. Jegliche Schnarchgeräusche fehlten. Gewiss quälte auch die anderen die Sorge, welche Strapazen ihnen noch bevorstanden, und die Ungewissheit, ob nicht doch alles umsonst war. Hel warf sich unruhig von einer Seite auf die andere. Vielleicht hätte sie einfach den Mund halten und Olowain entscheiden lassen sollen. Dann wären sie bestimmt nach Aradon zurückgekehrt und jetzt schon auf dem nächstbesten Schwebeschiff Richtung Osten. Oder aber Olowain hätte sie auch so nach Norden geführt, um sich von Stadt zu Stadt und Dorf zu Dorf nach Karat durchzufragen.

Tief in ihrem Inneren wusste sie, dass sie auf dem richtigen Weg waren. Karat war hier gewesen – nicht auf der Ader, aber in der Nähe. Blindlings durch den Wald war er gestolpert, ungeachtet der Gefahren, die überall lauern konnten. Und doch hatte er Angst gehabt. Panik. Vor dem Jungen, der hinter ihm her war wie ein wachsender Schatten und einen Finger nach dem anderen um seine Gedanken schloss, um sie zu zerquetschen. Und dann würde er tiefer greifen, seine Hand an das legen, was in seiner Brust pochte gleich einer Ölblase vor dem Platzen, das dunkle Herz, das ihm Leben schenkte … Er musste stärker werden, stärker als der Junge. Er konnte ihn nur überleben, wenn er den Jungen dafür umbrachte. Wenn er doch zwei hätte … zwei pulsierende Herzen …

Aber wo? *Am Ende der Welt.*

Hel tastete nach ihrer Gürteltasche und holte die Silbermünze hervor, um sie in die Augenklappe zu schieben. Vielleicht schlief sie doch ruhiger, wenn sie die zweite Sicht abschirmte. Dabei gab es in der Umgebung kaum Lirium, und die grellen Bilder, die vor ihr aufzogen, konnte sie ohnehin nicht ausblenden.

Nova regte sich neben ihr. Sie hörte, wie er sich zu ihr drehte. Eine Weile versuchte sie ihn im Dunkel zu erkennen, nicht sicher, ob er wach war oder schlief.

»Nova?«, flüsterte Hel schließlich, so leise, dass sie sich selbst kaum verstand. Ein Zweig brach im Feuer und Funken knisterten.

»Ja?«

»Wusstest du es eigentlich? Mit deinem Vater?«

»Nein.« Er schwieg. »Er … hat es mir gesagt. Aber ich habe ihm nicht geglaubt.«

Hel versuchte seine Augen auszumachen, aber es war zu dunkel. Er blieb ein Fleck in der Nacht.

»Ich hab gesagt, ich komme nicht mit«, flüsterte Nova.

»Es ist doch auch deine Mutter.«

»Du wärst nicht wütend gewesen?«

Hel überlegte. Wäre Nova mit seinem Vater verschwunden, hätte sie das mehr getroffen als der Verlust des Schiffes. »Ich hätte kein Recht dazu.«

Er blieb ganz reglos. »Mein Platz ist hier.«

Hel hätte gerne seine Hand gedrückt. Aber sie blieb so unbewegt wie er und fragte sich, was das eigentlich für ein Kampf war, den sie hier fochten. Gegen das Alte Reich, für die Magierschaft? Gegen den Untergang der Welt, für die magische Zivilisation? War es das wirklich wert, wo ebendiese Zivilisation selbst drauf und dran war, die Erde zu zerstören? Gegen einen verwirrten Isen, der nicht wusste, dass er zum Dämon werden würde? Sie atmete schwer aus. So viel, so viel hing von ihnen ab. Und die meisten der Gefährten kannten noch nicht einmal die volle Wahrheit.

Die Ader führte sie am nächsten Tag an Klippen und Schluchten entlang, wo uralte Zedern im Regen tropften wie trauernde Greise. Außer den Feenlichtern, die alle dreihundert Meter am Wegrand schimmerten, gab es kein Zeichen von Menschen, Zwergen oder Isen. Gestern hatten sie noch ein paar Händlertrupps gesehen, doch die meisten Karawanen bewegten sich zwischen Tridad und dem Osten, wo das Königreich Orrún lag. Hierher, in den nordwestlichen Teil des Mittlands, verschlug es nur Trolljäger, aber die wanderten abseits der Adern, irgendwo in den finsteren Felsklüften der Berge.

Einmal sahen sie eine Horde Wildschweine, die auf der Straße Eicheln suchten. Olowain verjagte sie mit einem Lichtblitz aus dem Zauberstab. Danach warf er einen grimmigen Blick in seine Umhangtasche und schien zu überlegen, für wie viele Tage und Begegnungen mit Wildschweinen sein Liriumvorrat noch reichte.

Der Mittag war um, und der Regen versiegte, als sie an einer kleinen Stadt vorbeikamen, die wie ein Vogelnest auf einem Felsen errichtet war, ringsum geschützt durch steinige Klippen. Die Brücke, die der einzige Zugang zu der Stadt zu sein schien, war eingestürzt: Nur noch zwei Steinstümpfe streckten sich nacheinander aus, in der Mitte hatten mehrere riesige Bäume die Brücke zerschmettert. Männer und Frauen auf beiden Seiten waren damit beschäftigt, eine provisorische Verbindung aus Seilen und Brettern herzustellen. Als sie die Gefährten den Weg entlangkommen sahen, rückten sie mit Äxten zusammen, um sich zu verteidigen.

Olowain hob beschwichtigend seine Hand. Der Zauberstab hatte sich, wie schon oft, in einen knorrigen Wanderstock aus Holz verwandelt. Nur wer genau hinsah, konnte ihn anhand seines gefärbten Bartes als Magier erkennen.

»Gab es ein Unwetter?«, fragte er, als die Leute ihre Waffen langsam senkten. Sie tauschten Blicke.

»Nein«, antwortete endlich eine Frau, deren Beinkleider über und über mit Schlamm beschmiert waren. »Das waren die Isen!«

»Hier?« Olowain ließ den Blick nachdenklich zur Stadt hinüberschweifen.

»Rebellen!«, sagte ein Mann und stützte sich auf seine Axt. »Haben in der Nacht die Brücke zerstört. Wollten uns wohl angreifen und haben es nicht geschafft. Da haben sie einfach nur Zerstörung angerichtet.«

»Wohin sind sie denn weitergezogen, die Rebellen? Man muss ja auf der Hut sein«, sagte Olowain leise.

Die Frau zuckte die Schultern. »Keiner hat sie gesehen. Die waren ganz still und leise am Werk, wie die Maden im Brot.«

»Wohin seid ihr denn unterwegs?«, fragte eine andere.

Olowain sah die Gefährten an. Eine Zwergin, vier Krieger, ein verhüllter Ise und zwei Jugendliche. »Wir haben alle unterschiedliche Ziele hier in der Gegend. Aber die Zeiten sind gefährlich, darum reisen wir zusammen.«

Die Leute nickten.

»Eine gute Entscheidung«, sagte der Mann. »Aber falls einer von euch nach Gordim oder auf die Eisenburg will, das könnt ihr vergessen! Die haben die Isenrebellen erobert!«

Sie dankten für die Auskunft und setzten ihren Weg fort.

»Das war Karat«, murmelte Olowain erregt, als sie außer Hörweite waren. »Bestimmt! Er ist tatsächlich hier gewesen.«

Hel sagte nichts. Sie wusste, dass Karat hier gewesen war. Oder Mercurin.

In den endlosen Zeitschlaufen vor Schlaf und Erwachen irrte sie mit dem Isen durch die Wälder, hörte wirre Stimmen und stürzte in Erinnerungen, die ihm so fremd waren wie ihr. Am Ende der Welt, jenseits der bekannten Welt, dort würde sich entscheiden, ob er stark genug war, sich dem Jungen zu stellen.

Mercurins Augen flammten am schwarzen Himmel auf, wenn die Wolken vorüberzogen und Sterne sichtbar wurden: eiskalte Zuschauer der Arena ihres Lebens. Er sah den Isen und er sah sie. Seine Stimme war eine Kaskade aus gemurmelten Worten, glatte Perlen neben diamantenspitzen Todesschwüren.

Ich finde dich. Du kannst mir nicht entkommen, Ise.

Was tust du hier, Hel? Hel, Licht, meine Sonne in der tiefsten Nacht. Weißt du, woran ich denken muss, wenn du mir so nahe bist? An früher, an die alten Bücher aus deiner Welt und die Lieder darin, deren Melodie ich nie gehört habe, aber die Worte … wenn ich sie denke, sehe ich dich, und du singst sie mir vor, so schön …

Nächtelang hab ich getanzt
Im Himmelflug, im Schweben
Bis du einfach kamst
Und meine beiden Hände
In deine Hände nahmst.

Nächtelang hab ich gelegen
In deiner Hand, im Lieben
Und fand endlich den Segen
In deinen weiten Augen
In deinem Tränenregen.

Lieder, eure Tanzlieder, ich stelle mir vor, wie du sie auch irgendwann gesungen hast. Wie kann eine Welt, die verdorben ist, so Schönes hervorbringen? Wie kannst du, mein Licht, eine Verfluchte sein?

Wer bist du?, fragte Hel in ihre falschen Träume hinein. Aber es kam keine Antwort und Mercurin blickte wie die Sterne stumm auf sie herab.

Zum Glück regnete es nicht mehr, als sie erwachten. Trotzdem klebte Hel das Haar feucht auf der Haut, und sie lieh sich eine Lederschnur von Harlem, um sich einen kleinen Zopf im Nacken zu binden. Das Feuer der letzten Nacht war zur Glut niedergebrannt; Olowain holte seine Immerflamme hervor, ein daumengroßes Kästchen aus Silber, und ließ ein paar neue Zweige aufflammen. Sie kochten dunklen Tee und aßen Fladentaschen mit Kürbiskompott, eine Spezialität aus Tridad. Hel mischte etwas von ihrem Kirschsaftpulver in Wasser, da sie und Nova den bitteren Tee nicht mochten. Der sprudelnde Kirschsaft erinnerte sie an Aradon, aber auch an früher, an Feste der Sturmjäger. Hel war müde und ließ sich ein wenig von diesen Erinnerungen entführen. Wie sorglos ihr Leben einmal gewesen war… Dann packten sie zusammen, kehrten zur Ader zurück und gingen weiter nach Norden.

»Weißt du ungefähr, wo Karat ist?«, fragte Olowain, heute schon etwas freundlicher als gestern.

»Ich glaube…« Hel seufzte. Sie musste sich ihr ständiges »ich glaube« abgewöhnen. Inzwischen wussten schon alle, dass sie ihren eigenen Vermutungen am skeptischsten gegenüberstand. »Er muss irgendwo sein, wo das Land höher ist. Flache Felsen, weniger Wald. Die Ader führt nicht dorthin, glaube ich.« Sie biss sich auf die Lippe.

»Du sagst uns, wann wir die Straße verlassen müssen, ja?«, war alles, was Olowain dazu meinte. Dann wandte er sich an Kelda. »Wo bleiben die Wrauden? Hast du ihnen nicht Bescheid gegeben?«

»Doch, ich habe ihnen Bescheid gegeben«, erwiderte Kelda mit einem kleinen Lächeln in den Mundwinkeln. Hel sah ihn an.

»Wie kommunizierst du eigentlich auf so weite Entfernung mit ihnen?«, raunte sie ihm zu.

Kelda legte flüchtig einen Finger auf die Lippen. »Eilige Federn.«

Hel musste grinsen. Ein Scherz von Kelda. Die Welt steckte doch voller Überraschungen.

Gegen Ende des Tages zweigte die Ader mehrmals ab, um zu Dörfern und kleinen Burgen zu führen, und sie gingen rasch daran vorbei. Einmal steckte eine Fahne am Wegrand, die umgekehrt aufgehängt und am Saum angebrannt war. Außerdem waren die Gläser mit den Feenlichtern zerschlagen. Isen mussten den Ort erobert haben. Sie eilten vorüber und waren froh über die Dämmerung.

Es wurde Nacht, als die Straße bergauf führte und die Wälder mehr und mehr felsigen Flächen wichen. Sie beschlossen im Schutz des letzten Dickichts Rast zu machen, entfachten aber kein Feuer. In ihren Umhängen blieb ihnen zwar warm, doch zum Abendbrot gab es nur kalten Räucherfisch und getrocknete Kartoffelscheiben.

Hel schlief so schlecht wie in der Nacht davor. Als sie im Morgengrauen die ersten Vögel hörte, war sie nicht einmal sicher, ob sie überhaupt geschlafen hatte. Unter dem Umhang schlang sie fest die Arme um ihre angezogenen Knie und wartete dösend darauf, dass die anderen erwachten.

Es war ein windiger Morgen. Man konnte fast an der Luft riechen, dass sie weiter oben in den Gebirgen angekommen waren. Die Wolken der Vortage blähten sich zu bauschigen Wattetürmen auf, zwischen denen eine blitzende, kühle Sonne strahlte. Olowain klagte über Kopfschmerzen und ließ sich ein getrocknetes Kraut aus Harlems Essensbeutel andrehen, auf dem er eine Weile herumkaute, ehe er abrupt in seinem Jammern verstummte. Sein Gesicht wurde erst blass, dann dunkelrot.

»Ich spüre nichts mehr«, japste er.

»Gut«, sagte Harlem. »Keine Schmerzen.«

»Um Himmels willen. Was hast du mir gegeben, Zwergin? Ich spüre meinen Kopf nicht mehr!«

»Es ist ein Schmerzmittel«, erwiderte Harlem gereizt.

Olowain tastete seinen Schädel ab und wirkte benommen.

»Es ist harmlos!«, versicherte Harlem und hielt ihren Beutel den Gefährten hin. »Glaubt mir, probiert es selbst!«

Nova wedelte mit den Händen. »Nein, danke. Mir geht es blendend, ich habe keine Schmerzen. Ich will auch keine.«

Grummelnd steckte Harlem ihren Beutel wieder ein. »Zimperliches Menschenpack.«

»Männer!«, gluckste Relis und sah dabei Berano an, woraufhin sich alle zu der Söldnerin umdrehten, die selbst mehr Mann war als die meisten Männer, die sie kannten.

»Seht mal.« Kelda wies den Hang hinunter.

Hel blinzelte. Mit der zweiten Sicht nahm sie ein paar blinde Flecken wahr, wo Bäume und Sträucher völlig leblos waren. Dann erkannte sie es auch mit ihrem normalen Auge. Eine Fichte war vollkommen grau, als wäre sie aus Asche. Etwas weiter stand ein ähnlicher Baum. In größerem Abstand noch einer und noch einer. Dann brach die Spur ab.

Die Gefährten blieben stehen.

»Der Dämon«, murmelte Olowain.

Sie beobachteten das Land unter ihnen. Doch außer den paar Stellen war nichts Auffälliges zu sehen.

»Was meint ihr, war es Karat oder der Junge?«, fragte Nova leise, als könnte einer der beiden in der Nähe sein und ihn hören.

Hel schüttelte knapp den Kopf. »Er würde keine Spuren hinterlassen. Es war der Ise.«

»Dann hat er seine Fähigkeiten endgültig entdeckt.« Olowain wischte sich über die Stirn und blinzelte irritiert, da Harlems Medizin ihn noch immer betäubte.

»Was sind denn das überhaupt für ›Fähigkeiten‹?«, fragte Arill. »Er wird einfach zum Dämon wie das Mädchen, das er getötet hat, und merkt nicht mehr, was er tut?«

Hel und Nova tauschten einen Blick, Olowain ignorierte den Söldnerführer einfach.

»Also …« Arill räusperte sich. »Was genau ist unser Plan, wenn wir ihn eingeholt haben? Wie überwältigen wir ihn? Mit Magie?«

Olowain zeigte ihm ein Mundzucken. »Ich werde euch magische Deckung geben, natürlich. Aber er darf nicht sterben und muss am besten gefesselt werden. Das wird eure Aufgabe.« Er drehte sich zu Kelda um. »Wo bleiben die Wrauden denn nun? Oder sollen wir, wenn wir Karat haben, zu Fuß zurück? Sofern wir ihn überhaupt zu Fuß kriegen. Die Dämonen sind schnell. Schneller als gewöhnliche Menschen. Es würde mich nicht wundern, wenn Karat das ebenfalls bemerkt hat.«

»Sie kommen«, erwiderte Kelda und hielt Ausschau, dann deutete er zu einem Felsplateau hinauf, das sich an der nächsten Biegung erhob. »Lasst uns hier auf sie warten.«

Sie stiegen hinauf. Hel ließ sich auf den moosüberzogenen Boden sinken und streckte die Beine aus. Die Wolken rissen auf und die Sonne wärmte plötzlich. Hel bewegte die Zehen in den Schuhen, die noch ein bisschen feucht waren. Kelda setzte sich dazu, holte seine Pfeife heraus und stopfte sie, um zum ersten Mal vor ihnen zu rauchen. Der gelbliche Rauch, der ihm aus den Nasenlöchern quoll, roch nach dem Kraut, das sie damals in Gondurill, der alten Zwergenstadt in den Bergen geraucht hatten. Der Zustand, in den Hel danach geraten war, beschämte sie noch heute. Sie wusste immer noch nicht, ob sie Nova damals von Mercurin erzählt oder es nur geträumt hatte, und wenn, ob er sich daran erinnern konnte.

»Hast du noch Schmerzen im Arm?«, fragte sie, denn damals hatte Kelda geraucht, um den Knochenbruch zu lindern.

Er lächelte sie beschwichtigend an und der Rauch verhüllte seinen verschlossenen Mund.

Sie warteten. Schließlich ließen sich auch die Söldner nieder. Harlem hatte sich sofort hingelegt, leise fluchend, weil ihre magische Hängematte auf der *Taube* geblieben war, und schnarchte nach ein paar Minuten. Nova stieß mit dem Fuß nach Kieselsteinen, während Olowain wie eine Statue am Klippenrand stand und die Umgebung im Auge behielt.

Schließlich hockte Nova sich zu ihnen. »Ich hab Hunger.«

Sie packten ihren Proviant aus und aßen zum ersten Mal, seit sie in Tridad gelandet waren, in Ruhe zu Mittag. Leider war es zu gefährlich, hier oben ein Feuer zu entfachen, also begnügten sie sich mit Kaltspeisen. Satt und plötzlich schläfrig, ließ Hel sich auf den Rücken sinken, verschränkte die Arme hinter dem Kopf und schloss die Augen. Wie still es war! Weit unter ihnen rauschte der Wind in den Bäumen, ein fernes Wispern … ab und zu zwitscherte ein Vogel. Harlem grunzte im Schlaf. Ohne es zu merken, döste auch Hel ein.

Als sie aufwachte, konnte sie sich an keinen Traum erinnern und fühlte sich so erholt wie lange nicht mehr. Dabei stand die Sonne noch immer hoch über ihnen; es konnte kaum eine Stunde vergangen sein. Nova stritt sich gerade mit Caiden, dem er vorwarf, beim Kartenspiel geschummelt zu haben. Richtig gut gelaunt schien keiner. Die Rast kam ihnen zwar nicht ungelegen, aber das Unbehagen stand ihnen deutlich in die Gesichter geschrieben. Irgendwo in der Nähe trieben sich zwei Dämonen herum, ganz abgesehen von isischen Rebellen, und hier oben waren die Gefährten leicht zu entdecken.

Die Stunden verstrichen. Hel stieg ins Kartenspiel ein und gewann kein einziges Mal. Vielleicht, weil sie sich nicht die Mühe machte, zu betrügen wie Nova und die Söldner. Als die Sonne unterging, wachte Harlem auf, streckte sich und nahm ein paar Züge von Keldas Pfeife. Hel beäugte die beiden, die in verschwiegener Vertrautheit nebeneinandersaßen und rauchten. Ein Stich der Eifersucht regte sich in ihr – und überraschte sie selbst. Sie mochte Kelda und Harlem sehr, und die Vorstellung, dass die beiden eine Vertrautheit teilten, aus der Hel ausgeschlossen war, schmerzte sie. Vage streifte der Gedanke an ihre unbekannten Eltern ihr Bewusstsein, nur flüchtig und gleich wieder fort.

»Wo bleiben die Wrauden?«, fragte Olowain, der sich etwas abseits auf einen Felsbrocken gesetzt hatte. Unruhig drehte er seinen Stab in den Händen.

»Sie kommen«, wiederholte Kelda gelassen.

Der Himmel färbte sich rot. Die Baumwipfel schienen sich im sterbenden Licht zu entzünden, und Hel legte die Spielkarten weg, um die Schönheit des Abends zu genießen. Dass etwas so wütend, so gefährlich aussehen und zugleich so viel Frieden einflößen konnte …

Olowain stand auf und ging an den Klippenrand. Der Wind raschelte im Wald und spielte mit dem Saum seines Umhangs. Schließlich drehte er sich seufzend um und kehrte zu den Gefährten zurück.

In diesem Moment glitt ein Schatten zwischen den Felsen hervor. Ein heftiger Windstoß traf Olowain in den Rücken. Er schrie auf. Der Stab fiel ihm aus den Händen und schlug klirrend auf die Erde.

Die Dritte

Die Söldner hatten ihre Schwerter gezogen, ehe Hel auch nur aufspringen konnte. Doch sie waren nicht schnell genug.

Hinter Olowain, der ächzend auf dem Boden lag, kam eine Gestalt aus dem Wald. Der Sonnenuntergang hüllte sie in einen flammenden Umriss, entzündete das rotblonde Haar um die Schultern wie Stroh. Der Schreck packte Hel wie eine Faust um die Kehle. Sie wollte etwas sagen und fühlte, wie eine schreckliche Hitze in ihr aufstieg, durch ihren Kopf wälzte und sie langsam zu Boden zog. Die Gefährten stürzten. Aus den Augenwinkeln sah sie, wie Nova und Relis auf der Erde lagen und zuckten, als stünden sie in Flammen.

»Eine ist stehen geblieben. Wie kann das sein?«

Hel erkannte die Stimme sofort. Derselbe glatte Singsang, der sie damals in der dunklen Gasse von Har'punaptra so geängstigt hatte.

Die Frau mit dem Lächeln, das wie in ihr Gesicht geritzt wirkte. Mercurins Schwester. Saraide.

»Du also.« Saraide blieb stehen, kaum zehn Schritte von

Hel entfernt. Mit einem raschen Wink ihrer Hand rollte Olowains Stab den Hang hinunter. Der Magier keuchte, sein Körper bäumte sich auf und erzitterte heftig. Auch Hel spürte die Hitze in sich, die wie spitze Flammen nach ihr schlug und von einer unbekannten Kraft immer wieder zurückgedrängt wurde. Ihr Herz raste, als müsste es platzen.

Saraide beobachtete sie. Hel konnte ihr Gesicht in der Dunkelheit sehen, ein knochiges Oval mit langem Kinn und langer Nase. Die Augen lagen wie Nadelköpfe unter den dichten Brauen, der hübsche, volle Mund zuckte zu einem Grinsen auf. »Jetzt bin ich doch neugierig. Warum liegst du nicht auf dem Boden wie deine Freunde und brennst?«

Sie bewegte die Finger, als würde sie ein unsichtbares Instrument spielen. Hel spürte jede einzelne Bewegung in sich. Ihre Knie wollten nachgeben, doch sie blieb stehen. Ein Teil von ihr ließ nicht zu, dass sie zusammenbrach.

Saraide stieß ein Lachen aus, doch Hel entging nicht, wie angestrengt sie war. Die zweite Sicht zeigte ihr das enorme Licht, das in Saraide pulsierte und seine tentakelartigen Strahlen nach den Gefährten ausstreckte. Sie zog die Magie aus der Erde, aus allem, was ringsum lebte, um dieses Leuchten aufrechtzuerhalten. Der Anblick war geradezu unwirklich. Nur bei Mercurin hatte Hel etwas dergleichen gesehen: in der Wüste, als er Wasser aus der trockenen Erde hatte fließen lassen, und bei seinem Kampf gegen das Dämonenmädchen.

»Was … willst du?«, keuchte Hel.

Das Lächeln erlosch auf Saraides Lippen. Ihre Kieferknochen traten hervor, als wollte ihr schmaler Schädel sich durch die Haut drücken. »Ich will wissen, wer du bist! Was hast du hier verloren?« Sie kam einen Schritt auf sie zu. Ihre Brust hob und senkte sich schnell. »Ist es nicht ein merkwürdiger Zufall, dass du immer in Mercurins Nähe bist? Also, wo ist er?«

Hel presste die Augen zu. Die Hitze war unerträglich. »Lass … sie!«

»Wen, deine Freunde?« Saraides Licht zuckte. »Ich werde sie töten. Ich töte auch dich, wenn du mir keine Antwort gibst. Also, wo sind Mercurin und dieser Ise?«

»Weiß ich nicht«, keuchte Hel. Die Worte fielen wie Glutstücke aus ihrem Mund. »Warum –«

»Wer bist du? Wieso fällst du noch immer nicht? Verdammte Missgeburt!«

Hel sah mit geschlossenen Augen, dass Saraide einen weiteren Schritt auf sie zu machte. Ihr Licht wogte um Hel. Zurück, dachte sie. Sie dachte es mit aller Kraft. Die Strahlen züngelten wie vom Wind gepeitscht auf. Saraide stolperte zur Seite, fing sich aber, ehe sie hinfallen konnte. Verblüfft starrte sie Hel an, und für einen Moment erloschen die Lichttentakel, die nach den Gefährten griffen. Saraide stieß ein Fauchen aus.

»*Myrdem Hel, qu'an houn sai yen torah, leyah vy na salvir! Hioris, alir-ah vy!*« Ihre Wut schlug in Verzweiflung um, als sie die letzten Worte ausstieß. Dann riss sie die Hände hoch, eine Welle von Licht schoss aus der Umgebung durch ihren Körper und auf die Gefährten zu. Hel wurde geschüttelt. Himmel und Erde überschlugen sich.

In diesem Moment sprang ein mächtiger Schatten hinter Saraide vor. Hel war auf die Knie gesunken und sah nur noch mit der zweiten Sicht, wie ein großes Wesen auf

Saraide stürzte. Der Aufprall ihrer Lichter entfachte einen Blitz. Das Wesen wurde zurückgeschleudert, doch Saraide brach ebenfalls zusammen. Die Tentakel erloschen und damit auch der glühende Schmerz in Hels Körper.

Die Wraude, die auf Saraide gesprungen war, lag nun reglos auf der Erde. Doch schon stürzten sich knurrend drei weitere hinterher. Saraide hob im letzten Augenblick die Hände. Zwei der Wrauden wurden wie an Ketten zurückgerissen. Ihr Fell sträubte sich, ihre langen Schwänze zuckten in die Höhe. Die dritte Wraude schnappte nach Saraide, doch die sprang zurück, schneller und weiter, als ein normaler Mensch vermocht hätte. Blutstropfen regneten durch die Luft. Saraide hielt sich die Seite; ihr Umhang fiel zerfetzt von ihrer Schulter. Darunter trug sie ein schwarzes Lederwams bis zu den Knien, wie Mercurin es damals getragen hatte. Sie richtete die geöffnete Handfläche gegen die Wrauden und ein heißer Windstoß fegte über sie hinweg. Eine der Wrauden bäumte sich auf, drehte sich um sich selbst wie ein Tänzer und stürzte nieder, dass der Boden erbebte. Die anderen beiden zitterten wie festgefroren im Wind.

Kraftlos ließ Saraide die Hand sinken und taumelte rückwärts. Das Haar hing ihr wirr übers Gesicht. Dann warf sie Hel einen Blick zu, scharf wie ein Dolchstoß. Ihr schmaler Körper wiegte sich mit jedem Atemzug. Mit letzter Kraft wirbelte sie herum und floh ins Dunkel der Bäume.

»Nova! Kelda! Seid ihr …?« Erschöpft kroch Hel auf die Gefährten zu und schüttelte sie an den Schultern. Nova lag auf dem Rücken, blinzelte in den Nachthimmel und atmete schwer. Er reagierte nicht auf Hels Worte, bis sie sein Gesicht in die Hände nahm und sich über ihn beugte. Sein Blick war so trüb, dass Hel nicht sicher war, ob er sie sehen konnte.

»Nova! Hörst du mich! Geht es dir gut?« Ihre Stimme brach ab. Sie selbst fühlte sich so schwach, dass Funken vor ihren Augen tanzten.

»Heee…«, krächzte Nova. Er schloss den Mund, versuchte zu schlucken. Fahrig tastete er nach ihrer Hand und schloss die Augen.

Hel sah sich nach den anderen um. Die Gefährten begannen sich zu regen. Olowain stöhnte, konnte sich aber auf die Arme stützen und zog etwas unter dem Umhang hervor: ein faustgroßes Feenlicht an einer Silberkette. Saraides Licht hatte den Stein vollkommen aufgefüllt, während er die Attacke auf Olowain abgefangen hatte.

»Mein… mein Stab.« Er hob den Kopf und ließ ihn erschöpft sinken, als er den Zauberstab nicht entdeckte. Er war den Hang hinuntergerollt.

Auch Harlem und Kelda schienen bei Bewusstsein. Sie waren am weitesten von Saraide entfernt gewesen und kamen wankend auf die Beine. Mit bebenden Händen tastete Hel Nova ab und zog unter seinem Hemd und aus seiner Hosentasche je ein Feenlicht hervor; beide waren voll, sie hatten ihm wenigstens für eine Weile Schutz geboten.

Ein dumpfer Schrei erklang. Hel fuhr herum. Es war Berano: Die Fäuste in seinem wirren dunklen Haar vergraben, beugte er sich über Relis. Er stieß noch einen Schrei aus, mit jedem Atemzug entfuhr ihm dieser schreckliche, heisere Laut. Arill taumelte zu ihm und zog Relis auf seinen Schoß.

Die Söldnerin regte sich nicht. Im matten Schein der Feenlichter, die den anderen aus den Hemden gerutscht waren, glänzten ihre offenen Augen.

Arill fuhr über ihren Körper, dann starrte er blank in die Runde. »Sie hat keins getragen.«

Ächzend streckte Berano die Hände nach ihr aus, wagte aber nicht, sie zu berühren. Arills finstere Augen füllten sich mit Tränen. Dann biss er die Zähne zusammen und legte Relis in Beranos Arme. Endlich presste er sie an sich und vergrub das Gesicht in ihrem erschlafften Nacken.

Arill drehte sich zu Caiden um. Der blonde Söldner lag reglos auf der Seite, die Hände von sich gestreckt, und hatte das Schwert noch in der Faust. Sein Feenlicht lag ein Stück weiter weg, die Kette musste gerissen sein. Arill berührte nur kurz sein Handgelenk, dann wandte er das Gesicht ab und schloss voller Schmerz die Augen.

Tödliche Stille senkte sich über die Gefährten. Nur Beranos Wimmern drang aus der Umarmung hervor, in die er die tote Söldnerin geschlossen hatte.

Die Nacht legte sich wie ein Leichentuch über sie und schluckte den Anblick der Toten. Kein Mond leuchtete vom Himmel, die Sterne blieben hinter den Wolkenschleiern wie kalte Kieselsteine.

Die Gefährten tranken. Sie tranken so viel, als hätten sie für Tage Durst gelitten, als wäre da ein inneres Feuer, das gelöscht werden musste. Auch Hel leerte ihren Wasserschlauch, bis ihr schlecht wurde. Arill versuchte Berano etwas einzuflößen, doch der Söldner hatte sein Gesicht noch immer in Relis' Schulterbeuge vergraben und reagierte nicht. Arill redete leise auf ihn ein. Schüttelte ihn. Mit Gewalt zerrte er ihn herum.

»Komm zu dir!«, befahl Arill. »Sie ist… Berano! Lass von ihr ab!«

Berano schluchzte. Als Arill die Tote aus seinen Armen zog, schlug er nach seinem Anführer und traf ihn direkt ins Gesicht. Dumpf knirschten die Knochen. Arill schüttelte den Kopf, als könne er den Schmerz des Schlages einfach abwerfen, und brüllte:

»Sie ist tot!«

Berano stürzte sich auf ihn. Eine Weile rangen die Männer miteinander, dann erklangen zwei schallende Ohrfeigen. Berano sank zurück. Als hätte ihn alle Lebenskraft verlassen, fiel er in sich zusammen und begann zu weinen.

»Es tut mir leid«, keuchte Arill. Er tastete nach seiner Schulter und schloss die Arme um den zuckenden Söldner. »Es tut mir leid.«

Die beiden Männer umarmten sich fest, der eine weinend, der andere ganz stumm. Hel schluckte schwer. Nun war klar, wer Beranos heimliche Liebe gewesen war.

Olowain fand seinen Stab wieder. Er hatte sich glücklicherweise unbeschädigt in einem Holunderbusch verfangen. Nur ein paar Meter weiter war eine tiefe Klamm, aus der man ihn nicht mehr hätte herausholen können.

Im schummrigen Schein des Stabes begannen sie Steine zusammenzutragen. Sie suchten alle Felsbrocken, die sie in der nahen Umgebung finden konnten. Olowain schwenkte seinen Stab und ließ ein ganzes Heer von Steinen die Böschung heraufrollen. Arill faltete Caidens Hände auf seiner Brust, strich ihm die Haare aus dem Gesicht und zog die Kleider glatt. Berano hob Relis hoch und bettete sie neben ihren toten Kameraden. Er drückte ihre Hände zusammen und strich ihr über das kurze Haar, ehe er ihre Waffen prüfte, als müsste er sie auf ein letztes Gefecht vorbereiten. Er wischte ihre Klingen ab, zog den Gürtel und die versteckten Halterungen von Stiefelmessern zurecht, dann schloss er die Haken des Wamses, knüpfte den Umhang zu und schnürte ihre Stiefel fest. Ein zittriges Seufzen entfuhr ihm, als es nichts mehr zu tun gab.

Vorsichtig nahm Arill einen Stein und legte ihn neben Relis. Berano starrte den Stein an, als bedeute er seinen Tod, doch er unternahm nichts dagegen, als Arill noch einen Felsbrocken dazulegte, dann noch einen. Die Gefährten näherten sich und halfen ihm. Schweigend bedeckten sie die beiden Toten mit Steinen. Als Relis fast darunter verschwunden war, zerrte Berano sein Feenlicht vom Hals und drückte es zwischen ihre weißen Finger.

»Das Feenlicht ist Eigentum der Magierschaft«, protestierte Olowain, doch die Blicke der Gefährten ließen ihn verstummen. Berano bedeckte die Tote mit den letzten Steinen und seinen Tränen.

Keine Nacht war Hel je so still vorgekommen wie diese. Die Welt schien in ungreifbare Ferne gerückt und das Fehlen der Verstorbenen durchdrang sie bis ins Mark. Eine Kälte lag Hel auf der Haut, die sie nicht so schnell würde abstreifen können.

Einfach so … mit einem Wimpernschlag war ihr Leben erloschen. Ohne Abschied. Dass Caiden weg war, wollte

Hel nicht in den Kopf gehen. Mit seinen derben Sprüchen und seiner lockeren Art hatte er immer alles so leicht genommen – es war ihr unmöglich erschienen, dass ihm etwas Ernstes zustoßen konnte. Und Relis ... ein ganz anderes Leben hätte sie noch erwartet, vielleicht ein Leben an Beranos Seite, nicht mehr nur als Kameraden ... aber es war zu spät, sie hatten ihre Gefühle nicht miteinander geteilt, als noch Zeit dazu war.

Hel konnte gut nachempfinden, was in Berano vorgehen mochte. Auch ihr war das Leben eine Zukunft mit Menschen schuldig geblieben, die sie geliebt hatte. Die Erinnerung an ihre alte Mannschaft überkam sie so heftig, dass die Realität plötzlich völlig absurd schien, wie ein verzerrtes Bild hinter Wasser; das alles hier, der Wind, der unverändert durch die Schluchten fegte, das gleichgültige Rauschen der Bäume, das sorglose Tanzen der Wolken, das Ganze war so falsch. Als wäre überhaupt nichts geschehen.

Sie hielten Totenwache, bis der Morgen graute. Es gab keine Gebete, kein Trauerlied. Schweigen allein konnte ausdrücken, wie sie sich fühlten.

Sobald Licht in den östlichen Himmel schwappte, erhob sich Olowain. Kiesel knirschten unter seinen Schritten. Vor Kelda und den Wrauden blieb er stehen.

»Wir müssen weiter«, sagte er leise.

Kelda, der mit geschlossenen Augen vor der toten Wraude hockte, blieb reglos, als hätte er nicht gehört. Doch nach einer Weile schlug er die Augen auf und schwang sich auf den Rücken von einer der Wrauden.

»Meister Olowain, zu mir. Harlem, Nova und Hel, ihr

reitet zusammen. Arill, Berano.« Er nickte dem Söldnerführer zu. Arill stand auf und zog Berano auf die Beine. Sie bestiegen die Wrauden, wie Kelda befohlen hatte, und die großen Katzen tauchten mit weiten Sprüngen in den Wald. Hel drehte noch einmal den Kopf, aber die beiden Steingräber und die tote Wraude waren schon hinter einem Gitter aus Baumstämmen verschwunden.

Trotz des unebenen Bodens bewegten sich die Wrauden geschmeidig wie Schatten, sprangen von Felsen zu Felsen, über kleinere Schluchten und umgestürzte Zedern hinweg. Hel musste sich am weichen Fell festklammern, um nicht abzurutschen.

»Welche Richtung?«, rief Olowain zu ihr herüber. »Sind wir richtig?«

»Ja«, erwiderte sie, ohne nachzudenken. Ihr war in diesem Moment völlig egal, ob sie Karat noch auf der Spur waren oder nicht. Aber die Ahnung, dass sie ihm folgten, lebte stumm in ihr weiter. Wen auch immer sie in ihren Träumen sah – er zog nach Norden. Immer näher an die Kauenden Klippen.

»Das Mädchen –«

»Die Mörderin.«

Olowain nickte Berano verständnisvoll zu. »Sie erwähnte einen Bruder. Damit kann sie nur den Dämon gemeint haben, der in Kombasas Badehaus eingefallen ist.« Olowain blickte ins Grubenfeuer hinab, das in ihrer Mitte loderte. Die Gefährten hatten ein Loch aus dem Boden gehoben, damit die Flammen nicht weit sichtbar waren in der dunklen Nacht. Jeder hielt einen Tee in den Händen und nippte daran, selbst Hel und Nova. Die Wärme des Getränks entschädigte sie für den bitteren Geschmack. Nur Berano umschloss seit ihrer Rast den Griff seines Schwertes, als wäre seine Hand daran festgefroren. Fahrig starrte er Olowain an. Hätten sie nicht gewusst, dass seine Gedanken ganz und gar bei Relis' Mörderin waren, hätte man fast meinen können, er wollte Olowain etwas antun. Sein Anblick war beängstigend und bemitleidenswert zugleich. Das viele Weinen hatte sein Gesicht gerötet und anschwellen lassen und es sammelten sich immer neue Tränen an den verklebten Wimpern.

»Du hast auch einen dritten Dämon erwähnt, der in Har'punaptra war, als die anderen beiden sich begegneten«, fuhr Olowain an Hel gewandt fort. Weil sie nicht nickte, nickte er für sie. »Mit dem Dämonenmädchen, das Karat in den Wäldern erschlagen hat, macht das vier. Vier Dämonen aus dem Alten Reich.« Nachdenklich drehte er den tönernen Becher in den Händen. »Auf unsere Kriegserklärung kam nie eine Antwort aus Hellesdîm. Ich gehe davon aus, dass niemand in Hellesdîm war, um die Eilige Feder zu erhalten. Die Druiden sind nicht mehr im Tempel.« Er sah sie bedeutungsvoll an.

»Dann sind die vier Dämonen die Druiden des Alten Reiches?«, fragte Nova.

Olowain nickte und nahm bedächtig einen Schluck Tee. Auch Hel trank, um ihr Gesicht hinter dem Becher zu verstecken. Sie versuchte sich vorzustellen, dass Mercurin über das Alte Reich herrschte. Die Lebendigen Wälder, die Flüsse, die Kauenden Klippen – unter seiner Macht? Und die Menschen, die dort lebten… Falls sie überhaupt noch lebten, während die vier Druiden fort waren und sie nicht mehr vor dem Lebendigen Land schützten.

Hel blickte zu Olowain auf. »Aber die Dämonen sind alle noch so jung.«

»Du vergisst, dass sie über Magie verfügen, die ihnen womöglich erlaubt, ihr Aussehen zu verändern. Sie könnten weitaus älter sein, als sie uns erschienen sind.«

Hel erstarrte innerlich. Erneut wurde ihr klar, dass sie nichts, rein gar nichts über Mercurin wusste.

»Vielleicht sind sie aber auch sehr junge Nachfolger jener Druiden, die vor ihnen herrschten«, überlegte Olowain weiter. »Denn sobald einer der vier stirbt, müssen ihm seine Geschwister folgen. Sie gehen gemeinsam in den Tod, so, wie sie gemeinsam herrschten. Dann kommen vier neue Druiden an die Macht und müssen selbst Nachfolger wählen und ausbilden. Nun aber haben die Druiden beschlossen, das Tiefe Licht heraufzubeschwören und alles Leben auf der Erde auszulöschen. Welchen Zweck hätte es da, noch Nachfolger zu bestimmen? Sie sind wahrscheinlich die letzten Druiden und sie wissen es.« Olowain schien so in Gedanken versunken, dass er die verstörten Blicke von Harlem, Kelda und Arill nicht bemerkte – sie wussten ja nichts von den Totenlichtern, die die Dämonen suchten, und welches Ziel sie damit verfolgten. Nur Beranos Ausdruck blieb so unbewegt, als sei der Untergang der Welt nichts Neues mehr.

»Ich dachte, die Dämonen … Was ist das Tiefe Licht?« Arill beäugte erst Olowain, dann Hel und Nova, die schweigend ins Feuer blickten.

»Die Druiden wollen uns alle vernichten, indem sie das

Tiefe Licht aus dem Kern der Erde heraufbeschwören«, murmelte Olowain. Er trank seinen Becher aus, lehnte sich auf die Seite und wickelte sich in seinen Umhang, bis nur noch die Spitze seines Zauberstabs und seine Nase hervorlugten. »Alles Leben wollen sie auslöschen…« Noch weiter vor sich hinmurmelnd, schlief er ein und hinterließ einen fassungslosen Arill, der zu verdattert war, um ihn mit Fragen zu bedrängen.

Die Kauenden Klippen

In ihren Träumen verwischten die Gesichter der Toten zu einem einzigen, hohen, langen Schrei, der die Wogen des Meeres aufpeitschte, der die Gebirge zum Einsturz brachte, die Erde zerriss und das Blut der Tiefe überkochen ließ. Alles starb, doch Hel wandelte am Himmel, der Himmel war ihr Boden, und ihre Füße setzten weich in Wolken auf, die Mercurin für sie ausgebreitet hatte wie seinen Umhang in der Wüste. Er brachte den Tod, doch seine Stimme hielt sie. Sie durfte nicht zuhören, er war ein Dämon! Wenn sie ihn verstand, wie könnte sie dann noch die Welt verstehen?

Aber als er zu ihr sprach, klang er nicht wie ein Dämon, nicht wie ihr Feind. Er sagte Dinge, die aus ihr selbst zu kommen schienen. *Bei Dämmerung streif ich durch Gärten, um dich im Federblau zu sichten.* Woher kannte sie diese Worte? Sie klangen nach früher, nach ihrer Kindheit. Es klang wie eine Ballade. Woher kannte er das? *Doch zum Schutz vor meinen Blicken, willst du ein Nebelzelt errichten. Ein scheuer Vogel ist dein Herz! Holt keine Krumen, die am Tor ausliegen. Wird nur im Freien zu mir fliegen.* Die Worte waren ihr so vertraut, doch sie kam nicht darauf, woher. Was waren das für Verse, die sie beide kannten, ein Druide aus dem Alten Reich und sie? Es war, als spräche er direkt zu ihr. Er war ihr so nah.

Ist dieses Lied nicht schön, Hel? Ich habe eure Lieder studiert, um mich auf meine Aufgabe vorzubereiten. Aber ihre Schönheit macht mir Angst, so wie du mir Angst machst. Wie kann eine Welt, die so schlecht ist, so Schönes hervorbringen? Ich habe die Schönheit nicht wahrhaben wollen, aber jetzt lässt sie mich immerzu an dich denken. Ich stelle mir vor, dass du diese Lieder singst und den Worten die Melodie gibst, die ich nicht kenne. Könnte ich nur an die Lügen deiner Welt glauben! Könnte ich an dich glauben … aber es geht nicht, ich darf nicht, es ist Schein und Trug, Aradon ist eine verdorbene Welt, du und die Lieder nichts als Sterne dieser verdorbenen Welt … Schweißgebadet und verwirrt wachte Hel auf.

Sie setzten ihre Reise nach Norden fort, ohne länger als nötig zu rasten. Sie ritten bis in die tiefe Nacht hinein und brachen auf, sobald es dämmerte. Tage vergingen im Rhythmus von Reiten, Essen und Schlafen, ohne dass einer der Gefährten ein Wort sprach. Wenn sie am Feuer saßen, kam ihre Runde Hel so kümmerlich vor; sie waren nichts als ein Haufen Verirrter, zudem wirkte Berano immer abwesender. Bleich und stumm schien er sich zu den beiden Kameraden gesellen zu wollen, die sie in den Steingräbern zurückgelassen hatten.

Mit der zweiten Sicht hielt Hel ununterbrochen Ausschau nach den Dämonen. Selbst im Schlaf durchleuchtete das Lebendige Land manchmal ihre faserigen Träume.

Adern aus Licht zogen sich durch die Gebirge, flößten hier und da Leben ein. Bäume strichen mit anmutiger Trägheit umeinander, wenn kein Wind wehte, und tasteten sich mit zarten Zweigen ab, schlangen ihre Wurzeln um Felsbrocken; manche Hänge verschoben sich wie die Panzer müder Riesenschildkröten und lösten klappernde Gerölllawinen aus, doch die meisten Bewegungen des Landes waren so langsam, so schlaftrunken, dass den Gefährten beim Durchreiten des Gebiets kaum Gefahr drohte.

Die einzige Gefahr waren die Dämonen, wobei sie nicht sicher war, ob Karat sich seiner Kräfte wirklich schon so bewusst war, dass er sie angreifen konnte. In den Tagen nach dem Überfall versuchte Hel zu erspüren, wohin Saraide gegangen war. Sie hatte schwere Wunden davongetragen; wenn sie nicht daran gestorben war, musste sie in der Nähe sein, verletzt, und vielleicht bereitete sie schon ihre Rache vor.

Nicht nur tagsüber, auch nachts suchte Hel nach Spuren von Saraide. Wie eine Blinde tastete sie sich durch den Wirbelsturm von Karats Gedanken, die sie durchfegten, und schlich an Mercurins seufzenden Augen vorbei. Saraide zeigte sich nicht. Warum? Weil sie noch kein Totenlicht in sich trug?

Trotzdem glaubte Hel nicht an ihren Tod. Seit dem Überfall spürte sie etwas in sich – eine Hitze, allgegenwärtig, doch ungreifbar, sobald sie sich darauf konzentrierte. Zwar hatte sie Saraides Angriff besser als die anderen standgehalten, aber es fühlte sich an, als seien die geheimnisvollen Kräfte der Druidin in ihr geblieben; sie krochen wie Finger aus Licht durch einen Teil von ihr, der weder Körper war noch greifbar im Geist.

Sie hätte Nova gern davon erzählt, doch es bot sich keine Gelegenheit. Während des Ritts war es unmöglich zu sprechen, ohne dass Harlem mithörte, und wenn sie rasteten, holten Hel ihre Träume ein, noch ehe sie die Augen schloss. Nein, es war unmöglich, Nova oder sonst jemanden in das einzuweihen, was leise, unaufhaltsam in ihr vorging.

Nach fünf Tagen war ihr Proviant aufgebraucht. Kelda ging eines Morgens mit den Wrauden fort und brachte ein Wildschwein mit. Das Fleisch würde sie etwa drei Tage ernähren, wenn sie genügsam blieben. Der Hunger drückte ihre Stimmung. Doch niemand sagte ein aufmunterndes Wort und nichts konnte ein Lächeln auf die stillen Gesichter der Gefährten locken; zu nah war der Verlust von Relis und Caiden. Ihre Abwesenheit begleitete sie wie ein Nebel.

Eines Abends, als die Wrauden erwacht waren und sie sich auf den Weg machten, spürte Hel einen Stich im Nacken. Sie ritten durch die Dämmerung und der Duft des Waldes atmete kräftiger als sonst aus den Bäumen und dem tiefen Moos. Hel meinte erst, etwas habe sie gestochen, doch dann sackte die vertraute, fremde Hitze in ihre Brust herab. Sie hielt den Atem an. Als sie ihre Aufmerksamkeit auf das Gefühl lenkte, verschwand es nicht wie sonst. Es blieb zwischen ihrer Brust und ihrem Rücken liegen wie ein glühendes Kohlestück, das in die Dunkelheit geworfen worden war.

Saraide. War sie in der Nähe? Hel schloss die Augen und konzentrierte sich auf die zweite Sicht. Funken in der Erde, in Moos und Zweigen zogen vorüber wie blasse Sternschnuppen. Tiere hier und da. Aber nichts deutete auf einen Menschen hin, schon gar nicht auf das kräftige Licht, das die Druidin umgab.

Es wurde Nacht. Die Dunkelheit war vollkommen unter dem Dach der Bäume und Hel konnte nun ausschließlich mit der zweiten Sicht sehen. Ihr fiel nichts Ungewöhnliches auf und doch spürte sie Leben; als wäre da etwas Gigantisches, was sich ihr nicht zeigte.

Dann endlich, im Morgengrauen, nahm Hel ein Flimmern am nördlichen Horizont wahr. Es schien kaum heller als der dünne Streifen Tageslicht, der am Osten aufzog. Plötzlich wurde Hel klar, was vor ihnen lag.

»Die Kauenden Klippen.« Olowain stieß seinen Stab auf den felsigen Boden und stützte sich darauf.

Sie standen auf einer Anhöhe und blickten der dunklen Gebirgskette entgegen, die im nebligen Morgenlicht so undeutlich war wie eine Decke aus Gewitterwolken. Dass die schroffen Berge in ständiger Bewegung waren, konnte man aus dieser Entfernung nicht sehen. Nur das Glühen auf der zweiten Sicht verriet Hel, wie viel Leben in den schwarzen Felsen steckte, die das Alte Reich von jeher abschirmten.

»Ist Karat tatsächlich …?«

Hel zuckte die Schultern. »Ich glaube, ja.«

Olowain warf ihr einen Seitenblick zu. »Unmöglich. Wir können ihm unmöglich über die Kauenden Klippen folgen, sollte er tatsächlich vorhaben … Er hat ein Totenlicht, wir nicht.«

»Was für ein Totenlicht?«, fragte Harlem gereizt.

»Wieso können wir ihm nicht folgen?«, schaltete sich

plötzlich Berano ein. Alle wandten sich ihm zu. Er hatte seit Tagen kein Wort gesagt. »Wir sind ihm jetzt schon so lange auf der Spur. Wir wussten, dass wir uns auf die Kauenden Klippen zu bewegen! Sollen wir jetzt wieder umkehren? Schon wieder? Nach… nach allem, was passiert ist?« Er atmete schwer. Keiner wagte etwas zu sagen; doch Berano starrte nur Olowain an, als wären sie allein.

»Ich habe nicht gesagt, dass wir umkehren«, erwiderte Olowain ruhig. »Aber es wäre reiner Selbstmord, die Kauenden Klippen zu betreten.«

Berano stieß ein wildes Heulen aus, bei dem Hel zusammenzuckte. Plötzlich riss er sein Schwert aus der Scheide. »Was könnt Ihr denn überhaupt?«, schrie er.

Olowain trat einen Schritt zurück und hob erschrocken den Stab.

»Ihr seid doch ein Magier, oder nicht?! Aber Ihr könnt gar nichts! Weder gegen den Troll damals in den Bergen noch gegen die Dämonen konntet Ihr etwas ausrichten, Euer dämlicher Stab ist ganz nutzlos, dieses dumme alte Ding, so nutzlos wie Ihr!«

»Berano!«, zischte Arill, doch er trat nicht zwischen seinen Söldner und den Magier.

»Hüte deine Zunge«, sagte Olowain. Es klang eher ängstlich als mahnend.

Berano kam näher, das Schwert in beiden Händen. »Euretwegen… ist sie…«

»Schluss jetzt!«, befahl Arill, doch Berano hob das Schwert, als er ihn am Arm fassen wollte.

»Na los, zeigt mir, was Ihr könnt. Benutzt Euren verdammten Zauberstab doch!«

Ohne weitere Vorwarnung stürzte sich Berano auf Olowain.

Mit einem Schrei stolperte der Magier zurück. Tumult brach aus. Kelda und Arill warfen sich auf Berano, Olowain schwang seinen Stab und das Schwert flog Berano aus den Händen. Plötzlich zischte ein Licht auf sie zu.

»Hel! Heeeel!«

Das violette Licht schwirrte durch das Gedränge, tauchte unter dem Schwert hindurch und schoss so nah an Harlems Nase vorbei, dass sie laut niesen musste. Feucht klatschte es gegen Hels Brust und blieb schließlich vor ihr in der Luft stehen. Es war Tix.

»Was ist denn hier los?«, zirpte der Pixie. »Ich dachte, geschlachtet wird da vorne.« Er deutete Richtung Norden.

»Was meinst du?«, fragte Hel.

»Das Heer von Aradon!« Stolz reckte Tix sich. »Zweiunddreißig Schwebeschiffe und Soldaten aus allen Reichen der Bekannten Welt! Sie lagern an den Kauenden Klippen, einen halben Flugtag von hier. Ich habe euer Schiff gefunden, die *Taube*!«

Nova machte einen Schritt vor. »Kapitän Nord?«

»Fliegt sie im Dienste Aradons«, bestätigte Tix. »Und er hat eine Magierin aus Moia dabei, die genauso schlimme Segelohren hat wie du.« Schuldbewusst blickte Tix sich nach Hel um. »'tschuldigung, ich meine, Segelohren sind ja doch was Gutes für einen Sturmjäger, oder? Vielleicht kann er bei einem Absturz sogar damit weiterfliegen …«

Hel hörte den Pixie nicht mehr. Lachend vor Erleichterung, schlang Nova die Arme um sie und drückte ihre Schultern.

»Ich freu mich für dich!«, sagte sie leise und erwiderte die Umarmung.

»Den Himmelgeistern sei Dank, der alte Dickkopf hat's geschafft!«

»Ja«, brummte Olowain, »er schon. Was seinen Sohn betrifft, darum war er wohl nicht so besorgt.«

Hel warf ihm einen empörten Blick zu, doch Nova ließ sich nichts anmerken. Er war einfach froh, dass es seinem Vater gut ging.

»Nun, dann haben wir keine Zeit zu verlieren«, fuhr Olowain fort und ging ein paar Schritte von den anderen weg. Es schien ihm sehr recht, etwas weiter von Berano entfernt zu stehen. »Wenn wir auf das Heer stoßen, haben wir hoffentlich den Isen schon in unserer Gewalt.«

Obwohl Olowain darauf drängte, die Wrauden sofort zurückzurufen, weigerte Kelda sich beharrlich: Die Wrauden waren auf der Jagd und würden tagsüber schlafen, ganz egal, was der Magier verlangte. Bleich vor Zorn schritt Olowain auf und ab und ballte die Faust um seinen Stab, bis die Knöchel hervortraten. Dass die Gefährten seine Autorität so anzweifelten, machte ihn offensichtlich nervös. Aber Hel tat sich schwer, Mitgefühl für ihn aufzubringen. Auch wenn Beranos Wutausbruch ihr übertrieben vorgekommen war, sie konnte ihn verstehen. Jedes Mal wenn Olowains Fähigkeiten gefordert gewesen waren, hatte er versagt. Der Tod der Söldner und der Wraude war natürlich nicht seine Schuld, trotzdem hätte er wenigstens versuchen können, ihn zu verhindern – das dachten insgeheim alle.

Hel seufzte. Meister Olowain war gewiss ein großer Gelehrter, aber um diese Mission zu leiten, war er wirklich der Falsche. Er hätte seine Bibliotheksräume nie verlassen sollen. Überhaupt war keiner von ihnen den Aufgaben wirklich gewachsen. Harlem, die Söldner und Kelda mochten Meister auf ihrem Gebiet sein und sie selbst war in der Lage, die Dämonen aufspüren. Aber um sie gefangen zu nehmen und nach Aradon zu bringen, würde mehr notwendig sein als Waffengeschick und Wrauden.

Während die Gefährten im Schatten der hohen Bäume eindösten, stieg Olowain auf die Anhöhe und blickte in die Ferne. Bei Sonnenuntergang kehrte Kelda mit den Wrauden zurück, die etwas abseits vom Rest der Gruppe geschlafen hatten. Er brachte zwei erlegte Rebhühner mit, und gemeinsam entschieden sie sich zu Olowains Ärgernis für eine Mahlzeit, bevor sie ihren Weg fortsetzten.

Im Dämmern des Tages sah Hel immer wieder ein violettes Licht, das durch die Baumwipfel schwirrte. Tix verfolgte sie. Tat er das etwa aus Dankbarkeit, weil Hel ihn aus Kombasas Gefangenschaft befreit hatte? Wieso hätte er ihnen sonst erzählt, dass die Streitkräfte Aradons bereits hier waren? Oder hatte er gelogen? So viel Raffinesse traute Hel ihm eigentlich nicht zu, aber dass er etwas ganz ohne boshafte Hintergedanken tat, aus reiner Freundlichkeit, fiel Hel trotzdem schwer zu glauben. Immerhin erinnerte sie sich allzu gut an die Nacht des Absturzes, als Tix sie halb tot in den Trümmern der *Schwalbe* liegen gelassen hatte.

Damals hatte der Mond riesenhaft am Himmel gestanden wie jetzt: Wann immer sich die Bäume ringsum lichteten, erschien er über ihnen wie eine zweite, kalte Sonne.

Zu ihrer Linken ragten höhere Berggipfel auf, das nördliche Ende der Gebirge des Mittlandes. Zu ihrer Rechten fiel das Land in sanft bewaldete Hänge und Hügel ab. Am Horizont konnte Hel ein Flirren ausmachen, dünn wie ein Haar. Dort lagen die Grenzen zum Alten Reich. Die Kauenden Klippen im Norden, die Silbernen Steppen weiter im Westen. Bilder stürzten auf Hel herab, wogende Grashalme, breit wie Männerarme, aus der Erde wuchernde Schilftentakel, blubbernde, schmatzende Ölteiche und Seufzen im Wind, Stimmen zwischen feuchten Schatten und dunstigem Zwielicht. *Karat! Hier …*

Hel presste die Augen zu, versuchte sich auf das Reiten zu konzentrieren. Zum ersten Mal wollte sie nicht wissen, wo Karat war. Nicht, wenn er sich in den Silbernen Steppen befand …

Das Land, so schwindelerregend fruchtbar, sprießend und kriechend vor Leben. Unbekannte Bestien in den Schatten des Schilfes, Kreaturen, die den launenhaftesten Albträumen der Natur entsprungen waren …

Ohne es verhindern zu können, hörte sie Mercurins ruhige Stimme in sich, die murmelte: *Das Land ist nicht gefährlich, es ist wunderschön in seiner Wildheit. Es ist ein Teil von uns und wir sind ein Teil von ihm.*

Als sie am folgenden Abend erwachte, zweifelte sie nicht mehr daran, dass Karat in den Silbernen Steppen war. Und nicht nur er. Mercurins Flüstern, seine Worte waren wie warme Tropfen in der Finsternis ihres Schlafes. So verlockend und auf einmal so nah. Aber er war ein Dämon. Und er hatte die getötet, die ihr am nächsten gestanden waren …

Hel schüttelte die Erinnerung ab, so gut sie konnte. Lieber konzentrierte sie sich darauf, was sie gesehen hatte: das endlose, flache Land, die Erde zitternd vor Leben … sie schauderte. Karat trug das Totenlicht, das ihn schützte. Aber wenn sie ihm folgten, wäre das ihr sicherer Tod. Die Silbernen Steppen waren noch voller Leben. Alles war in Bewegung und würde jeden verschlingen, der einen Fuß hineinsetzte.

Schweigend aß Hel ihre Ration und überlegte, was sie den anderen sagen sollte. Jeden Tag vor ihrem Aufbruch musste sie Olowain berichten, was sie in ihren Visionen von Karat gesehen hatte. Sie schluckte und verschloss ihren Wasserschlauch. Wieder klangen Mercurins Worte in ihrem Kopf, sie konnte es nicht verhindern – sie lief rot an. Und plötzlich wusste sie, warum ihr die Worte so vertraut vorkamen. Einer Eingebung folgend, begann sie in ihrem Quersack zu wühlen und zog das Buch hervor, das sie aus Aradon mitgenommen hatte, *Die Leiden des jungen Waydir.* Jurebas Lieblingsbuch, anhand dessen sie Hel das Lesen beigebracht hatte. Hel blätterte darin, bemüht, dabei gleichgültig oder wenigstens nicht halb so aufgeregt zu wirken, wie sie sich fühlte. Und dann fand sie es tatsächlich – fassungslos starrte sie auf den Text. Da war es, das Gedicht, das sie mit Mercurins Stimme in ihren Träumen hörte. Ungläubig betrachtete sie die Worte. Er war ihr schlagartig so nah, dass ihr Herz zu rasen begann.

Bei Dämmerung streif ich durch Gärten
Um dich im Federblau zu sichten.
Doch zum Schutz vor meinen Blicken

Willst du ein Nebelzelt errichten.
Ein scheuer Vogel ist dein Herz!
Holt keine Krumen, die am Tor ausliegen.
Wird nur im Freien zu mir fliegen.

Tagelang steh ich am Weg
Und hoffe auf ein Zeichen.
Doch die Weiden, müde, schweigen –
Und du schläfst in alten Eichen.
Ein stiller Vogel ist dein Herz!
Singt nicht im kalten Morgengrauen.
Will dem Tageslicht nicht trauen.

Durch viele Nächte lauf ich rufend
Und lausch der Bäume Rauschen.
Ihre Zweige bergen dich –
Könnt' ich mit ihnen tauschen!
Ein schöner Vogel ist dein Herz.
Schillernd wie nichts, was ich sah.
Ein Schweif am Himmel, ungreifbar.

»Hel?«, fragte Olowain.

Sie schlug das Buch zu, räusperte sich und kratzte sich am Hinterkopf.

»Was hast du denn heute zu berichten?«, fragte er misstrauisch.

»Karat ist bereits über die Kauenden Klippen.« Überrascht von ihrer eigenen Lüge, sah sie Olowain an. Es war ihr so leicht über die Lippen gekommen, dass sie einen Moment selbst daran glaubte.

»Über die Kauenden Klippen? Schon jetzt?«

Hel nickte.

Olowain starrte sie erst skeptisch, dann zornig an. Hel erwartete jeden Moment einen Wutausbruch, doch stattdessen vergrub der Magier sein Gesicht in den Händen. Niemand sagte etwas. Auch Hel wartete darauf, dass er eine Reaktion zeigte. Schließlich hob er seufzend den Kopf und zog eine Eilige Feder aus seinem Quersack. Er schrieb eine hastige Botschaft in die Luft und stand auf. »Lasst uns weiterreiten. Zum Heer von Aradon!«

Die Feder flog davon.

Im Morgengrauen erreichten sie die Kauenden Klippen. Der Wald lichtete sich und ein langes Tal erschien. Es sah aus, als wäre einst ein Lavafluss vorbeigeströmt und hätte eine tiefe Brandnarbe in den Boden geätzt. So riesenhaft, dass man den Kopf in den Nacken legen musste, um noch ein Stück des grauen Himmels auszumachen, türmten sich die düsteren Hänge der Kauenden Klippen vor ihnen auf. Nie war Hel der Gebirgskette näher gewesen. Eine merkwürdige Kälte lag in der Luft, die das Atmen erschwerte und ihre Glieder lähmte. Von fern her hörten sie ein tiefes, dumpfes Grollen, als würde ein Gewitter toben: Die Klippen verschoben sich. Zeitlupengleich wuchsen und schrumpften die spitzen Umrisse, als würden Zähne den Himmel zermalmen. Die Gefährten beschlossen, Sicherheitsabstand zu wahren, und folgten dem Waldrand in östliche Richtung. Tix flog ihnen voran, jede halbe Minute zwitschernd, dass es nun nicht mehr weit sei. Hel blieb argwöhnisch.

Als die Sonne aufging, sahen sie eine merkwürdige Dampfwolke über den Bäumen. Sie hielten an und starrten verblüfft empor. Ein lautes Knattern und Wummern irrte heran. Die Dampfwolke bewegte sich – genau auf sie zu. Dann erkannten sie zwei horizontal liegende Segel und etwas, das wie eine Holzkiste aussah. Nicht weit von ihnen entfernt begann das seltsame Fluggerät zu kreisen und strudelte schließlich mit einer Menge Dampf in den Wald hinab.

Sie ritten dem Lärm brechender Äste nach und erreichten schob bald den Absturzort. Die Flugmaschine hatte ein Loch ins Blätterdach des Waldes gerissen, durch das nun dichter Rauch nach draußen quoll. Die Maschine selbst schien unversehrt, nur die Segel hingen an den Seiten, als hätte man einem Vogel die Flügel gebrochen. Im Näherkommen erkannten sie, dass es sich um ein kleines Flugboot mit dem Wappen der Magierschaft handelte, an dem seltsame Anbauten vorgenommen worden waren. Die Hälfte des Bootes nahm ein gusseiserner Ofen ein, aus dem der Rauch drang. An diesem Ofen machte sich eine Gestalt zu schaffen.

»Aber das ist ja…« Olowain stieg von der Wraude und schwenkte den Stab, woraufhin der Dampf davonwehte. »Meisterin Aricaa!«

Mit einem Schreckenslaut schnellte die Gestalt hinter dem Ofen hoch. Es war tatsächlich Aricaa, Tochter des Magiers von Har'punaptra. Verblüfft starrten sie die Magierin an, die ganz anders aussah als sonst. Ihr weiß gefärbtes Haar fiel in zerzausten Löckchen um ihre Schultern, und statt prachtvoller Kleider trug sie weite Stoffhosen und einen Umhang mit Kapuze, der nur bis zu den Knien reichte.

»Was – Meister Olowain! Aber was macht Ihr denn hier?« Aricaas Blick irrte über die Gefährten, bis er Nova traf. Rot bis in die Ohrläppchen sah sie ihn an, dann wandte sie sich wieder Olowain zu, als sei er der Einzige von allen, den sie kannte. »Seid Ihr nicht auf der Suche nach dem Dämon?«

»Allerdings. Aber jetzt sind wir erst einmal auf dem Weg zum Heer. Was macht Ihr denn da? Ihr seid doch nicht verletzt?«

Aricaa wischte sich die Haare aus der Stirn und zog sich unauffällig die Kleider zurecht. »Nein, nein. Alles in Ordnung. Ich habe nur … keine Sorge«, beruhigte sie Olowain und lächelte matt. »Ich forsche nur nach neuen Flugmethoden.« Sie gab dem Ofen einen Klaps. »Ich arbeite noch dran.«

Weil niemand etwas sagte, sprang Aricaa vom Boot und begann an den gebrochenen Segeln zu hantieren. »Wenn ihr mir helfen könntet, die Flügel abzumontieren, fliege ich euch zum Heer. Ich muss nur … aus den Ästen …«

Olowain eilte ihr zu Hilfe und ließ mittels seines Zauberstabes die Schrauben aufspringen, mit denen die Flügel am Boot montiert waren. Als die merkwürdigen Gerüste abgetrennt in den Büschen lagen, betrachtete Aricaa sie einen Moment seufzend. »Es hat so lange gedauert, sie zu entwerfen und bauen zu lassen.«

»Hat die Magierschaft Euch etwa ganz allein damit beauftragt?«, fragte Olowain verwundert.

Aricaa schüttelte den Kopf, während sie wieder auf das Boot kletterte, Rohre vom Ofen löste und an der Reling einsteckte. »Die Magierschaft hat niemanden beauftragt.

Das hier mache ich nur für mich. Also, soll ich euch zum Heer mitnehmen?«

Als keiner Anstalten machte, auf das Boot zu steigen, zog Aricaa einen Finger Lirium unter dem Umhang hervor. »Keine Sorge, das Boot hat auch einen Liriumantrieb. Die Dampfmaschine funktioniert noch nicht allein.«

Zögernd stiegen die Gefährten von den Wrauden. Hel fuhr zärtlich durch das dichte Fell des Tiers, das sie so viele Tage getragen hatte, und murmelte ihm ihren Dank zu. Als das Lirium durch die Rohre zu gluckern begann, sprangen die Wrauden ins Dickicht fort.

Auf dem Boot war gerade genug Platz, dass sie dicht gedrängt beieinandersitzen konnten. Nova hatte darauf geachtet, möglichst weit von Aricaa entfernt zu sitzen. Aber irgendwie schien sich trotzdem Bewunderung in seinen Blick zu mischen, als er sie in ihrem Boot sah. Hel hockte direkt neben dem Ofen und fühlte, dass er noch warm war. Was war das für ein Ding? Wie sollte es genug Energie erzeugen, um ein Flugboot anzutreiben? Sie konnte sich kaum vorstellen, dass Aricaa die Maschine erfunden hatte. Aricaa, die mit ihrem Kaninchengesicht und ihren kleinen Händen mehr wie eine Puppe aussah als wie eine Magierin.Vielleicht hatten sie sie alle unterschätzt. Aricaa stellte sich ans Steuer und das Boot hob ab. Ungestüm lenkte sie es durch das Loch in den Baumkronen. Schließlich waren sie im Freien und die letzten Zweige und Blätter flatterten mit dem Wind davon. Nicht weit entfernt sahen sie mehrere braune Punkte über den Wäldern schweben. Es waren Flugschiffe.

Trolle

»Soll ich euch zur *Taube* fliegen?«, rief Aricaa, als sie auf das Heer zusteuerten. »Ich muss auf die *Adler*. Aber ich setze euch gern zuerst ab.«

Olowain nickte nur und klammerte sich an die Reling. Das Boot war nicht dafür geschaffen, so viel Gewicht zu tragen, und brummte durch die Luft wie eine betrunkene Hummel. Hel beäugte noch immer den Ofen neben sich und überlegte, ob sie im Notfall das schwere Ding über Bord werfen konnten.

Doch das war nicht nötig. Eine Weile umflogen sie die Schiffe der Magierschaft, die still in der Luft ausharrten, um die *Taube* zu finden. Fast vierzig standen in der Luft. Nie hatte Hel Schwebeschiffe als so bedrohlich empfunden – wie ein Geschwader von Wurfgeschossen, die mitten im Flug erstarrt waren. In den großen Schatten, die sie auf das Land warfen, lagerten Fußsoldaten. Aus der Höhe ließ sich ihre Zahl schwer einschätzen. Feld um Feld waren Zelte aufgeschlagen, zwischen denen schwarze Menschenpunkte flimmerten. Fahnen von Moia, Warhall, Orrún und den anderen Königreichen ließen sich erkennen. Dazwischen standen gigantische Feenlichter auf Rädern, um das Heer vor dem Lebendigen Land zu schützen.

Endlich entdeckten sie die *Taube*. Nova stand auf und schwenkte die Arme, als eine ebenso wild gestikulierende Gestalt aus der Steuerkabine rannte: Kapitän Nord. Nova dachte gar nicht erst daran, zu warten, bis sie im Heck gelandet waren. Mit einem Freudenschrei sprang er über die Reling, sodass das Flugboot ins Trudeln geriet, und rannte auf seinen Vater zu.

Sie fielen sich in die Arme. Hel und die anderen ließen Aricaa landen und stiegen nacheinander aus, ohne das Wiedersehen von Vater und Sohn zu stören.

Schließlich lösten die beiden sich aus ihrer Umarmung, und der Kapitän der *Taube* kam auf die Gefährten zu, um sie zu begrüßen. Mit Tränen in den Augen schüttelte er jedem die Hand und bat um Verzeihung. Obwohl Hel nicht einfach vergessen konnte, dass Nord sie in Tridad zurückgelassen hatte, fiel es ihr schwer, ihm jetzt noch böse zu sein. Arill erwiderte ein Grummeln auf Nords Entschuldigung, Berano hüllte sich in eisiges Schweigen – bestimmt machte er auch den Kapitän für den Tod seiner Kameraden verantwortlich. Immerhin wären sie Saraide nie begegnet, hätten sie ihre Reise mit dem Schiff fortgesetzt.

Olowain streckte statt seiner Hand den Zauberstab aus, als Nord vor ihm stand. »Mein lieber Kapitän Nord, ich muss Euch darauf aufmerksam machen, dass Ihr vor das Tribunal der Magierschaft gestellt werdet. Ihr seid angeklagt wegen Befehlsverweigerung, schweren Raubs und Verschwörung gegen Aradon.«

»Das ist völlig lächerlich!«, mischte sich Nova ein.

Doch Kapitän Nord schüttelte entschieden den Kopf. »Ich war mir zu jeder Zeit bewusst, was ich tat, und habe die Konsequenzen in Kauf genommen. Mir wurde bereits die Lizenz zur Sturmjagd entzogen. Gebt mir die Chance, Aradon in diesem Kriegszug zu dienen. Danach soll entschieden werden, welche Strafe mir zusteht.«

»Aber …«

Nord hob die Hand, um Nova zum Schweigen zu bringen. »Es ist in Ordnung so. Ich weiß, was ich getan habe. Und warum.«

»Meisterin Medeah!«, rief Aricaa und deutete eine Verneigung an. Alle drehten sich um und erblickten eine Frau in einem violetten Umhang. In der Rechten hielt sie einen langen Stab aus Silber. Der Wind hatte Strähnen aus ihrem Haar gelöst, das locker aufgesteckt war, und ließ sie weniger unbewegt und hoheitsvoll wirken als das letzte Mal, als Hel sie am Hof von Moia gesehen hatte. Die Gefährten folgten Nova und dem Kapitän auf sie zu. Etwas überrascht ließ Medeah sich von Nova umarmen; dann zuckte ein Lächeln um ihren Mund und sie legte zögerlich eine Hand auf die Schulter ihres Sohnes.

»Ich bin froh, dass Ihr wohlauf seid, Mutter.«

»Danke, Pienova. Und … es tut mir leid, dass ihr alle meinetwegen …« Sie trat an ihm vorbei, um Olowain die Hand zu geben. »Mein Freund! Es ist meine Schuld, dass Ihr diese beschwerliche Fußreise auf Euch nehmen musstet.«

»Das lässt sich nicht bestreiten«, sagte Olowain mit einem freudlosen Lächeln. »Unsere Mission ist an Eurer kleinen romantischen Eskapade gescheitert. Wir haben zudem zwei Menschenleben verloren.«

Medeah wurde blass, doch sie hielt Olowains Blick stand.

»Aber das ist eine Sache für das Tribunal. Wir haben jetzt dringlichere Aufgaben.«

Medeah nickte steif. »Meister Palairon erwartet Euch bereits.«

»Wir müssen unter vier Augen sprechen«, sagte Olowain leise. Ohne ein weiteres Wort an die anderen drehten die Magier sich um und schritten unter Deck.

Einen Moment blickte Nord ihnen nach, dann wandte er sich um und fuhr Nova durch die Haare. Man sah ihm an, wie glücklich er war, ihn wieder bei sich zu haben, doch sein Lächeln zitterte. »Tut mir leid, mein Sohn«, murmelte er noch einmal. Und es klang, als entschuldigte er sich nicht nur für sein Verhalten, sondern auch für das von Medeah.

Arill, Berano und Harlem gingen unter Deck, um zu schlafen, Nova folgte seinem Vater in die Steuerkabine. Hel sah durch die Fensterscheiben, wie Nova mit verschränkten Armen am Glas lehnte, während der Kapitän am Steuer stand und redete. Es fiel ihr schwer, sich vorzustellen, was in Nova vorgehen mochte. Machte er seinem Vater gar keine Vorwürfe? Wahrscheinlich freute er sich einfach, dass sie wieder zusammen waren. Hel war nie in einer ähnlichen Situation gewesen und konnte schwer einschätzen, was er für seinen Vater empfand.

Unschlüssig drehte sie sich zu Aricaa um, die wieder an dem Ofen ihres Flugbootes herumhantierte und dabei Kelda etwas erklärte, der sich neugierig vorbeugte, um ihr beim Arbeiten zuzusehen. Hel trat neben ihn.

»… dadurch entsteht der starke Druck im Kessel und der

Dampf wird dann hier abgelassen. Das Problem ist noch, dass der Kessel so viel wiegt und dabei zu wenig Antrieb für ein Schwebeschiff liefert. Darum die Flügelkonstruktion. Die Flügel nutzen den Wind beim Flug. Na ja. Noch nicht so richtig, aber ich arbeite dran.« Aricaa hob den Kopf, um Kelda ein Lächeln zuzuwerfen, und entdeckte Hel. Etwas unsicher wandte sie sich wieder ab. Hel räusperte sich.

»Das hast du wirklich allein zusammengebaut?«

»Das Zusammenbauen war keine Schwierigkeit. Es zu erfinden hat mich mehr Zeit gekostet.«

Hel schwieg beeindruckt. Schließlich erhob sich Aricaa und gab dem Ofen noch einen liebevollen Klaps. »Ich habe viel über unmagische Energiegewinnung gelesen, seit ich bei der Magierschaft bin. Es gibt so viel Wissen in den Bibliotheken, das in Vergessenheit geraten ist. Wenn ich, ein Lehrling im ersten Jahr, auf so etwas kommen kann, dann könnten die Magier noch viel bessere Dinge erfinden, um …« Sie verstummte und warf Kelda und Hel einen Blick zu. »Entschuldigt, das interessiert euch bestimmt nicht. Ihr seid auf der Suche nach den Dämonen und habt sicher ganz andere Dinge im Kopf.«

»Mich interessiert es trotzdem«, sagte Kelda schlicht.

»Warum baust du eigentlich solche Geräte?«, fragte Hel. »Um die Kauenden Klippen zu überqueren?«

Aricaa lachte. »Im Gegenteil. Damit wir sie vielleicht gar nicht überqueren müssen.«

Weil weder Hel noch Kelda begriff, fuhr sie fort: »Wir brauchen nicht zwingend Lirium. Wir brauchen Energie. Energie, um Schiffe anzutreiben, um Licht zu haben, um es warm zu haben oder kühl. Diese Energie könnte auch woanders herkommen. Zum Beispiel von Feuer oder von Wind oder von Wasserfällen, alles ist schließlich lebendig, nicht nur das Lebendige Land. Irgendwann, wenn alle Liriumstürme gejagt worden sind, wird es sowieso kein Lirium mehr geben. Was machen wir dann?« Sie biss sich auf die Unterlippe und betrachtete ihren Kessel. »Aber davon will in der Magierschaft niemand etwas hören.«

»Weil es keine Magier mehr geben wird, wenn es kein Lirium mehr gibt«, sagte Hel. Aricaa zuckte beinahe zusammen bei diesen offenen Worten. Aber sie sah ihr unverwandt in die Augen, und Hel begriff, dass Aricaa sich nicht von der Wahrheit kränken ließ.

»Vielleicht«, erwiderte sie ruhig. »Aber Menschen wird es noch geben. Sofern der Krieg gegen das Alte Reich nicht …« Sie ließ den Satz unbeendet in der Luft hängen. Schweigend sah sie Hel an, und wie an jenem Abend in Aradon, als Aricaa Nova gesucht hatte, fühlte Hel sich ihr plötzlich verbunden. Aricaa ließ sich nicht einfach als Eroberung von Nova abstempeln, ebenso wenig wie als Magierin. Und doch war sie beides – eine Eroberung von Nova und eine Magierin – und das würde immer zwischen ihr und Hel stehen. Aber je mehr Hel von ihr erfuhr, umso mehr achtete sie sie. Und vielleicht würde sie eines Tages die Möglichkeit haben, ihr das zu sagen.

»So, den Rest repariere ich auf der *Adler.*« Aricaa stieg ins Boot und schob den Hebel vor. Ein hohes Brausen erklang, als sich die Rohre mit Lirium füllten. »Vielleicht sehen wir uns bald wieder.« Sie nickte Hel und Kelda zu.

»Ja. Komm vorbei! Nova würde sich freuen.«

Aricaa wurde wieder rot, und für einen schrecklichen

Moment fürchtete Hel, dass sie die Bemerkung als ironischen Seitenhieb verstanden hatte. »Und ich würde mich auch freuen!«, rief sie eilig hinterher. Doch das Boot hatte bereits abgehoben, und Aricaa brauste mit einem kräftigen Ruckeln davon. Hel sah ihr nach, wie sie ein vier Stockwerke umfassendes Ungetüm aus schwarzem Holz und versilberten Rohren weiter unten ansteuerte, auf dem eine Fahne mit dem Pentagramm der Magierschaft gehisst war.

Kelda verabschiedete sich, um schlafen zu gehen. Obwohl Hel müde war, blieb sie noch eine Weile an Deck. Irgendetwas ließ ihr keine Ruhe. Vielleicht das, was Aricaa gesagt hatte. Selbst wenn sie den Krieg gegen das Alte Reich gewannen und neue Liriumquellen fanden, verschoben sie das Problem nur in die Zukunft. Irgendwann würden sie wieder in derselben Situation sein wie jetzt, das Land würde aussterben, und dann gab es kein Altes Reich mehr, das neues Lirium versprach. Aricaa hatte recht. Wenn es kein Lirium mehr gab, würde es auch keine Magier mehr geben – aber Menschen. Und was machten die Menschen dann …

Der Wind rauschte ihr durch die Haare und löste den Zopf in ihrem Nacken, ohne dass sie es merkte.

Hel setzte sich auf ein Rohr, legte die Arme und den Kopf auf die Reling. So beeindruckend die Schiffsflotte auch sein mochte, ließ man den Blick an den Kauenden Klippen entlangwandern, war klar, weshalb das Heer hier lagerte und noch nicht im Alten Reich eingefallen war. Unüberwindbar hoch ragten die Felsen in den Himmel, bis in die Ferne, wo ein diesiger grauer Wolkennebel die sich ständig wandelnden Gipfel verschleierte. Wie wollte die Magierschaft die Kauenden Klippen überwinden? Selbst wenn es den Schwebeschiffen gelang, hoch genug darüber hinwegzufliegen, die Fußsoldaten konnten schwerlich das bewegte Gebirge durchschreiten.

Hel döste grübelnd ein, mit der Melodie geflüsterter Verse… *Ein scheuer Vogel ist dein Herz! Wird nur im Freien zu mir fliegen…* Schwer einzuordnender Lärm von weit her rief sie ins Bewusstsein zurück. Sie rieb sich die Augen. Irgendwo tief unter ihr erklangen aufgeregte Rufe. Sie blickte hinab. Die Menschenpunkte liefen in Grüppchen zusammen und bewegten sich an den südlichen Rand der Lager. Hel drehte sich um. Rasche Wolken trieben durch den Nachmittagshimmel. Sie sah nichts Ungewöhnliches.

Ein dumpfer Ton rollte durch die Gebirge. Hel spürte das Zittern bis ins Herz. Sie lief auf die andere Seite des Schiffes und beugte sich über die Reling.

Anfangs konnte sie nichts Auffälliges erkennen. Doch dann nahm sie eine Bewegung in den Klippen wahr. Ihre Hände klammerten sich fest.

Die Felsen. Sie verschoben sich.

Es waren nur ein paar Brocken, wie Beulen unter dem schwarzen Gestein, die auf das Heer zurollten. Noch einmal erklang der tiefe, donnernde Ton, und jetzt wurde Hel klar, dass es kein Grollen von Gestein war, sondern der Klang von Kriegshörnern.

Auf dem großen Schwebeschiff, zu dem Aricaa geflogen war, liefen Magier umher und blickten den wandelnden Felsen entgegen. Eine halbe Minute später sausten Eilige Federn zu den anderen Schiffen, auch zur *Taube*. Meisterin Medeah und Olowain, die an Deck gekommen waren, empfingen die Feder mit einer Papierrolle und lasen die Nachricht.

»Was ist los?«, rief Kapitän Nord aus der Steuerkabine.

Medeah drehte sich um. »Es sind Zwerge!«

Die *Adler*, das mächtige Schiff der Magier, sank aus seiner Position, um sich den wandelnden Felsen zu nähern.

Angestrengt blickte Hel hinab. Zwerge? Die bewegten Felsen waren näher herangekommen, aber wo sollten da Zwerge sein? Nova, der seinem Vater aus der Steuerkabine gefolgt war, trat neben Hel. Er hatte ein Fernrohr dabei und spähte hinab. Nach einem Moment gab er es Hel, damit auch sie etwas sehen konnte.

Durch das Fernrohr wurden Reiter sichtbar. Mit Fellkapuzen vermummte Gestalten saßen in Körben und Sänften, die am Gestein festgeschnürt zu sein schienen. Eisenketten blitzen im Licht der späten Sonne auf. Und wie die Felsen sich bewegten … als hätten sie Arme und Beine …

Das Schiff der Magier landete am Rand der Kauenden Klippen und die Felsberge rollten zu ihnen herab. Hel traute ihren Augen nicht. Es waren Trolle.

Die riesigsten Trolle, die sie je gesehen hatte. Ein einziger war halb so groß wie das Schiff. Zu zweit hätten sie es aufheben können wie ein Spielzeug. Doch ihre Gliedmaßen waren seltsam unregelmäßig; einer hatte einen langen, vorgestreckten Hals, der in einem winzigen Kopf mündete, ein anderer schien den Kopf direkt auf der Brust zu haben und viele bewegten sich auf nur drei säulenartigen Bein- oder Armstümpfen vorwärts. Manche hatten dafür knubbelige Klauen, die ihnen wahllos aus Schultern, Rümpfen und Rücken ragten und das Hinabklettern der steilen Hänge erlaubten. Sie sahen aus wie lebendig gewordene Steinmassen. Und sie näherten sich dem Schiff unaufhaltsam.

Nun kletterten die Zwerge aus ihren Reitkörben und stiegen auf das Magierschiff. Unter ihren Kapuzen sah man nach Zwergenart kunstvoll geflochtene Bärte und dunkle Brillengestelle über den Augen, um sie vor der Sonne zu schützen. Es mussten die Zwerge von Gondurill sein – es gab kein anderes Zwergenvolk, das über die Jahrhunderte so lichtempfindlich geblieben war.

Die Magier begrüßten die Zwerge höflich. Hel glaubte den Vorsitzenden Palairon zu erkennen, der zu ihnen sprach. Der Zwerg, der von einem Trupp bewaffneter Krieger eskortiert wurde, musste König Moradin von Gondurill sein.

»Glaubst du, die Zwerge ziehen mit in den Krieg gegen das Alte Reich?«, fragte Nova.

Hel senkte das Fernrohr. »Die Zwerge von Gondurill? Niemals. Weißt du nicht mehr, wie abfällig König Moradin von der Magierschaft gesprochen hat? Gondurill war immer unabhängig von Aradon.« Noch einmal blickte sie durch das Fernrohr. König Moradin und seine Leibwächter folgten den Magiern unter Deck. Hel schwenkte zu den Riesentrollen hinüber. Sie waren in schwere Ketten gelegt und bewegten sich jetzt kaum. Nur ein gelegentliches Schwanken der unförmigen Glieder verriet, dass sie keine leblosen Geröllberge waren.

Sie schüttelte unmerklich den Kopf. »So was habe ich noch nie gesehen.«

Nova nickte.

»Unglaublich. Und ich dachte, der Troll in den Bergen sei

schon eine Ausnahme. Ob die sich auch von kleineren Trollen ernähren? Harlem hat doch damals etwas erzählt … von Trollen, die fast mehr Fels sind als Lebewesen. Aber wenn sie das Lirium lebendig macht, das im Gestein fließt, müssten sie ja eher Geisterwesen sein …« Sie schob ihre Augenklappe hoch. Und tatsächlich, das Licht, das in ihren massigen Körpern pulsierte, schien sich grenzenlos mit dem Lirium in der Erde und den Kauenden Klippen zu vermischen. Es war kein geschlossener Energiekreis wie in allen gewöhnlichen Lebewesen.

Plötzlich wurde Hel bewusst, dass Nova noch neben ihr stand – und sie beobachtete. Erschrocken schob sie ihre Augenklappe wieder zurück und senkte den Kopf. Verdammt. Das Blut schoss ihr in die Wangen. Hatte er …? Natürlich, natürlich hatte er! Ihr blindes Auge. Der hässliche weiße Ball, diese abstoßende Entstellung direkt in ihrem Gesicht …

»Ich habe dein Auge noch nie gesehen.«

Sie antwortete nicht. Dann spürte sie seine Hand, die ihr das Haar hinter die Ohren strich. Nur mit Mühe widerstand sie dem Drang, sich von ihm wegzudrehen.

»Wieso schämst du dich so?«

»Schämen? Wieso?« Sie lächelte nervös.

»Ich habe mich immer gefragt, wie es aussieht. Zeig noch mal.«

»Nein!« Sie schlug seine Hand so heftig weg, dass er zurückwich. Einen quälend langen Moment starrten sie sich an. Hel spürte ihr Gesicht vor Hitze pochen. »Tut mir leid. Ich …«

»Ich mag dich sehr, weißt du?«

Hel würgte ein »Hä?« heraus, doch es blieb ihr halb in der Kehle stecken wie eine Murmel.

Nova beugte sich über das Geländer und sah zu den Zwergen hinab, dann fuhr er wieder zu ihr herum. Ihr war nie aufgefallen, wie lang und unnötig seine Arme an ihm herabbaumelten, wenn er schwieg.

»Ja. Hel. Ich mag dich.« Er atmete aus und lächelte auf eine sehr untypische, zittrige Weise. »Was sagst du?« Er schwang die Arme vor, zog sie aber wieder zurück, als er merkte, dass Hel ganz steif auf der Stelle stehen blieb.

Hel drückte sich den Zeigefinger an die Schläfe. »Bist du betrunken?«

Seine Wimpern zuckten. »Überhaupt nicht. Ich wollte dir sagen, dass ich dich mag. Mehr als je zuvor. Gerade jetzt, verstehst du nicht?«

»Nein.«

»Also, ich habe gerade lange mit meinem Vater gesprochen, und er liebt Medeah wirklich. Und sie liebt ihn. Ich glaube, sie haben viel zu lang gewartet, sich das zu sagen. Und … die Welt ist drauf und dran, unterzugehen! Vielleicht bleibt uns nicht mehr viel Zeit, deshalb wollte ich, dass du weißt, dass ich …«

Hel fühlte sich, als würde das Schiff unter ihr zusammenklappen. Diese ganze Situation war völlig absurd. War sie vielleicht so müde, dass sie sich schon Sachen einbildete?

Nova lächelte, und kurz glaubte sie, alles sei nur ein Witz gewesen, ein kleiner Scherz, nicht ernst gemeint.

»Sieh mich nicht so entgeistert an. Ich weiß, wir sind umgeben von einer Kriegsflotte und Riesentrollen und vor uns liegt ein menschenfressendes Gebirge – ich hätte auf einen romantischeren Augenblick warten sollen, aber ich fürchte langsam, so einer wird nicht mehr kommen.« Seufzend lehnte er sich gegen die Reling, fuhr sich durchs Haar, und da war er wieder: Nova, der Hauptdarsteller seines eigenen Dramas, wie Hel ihn kannte. Nur, dass er sie diesmal mit auf die Bühne zerren wollte.

»Du bist die Einzige, die mich kennt. Ich dachte immer, Mädchen langweilen mich nach einer Zeit, aber ich glaube, keine hat mich so durchschaut wie du. Du und ich, wir kennen uns. Wir gehören zusammen.«

»Aber …« Sie wollte fragen, ob er nicht etwas verwechselte – Freundschaft mit etwas anderem –, doch sie fürchtete die Antwort, fürchtete beinahe beide Möglichkeiten einer Antwort. Völlig verwirrt ließ sie sich gegen die Reling sinken. Sie hatte Nova als Freund akzeptiert. Sie wollte ihn als Freund behalten.

Sie sahen sich an, und auf einmal war ihr Novas Gesicht wieder so vertraut, dass sie dämlich grinsen musste und gar keine Angst mehr hatte, ganz offen mit ihm zu reden.

»Das meinst du gar nicht ernst«, sagte sie sanft. »Nur weil du denkst, dass wir alle bald sterben werden, willst du noch mal ein Mädchen erobern.«

Er öffnete den Mund, um zu widersprechen, grinste aber dann nur und rieb sich mit den Händen über die Augen.

»Vor drei Jahren, auf der Jahresfeier in Har'punaptra, erinnerst du dich daran?«, fragte sie nach einer Weile.

Nova nickte unsicher.

Hel atmete durch. Ganz so einfach war es plötzlich doch nicht mehr. »Ich war … ich hab dich damals gehört. Du standest da mit irgendwelchen Leuten. So eine dumme

Gans hat gesagt, dass ich dich scheinbar immer, also, dass ich dich angeblich immer angucken würde.«

Nova schwieg. Hel traute sich nicht, aufzusehen – sie fürchtete, dass er sich jetzt daran erinnerte.

»Und du hast gesagt … etwas Schlimmeres könnte dabei ja nicht passieren, als dass … dass ich ein Auge auf dich werfe. *Ein* Auge.« Sie musste lächeln, obwohl ihr elend zumute war. Nicht, weil die Erinnerung sie jetzt noch schmerzte – zum ersten Mal tat es nicht mehr weh. Aber es kam ihr so lächerlich vor, dass etwas dermaßen Unsinniges eine so tiefe Wunde in ihr hinterlassen hatte – dass sie bis heute nicht darüber hinweggekommen war, obwohl sie sich lange Zeit gar nicht mehr bewusst an diese Szene erinnert hatte. Eine unbedachte, völlig harmlose Beleidigung. Sie hatte Nova trotz ihrer Freundschaft nie verzeihen können, dass es einen Augenblick gegeben hatte, in dem sie ihn mehr, viel mehr gemocht hatte als er sie.

»Hel!« Wieder streckte er die Hand nach ihr aus und ließ sie zurücksinken. »Ich wusste ja nicht, dass du mich damals … verdammt, ich Idiot! Aber wenn ich gewusst hätte …«

»Du wusstest es.« Hel zwang sich zu einem Lächeln. »Gib's doch zu! Du hast mich dafür ausgelacht, dass ich … du weißt schon.«

Er schüttelte energisch den Kopf. »Ich schwöre dir, ich war mir sicher, du verabscheust mich! So böse, wie du mich immer angefunkelt hast.« Er brachte es fertig, auch zu grinsen. »Ich hatte Angst vor dir. Ehrlich. Du hast mich besser durchschaut als alle anderen, das wusste ich, und deshalb hatte ich Angst.«

Diese Vorstellung war befremdlich. Dabei hatte sie ihn

überhaupt nicht durchschaut. Zumindest nicht zu Anfang. Im Gegenteil, ihr Blick auf ihn war so verklärt gewesen wie der der meisten anderen Mädchen in seiner Umgebung. Aber das sagte sie ihm lieber nicht, nicht einmal in diesem Moment.

»Ich war ein Idiot«, wiederholte er. »Aber ich bin ein anderer Mensch geworden.«

Ganz unangemeldet trat Mercurin in ihre Gedanken und wirbelte Gefühle auf, die auf dem Grund ihres Bewusstseins lagen. Wie ein Herbstblatt glitt er wieder fort. »Du glaubst, Menschen können sich ändern?«, fragte sie leise.

»Aber sie ändern sich ständig! Jede Sekunde entscheiden wir doch aufs Neue, wie wir uns verhalten. Und wer wir demzufolge sind.«

Hel musste lachen. »Das klingt aber jetzt, als hättest du dich gar nicht verändert! Und du entscheidest auch jede Sekunde neu, wer dir gefällt, was?«

Nova schüttelte grinsend den Kopf. So standen sie eine lange Zeit nebeneinander an die Reling gelehnt, blickten zum Horizont und sahen dabei doch ganz andere Dinge vor sich als den Himmel.

»Was glaubst du, wie viele Sonnenuntergänge du schon gesehen hast?«, fragte Nova irgendwann.

Hel zuckte die Schultern. »Eine Menge …«

Er nickte. »Ich auch. Ich hatte viele schöne Sonnenuntergänge. Aber … der Sonnenuntergang ist doch eigentlich nur schön, wenn Wolken da sind. Ohne Wolken ist der Himmel langweilig. Du bist voller Wolken. Mit deinem Wolkenauge. Und mit deinen rätselhaften Gedanken.«

Sie sahen sich nicht an, doch ihre Hände fanden sich auf

der Reling und drückten einander fest. Der Moment fühlte sich zeitlos an – merkwürdig zwar, aber nicht unangenehm.

Dann erstrahlte ein gleißender Blitz unter ihnen und durch die Klippen hallten Schreie.

Feenflug

Hel und Nova zuckten zusammen. Einen Augenblick lang sahen sie sich an, dieselbe Frage im Gesicht. Dann beugten sie sich hinab. Der Blitz war vom Schiff der Magier gekommen. Gestalten flogen durch die Luft und stürzten gegen die Klippen. Lärm brach aus. Die Zwerge, die bei den Trollen gewartet hatten, rannten auf die Gefallenen zu. Kaum waren sie nah genug an das Schiff herangekommen, strahlten erneut Blitze auf. Die Zwerge flogen zurück wie aufgesprengte Kieselsteine. Es waren magische Angriffe. Die Magier töteten die Zwerge.

»Was soll das?«, entfuhr es Hel. Das Gebrüll der Sterbenden hallte entsetzlich von den Felswänden wider. Mehrere atemlose Momente dauerte das Gemetzel an. Hel sah sich fassungslos um. Auf den anderen Schiffen standen Sturmjäger, Krieger aller Königreiche und einige Magier, die das schreckliche Schauspiel beobachteten. Wieso griff niemand ein? Aber auch Hel war wie erstarrt. Sie wusste nicht, was sie tun sollte, und spürte doch die zerrende Dringlichkeit, einzuschreiten. Mercurin schlug die Augen in ihr auf, sein Blick traf sie mit Entsetzen.

Dann war alles vorbei. Rings um das Schiff der Magier lagen leblose Körper in zerfetzten Umhängen. Die Trolle standen fast unbewegt in ihren Ketten und schienen den Mord an ihren Herren kaum registriert zu haben.

Eine Männerstimme wehte zu ihnen herauf. Der Vorsitzende Palairon. Er musste mit Magie nachgeholfen haben, damit er so laut klang – dennoch erreichte sie in dieser Höhe nur noch ein unklares Summen. Die Krieger auf der Erde aber sammelten sich um das Schiff.

Ein Ruckeln der *Taube* lenkte Hel kurz von den Geschehnissen unter ihr ab. Kapitän Nord stand in der Steuerkabine und ließ das Schiff absinken. Andere Schiffe folgten seinem Beispiel und flogen tiefer, bis sie die Magier sehen und hören konnten.

Im Heck des Schiffes stand Meister Palairon mit erhobenem Stab. Ein grelles Leuchten umwaberte die Spitze, während er sprach.

»... dass es keinen Augenblick mehr zu zögern gibt! Selbst das Zwergenvolk von Gondurill will uns erpressen, so steht es um Aradon und seine verbrüderten Reiche! Nun nehmen wir uns von den Feinden, was uns zusteht! Hinter den Kauenden Klippen ist die Erde wild und fruchtbar. Es gibt Lirium für alle Getreuen der Magierschaft, genug Lirium für Jahrhunderte! Steigt auf diese Trollwesen, Kameraden. Sie nähren sich vom Lirium der Kauenden Klippen und werden uns sicher über die Grenze tragen. Nehmt sie euch!«

Donner erklang, ebbte unter dem Schiff hervor und brachte den Boden bis hin zu den Klippen zum Erbeben. Die Krieger johlten. Wie eine dunkle Flut stürzten sie dem Befehl des Magiers nach. Die mächtigen Trolle regten sich kaum, als die Bewaffneten die Strickleitern an ihnen erklommen und in die Körbe stiegen. Falls sie überhaupt wahrnahmen, was geschah, fehlte ihnen hier auf dem liriumarmen Boden die Kraft, sich zu wehren. Fahnen von Orrún, Acba und Warhall wurden gehisst, wo zuvor die Zwerge von Gondurill gesessen hatten.

»Es ist genug Platz!«, dröhnte die Stimme Palairons über den Lärm hinweg. »Hängt Schiffe an die Trolle an! In den Kauenden Klippen werden sie noch wachsen! Sie können uns alle tragen!«

Meister Palairons Blick stieg zu den Schiffen empor, und Hel hatte plötzlich Angst, dass er genau sie ansah. Sie *fixierte*. Er winkte den Magiern, die hinter ihm an Deck standen, und rief etwas, was nun nicht mehr durch Magie verstärkt zu hören war. Olowain trat neben ihn. Nach einem kurzen Wortwechsel sah auch er zur *Taube* empor. Er nickte kaum merklich. Jetzt zweifelte Hel nicht mehr daran, dass die Blicke ihr galten. Ein Schreckensschauer durchlief sie; instinktiv wollte sie sich hinter der Reling verstecken. Meister Palairon hob die Hand und gab einen Befehl an die Magier. Einen Moment später hob das Schiff vom Boden ab und stieg langsam bis auf die Höhe der *Taube*. Zu spät, sich zu verstecken. Und warum auch? Hel war sich keiner Schuld bewusst, aber sie hatte ein ungutes Gefühl.

Meister Palairon gab Olowain einen Wink, woraufhin er vortrat und rief: »Hel! Komm doch bitte zu uns herüber.«

Hel und Nova drückten sich an den Händen.

»Was wollen die?«, flüsterte sie, ohne Antwort zu erwarten. Natürlich konnte auch er nur vermuten, dass die Magier ihre zweite Sicht für irgendetwas brauchten. Gemeinsam gingen sie zur Planke und schoben sie über den zwei Meter weiten Abstand zwischen den Schiffen. Wankend stieg Hel über den Abgrund. Vor der Tiefe hatte sie keine Angst. Mit einem Sprung landete sie vor Olowain und Palairon und machte eine Verbeugung, ohne die Männer aus den Augen zu lassen. Ihre Mienen waren unergründlich. Kurz irrte ihr Blick zu den drei Dutzend Magiern, die in wehenden Roben hinter den beiden standen. Sie fröstelte. Gerade eben hatten sie die Zwerge ohne Vorwarnung getötet, ihre Stäbe glommen noch. Hel versuchte ihre Empörung zu unterdrücken, aber es gelang ihr nicht. Sie musste an König Moradin von Gondurill denken, der die Gefährten – auch Meister Olowain – damals großzügig beherbergt hatte. Auch wenn er einige merkwürdige Ansichten gehabt hatte, er war ihr als ehrbarer König in Erinnerung geblieben, bemüht um Frieden. »Wie konntet ihr?«, begann sie. Doch die Magier brachten sie mit einer Handbewegung zum Schweigen.

Sie hörte, wie Nova neben ihr landete.

»Hel, ich habe Meister Palairon von deinen Visionen erzählt.« Olowain räusperte sich. Sein Blick schien vollkommen verändert. Er sah sie an, als wären sie Fremde. »Wie du uns bis hierher geführt hast durch deine bemerkenswerte Verbindung zu dem Isen, Karat.«

»Ist das wahr?«, fuhr Palairon dazwischen. Seine kleinen, scharfen Augen waren auf sie gerichtet wie Messerspitzen.

Hel nickte.

»Du siehst die Dämonen im Schlaf?«

»Nun … nicht alle«, sagte Hel zögernd.

»Auch das Lirium im Land siehst du nach wie vor?«, hakte Palairon nach.

Wieder nickte Hel.

»Und du hältst magischen Angriffen erstaunlich gut stand.« Letzteres klang nicht mehr wie eine Frage. Hel bemerkte Palairons Finger, die sich um den Zauberstab legten. Er hatte lange, schmalgefeilte Nägel.

»Wir, das heißt Meister Palairon und äh, auch ich, wir würden gerne ausführlicher mit dir reden, Hel.« Olowain breitete den Arm aus und versuchte ein merkwürdiges Lächeln. »Folge ihm ins Schiff, Hel. Alles wird gut.«

Eine Gänsehaut schoss Hel über den ganzen Körper. Olowains Ton strafte seine Worte Lügen.

»Was meint Ih–« Ehe Hel zu Ende sprechen konnte, streckte Palairon seinen Stab aus. Licht schoss aus der Spitze. Hel schrie auf. Irgendwo erschollen Schreie. Eine Sekunde lang war sie von einem grellen Leuchten geblendet. Etwas glühend Heißes fraß sich in ihre Hände. Stöhnend taumelte sie zurück. Das Licht verebbte. Als sie wieder sehen konnte, starrte sie an sich herab: Rauch waberte um ihre Unterarme. Ihre Hände waren mit festen Silberdrähten gefesselt.

»Hel –«

»Vorsicht, Junge.« Palairon schwenkte den Stab erneut. Nova, der Hel zu Hilfe kommen wollte, flog mehrere Meter über das Deck. Sein Aufprall schmerzte Hel fast noch mehr als die Silberdrähte. Bebend vor Entsetzen, fuhr sie zu Olowain herum. Er ignorierte sie standhaft und starrte in den Himmel, als würde er an seine Bibliotheksbücher oder das bevorstehende Abendessen denken. Erst als bei den

Magiern hinter ihnen Tumult ausbrach, drehte er sich steif um.

Eine junge Magierin rang mit einem Mann, bis er sie endlich losließ. Atemringend machte sie einen Schritt vor. Es war Aricaa. Ihr Umhang war verrutscht und das Haar zerzaust, und doch stand sie so aufrecht inmitten der Magier, dass niemand sie mehr für ein Kind halten konnte – sie war eine erwachsene Frau geworden.

»Das könnt Ihr nicht tun, Euer Hoheit.« Sie wies mit ihrem kurzen Stab auf Nova und sah dabei Palairon an. »Ich kenne diese beiden Sturmjäger. Sie haben nichts getan. Sie würden nie etwas tun, das nicht im Dienste der Magierschaft stünde.«

Palairon wartete, bis ihre selbstsichere Hülle unter seinem Blick Risse bekam. »Das wird sich herausstellen«, sagte er. Dann streckte er den Stab nach Hel aus und drückte ihr damit gegen den Arm, um sie zum Losgehen zu bewegen.

Der Mann, mit dem Aricaa gerungen hatte, zog sie am Arm zu sich und lief entschlossen mit ihr davon. Aricaa versuchte erfolglos, sich zur Wehr zu setzen; Hel erkannte im Vorbeischreiten, dass es ihr Vater war, Argamon, der Magier von Har'punaptra. Ob er sich an ihre letzte Begegnung erinnerte, damals, als er Aricaa an Bord der Taube von Har'punaptra nach Aradon geschickt hatte? Wenn ja, dann ließ er es sich jetzt nicht anmerken.

»Hel«, stöhnte Nova und richtete sich schwerfällig auf.

»Alles in Ordnung!« Hel drehte sich zu ihm um, während sie mit Palairons Stab im Rücken unter Deck ging. »Mach dir keine Sorgen.« Woher nahm sie ihre Ruhe? Innerlich fror sie vor Panik.

Das Unterdeck war geräumig für ein Schwebeschiff. Edle Holzvertäfelungen schimmerten im Schein verschwenderisch vieler Leuchtkugeln. Palairon führte sie zwei Treppen hinab in einen Raum mit zwei Bullaugenfenstern an der Rückwand. Die Tür fiel zu und verschloss sich automatisch. Ein massiver Schreibtisch mit einem Sessel dominierte den Raum, davor stand ein schlichter Holzstuhl.

»Setz dich«, befahl Palairon.

Kaum hatte Hel Platz genommen, lösten sich die silbernen Fesseln und schnürten ihre Arme so fest auf die Stuhllehnen, dass ihre Haut zwischen den Drähten vorquoll.

»Warum fesselt ihr mich?« Ihre Stimme zitterte. Sie musste ganz sachlich bleiben. Den Magiern bloß keinen Grund geben, Gewalt anzuwenden.

Palairon trat an die Anrichte und schenkte sich Wein ein. Olowain blieb bei der Tür stehen, noch immer zu feige, Hels Blick zu erwidern. Der Puls hämmerte in ihren Schläfen. Fliehen. Alles in ihr wollte fliehen. Aber das war unmöglich, ausgeschlossen, wohin auch? Was sollten die Fesseln?

»Ich beobachte dich schon sehr lange«, sagte Palairon, den Rücken zu ihr gewandt. Sein Stab schwebte neben ihm, während er die Weinkaraffe schloss und zurückstellte. »Olowain, wiederholt, was ihr mir über das Mädchen berichtet habt.«

Olowain fuhr sich über die Lippen. »Wie gesagt habe ich in den Schriften, die ich studierte, kein Indiz dafür gefunden, dass besagte Fähigkeiten in der Vergangenheit schon einmal bemerkt und untersucht worden wären. Dass jemand magische Angriffe ohne ersichtlichen Schutz überlebt, dass jemand das Leben im Land sehen kann oder über eine geistige Verbindung zu fremden Wesen trotz räumlichen Distanzen verfügt, wird in keinem Buch erläutert, das ich je gelesen habe, und ich möchte behaupten, dass ich alle relevanten Bücher zu dieser Thematik kenne. So bin ich zu dem Schluss gekommen, dass wir es mit einem ganz und gar einzigartigen, nie dagewesenen Fall in der Geschichte der Magie zu tun haben.«

»Ein Fall? Ich bin ein *Fall?*« Hel starrte ihn an. »Meister Olowain, Ihr redet von mir! Ihr kennt mich doch! Sagt mir, was los ist!«

»Schweig.« Palairon warf ihr einen vernichtenden Blick zu. »Danke, Olowain. Die außergewöhnliche Sehfähigkeit des Mädchens war uns bereits bekannt. Aber jetzt sieht sie angeblich auch noch die Träger der Totenlichter. *Angeblich.*«

»Welchen Grund hätte ich, zu lügen?«, entgegnete Hel leise. Ihr Mund war trocken, die Worte klangen brüchig.

»Da gäbe es einige. Wir wollen versuchen, sie zu erforschen. Zum Beispiel frage ich mich, warum der Dämon dich gerettet hat. Einmal in der Wüste. Einmal in den westlichen Wäldern, vor den Augen Meister Olowains. Ganz zu schweigen von eurer freundschaftlichen Begegnung vor Kurzem, in Kombasas Badehaus.«

Hel wandte sich an Olowain, begegnete seinen Augen, ehe er sich abwandte. Er hatte Palairon alles erzählt. Er war der Grund, weshalb sie hier saß. Nach allem, was sie zusammen erlebt hatten, war sie so dumm gewesen zu glauben, er sei ihr Freund. Bittere Tränen brannten hinter ihren Augen, doch sie bezwang das Gefühl. Sie würde sich keine Blöße geben vor den Magiern. Niemals.

Palairon stützte sich mit beiden Händen auf den Tisch. »Entweder lügst du oder du verschweigst uns die Wahrheit.«

Hel schüttelte den Kopf. Sie musste sich sammeln, bevor sie sprechen konnte. Ihre Stimme durfte nicht beben, sie hatte keinen Grund zur Angst, denn sie war ehrlich, ihr Gewissen war rein. »Ich habe Euch alles gesagt. Ich weiß nicht, warum ich diese Sachen sehe. Ich weiß nicht, warum ich überlebe.«

»Olowain glaubt, du bist im Bunde mit den Druiden.«

Flehend starrte sie Olowain an. Er ignorierte sie noch immer. Seine Finger rieben nervös am Zauberstab.

»Nein«, brachte sie hervor. »Wieso … woher sollte ich denn … Ich bin Sturmjägerin, ich war immer Sturmjägerin auf der *Schwalbe*, wann hätte ich denn –?«

»Wo kommst du her?« Palairon legte den Kopf schief. »Bist du die leibliche Tochter von Kapitän Gharra gewesen? Nein, er hat dich gekauft. Du bist ein Fundstück aus den Kauenden Klippen, von Trollhändlern aufgegabelt. Ist es nicht so?« Lächelnd drehte er seinen Weinkelch. »Ein Jammer, dass du dich an nichts aus deiner Vergangenheit erinnerst. An die Druiden des Alten Reiches zum Beispiel, die dich als Kind in unsere Welt entließen. Eine Spionin, die von innen heraus gegen Aradon agieren sollte.«

Hel schüttelte den Kopf. Es stimmte nicht. Es stimmte nicht, das wusste sie, auch wenn ihr jede Erinnerung fehlte.

»Irre ich mich?« Palairon runzelte die Stirn. »Dann erkläre mir nur alles, wo du es offenbar besser weißt.« Er knallte den Kelch auf den Tisch und beugte sich vor. »Du hast keine Ahnung, warum du jede Attacke der Druiden überlebst?«

»Nein.«

»Du weißt nicht, warum du das Land leben siehst und die Dämonen im Traum verfolgen kannst?«

»Nein«, wiederholte sie fest.

»Du bist also vollkommen unwissend«, schloss Palairon.

Hel schluckte. Ihre Augen verschwammen in Tränen, sie blickte nieder und drängte sie mit aller Macht zurück.

»Dann werde ich dich aufklären müssen.« Palairon atmete schwer. Die Falten um seinen Mund zuckten. »Weißt du, eigentlich glaube ich dir, kleine Sturmjägerin. Ein so braves Mädchen wie du ist keine Gesandte des Alten Reiches. Von Anfang an wusste ich, dass du einen großen Beitrag für die Magierschaft leisten würdest. Und weil ich überzeugt bin von deiner vollkommenen Unschuld, gibt es nur eine Erklärung für deine sonderbaren Gaben.«

Hel sah auf. Die Augen des Magiers funkelten unter den hängenden Lidern wie mit Lirium erfüllt. Er kam um den Tisch herum. Instinktiv wollte Hel die Arme heben, wollte sich schützen, zurückweichen vor seinem starren Blick – aber die Fesseln schnitten ihr bis auf die Knochen. Sie ballte die Fäuste.

»In dir …« Palairon betrachtete ihr Gesicht, streckte die Hand aus. Seine alten Finger berührten ihre Wange. Die Nägel glitten zu ihrer Augenklappe, schoben sie beiseite. Hel schloss die Augen. Dreh dich nicht weg. Fang nicht an zu weinen! Die Fingernägel auf ihrem Augenlid. Plötzlich riss er ihren Kragen herunter. Hel entfuhr ein Laut des Entsetzens. Kalt und fleischig presste sich seine Hand unterhalb der Kehle auf ihre Haut.

»In dir ist ein Totenlicht!« Der Widerschein seines Zauberstabs glühte in seinen Augen, glänzte auf den feuchten, gierigen Lippen. »Es wird nicht wehtun. Du opferst dich für ein nobles Ziel.«

Licht erstrahlte. Hels Aufschrei blieb ihr im Hals stecken. Ein Totenlicht in ihr – das glaubte er doch nicht wirklich? Doch ob sie tatsächlich eins trug und ob Meister Palairon damit zum Dämon würde oder nicht – das würde sie niemals erfahren. Er würde sie töten – jetzt – in dieser grellen Sekunde.

Die Fenster barsten. Mit dem Licht schwemmte ein heftiger Windstoß in den Raum, wischte ihr die Haare vors Gesicht. Riss die beiden Magier vor ihr um wie graue Schatten. Glassplitter fegten in einem Prasseln über sie hinweg. Das Licht umhüllte sie. Ein Nebelsturm aus Lirium. Es tat nicht weh. Der Tod war warm und zärtlich.

Die Fesseln schmolzen von ihren Armen. Die Lichter nahmen sie in die Arme, machten sie schwerelos. Sie schwebte. Hinter Schleiern aus wirbelnden Funken sah sie Olowain und Palairon, die an die Wand gepresst wurden, doch ihr Brüllen war fern.

Hel… halte dich fest. Halte mich.

Hel klammerte sich an das Licht. Es fühlte sich an wie dunkler Stoff, wie ein lebender, warmer Körper. Feen, durchschoss sie ein fahriger Gedanke. Im Licht wanden sich wunderschöne, längliche Gesichter, halb Mensch, halb Pferdewesen. Ihre Mähnen waren die Schweife von Sternen. Sie hielt sich fest. Alles raste auf die zertrümmerten Fenster zu, doch Hel ließ nicht los, und dann war sie frei, unter dem federblauen Abendhimmel im Rauschen des Windes, und nichts existierte mehr außer dem kometenhaften Lichtnebel, zu dem sie gehörte.

Flüstern

Das Land war nicht Erde und Stein. Das Land war das Leben selbst, und er, Karat, trieb darauf wie ein welkes Blatt auf Wasserwogen. Er lief Tage und Nächte, unter Sonnen und Sternen dahin, doch es waren nicht seine Beine, die ihn trugen. Das Land trug ihn. Es schob ihn unaufhaltsam auf sein Ziel zu. Er spürte, wie sich die trockenen Hautschuppen der Erde verschoben, damit er vorankam. Berge und Felsen glitten zur Seite. Ein kurzes Auftauchen des Mondes, ein Atemzug Tageslicht, und schon waren die Gebirge zurückgewichen. Gräser, hoch wie Trolle, knarrten im Wind. Sie beugten sich über ihn, drückten ihm in den Rücken, trieben ihn vorwärts. Er wandelte über Sümpfe, ohne einzusinken, und stieg schwerelos durch Morast und Tümpel. Er war in den Silbernen Steppen. Das wusste er. Nirgendwo sonst, nicht einmal in seinen Träumen, war das Gras so hoch, strich grünen Fingern gleich an den Wolken entlang. Wann hatte er zuletzt gegessen, geschlafen? Dumme, dumme Fragen! Er war kein Wesen aus Fleisch und Blut mehr. Er war ein Stück Land, nährte sich vom funkensprühenden Leben aus den Tiefen der Erde.

»Wo wird es enden?« Flüsterte er es, brüllte er es oder dachte er es? Und die Stimmen im Knistern der endlosen Grasflächen, SIE antworteten ihm: *Es endete bereits.*

Karat war längst verendet, ja. Nicht in den Wäldern, wo sein erschöpfter Körper verhungert und verdurstet war. Nicht in jenem schicksalhaften Moment, da er das Dämonenmädchen erschlagen und ihr Licht geraubt hatte. Viel früher. In der Arena der Windigen Stadt, wo er Trolle, Gladiatoren, Verbrecher für ein wenig Silber geschlachtet hatte? In den Armen der parfümierten, nach Bratfett und Männerschweiß stinkenden Dirnen Har'punaptras? *Viel früher, Karat.* Auf den schwarzen Schlachtfeldern seiner Kindheit? Zwischen heulenden Kinderkriegern und verblutenden Pferden, in brennenden Hütten, auf rauchschweren Todesmärschen? Nein. Früher. Viel, viel früher. Er war tot gewesen, als er noch im Schoß seiner Mutter gewesen war. Erst jetzt, jetzt hatte er das Leben in sich. Davor war er nichts als ein erbärmlicher Funke gewesen, getrennt vom ewig lodernden Feuer des Tiefen Lichts. Erbärmlich wie all die armen Kreaturen, die über das Gesicht der stolzen Erde krochen!

Sie alle sind im Leib ihrer toten Mütter schon verendet.

»Wohin des Weges?«, fragte er sich selbst, während seine Füße leicht, ganz leicht voranschritten. Er lächelte sich selbst zu. Schmutzkrusten bröckelten von seinen Wangen. »Wohin des Weges?«, wiederholte er, weil es ihm ungemein interessant vorkam, worauf dieser merkwürdige Isenkörper da zuwanderte, und weil es gleichzeitig völlig belanglos war.

Es ist schon zu Ende. Der Weg ist vorbei. Alles vorbei.

»Aber jetzt … jetzt fängt es an.«

Die mächtigen Gräser schüttelten sich, wogten auf wie erhobene Hände, klatschten, jubelten, kicherten. Karat kicherte mit. Ja, nun fing es an. Das Ende musste jetzt anfangen. Plötzlich leuchtete es ihm ein, es war ganz deutlich vor ihm: Er war auf dem Weg zum Leben. Das und nichts anderes hatten die Stimmen ihm doch die ganze Zeit gesagt! SIE, die immer da waren und immer sein würden – SIE waren das ewige Leben. SIE riefen ihn zu sich! Damit er es beendete … das Wimmeln der Toten auf dem anmutigen Gesicht des Landes. Damit er das ewige Licht rief, es befreite aus der Tiefe …

Sein Herz pochte mächtig, füllte seine ganze Brust aus. Er sah sein Licht mit jedem Pulsschlag nach außen wabern, doch das Leben glitt von überall in ihn zurück. Er war eins mit allem, denn er trug das andere, das echte, lebende Herz in sich.

Vier gibt es … und du … musst sie finden und einen …

Der unheimliche Junge hatte auch das Leben in sich. Gewiss. Auch er war verbunden mit dem Land, es trug ihn, wie es Karat jetzt trug. Zu gegebener Zeit würde er dem Jungen gegenüberstehen und ihn bekämpfen. Entweder sein alter Isenkörper oder der schwache Körper des Jungen musste verenden, damit das Licht sich in einem zusammenfügen konnte. Dafür musste er gewappnet sein. Er musste Licht in sich einen, um den Jungen zu bekämpfen. Karat schloss die Augen und lauschte nach seinem Verfolger. Ja, da war er. Beobachtete ihn mit einem Blick, der sich nie irrte, der auf ihn festgefroren war wie graublaues Eis. Zu gegebener Zeit …

Andere Bilder schwemmten Karats Gedanken fort. Wieder sah er das Wimmeln auf der Erde, all das wuselnde Getier in den Städten und Dörfern. Ihr totes Dasein widerte ihn an. Da waren sie, die leblosen Wesen aus Fleisch und Blut, und zogen in einen Krieg gegen das Alte Reich, um das Lebendige Land jenseits der Kauenden Klippen auszubeuten. Und da waren die Isenrebellen, die wie Heuschrecken über die Menschen herfielen und ihre kümmerlichen Liriumvorräte an sich rissen. Sie alle kämpften um magere Funken, ohne vom glühenden Feuer in der Tiefe zu ahnen. Zu gegebener Zeit …

Karat lachte, er lachte wie ein Kind. Sie würden sich noch wundern! Das weißglühende Leben der Tiefe würde kommen, wenn es an der Zeit war, und das wimmelnde Getier einfach fortspülen.

Er beschleunigte seinen Schritt. Atmete tiefer, und jeder Atemzug brachte ihm neues Licht. Das Land öffnete sich für ihn, ebnete ihm den Weg und er wurde schneller. Zu gegebener Zeit …

Feuerschlucht

Gedanken kamen und gingen wie vorbeifliegende Sternschnuppen. Der Schreck, die Verwunderung über das, was geschah, zogen an ihr vorüber, ohne mehr Spuren in ihrem Bewusstsein zu hinterlassen als Wasserläufer auf einem stillen Teich.

Sie ritt auf Feen. Die anmutigen Geisterwesen erschienen manchmal bei Sturmjagden: Wo der Himmel von Lirium erfüllt war, tauchten die Feen auf, um sich vom Licht zu nähren – Geisterwesen der Luft, ganz ähnlich wie die Lymaeri auf der Erde.

Sie flogen so schnell, dass das Heer der Magierschaft innerhalb weniger Augenblicke hinter dem schwarzen Gebirge verschwunden war. Einmal blickte Hel hinab und sah durch rauschende Lichtkörper hindurch die Kauenden Klippen unter sich. Die schwarzen Felsen dröhnten dumpf, überall krachte und donnerte es. Die scharfen Berggipfel wuchsen und schrumpften zeitlupenhaft um sie herum. Hel fühlte sich, als flöge sie durch das aufgerissene Maul der Erde, das langsam, kaum wahrnehmbar, die Nacht zerkaute. Wenn sie hier hinunterstürzte, würde das lebendige

Gestein sie verschlingen. Die Steinmassen würden sie mit unbeirrbarer Trägheit unter sich begraben. Aber Hel fürchtete keinen Sturz. Die Augenklappe war ihr davongeflogen, und sie sah das Licht, das viele, viele Licht. Die Kauenden Klippen waren nur mit der normalen Sicht finster. In Wahrheit strahlten sie vor Leben. Gleißende Sturzbäche übersprudelten die schroffen Felsen, wölkten wie Wassernebel in den Himmel und nährten die Feen. Und wie viele es gab! Hier waren sie eins mit den Liriumfunken, dort nahmen sie halbfeste Gestalten an und jagten und tanzten durch die lichtgeschwängerte Nacht. Manche waren riesig. Pferdeähnliche Wesen mit zarten Gesichtern füllten die Täler wie schlummernde Drachen, wanden sich, wurden zu Schlangen, zerfielen zu aberhundert Zwillingen ihrer selbst.

Auch die Feen, auf denen Hel ritt, wandelten sich. Mal waren sie so groß, dass ihre Beine sich um den langen Hals schlangen und ihre Arme ganz in der weichen Mähne versanken. Dann wieder hielt sie sich an schlanken Schultern, kaum breiter als ihre eigenen, als würde sie auf dem Rücken eines Menschen sitzen. Hätte sie nicht hin und wieder eine Strähne ihres eigenen Haars in die Augen geweht bekommen, hätte sie glauben können, sie sei selbst längst zerfallen, aufgelöst in Licht, und flöge körperlos mit den Feen auf den Wellen des Windes. Aber sie war noch da, ein kleines Korn fester Materie im grenzenlosen, himmelerfüllenden Leben. Manchmal war ihr, als sei sie nicht allein – als sei da noch ein menschlicher Körper. Als tauche ab und zu ein Zipfel dunklen Umhangs im Lichtmeer auf … Ja, sie wusste, dass er da war. Er war die ganze Zeit dagewesen, hatte sie befreit.

Sie hörte sein feines Flüstern im Tosen der Lüfte: *Halte dich fest… halte dich gut fest.*

Er wusste, wohin die Feen sie trugen. Hel ließ es geschehen. Es war richtig, wo auch immer er sie hinbrachte. So lange schon, vielleicht ihr ganzes Leben, war sie unterwegs gewesen, ohne ihr Ziel zu kennen. Früher die Suche nach Liriumstürmen, in den vergangenen Monaten die Suche nach den Dämonen – das waren nur oberflächliche Gründe gewesen, weshalb sie die eine oder andere Richtung eingeschlagen hatte. Aber jetzt, das spürte sie, war sie zum ersten Mal auf dem Weg zu einem echten Ziel. Auch wenn sie es noch nicht beim Namen nennen konnte. Das spielte keine Rolle, er war da, bei ihr, so wie sie es hatte kommen sehen, wie es hatte kommen müssen.

Die Nacht verstrich. Ein neuer Tag zog herauf, blieb aber hinter Gebirgsnebel und Liriumwogen ein entferntes Schimmern. Die rasch vorbeiziehenden Gipfel waren jetzt in großer Bewegung, stießen wie Walfischflossen durch die Wolkendecken und sanken wieder im weißen Meer ab. Die Endlosigkeit des Landes, seine hypnotisierende Langsamkeit schienen die Zeit selbst zu verändern. Die Minuten wurden zu Stunden, die Stunden schrumpften zu Sekunden zusammen. Als die Sonne unterging und einen dünnen Faden Blut um die westlichen Klippen legte, kam es Hel vor, als wäre kaum ein halber Tag verstrichen. Zugleich währte der Flug schon Ewigkeiten. Ewig war alles her, was sich davor abgespielt hatte, so weit weg wie der Grund der tiefsten Schlucht. Hel hatte weder geschlafen noch getrunken oder gegessen, doch wenn sie einatmete, schien sie das Leben ringsum zu erfüllen. Sie brauchte nichts weiter, um bei

Kräften zu bleiben. Vielleicht hatte sie deshalb ihr Zeitempfinden verloren.

Es dunkelte, wieder stieg eine neue Nacht auf – oder war es dieselbe wie gestern? Sie unterschied sich nicht von ihrem Vorgänger. Mit Tag und Nacht musste es sich so verhalten wie mit den Geisterwesen; sie kamen und gingen, zerfielen und erhoben sich aus ihren eigenen Überresten wieder. Sie endeten und blieben doch immer dieselben, unsterblich in ihrem steten Wandel. Wie die bewegten Berge, die Wolken, das Land. Wie alles …

Hel hing noch diesen Gedanken nach, als die Dämmerung längst ihr feines Blau in die Schwärze wob. Verwundert blinzelte sie in die Helligkeit. Die Zeit raste jetzt mit ihr und den Feen mit.

Hier ist das Heilige Land. Unser Land. Willkommen, Hel, im wahren Leben.

Sie wusste einfach, dass es Mercurin war, auch wenn sie ihn nicht sehen konnte und seine Stimme nur in ihrem Kopf hörte.

Im zarten Morgengrauen sanken die Klippen in ihre Nebelschleier zurück. Etwas Neues, Schillerndes zeigte sich am Horizont. Immer heller leuchtete es. Im Näherkommen wurde Hel klar, dass das Land vor Lirium strahlte. Hätte sie sich nicht in den vergangenen Monaten an die zweite Sicht gewöhnt, wäre ihr gewiss schwindelig geworden. Da waren keine glimmenden Adern in der Erde – da war ein ganzes Gewebe, ein allumfassender Organismus, der in den Flüssen pulsierte und seine grasbewachsenen Steppen schüttelte und sich sanft in Hügeln und Tälern wälzte. Hel hatte nie etwas Schöneres gesehen. Die ganze gewaltige Schönheit des Lebens, das sich ihr zum ersten Mal in Gänze darbot, war so ergreifend, dass sie sie beinah zu Tränen rührte. Hel atmete zitternd aus. Es war eine Heimkehr.

Die Feen flogen tiefer, als sie den Rand der Kauenden Klippen erreichten. Sie tauchten durch rumorende und grollende Schattenriffe, dann öffneten sich die Felswände vor ihnen. Das Sonnenlicht mischte sich mit dem Strahlen des Lebendigen Landes und empfing sie mit mütterlicher Wärme. Hel war noch immer so hingerissen von seinem Anblick, dass sie kaum merkte, wie die Feenherde sich auflöste. Zuletzt ritt sie auf einem einzigen schlangenhaften Geisterwesen, die anderen Gestalten neben ihr waren verschwunden. Nur hinter ihr … Sie drehte sich um und sah ihn endlich.

Sein Umhang wehte im Funkenstaub der Fee, er lag tief in der feurigen Mähne und sein Gesicht strahlte im vielfarbigen Licht, als bestünde er selbst aus reinem Lirium. Für einen Moment trafen sich ihre Blicke. Auch er war von der Schönheit des Alten Reiches gebannt, anders konnte Hel sich seinen zärtlichen Ausdruck nicht erklären. Er holte sie ein, dann drehte seine Fee seitlich ab und tauchte in die Tiefe. Hel folgte. Mit einem Windrausch ließen sie die Kauenden Klippen hinter sich und tauchten ins gleißende Licht.

Hel wagte einen Blick hinab. Dunkle Felsen, die letzten Überreste der Gebirgskette, ragten aus tiefgrünen Wiesen. Einzelne Baumgruppen winkten silbern im Wind, als wollten sie ihre verlorenen Kinder willkommen heißen. Dann überflogen sie Flüsse, schnell und glitzernd oder so glatt, dass sich der Morgenhimmel auf ihnen spiegelte. Plötzlich kam eine mächtige Woge Lirium durch die Erde, ein Hügel bäumte sich auf. Die Bäume schwenkten ihre Äste in die Höhe. Hel versuchte der Woge nachzublicken, doch sie flogen bereits weiter, die Bewegung im Land zog davon und verschwand.

Ihr Herz trommelte. Wenn Menschen da unten wären ... so fantastisch das Lebendige Land von oben sein mochte, unten war es bestimmt tödlich.

Sie flogen den ganzen Tag. Hel beobachtete eine Bergkette, die am Horizont vorbeiwanderte wie eine Mannschaft von Riesen. Einmal näherte sich ein riesiger Waldsee mit bemerkenswerter Geschwindigkeit, doch abgesehen davon waren die Feen zu schnell, als dass sie alle Regungen des Landes hätten wahrnehmen können. Gelegentlich sanken die Feen tiefer, um sich vom Lirium zu nähren, das über Boden und Pflanzen hing, und dann merkte Hel, dass die Bäume sich regten und wiegten, auch wenn kein Wind wehte.

Als die Sonne allmählich schwand, war Hel zum ersten Mal seit ihrer Flucht durstig. Das Verlangen, etwas zu trinken, stürzte durch ihren traumartigen Zustand wie ein plötzliches Erwachen. Am liebsten wäre sie in einen der Flüsse hinabgesprungen.

»Da vorne«, rief Mercurin und deutete geradeaus. Hel sah eine hellgraue Masse auf sie zukommen. Was auch immer es war, es leuchtete vor Lirium und bewegte sich. Bald waren sie so nah, dass Hel es besser erkannte: Helles Gestein, gekrönt von Baumdickicht, erhob sich aus den Wiesen ringsum wie eine Insel. Doch etwas daran war merkwürdig. Ein schmaler dunkler Ring lag um die Steininsel. Ein Abgrund.

Die Feen flogen tiefer. Schließlich stoben sie so dicht über die Wiesen hinweg, dass Hels Füße durch weiches

Gras und Wildblumen rauschten und Wolken aus goldenem Pollen hinterließen. Kaum ein paar Meter vor der Steininsel fielen die Feen abrupt in sich zusammen. Hel machte einen ungeschickten Purzelbaum, Mercurin landete geübt auf beiden Beinen. Als sie sich wieder aufrappelte, sah sie nur noch, wie die beiden Feen in den Himmel davonschossen. Sie hätte sich gerne verabschiedet und ihren Dank ausgedrückt … Mercurin beobachtete sie von der Seite.

»Es ist unnötig. Ehre das Land, das ist der größte Dank an die Feen, denn das Land sind sie.«

Hel erwiderte nichts, obwohl ihr heiß wurde. Konnte er ihre Gedanken lesen? Oder hatte er sie nur erraten?

Inzwischen war die Sonne untergegangen. Der Abend warf violette und veilchenblaue Schleier über die Welt, und plötzlich kam es Hel wie ein Traum vor, dass sie hier stand, mit ihm. Das Gespür für die Wirklichkeit war ihr irgendwo, irgendwann abhandengekommen.

Auch das schien Mercurin zu ahnen, denn er deutete nach vorn und ging voraus, auf die Felsinsel zu. Der Abgrund, der sie davon trennte, war doch weiter, als es aus der Ferne gewirkt hatte. Gut hundert Schritte tiefe Dunkelheit klaffte vor ihnen. Auf einmal wirkte er unschlüssig, beinahe beschämt.

»Was ist –«

»Hellesdîm«, sagte Mercurin. »In deiner Sprache heißt es so viel wie *Die Heiligen Hallen.*«

Hel erinnerte sich. Der Tempel der Druiden. Doch falls es einen Tempel auf den Felsen gab, so blieb er hinter den dichten schwarzen Bäumen verborgen.

»Hier bist du aufgewachsen«, schloss Hel vorsichtig.

Dass er nicht widersprach, deutete sie als Bestätigung. »Du und die anderen Dämonen, deine Geschwister – ihr seid die Druiden, die über das Alte Reich herrschen, richtig?«

»Unsere Meister sind gegangen, damit sind wir die Vier geworden, ja. Aber geherrscht haben wir nie. Wir sind die Letzten, unser Schicksal ist ein anderes als das all unserer Vorgänger.« Er hatte leise gesprochen, schnell, als ginge eine Gefahr von den Worten aus. Hel fragte sich, warum er ihr davon erzählte, wenn es ihm offensichtlich unangenehm war. Oder warum er sie überhaupt hergebracht hatte.

»Warum hast du mich gerettet?«

Sie sahen sich an. Für einen kurzen Moment glomm die Erinnerung an damals in Hel auf, in Kombasas Badehaus – der gestohlene Kuss, sein Versprechen, sie zu beschützen. Dass derselbe Junge ihr jetzt hier im Alten Reich gegenüberstand, war schwer zu fassen.

»Du hast mich gerufen«, sagte er endlich. Er räusperte sich leise. »Du hast die Feen gerufen.«

»Ich?«

»Tu nicht so verwundert. So unwissend kannst du nicht sein.«

Ohne Antwort abzuwarten, wandte er sich wieder Hellesdîm zu. »Deine eigentliche Frage ist bestimmt, warum ich dich hergebracht habe.« Wieder verfiel er in Schweigen, atmete langsam und tief durch. »Ich habe ein Ziel. Und ich muss wissen«, er warf ihr einen raschen Blick zu, »ich muss wissen, was dein Geheimnis ist. Wer du wirklich bist.«

Ein plötzlicher Windzug brauste durch die Wiesen, traf sie im Rücken und umhüllte sie mit den süßen Düften der Wildblumen.

»Das Land verschiebt sich«, murmelte Mercurin. »Folge mir oder bleib draußen.« Und ohne weitere Erklärung machte er einen Schritt in den Abgrund.

Hel riss den Mund auf. Doch als sie ihn schon in die Tiefe stürzen sah, wuchs ein schmaler Fels aus dem Klippenrand und fing seinen Fuß auf. In Windeseile entstand ein Pfad unter ihm. Mit pochendem Herzen beobachtete Hel das Wunder.

Ein dumpfes Zittern fuhr durch die Erde. Das Land würde sich verschieben. Sie konnte nicht allein hierbleiben – sie musste ihm nach. Gerade als sie den handbreiten Steinpfad betreten wollte, schrumpfte er weg. Sie stolperte zurück. Mercurin hatte die Schlucht schon zur Hälfte überquert. Es war ein großartiges Schauspiel, wie der Steinpfad so ohne Befestigung über der Tiefe hing. Sie wollte ihn rufen, traute sich aber nicht.

Mercurin blieb stehen und drehte sich zu ihr um. »Nur Auserwählte dürfen Hellesdîm betreten!«

»Und wenn ich keine Auserwählte bin?«, rief Hel schrill. Das Zittern im Boden wurde immer stärker und sie bekam Panik.

»Dann wirst du sterben!«

Fassungslos sah sie zu, wie er seinen Weg fortsetzte. Aber Mitgefühl konnte sie wohl kaum von ihm erwarten. Sie begriff, dass ihr Leben ihm trotz allem gleichgültig war; gerettet hatte er sie nicht um ihretwillen, sondern um sie auf diese wahnwitzige Probe zu stellen.

Tränen der Verzweiflung schossen ihr in die Augen und unbändige, hilflose Wut stieg in ihr auf.

Ein Donnergrollen erscholl. Nur dass es kein Donner

war. Langsam drehte Hel sich um. Die Wiesen wogten wild in der stillen Abendluft. Aus der Erde trat ein Glühen, das sich rasch näherte. Der Boden begann sich zu verschieben.

»Himmel, steh mir bei!« Hel schloss die Augen, gab sich auf und – sprang.

Ihr Fuß landete auf hartem Untergrund. Vor Schreck öffnete sie doch die Augen, obwohl sie sich fest vorgenommen hatte, es nicht zu tun. Unter ihr war schwindelerregende Dunkelheit. Sie konnte nicht einmal den Grund sehen, so tief war die Schlucht. Ein nervenzerreißend schmales Stückchen Fels war ihr einziger Halt.

»Beeil dich!«, rief Mercurin von der anderen Seite. »Wir verschieben uns!«

Der Klippenrand bog sich, als bestünde er aus Leder und nicht Fels. Ohne nachzudenken, rannte Hel los, immer mit einem Sprung in den Abgrund, während der Pfad mit ihr mit raste. Jeder Schritt fühlte sich an wie ein Tod. Aus der Tiefe fegte ein heißer Wind, ließ sie taumeln, doch der Pfad fand ihre Füße immer. Schwefelgeruch stieg ihr in die Nase. Weit unten, in der Dunkelheit, glühte blutrotes Feuer. Hel erlaubte sich nicht, genau hinzusehen. Dann packten sie zwei Hände und zogen sie auf festen Boden.

Atemringend ließ sie sich von Mercurin halten. Als er zurückwich, glaubte sie für eine Sekunde, einzuknicken. Ihre Knie waren butterweich. Der Schwefelgeruch. Die vielen Meilen in die Dunkelheit hinab, und das Feuer. War da wirklich Feuer gewesen? Sie drehte sich um, aber nichts war mehr zu sehen, nur bodenlose Schwärze. Auf der anderen Seite der Schlucht zogen die Wiesen vorüber wie schillernde Wassermassen.

Hel versuchte wieder zu sich zu kommen, schluckte. Wütend blickte sie zu Mercurin auf. Er erwiderte ihren Blick aus unergründlichen, kühlen Augen. Hel gab ihm eine Ohrfeige.

Der Schlag schien ihn kaum zu bewegen. Dafür begann Hels Hand unangenehm zu kribbeln. Er malmte mit den Zähnen, dann sagte er ruhig: »Komm. Du hast Durst.«

Er wandte sich um und schritt auf die Bäume zu. Hel zögerte, dann folgte sie ihm verwirrt. Sollte sie wütend sein? Sich entschuldigen? Egal, was sie tat, er würde sich davon sowieso nicht beeindrucken lassen. Ihr Zorn auf ihn und sich selbst wurde schier grenzenlos, blieb aber stumm in ihrem Herzen stecken.

Die Bäume öffneten ihre Zweige, um sie einzulassen. Das Holz knarzte und knackte unheimlich. Hel konnte nicht anders, als sich vorzustellen, wie die Äste einen Menschen erdrückten – sicher wäre es ihnen ein Leichtes. Sie vertrieb den Gedanken und gab acht, dicht hinter Mercurin zu bleiben.

Das Dickicht teilte sich für sie und schloss sich hinter ihnen wieder, sodass nie mehr Platz war als gerade nötig. Selbst wenn es noch hell gewesen wäre, durch das Blätterdach drang sicher kein Sonnenstrahl. Hel nahm die Umgebung fast nur mit der zweiten Sicht wahr.

Dann wurden die Bäume höher. Gleich Säulen ragten die glatten silbernen Stämme aus dem Moosteppich und flochten ihre Äste weit oben zu einem Kuppeldach. Wo der Mond gerade aufgegangen war, bildeten sie ein rundes Fenster. Eine Weile gingen sie durch die lebendigen Flure, ohne zu sprechen. Außer dem Knarren der Bäume herrschte vollkommene Stille.

In einer runden Halle blieb Mercurin stehen. Zwischen zwei Felsblöcken sprudelte eine Quelle hervor. Mercurin legte eine Hand darunter. Das Wasser sammelte sich und schwebte wie eine Blase über seinen Fingern, als er sich zu Hel umdrehte. »Trink.«

Unsicher legte Hel den Kopf zurück und versuchte das Wasser aufzufangen, doch es floss wie durch einen unsichtbaren Flaschenhals aus seiner Hand in ihren Mund, ohne dass ein Tropfen verloren ging.

»Das Tiefe Licht hat dich nach Hellesdîm gelassen. Das bedeutet, du bist meine Schwester.« Als sie ausgetrunken hatte, trat er ein paar Schritte vor ihr zurück. Traurig sah er sie an, doch sein Gesicht war hart. »Aber das bedeutet auch, dass du meine Konkurrentin bist. Es tut mir leid, Hel.«

Er streckte die Hand aus. Lirium schoss aus der Erde durch seinen Arm, traf Hel mit einem plötzlichen Stoß vor die Brust und schleuderte sie zurück.

Verlorener Kampf

Hel prallte mit der Schulter auf den Boden. Zum Glück dämpfte das Moos ihren Sturz. Weniger aus Schmerz denn aus Entsetzen blieb ihr die Luft weg. Irgendetwas in ihr wollte nicht wahrhaben, dass Mercurin sie angegriffen hatte – noch nicht einmal, als ein zweiter Blitz auf sie zuschoss. In letzter Sekunde rollte sie sich zur Seite. Am ganzen Körper zitternd, richtete sie sich auf.

»Was zum Henker soll das?«, schrie sie.

»Du trägst ein Totenlicht. Wie hast du es bekommen?« Er sprach leise, tonlos – mit einem Ausdruck im Gesicht, der Hel mehr Angst einjagte als die Schlucht mit dem Feuer. Seine traurige Gleichgültigkeit war ein Panzer, den nichts durchdringen konnte, kein Mitleid, kein Flehen, keine Vernunft.

Er wischte durch die Luft. Hel spürte Abermillionen Liriumfunken wie Nadeln auf sie einprasseln. Eine Sekunde, zwei Sekunden. Der Schmerz ließ nach. Nadeln wurden zu Schneeflocken, ganz weich, rieselten zu Boden. Hatte er doch Erbarmen? Oder hatte sie es bewirkt? Sein Gesicht gab keine Antwort.

Hel spürte ein Schluchzen im Hals, doch durch ihre zusammengebissenen Zähne klang es wie ein Knurren. »Worauf wartest du denn noch? Wenn ich ein Totenlicht in mir habe, dann bring mich doch um!« Tränen stürzten ihr über die Wangen und die Scham war unerträglicher als alle Schmerzen. Wahrscheinlich gefiel es ihm, sie so zu sehen. Wozu sonst das lange Zögern, seine verwirrenden Spielchen, seine Proben?

»Scheusal«, schluchzte sie. Hätte sie es doch brüllen können. »Bring mich endlich um! Hättest du es doch schon in der Wüste gemacht, als du alle anderen getötet hast!«

»In der Wüste? Das Schiff, das war nicht ich.«

Er sprach so leise, dass Hel ihn nicht ganz verstanden hatte. Sie schniefte.

»Das warst du, Hel.«

Sie starrte ihn an. »Aber ich habe dich gesehen. Ein Funkeln im Land. Bevor das Schiff abgestürzt ist.«

»Ich habe gebetet, die Totenlichter mögen sich mir offenbaren. Wenn du ein Totenlicht trägst, muss es in jener Wüstennacht erwacht sein.«

Hel schmeckte Blut im Mund. Sie hatte sich die Unterlippe aufgebissen.

»Damals hatte ich noch kein Totenlicht und wäre nie in der Lage gewesen, ein Schiff zum Absturz zu bringen«, fuhr er fort.

Gharra, Jureba, die Mannschaft der *Schwalbe*. Ihre einzige Familie, ihre Freunde, alles, was sie gehabt hatte. Durch sie –?

»Du lügst«, presste sie hervor. »Du bist ein feiger Lügner und ein Mörder!«

Mercurin krümmte sich ruckartig. Ein Lichtschlag hatte ihn in die Rippen getroffen. Hel wagte nicht zu ihren eigenen Händen hinabzublicken. Sie spürte, dass ihre rechte Hand nicht mehr zur Faust geballt war. Hatte sie – gerade eben? Und damals, in jener Nacht in der Wüste ... Sie bekam keine Luft. Sie keuchte, aber es war nicht genug Luft da. Schwindel wälzte durch ihren Kopf, dann Übelkeit.

Sie nahm Mercurins Bewegung wahr, bevor die Attacke kam, und hechtete zur Seite. Haarscharf schoss der Blitz an ihr vorbei. Sie streckte die Hand aus – nein, nicht sie. Etwas in ihr hatte die Kontrolle übernommen, das weitaus geschickter mit ihrem Körper umgehen konnte als sie.

Lirium strömte an ihren Fingern entlang auf Mercurin zu. Er öffnete die Hände. Ihr Angriff versank in seiner Brust, ohne den kleinsten Kratzer zu verursachen. Fast glaubte sie, er schüttelte bekümmert den Kopf. Er spreizte die Finger. Hel sank zu Boden wie von Magneten angezogen. Ächzend versuchte sie sich aufzurichten, aber es gelang ihr nicht. Sie blieb liegen wie eine Fliege im Spinnennetz.

Mercurin kam auf sie zu. »Nein, ich lüge nicht. Du hast wirklich ein Totenlicht. Sonst hätte mein Angriff dich umgebracht. Wie hast du es bekommen?«

Alles drehte sich. Hel sah die Baumkronen über sich in Bewegung, die Äste umschlangen sich knisternd und knarzend. Albträume von früher. Eine Erde, die Menschen auffrisst. Was war damals geschehen? Wer war sie? Wo war ihre Vergangenheit?

»Wie hast du es bekommen?«, wiederholte Mercurin. Es klang wild und unkontrolliert. Er war durch nichts aufzuhalten, sie musste sich wehren. Hel trat mit dem Fuß nach seinem Schienbein. Überrascht ging er in die Knie. Sie konnte sich bewegen, fiel über ihn und ließ die Faust gegen sein Kinn krachen. Ihre Knöchel knackten, sie stöhnte auf. Lirium wogte aus seinem Körper, schleuderte Hel zurück. Panik, Wut und Schmerz überwältigten sie, er schrie auf und wurde mitten im Ansturm zurückgerissen. Er war nun auf allen vieren, keuchte. Hel taumelte auf ihn zu, streckte fahrig die Hände aus. Ihr Angriff versank abermals in seiner Brust, doch dann wehrte er sich nicht mehr, konnte es vielleicht nicht mehr und fiel auf den Rücken. Wie gelähmt sah Hel sein schmerzverzerrtes Gesicht durch die Lichter der zweiten Sicht. Sie würde ihn umbringen. Sie musste, oder er würde sie töten. Die Hitze in ihr war nicht zu bändigen, musste heraus, musste –

Er öffnete die Augen, sah sie an. Nichts Menschliches war in seinem Blick. Wie durch Wassermassen stemmte er sich auf die Beine. Seine Hand durchdrang ihren leuchtenden Schutzwall und packte ihre Kehle. Hel würgte. Sie kratzte vergeblich an seinem Hals und seiner Brust entlang. Die Welt wurde dunkel, pochte in Lichtern auf, verdunkelte sich wieder. Ihre Arme hingen schlaff auf seinen Schultern. Und dann tauchte irgendwo in ihr neue Kraft auf, die letzte verzweifelte Kraft, die sie noch hatte: Sie riss das Knie hoch und traf ihn zwischen die Beine.

Er gab ein merkwürdiges Stöhnen von sich. Er sackte in sich zusammen, Hel ebenfalls. Sie rang nach Atem. Luft, endlich. Ihr Kopf wollte platzen, sie spürte das Blut durch ihre Adern rauschen wie ein Sturzbach. Hell und dunkel. Die Dunkelheit wurde immer länger und ihr Verstand wollte sich davonstehlen.

Wie lange lagen sie so da? Sonnen und Monde mochten jenseits des grünen Kuppeldachs vorbeigetanzt sein, während sie an der Oberfläche einer Ohnmacht trieben. War er womöglich tot? War sie tot? Machte es noch einen Unterschied?

Dann fiel eine Berührung wie ein silberner Tropfen in Hels Bewusstsein, zog Ringe durch ihren ganzen Körper. Seine Fingerspitzen an ihren. Wahrscheinlich war es gar nicht seine Absicht. Plötzlich fühlte sie nichts mehr, als hätte er sie betäubt. Sie schob ihre Hand näher … und nun glitten seine Finger über ihre, ganz absichtlich. Sie musste sie berühren, dann umschlingen, wieder und wieder von Neuem, um die Berührung nicht zu verlieren. Ihre Hände umklammerten einander irgendwann so fest, dass es wehtat und keiner sich mehr lösen konnte.

Sie hörte sein Lederwams knirschen, als er sich vorbeugte. Sein Gesicht tauchte über ihr auf, glänzend und bleich. Der Haarknoten an seinem Hinterkopf hatte sich fast aufgelöst und seine dunklen Strähnen kitzelten an ihrer Wange. Im Nebel der Erschöpfung trafen sich ihre Blicke. Schmerz und Wut und Verzweiflung brannten in seinen Augen. Hel schloss die Lider und wusste, dass sie nicht mehr kämpfen wollte. Wenn er sie jetzt tötete, war es ihr gleich.

Er sank herab und küsste sie.

Seine Lippen waren weich, heiß, kühl – irgendetwas in ihr zerplatzte wie eine alte Leuchtkugel, vielleicht war es ihr Herz. Dann umfing sie endlich gütige Dunkelheit und Hel hörte auf, zu existieren. Für eine Weile jedenfalls.

Benommen spürte sie, wie Mercurin die Stirn auf ihre

Brust legte und die Faust ballte. Ein ersticktes Schluchzen versank in ihrer Tunika. Dann nahm er sie in die Arme. Er trug sie irgendwohin. Zweige knirschten und Blätter raselten. Er stieg eine Treppe hinauf. Hel wollte die Augen öffnen, wollte wissen, was geschah, aber ihr Körper hörte schon lange nicht mehr auf sie und blieb einfach reglos.

Eine Wand warf das Echo seiner Schritte zurück, sie mussten in einer Halle oder Steinhöhle sein. Er legte sie auf einen harten Untergrund. Endlich gelang es Hel, die Augen zu öffnen. Er kniete neben ihr. Ringsum war nur Finsternis, aber sie sah ihn mit der zweiten Sicht. Sein Licht war matt. Auch er konnte sie nur mit der zweiten Sicht sehen. Er strich ihr die Haare aus der Stirn, entlang an ihrem blinden Auge, aber sie schämte sich nicht. Er kannte sie, und es gab nichts, was sie verbergen wollte.

Seine Fingerspitzen liefen ihren Hals hinab und verursachten zitternde Wogen, als wäre ihre Haut Wasser, die stille Oberfläche eines Sees. Er beugte sich tiefer und legte die Lippen an ihre Wange. Schob sich auf sie. Sie spürte das Gewicht seiner Hüfte auf ihrer und spürte überhaupt plötzlich so viel. Seine Hand fuhr die Seite ihres Körpers hinab und ihre fuhr an ihm hinauf. Sie strich ihm die Haare zurück, um seine Augen zu sehen, die vertraut und unergründlich waren wie der Himmel zwischen Tag und Nacht.

Er presste den Mund in ihre Handfläche, küsste ihren Arm und ihre Schulter und erkundete ihren Nacken mit der Spitze seiner Nase. Was taten sie? Worte schrien in ihrem Kopf, aber sie hörte und verstand sie nicht. Hier und jetzt waren ihre Berührungen die einzige Sprache.

Sein Atem ging zitternd, er war genauso unsicher wie sie.

War er je einem Menschen so nah gewesen? Verstand er seinen Körper, verstand er Hel? Ihre Hände verkrochen sich unter seinem Umhang. Unter dem Wams. Es gab nichts zu verstehen. Sie musste ihm nur näher sein, viel näher. Die Gegenwart verdrängte alles, war ins Unermessliche vergrößert. Seine Hände auf ihr, seine Haut an ihrer, und sein milchwarmer Duft in ihrem, und ihre Lichter eins.

Die Dunkelheit mochte grenzenlos sein, die Zeit aber ließ sich trotzdem nicht aufhalten. Augenblicke kamen und mussten neuen weichen. Sie lagen sich in den Armen, bebend, schwach und hilflos. Die Worte, die sie so lange unterdrückt hatten, wollten nicht mehr stillhalten.

»Was ist passiert.« Ihr Flüstern blieb über ihnen hängen wie Rauch. Lange antwortete er nicht, hielt sie nur fester.

»Ich wollte dir nicht wehtun.«

»Hast du nicht.« Sie überlegte. »Doch. Du tust mir weh. Immer schon, seit ich dich kenne.«

»Du mir auch.«

Sie legte ihre Hand an seine Wange, konnte fast nicht glauben, dass sie ihn so anfassen konnte, als wäre er nur ein Junge, sie nur ein Mädchen.

»Weiß du, wie oft ich dich in den Wüstennächten beobachtet habe und versucht war, dich zu töten … aber ich konnte es nicht. Ich konnte nicht.«

»Wieso ausgerechnet ich?«

Ratlos zuckte er die Schultern, musste fast lächeln. »Ich wusste nicht, warum du überlebt hast. Ich konnte nicht verstehen, was für eine Verbindung du zum Tiefen Licht hattest. Ich dachte, du wärst eine göttliche Erscheinung, mein Schutzpatron … aber dann … du hast mir gezeigt, dass Menschen nie zu verstehen sind. Sie sind … gut und schlecht, alles zusammen. Ich habe das nicht sehen wollen. Ich wünschte, ich müsste es nicht sehen. Aber dann warst du da und ich sehe dich immerzu.« Er nahm ihr Gesicht in die Hände. Seine Nasenspitze berührte ihre. »Es würde keinen Unterschied machen, ob du vom Tiefen Licht gesegnet und dazu bestimmt wärst, ein Totenlicht zu tragen oder nicht. Diese Eigenschaft an dir kommt mir jetzt am unbedeutendsten vor.«

Sie atmete tief durch. Derselbe Mercurin, der sie eben noch hatte töten wollen. Und es dieses Mal auch beinahe geschafft hatte. Sie konnte jetzt nicht darüber nachdenken. Nicht jetzt. »Was hat denn jetzt überhaupt noch Bedeutung …«

Er legte die Fingerspitzen an ihren Mund.

Hel küsste ihn, und sie klammerten sich aneinander wie an die letzte Klippe einer Welt, die vom Meer verschluckt wird, und die Gedanken verstummten endlich wieder.

Hellesdîm

Hel schlief. Zum ersten Mal seit Monaten hatte sie keine Träume, keine Visionen. Sie folgte weder Karat durch die Silbernen Steppen noch sah sie Mercurin. Als sie erwachte, war es noch immer dunkel, aber ein grauer Schimmer hob sich hinter ihnen ab; da war ein bogenförmiger Ausgang. Sie befanden sich in einer kleinen Felshalle, und draußen, hinter dem Flechtwerk der lebendigen Bäume, wurde es Tag.

Sie hielten sich noch immer umschlungen und Hel spürte sich selbst so deutlich wie nie zuvor. Das Gewicht ihres Kopfes, den er in der Hand hielt, und ihre Knie über seinen und ihre verschlungenen Beine und ihren Rücken, auf dem sein Arm ruhte. Sie spürte ihren Herzschlag und seinen, die fast demselben Rhythmus folgten.

Er schlief. Oder er tat so. Lange betrachtete sie ihn. Sein Gesicht wirkte so jung und verletzlich, dass sie sich kaum vorstellen konnte, ihn je bedrohlich gefunden zu haben. Die eckige Stirn, seine dunklen, ernsten Augenbrauen. Die Wimpern, die wie Rabenfedern seinen Blick verschlossen. Die knochige Nase, aus der ein leiser Atem kam. Der geschwungene Mund, länglich, weder voll noch schmal. Sie hatte ihn nie mit offenen Haaren gesehen, sie fielen ihm bis zu den Schultern. Er war so schön, dass es wehtat. Das war eigentlich alles, was sie über ihn wusste.

Draußen raschelten Schritte im Moos. Hel drehte sich um. Lichter glitten durch die Dämmerung, langsam, und verschwanden. Hel hielt den Atem an.

Hel…

Sie richtete sich auf, sein Umhang glitt von ihren Schultern.

Komm…

Hel stand auf. Es war ein Befehl, dem sie sich nicht widersetzen konnte. Sie stieg in ihre Stiefel, streifte sich die Tunika über, dann tapste sie nach draußen. Im Eingang drehte sie sich noch einmal nach ihm um. Er hatte sich nicht bewegt; wenn er wach war, ließ er es sie nicht wissen. Hel verließ die Steinhalle.

Unter dem Baumdach führte eine steinerne Treppe nach unten, eine zweite führte an den Felsen bergauf. Blätter raschelten. Hel folgte den Geräuschen nach oben. Sie hatte keine Angst, nur ein ungutes Gefühl.

Die Stufen mündeten auf ein Felsplateau, wo keine Bäume standen. Ein flaches Steinbecken ragte aus dem Boden, das Hel für eine Sekunde wiedererkannte, aus einem Traum vielleicht oder der Vergangenheit. Sie trat an den Rand des Vorsprungs und sah sich um. Unter ihr breiteten sich die Bäume aus wie ein Meer, über ihr ragte eine Felswand auf. In der Ferne lag die tiefe Schlucht, die ganz Hellesdîm umgab. Zum ersten Mal konnte sie das Alte Reich in Ruhe betrachten.

Ein bewölkter Tag brach an, doch das Land leuchtete,

als würden Sonnen aus der Erde strahlen. Alles war in Bewegung. Hügel wuchsen und schrumpften wie Meereswellen. Wälder verschoben ihre Grenzen, als würde in ihrem Dickicht ein großes Herz schlagen. Es war so schön … aber wo waren hier Menschen? Wer konnte hier leben? Wenn das Heer Aradons tatsächlich über die Kauenden Klippen kam, würde die Sturmjagd sofort beginnen. Es gab keine Druiden, gegen die Krieg geführt werden konnte, keine Armeen. Nur das Land, das sich mit seinem wilden Leben wehren konnte und am Ende doch verbluten musste, so wie die Wälder, Gebirge und Steppen auf der anderen Seite der Kauenden Klippen es längst getan hatten.

Hel schloss die Augen, sah mit der zweiten Sicht und atmete tief durch.

Bin ich schon einmal hier gewesen?, horchte sie in sich hinein. Wenn ich ein Totenlicht trage, komme ich dann von hier?

Undefinierbare Stimmen flüsterten im Säuseln der Zweige. Schritte erklangen hinter Hel. Ein Schauder jagte ihr den Rücken hinab, aber sie wagte nicht, sich umzudrehen. Irgendwer war da. *Die, die immer waren, immer sein würden.*

»Hel.«

Sie fuhr herum. Mercurin stand auf den Stufen. Er war barfuß, trug nur seine Hose und sah ganz anders aus als mit seinem Umhang und dem hochgesteckten Haarknoten. Irgendwie auf eine neue Art einschüchternd. Er strich sich die losen Strähnen hinter die Ohren. Als er auf sie zukam, glitt ihr Blick über seinen Oberkörper, der sehnig war und ein bisschen ausgezehrt, aber so gänzlich anders als ihrer. Sie errötete und drehte sich zum Land um.

Er blieb einen Schritt hinter ihr stehen, als traue er sich nicht, näherzukommen. Im Licht des neuen Tages war das verständlich. Die Nacht lag noch über ihren Gedanken wie ein feinmaschiges Gewebe, aber sie war vorüber, und daran festzuhalten, konnte gefährlich sein.

»Wie alt bist du eigentlich?«, fragte Hel unvermittelt.

Nach einem Moment sagte er: »Zwanzig oder so.«

Sie warf ihm einen schrägen Blick zu. Wahrscheinlich kannte er sein genaues Alter ebenso wenig wie Hel, aber sie wusste, dass er noch keine zwanzig Sommer zählen konnte.

»Bist du hier geboren?«

»Niemand wird in Hellesdîm geboren. Ich musste erst die Feuerweihe bestehen, als ich ein kleines Kind war.«

»Was für eine Feuerweihe?«

Er wies zur Schlucht. »Dieselbe, die du bestanden hast. Nur die, in denen das Tiefe Licht lebt, können die Schlucht passieren. Alle anderen stürzen in die Tiefe. Ich bin nicht gestürzt.«

»Wo hast du vorher gelebt?«

»In einem Dorf«, sagte er zögerlich.

»Wo?«

»Irgendwo im Land.«

»Wurdet ihr nie vom Land angegriffen?«

»Das Land greift nicht an, es lebt, es bewegt sich wie wir«, sagte er scharf. »Außerdem wachen die Druiden über die Elemente.«

»Wenn du und deine Geschwister die letzten Druiden seid und ihr das Alte Reich verlassen habt, wer kümmert sich dann um die Menschen hier? Wer passt auf, dass sie nicht vom Erdboden geschluckt werden?«

Weil er nicht antwortete, drehte sie sich zu ihm um. Er wich ihrem Blick aus.

»Niemand wacht über sie«, schloss Hel bitter. »Ihr habt sie sterben lassen, als ihr gegangen seid, um Dämonen zu werden.« Sie presste die Lippen aufeinander. »Deine Mutter, lebt sie noch irgendwo da draußen?«

»Schweig«, befahl er kalt. »*Ashk'hyr miern dhad!* Du redest von Dingen, von denen du keine Ahnung hast.«

Sie verstummte getroffen, doch dann schüttelte sie den Kopf. »Du bist hochmütig. Nur weil du für irgendetwas auserwählt bist, dessen Zweck kein Mensch außer euch Druiden nachvollziehen kann, bist du weder weiser noch klüger. Du trägst nicht die absolute Wahrheit in deinem Herzen, Mercurin, kein Mensch tut das. Auch du hast nur deine eigenen Augen, mit denen du die Welt siehst.«

Sein Gesicht war wie versteinert. War sie zu weit gegangen? Konnte er sie trotz allem, was vorgefallen war, noch vom Klippenrand stoßen? Er nahm ihre Hand.

»Aber ich wusste ja auch nicht, dass es solche Menschen wie dich gibt«, sagte er kaum hörbar. »Oft wünsche ich mir, ich hätte es nie erfahren. Dann wäre alles einfacher.«

Seufzend ließ er den Kopf hängen.

»Was wäre einfacher? Mich umzubringen?«

Sie hatte es scherzhaft gemeint, doch er erwiderte ihr Lächeln mit ernsten Augen. »Ja.«

»So leicht wäre es ganz bestimmt nicht!«, versuchte sie es noch einmal grinsend. »Ich bin ein zäher Gegner, wie du inzwischen bemerkt haben dürftest. Bevor du mich umlegst, hätte ich dir mindestens ein neues Gesicht verpasst.« Sie strich über den blauen Fleck an seinem Kinn, wo ihn ihre

Faust getroffen hatte. Bei allen Himmelgeistern, sie hatten sich umbringen wollen. Und dann … Hel dachte lieber nicht daran. Inzwischen konnte sie ihren Verstand ziemlich gut ignorieren.

Mercurin lächelte. Ein heißes Rieseln ging durch ihre Brust – wie oft hatte sie an sein Lächeln denken müssen, bei dem der rechte Mundwinkel höher rutschte als der linke und manchmal ein Stück der Zähne sichtbar wurde.

»Ja. Du bist zäh. Aber du kannst mit deinem Totenlicht noch nicht richtig umgehen.«

»Bist du wirklich sicher, dass ich eins habe?«, murmelte sie.

Er runzelte die Stirn. »Ja. Was du kannst, ist nicht menschlich. Nicht einmal ich konnte solche Dinge, bevor ich das Totenlicht aus Har'punaptra bekam.« Er durchsuchte ihre Augen. »Du hast lange weder geschlafen noch gegessen und getrunken. Du bist auf den Feen geflogen und hast deine Lebenskräfte aus dem Land gezogen. Du hast mich angegriffen, mit der Energie des Tiefen Lichts. Das geht nur mit einem Totenlicht.«

»Wie lange hast du nicht mehr geschlafen?«

Er überlegte. »Seit einer halben Stunde.«

»Du weißt, was ich meine!«

Er lächelte schwach. »Ein paar Monate.«

»Und essen und trinken?«

Er schüttelte den Kopf. »Ich kann ein Mensch sein, wenn ich will, oder auch nicht.«

»Gestern, da warst du nur ein Junge.«

Er erwiderte nichts und sah sie nur an.

Hel…

Sie fuhr herum. Lichter glitten vorüber und waren gleich wieder weg.

»Was ist?«, fragte Mercurin.

»Hast du das nicht gesehen?«

Er beobachtete sie nachdenklich. »Es gibt viel zu sehen in Hellesdîm. Wenn du willst, zeige ich dir alles.«

Hel verdrängte das merkwürdige Gefühl, beobachtet zu werden, und nickte. »Ja. Gehen wir.«

Mercurin zeigte ihr Hallen ohne Türen, deren Wände sich auf seine stummen Befehle öffneten und schlossen. Sie gingen durch Baumflure und stiegen Wurzeltreppen empor zu weitläufigen Terrassen und Balkonen im Gestein. Obstwiesen und Kräutergärten verbargen sich hinter den Schleiern knarzender Weiden. Bäche und Quellen flossen im Schatten blauer Tannen. Mercurin führte sie zu den Altären von Wasser, Luft, Erde und Feuer. Jedem Element, den *Ilmyrna*, war einer der vier Druiden geweiht. Auf Hels Frage, welches sein Element sei, antwortete er: »*Lhoqu*, das Wasser.«

»Wieso?«

»Es hat mich bestimmt. Jeder der Vier hat eine besondere Verbindung zu einem Teil des Lebens. Ich kann gut mit dem Regen sprechen, mit den Flüssen und Quellen.«

Der Feueraltar beeindruckte Hel am meisten: Tief unter Hellesdîm war ein Krater in der Erde, der scheinbar endlos in die Tiefe ging. Weit unten glomm dunkelrote Lava. Der Boden war warm. Hel spürte eine merkwürdige Angst in sich aufsteigen und wollte nicht lange bleiben.

Während sie durch Hellesdîm gingen, erzählte Mercurin. Erst zögerlich, dann mit immer mehr Begeisterung. Oft sagte er Worte in der Alten Sprache und Hel verstand nur die Hälfte. Hinter der Magie der Druiden verbarg sich eine Lehre der Elemente. Alles auf der Welt, sagte Mercurin, sei eine Zusammensetzung aus den Elementen und dem Tiefen Licht. Wer die Zusammensetzung der Dinge kenne, sei befähigt, sie zu verändern.

»Was ist das Tiefe Licht überhaupt?«

»Es heißt *Myrdem Hel*, wir nennen es auch *Hioris*. Es kommt aus dem Kern der Erde und durchdringt alles. Hioris schenkt Leben; es ist der Quell des Lebens. Ohne das Tiefe Licht wären wir nichts, nur tote Masse ohne Bewegung, ohne einen Funken.« Eine Weile schwieg er nachdenklich, während sie die Wurzelstufen durch Hellesdîms Waldflure erklommen. »Das Tiefe Licht wird von euch, den Verfluchten, seit Jahrhunderten angezapft und ausgeraubt. Es ist im Erdkern verschlossen und kann sich nicht erheben, um Rache zu üben. Es hat kein Bewusstsein wie wir – es schläft in den Dingen, die es erfüllt.«

»Aber ihr wollt es rufen, mit den Totenlichtern?«

Er nickte.

Hel blieb stehen. »Ihr würdet alles vernichten, was jetzt am Leben ist. Nicht nur die Magier von Aradon, sondern auch alle anderen. Menschen, Isen, Zwerge, Tiere und Pflanzen. Begreifst du das überhaupt?«

Ein feindliches Glänzen ging durch seine Augen. »Besser als du. Alles Getier, das jetzt noch über das Gesicht des Landes kriecht, ist nichts als Funkenwerk. Lebewesen werden sterben, so wie alles sterben muss. Das Leben aber bleibt. Das Licht kehrt in seine Ursprungsform zurück.«

»Und ihr Dämonen, ihr sterbt dann auch?«

»Bis dahin«, erklärte er ruhig, »ist sowieso nur noch einer von uns übrig. Und derjenige wird sich ebenfalls von seinem Dasein trennen.«

»Das ist blanker Irrsinn.«

Er schüttelte den Kopf. »Es ist unser Schicksal. Lass uns nicht darüber sprechen, bitte.«

Hel starrte ihn an und hatte das Gefühl, in kalte Spiegel zu blicken anstelle von Augen. Er war ihr fern, viel zu fern, um ihn mit Worten zu erreichen.

»Komm. Ich zeige dir etwas.« Er streifte sachte ihre Hand und führte sie durch eine steinerne Arkade und hinein in einen niedrigen, langen Raum. In der Mitte des Raumes lag etwas, das wie ein übergroßer Steinsarg aussah. Mercurin strich mit den Händen über den Deckel und das Gestein glitt zur Seite.

In dem Sarg stapelten sich Bücher. Die meisten sahen uralt aus, hatten morsche Einbände und wellige braune Seiten.

»Wir wurden lange darauf vorbereitet, in euer Land einzudringen. Darum haben wir all diese Schriften studiert. Ich kenne viele von euren Legenden, Mythen und Balladen.« Er suchte ein paar Bücher heraus und schob sie Hel in die Arme. »Das waren meine Lieblingsbücher. Kennst du sie? Hier, kennst du dieses? Es hat mir sehr gefallen. Aber manches habe ich nicht verstanden; du musst mir erklären, was das bedeuten soll.«

Stumm betrachtete Hel die Bücher. Manche waren so abgewetzt, dass man den Titel nicht mehr entziffern konnte. Andere jedoch ... Da war es, *Die Leiden des jungen Waydir.* Sie sah Mercurin in die Augen und ihr forschender Blick dämpfte seine Begeisterung.

»*Ein scheuer Vogel ist dein Herz…* Wie kann eine Welt, die verdorben ist, so Schönes hervorbringen?«, wiederholte sie leise, was er ihr vor Wochen im Traum gesagt hatte. »Wie kann eine Welt, die so Schönes hervorbringt, schlecht sein?«

Er erwiderte nichts, biss nur die Zähne zusammen.

Hel beobachtete ihn geduldig. »Vielleicht ist unsere Welt nicht so schlecht, wie man euch beigebracht hat.«

Sie setzten sich mit den Büchern zwischen die Wurzeln einer mächtigen Weide, unter der weiche Mooskissen zum Ruhen einluden. Vor ihnen lag ein sanfter Hang mit Apfelbäumen, darunter flüsterte ein Pappelwäldchen silbern im Sonnenlicht. Mercurin pflückte ein paar Äpfel mit dunkelroter Haut und weißem Fleisch. Hel spürte keinen Hunger mehr, nicht einmal Durst. Aber es war trotzdem ein Genuss, die süßen Äpfel zu essen, im Halbschatten zu liegen und durch die Bücher zu blättern.

Mercurin war wieder in Schweigsamkeit versunken; seit sie draußen waren, wollte er nicht mehr über die Bücher aus Hels Welt sprechen und ließ nur versonnen seinen Blick über die Zeilen streichen. Hel erzählte dafür. Von den Geschichten, die sie mit Jureba gelesen hatte. Von Abenden mit der alten Isin, die auf der *Schwalbe* die Trolle beaufsichtigt hatte, und von Erlebnissen mit den anderen Sturmjägern. Mercurin bat sie, ein Lied vorzusingen, das sie von den Festen der Liga kannte. Aber Hel hatte einen Kloß im Hals. Wenn Mercurin ihr Schiff nicht zum Absturz gebracht hatte, war es wirklich sie gewesen? Es war passiert, als Gharra sie gerade zu seiner Nachfolgerin erklärt hatte. Sie hatte so viel Angst gehabt in diesem Moment – Panik davor, dass das Leben sich veränderte und sie keine Kontrolle darüber hatte; dass man Erwartungen an sie stellte, die sie unmöglich erfüllen konnte … war sie wirklich am Tod ihrer Freunde schuld? Die ganze Zeit hatte sie ihre Suche nach den Dämonen damit gerechtfertigt, den Mörder ihrer Mannschaft zu finden. Wenn sie es selbst gewesen war … aber sie hatte es ja nicht absichtlich getan! Sie hatte keine Ahnung gehabt von ihren Fähigkeiten. Sie wünschte, sie hätte die Wahrheit nie erfahren. Und trotz allem, trug nicht auch Mercurin einen Teil der Schuld? Hätte er ihr Totenlicht nicht erwachen lassen, wäre es nie dazu gekommen. Oder jedenfalls nicht in diesem Augenblick.

Mercurin ahnte wohl, woran sie dachte, und klappte das Buch mit den Liedern zu. Er zog sie an sich. Sie lagen einfach da, im Moos, im Flackern von Schatten und Sonnenschein, im Duft der Apfelbäume und Gräser. Was geschehen war und was noch kommen mochte, drohte wie ein schwarzer Nebel, doch den Augenblick konnte es nicht durchdringen. Der Nebel umgab sie wie eine gläserne Glocke.

Schwert und Traum

Karat hatte den Himmel erreicht. Er hatte mit den Sümpfen geträumt, Geschichten geflüstert mit dem riesenhaften Schilf, seinen Brüdern, doch jetzt hatte er die Silbernen Steppen hinter sich gelassen. Vor ihm, endlos in siedender Lebendigkeit, lag das Alte Reich. Das wahre Reich. Die Welt, wie sie wirklich war, unbegreiflich, erschütternd schön, kein Boden zum Ausrauben, sondern ein Raubtier selbst, ein einziges malmendes Maul. Karat war hier nur geduldet, wenn er sich ganz ergab, nur noch Körper und Träger der schieren Kraft war und sich selbst dafür opferte.

Funken, erlösche. Kehre heim ins Feuer.

Er rannte schwebend mit hochgerissenen Armen durch die wilde Natur, nicht weil er irr war, sondern weil er das Land sein wollte. Das Land *war*.

Die schweren Gewitterwolken brachen mit Paukenschlägen. Regen peitschte nieder, Blitze durchrissen den Horizont. Über allem schwebte das lockende Geflüster derer, die immer und überall waren.

Du musst sie finden, die anderen Lichter! Finde die dunklen Herzen … vier gibt es, einer wird alle einen …

»Wo?«, schrie Karat. »Wie lange noch? Wo sind sie denn? Wo seid ihr?«

Weiter, immer weiter... nimm das dunkle Herz des Dämonenjungen, er ist es nicht wert, er ist schwächer als du, nimm es... du bist der eine, der alle eint...

Karat legte den Kopf in den Nacken, ließ den Regen über seine schmutzige Haut laufen, unter seine vor Dreck starrenden Kleider. *Der Eine...*

In seiner Brust donnerte das dunkle Herz. Er tastete danach, wollte sich daran halten, es war viel mächtiger als er, fast zu mächtig für ihn, und davon sollte er vier tragen können?

Sie werden dich tragen!

Er strich sich über die Brust – und fühlte plötzlich etwas. Er blieb stehen, öffnete die Augen. Im metallischen Dämmerlicht des Sturms zog er etwas aus der Innentasche seines Wamses. Das Wasser tropfte daran ab. Sein Atem stockte.

Eine Muschel. Spiralförmig und am Ende verbogen. Erinnerungen aus der Tiefe eines abgefallenen Daseins rieselten hoch wie Ascheflocken. Ein Augenblick in gleißendem Sonnenlicht. Sie. Die starke Mutter Meer im Licht, das Haar wild entzündete Flammen um ihr gütiges, wie aus dunklem Holz geschnitztes Gesicht. »Kämpfe mit uns, Bruder. Mutter Meer war immer für dich da, sie hat dich nie verlassen. Vergiss nicht, Karat. Auch du bist ein Sohn der Inseln. Du bist einer von uns und wir führen einen Kampf um unser Leben.«

Die Stimmen fauchten um ihn herum, doch Karat sah und hörte nichts mehr außer dieser Fremden, die ihm einst die Muschel gegeben hatte als letztes Geschenk.

Die Muschel war immer bei ihm gewesen, in jeder Stunde, und er hatte es nicht bemerkt. Sie war ein Stück Ewigkeit aus dem Meer, ein Stück Heimat… seine, Karats Heimat. Er war Karat, ein Sohn der Inseln, geraubt und entführt bis zu diesem Augenblick; aber die Muschel war immer dabei gewesen. Irgendwo war das Meer und irgendwo war Oyara, die stolze Mutter der Rebellen, und kämpfte für ihn mit. Es ist auch dein Kampf, hatte sie ihm gesagt. Und er war fortgegangen.

Ein heftiger Windstoß traf ihn in den Rücken, ließ ihn taumeln. Fast hätte er die Muschel verloren, doch er klammerte sich mit beiden Händen an den kleinen Gegenstand.

Er hatte eine Mutter gehabt. Er hatte eine Mutter. Ein Volk. Er war nicht nur leer, Körper für das Lebendige Land, er hatte ein eigenes, halb ersticktes Herz neben dem dunklen Herz –

Der Wind riss ihn zu Boden, er stürzte in glitschiges Gras, aber er ließ die Muschel nicht los. Das Gras drang quietschend und fauchend zwischen seine Finger, wollte ihm Oyaras Geschenk entwenden – Karat ballte beide Fäuste, dass die Knöchel vortraten. Er hatte eine Erinnerung gefunden, wortlos, voller Güte.

Eine Glocke aus schwarzem Nebel bildete sich schlagartig um ihn. Dahinter zuckten die Blitze weiter, aber er hörte keinen Donner mehr, das Regenprasseln war verstummt. Zitternd sah er auf. Alles war dunstige Dunkelheit. Wo war er?

Lautlos schlichen die Lichter aus dem Nichts. Das erste Mal sah er sie, deren Stimmen er schon so lange gehört hatte. Sie hatten Körper aus Licht und Land. Ihre langen

Glieder waren in schimmerndes Efeu und Moos gekleidet, ein Schleier aus Lichthaaren floss um ihre Schultern. Ihre Gesichter waren die überirdischen Abbilder von Menschen. Zartgeschnitten wie von feinen Klingen, kalt und ohne Regung. Karats Herz begann panisch zu rasen bei ihrem Anblick. Sie waren nicht aus Fleisch und Blut, aber sie bestanden auch nicht aus reinem Lirium wie Geisterwesen. Sie waren mehr, als sein Verstand erfassen konnte, gehörten zu einer anderen Wirklichkeit, deren bloße Existenz allem widersprach, was Karat vor dem Verrücktwerden bewahrte.

»Lass ... dasss ... Ding losss!«, zischten die Wesen. Ihre Lippen bewegten sich mechanisch, als kämen die Worte nicht wirklich aus ihren Mündern. Es waren viele, ein paar Dutzend oder mehr. Sie umzingelten Karat, schlichen um ihn, bereit ihn zu – was? Ihn zu töten? Sie konnten es gewiss mit Leichtigkeit, aber warum taten sie es nicht? Was wollten sie von ihm?

»Du wärssst schon tot, hättesst du nicht dasss Totenlicht in dir!«

Ihre Stimmen, weder männlich noch weiblich, schnitten wie Glas durch Karats Kopf, keine Spur mehr von der schmeichelnden Verlockung, die ihn all die Zeit bis hierher geführt hatte.

»Ich ... ich wollte dieses Licht nicht«, keuchte Karat. Seine Brust hämmerte, als müsste er platzen, und deutlicher denn je spürte er, dass etwas Fremdes in ihm hauste.

»Du hassst ... du hassst esss dem Dämonenmädchen gestohlen, esss ist deinss, deinsss!« Sie waren übermächtig, die Worte. Hallten zischelnd in ihm nach und verglühten alle Gedanken. Doch sie sagten nicht die Wahrheit – das dunkle

Herz, das ihn mit Leben erfüllte, gehörte ihm nicht. Er gehörte *ihm*.

»Wer … seid ihr?« Jedes Wort fiel ihm schwer, musste sich einen Weg durch ihre silbrigen Stimmlawinen bahnen. Fahrig griff Karat nach dem Araidann auf seinem Rücken und zog es aus der Scheide. Die gebogene Klinge schnitt durch das Gezische wie ein Schweif der Stille, und plötzlich herrschte Schweigen.

Karat packte den Schwertgriff, das Araidann fühlte sich an wie geschaffen für seine Hand. Karat, der Schakal, der bezahlte Tod. Er wusste wieder, wer er war.

»Wer seid ihr?«, knurrte er.

Die ersten … die alten … die einzigen! Herrscher der Welt!, dröhnte es aus den bleichen Raubtiergesichtern.

Wir waren es, die den Menschen die Geheimnisse des Lebendigen Landes verrieten … die Druiden des Alten Reiches … waren unsere Schüler! Und ihre Herzen, ihre dunklen Herzen von einst gehören für immer uns!

Karat atmete schwer. Das Hämmern in seiner Brust wollte ihn zersprengen.

»Dann nehmt es euch wieder«, stöhnte er.

Die Zeit der Menschen ist vorbei … herzlose Sklaven ihrer Gier, sie haben uns vergessen, verraten, uns verloren … du, Sohn der Inseln, werde zum Werkzeug unserer Rache … vernichte die Menschenbrut! Dein Volk … und unser Geschlecht … eine neue Welt …

Karat ertrank in Visionen einer Erde, von denen die Bleichhäutigen getilgt waren. Nur fruchtbares Land und Isen, und er, mit der Macht über alles … Aber es waren nur Trugbilder! Was scherten ihn die Menschen, die Isen, das

Lebendige Land? Sie waren ihm alle gleichgültig. Alles war ihm gleichgültig. Auch er selbst.

»Damit habe ich nichts zu tun.« Karat schob die Muschel zurück in seine Tasche, dicht an sein welkes Herz, und nahm das Schwert in beide Hände. »Ich kämpfe nur für mich allein.« Er atmete aus. Er war frei. Langsam holte er aus und stieß sich die Klinge mitten ins Herz.

Die kreischenden Stimmen verschmolzen zu einem einzigen, lang gezogenen, lichtverspritzenden Schmerz. Die Dunkelheit kippte. Bleiernes Licht umfing Karat, so wie damals, als er das Dämonenmädchen erschlagen hatte.

Das Araidann entglitt seinen Händen. Er stürzte. Die Stimmen versanken, der Nebel sank, und das letzte, was Karat spürte, war das Gras, das nass schmatzend seinen Fall empfing.

Das Schwert allein ist nichts, doch in Händen ist es Leben, wird es Tod, durchfährt Traum und Wirklichkeit und erschafft – das Nichts.

Das Araidann steckt in der leblosen Brust seines Trägers, mitten im Herz. Doch das dunkle Herz pocht weiter. Pocht im Takt von Ebbe und Flut, lässt sich nicht zerstören von der gehärteten Seele der Strände. Es kann nicht zerstört werden. Es wandelt mit dem Leben.

Der Stahl ist ein schmaler Körper, der darauf wartet, erfüllt zu werden. Unaufhaltsam öffnet das Schwert sein Auge, ein Licht schreitet durch die gekrümmte Klinge. Es lebt.

Hebe deine Hand, befiehlt das dunkle Herz im Schwertkörper. Der Träger gehorcht. Er zieht das lebende Schwert aus der durchbohrten Brust und wischt sein eigenes Blut im Gras ab.

Steh auf.

Der Träger steht auf wie ein Träumender. Er ist schwer verletzt, doch sein Schwert verteidigt ihn gegen das Dunkel.

Finde und eine alle in dir, flüstert das Schwert. Sein Träger geht los, den Griff in seine Faust verwachsen.

Die immer da waren

Mercurin hatte Tätowierungen an den Innenseiten seiner Arme und auf den Schulterblättern. Hel folgte den dunklen Zeichen mit den Fingern. Eine geheime Logik schlief in diesen Zeichen, die mit Übermut auf seinen Körper gesetzt zu sein schienen wie von Koboldfüßen, wie schwarzer Sternenstaub im weißen Himmel seiner Haut. Die Male zeugten von den verschiedenen Weihen, die er bestanden hatte, sagte er. Seine Meister hatten sie ihm zugefügt. Hel fragte, wieso sie gestorben waren.

»Sie waren alt«, erwiderte Mercurin. »Wenn einen Meister das Leben verlässt, folgen ihm seine Geschwister.«

»Sie begehen Selbstmord?«

»Sie folgen ihm.«

Hel überlegte, ob diese Tatsache Mercurin deshalb weniger erschreckte, weil er andere Worte dafür benutzte.

»Gab es sonst keine anderen Menschen auf Hellesdîm? Nur eure vier Meister und deine Geschwister?«

Er nickte.

»Ich dachte immer, wo du herkommst, müsste es ein Mädchen geben, das dich vermisst.«

Er lächelte matt. »Liebe ist eine Erwartung, die man in deiner Welt ans Leben stellt. Mir kam es immer verwunderlich vor, dass die Liebe zu anderen Menschen euer einziger Sinn, eure Religion ist. Ein bisschen wenig, um sein Leben danach auszurichten, oder?«

»Ist es denn weniger als die Liebe zu deinem Tiefen Licht?« Hel drückte ihm einen Kuss auf die Wange. »Das kann dein Tiefes Licht zum Beispiel nicht.«

Er warf ihr einen schiefen Blick zu. »Das Tiefe Licht tritt mir aber auch nicht zwischen die Beine.«

Hel lachte. »Menschen, die sich lieben, machen das eigentlich auch nicht. Außer in einem Kampf um Leben und Tod.«

Er lächelte, sagte aber: »Bitte rede nicht von Kämpfen.«

Eine Weile schwieg sie. »Du fragst dich, ob wir beide uns wieder im Kampf gegenüberstehen werden, irgendwann.«

Mercurin beugte sich über sie und legte zwei Küsse auf ihre Mundwinkel. »Bitte sprich nicht weiter.«

Sie sahen sich an.

»Du wirst es wieder versuchen. Eines Tages tötest du mich und nimmst das Totenlicht.«

Er atmete flach aus. »Nein. Ich glaube …«

Sie zog ihn langsam an sich und ließ ihn unter einem Kuss verstummen. Er hatte recht. Es war besser, wenn sie nicht redeten.

Als es dämmerte, stand er auf und blickte durch die Weidenzweige ins Land hinaus, das unaufhörlich wie ein träges Meer die Steininsel umströmte.

»Meine Geschwister, Anetán und Saraide«, begann er zögernd, »ich habe sie einmal beobachtet. Sie haben sich gehalten, so wie wir.«

»Geliebte, in Hellesdîm?«, fragte Hel verwundert. »Ich dachte, hier gibt es nur die Liebe zum Tiefen Licht.«

Er drehte sich zu ihr um, betrachtete sie im blau werdenden Glanz des Abends. »Saraide ist klug. Sie hat sich Anetáns Schwäche zunutze gemacht. Auch bei mir hat sie es versucht.«

Mit einem Stich in der Brust erinnerte Hel sich an die Druidin. Sie war schön, auf eine harte und wilde Art.

»Bestimmt liebt sie Anetán nicht«, murmelte er. »Aber ihn hat sie blind gemacht für alles andere. Er sieht nur sie.«

Hel hätte gerne gewusst, ob es bei Mercurin auch so war; ob er nur sie, Hel, sah. Aber sie traute sich nicht zu fragen. Sie fürchtete die Antwort.

Mercurin lächelte. Die Zweige des Baumes schlossen sich um sie wie ein dichter Vorhang, umschlangen einander und bildeten eine Blätterhöhle. »Jetzt gibt es nichts mehr zu sehen. Nur dich.«

»Jetzt«, wiederholte Hel traurig und lächelte.

In dieser Nacht wachte Hel auf, weil ihr Herz raste. Sie konnte sich an keine Albträume oder Visionen erinnern, es war ganz still in ihr. Auch die Umgebung schwieg. Abends hatten sie noch die Grillen zirpen und Vögel singen gehört, aber nun lag eine flirrende Atemlosigkeit über der Welt.

Mercurin war ganz ruhig neben ihr, sein Licht glomm schwach vor sich hin. Hel fiel es schwer, ihn anzusehen, und sie wandte sich ab. Jetzt mochte er neben ihr liegen, sich im Schlaf an ihre Hand klammern – es änderte nichts an seiner Natur. Nicht nur, dass er den Tod über die Welt bringen konnte, er *wollte* es. Früher oder später würde der Dämon wieder die Oberhand gewinnen. Diese bittere Wahrheit ließ sich vielleicht für eine Weile verdrängen, ändern aber konnte sie die Sache nicht. Wichtiger als sie war ihm immer noch sein schrecklicher Glaube, sein Wahn. Egal, wie sehr sie ihn liebte. Er liebte sie nicht genug. Hel atmete tief durch, und zum ersten Mal bekam sie eine Ahnung von dem Irrsinn, in den sie verstrickt war.

Blasse Nebelschwaden sickerten durch die Zweige der Weide. Hel merkte es anfangs gar nicht; erst als eine kühle Brise um ihren Rücken strich, wurde ihr bewusst, dass das dichte Blattwerk sich öffnete.

Hel… kannst es nicht, du kannst es nicht überhören, du hörst… hörst uns immer…

Sie schauderte. Kamen die Stimmen aus ihrem Kopf oder aus der Nacht? Sie stand auf, kroch unter der Weide hervor, ohne ihren Beinen den Befehl gegeben zu haben, sich zu bewegen.

Sieh… sieh hin, musst sehen… du musst… höre uns…

»Wer seid ihr?«, flüsterte sie. Es war kalt, ihr Atem tanzte in Wolken vor ihr her.

Die, die immer waren, immer sein werden, wir… sind immer…

Hel hörte ihre Zähne klappern. Sie presste die Kiefer zusammen, versuchte sich zu beherrschen. Ihr würde jetzt nichts passieren. Was ihr drohte, das drohte ihr schon seit langer Zeit, würde nicht plötzlich über sie herfallen…

Nein… nein, wir waren immer, sind immer…

Lichter glitten durch den Nebel, immer am Rande ihres Blickfelds vorbei. Fort, sobald sie sich umdrehte.

»Was wollt ihr?«, hauchte sie weiß in die Nacht.

Denk nach, Hel, kleines Licht, das das Leben gefunden hat…

Hel drehte sich im Kreis, aber es war zwecklos; die Gestalten blieben vage Schemen hinter ihr, zu schnell, um sie mit dem Blick zu fangen. Schweiß trat ihr auf die Stirn.

»Ihr wisst, wer ich bin. Wieso habe ich ein Totenlicht? Und wie habe ich es bekommen?«

Ihr war, als hörte sie Seufzen und Lachen.

Das Leben… kann nehmen und geben… hat der kleinen Hel ein Licht eingegeben…

»Hört auf, mich so zu nennen! Ich bin nicht klein.«

Liebst du ihn?

Hel sprang zurück – die Frage war ein Flüstern direkt an ihrem Ohr gewesen. Doch wieder war sie zu langsam, um zu sehen, wer auch immer hinter ihr gestanden hatte.

Wieso liebst du den Dämon? Und wie hast du dieses Gefühl bekommen?, wiederholten sie ihre Worte.

»Liebe hat keine Gründe.«

Aber wie viele Gründe… sprechen dagegen? Sie sprechen dagegen, alle Worte…

Liebe?, hauchte es an ihr vorbei. *Es gibt mehr als diese Liebe, blindes Lichtchen… Gharra und Jureba, Nova, die Sturmjäger, deine Heimat, deine Welt… und dein Gewissen! Kannst du den kurzen Moment mit ihm über all das stellen?*

»Wer seid ihr?«, wiederholte Hel durch zusammengebissene Zähne.

Wir … wir wissen, haben immer gewusst … wissen, dass du ihn liebst. Und vielleicht liebt der Dämon dich. Aber er ist ein Dämon! Böse, böse Menschen können lieben, aber es ändert nichts, gar nichts an ihrer Bosheit!

»Was –«

Was wir verlangen, ist, was dein Gewissen nicht aussprechen kann, deine Liebe hat es geknebelt, deinen Blick vernebelt …

Er ist dein Feind.

Rette die Welt.

Nova. Die Sturmjäger. Deine Heimat.

Dich.

Nimm sein Totenlicht. Bevor …

Bevor er deines nimmt.

»Niemand kann verlangen, dass ich ihn umbringe. Oder sonst irgendwen«, flüsterte Hel, weniger zu den fremden Stimmen als zu sich selbst.

Wir können … und du kannst es … wirst es können müssen …

Hel schloss die Augen. »Ich bilde mir das ein.«

Säuselndes Lachen tropfte durch die Dunkelheit.

»Wenn ihr euch nicht zu erkennen gebt, seid ihr für mich nicht vorhanden«, sagte Hel laut und stapfte zurück unter die Weide, wo Mercurin schlief. Das Lachen begleitete sie dicht an den Ohren und auch der Nebel folgte ihren Schritten.

Zitternd rollte sie sich neben Mercurin ein, wollte ihm aber nicht näher kommen als nötig. Es stimmte. Er liebte sie nicht genug. Nicht so sehr, wie er das Tiefe Licht verehrte.

Ein Dämon, zischte es in den Blättern. Hel versuchte es zu ignorieren, aber es gelang ihr nicht, sie musste hinhören.

Du… bist auch ein Dämon.

Nimm die Totenlichter an dich, sie gehören… zusammen… alle zusammen… zu dir…

Hel umschlang sich selbst, wollte sich am liebsten in sich selbst verkriechen. Sie war so alleine wie noch nie.

Hel konnte sich nicht erinnern, eingeschlafen zu sein. Doch sie schrak aus fahrigen Träumen, als sie Schritte hörte. Mercurin trat unter den Zweigen der Weide hindurch nach draußen und vollzog sein stilles Morgengebet, das sie schon während ihrer Reise durch die Wüste oft beobachtet hatte. Sie wollte ihn nicht stören, sah nur über ihre angewinkelten Arme hinweg zu.

Was hatte man ihm und den Druiden nur beigebracht, dass sie jetzt bereitwillig ihr Leben opferten? Wenn Hel bedachte, dass er vollkommen abgeschieden vom Rest der Welt hier aufgewachsen war, konnte sie ihn fast verstehen… es war leicht, Menschen zu verurteilen, die man nicht kannte. Und doch kannte er jetzt sie.

Als er sein Gebet beendet hatte, stand Hel auf, strich sich die Haare und Kleider glatt und kam zu ihm. Sie sahen sich an, lächelten, blickten ins Land hinaus und schwiegen. Zwischen ihnen stand eine Mauer aus all den Dingen, die sie nicht aussprechen konnten.

»Gestern hab ich Stimmen gehört«, sagte Hel schließlich.

Mercurin nickte. »Ich höre sie auch manchmal.« Er hob den Arm und strich mit den Fingern durch die Luft. In der

Ferne ballten sich Wolken zusammen. Hel war nicht sicher, ob er das bewirkte.

»Wer sind sie?«

»Das Alte Volk. Die, die immer waren und immer sein werden. Die *Aljen.*«

Hel erinnerte sich an ein Gespräch mit Harlem und Olowain, als sie auf ihrer Reise durch die westlichen Wälder merkwürdige Lichter gesehen hatte. Aljen, Elfen. Olowain hatte sie als Märchen abgetan, aber Harlem war anderer Meinung gewesen. Ein Volk, das lange vor den Zwergen und Menschen die Welt beherrscht hatte. Wenn es sie noch gab, wieso hatten sie sich so zurückgezogen?

»Ich höre sie erst, seit ich das Totenlicht habe. Denn die Totenlichter sind uralt, sie haben Jahrhunderte im Strom des Tiefen Lichts gelegen und sind dem Alten Volk verbunden«, erklärte Mercurin.

»Was sagen sie dir?«

Er zuckte die Schultern. »Was sagen sie dir?«

Sie antwortete nicht, murmelte schließlich: »Ich traue ihnen nicht.«

In der Ferne hatten sich die Wolken zu dunklen Türmen aufgebaut. Mercurin machte eine rasche Fingerbewegung. Die Wolken verwischten nach unten hin; im Land draußen begann es zu regnen.

»Das Totenlicht hast du in Har'punaptra gefunden, nicht? Woher wusstest du, dass es da war? Und wo hat das Dämonenmädchen ihr Totenlicht gefunden?«

»Wir haben euer Reich sorgfältig studiert. Es war eigentlich offensichtlich, dass ein Totenlicht in Har'punaptra sein musste. Dort hatte sich im Glaubenskrieg gegen die Magierschaft der Druide aufgelöst, dessen Herz das Totenlicht geworden ist. Die Zwergenstadt liegt außerdem mitten in der Wüste, wird aber von Flüssen mit Wasser versorgt, die sich nie verschieben. Es war wahrscheinlich, dort ein Totenlicht zu finden, und ich hab es gefunden. Es lag in einem der Flüsse. Wo Totumé, meine kleine Schwester, ihr Totenlicht gefunden hat, weiß ich nicht. Entweder es war Zufall oder sie hatte Hilfe von den Aljen.«

»Sind diese Aljen denn auf eurer Seite?«

Mercurin zuckte die Schultern. »Ich glaubte immer, sie seien auf niemandes Seite. Aber ich weiß nichts über sie. Nur, dass sie weder aus Fleisch und Blut noch Geisterwesen sind.«

Hel kaute auf ihrer Unterlippe. Wer auch immer diese Elfen waren, sie wussten mehr über die Totenlichter, mehr über Hels Vergangenheit als sie selbst.

»Ich kann mich nicht an meine Kindheit erinnern«, sagte sie leise. Mercurin wandte sich zu ihr um. »Ich erinnere mich an nichts, was vor Gharra und den Sturmjägern war. Angeblich haben mich Zwerge gefunden, die in den Kauenden Klippen Trolle gefangen haben. Man ist davon ausgegangen, dass ich das Kind von Flüchtlingen war, die das Alte Reich verlassen wollten. Mit meinem Auge habe ich wahrscheinlich meine Familie verloren, bei irgendeinem Angriff des Landes.« Sie verstummte, und Mercurin ahnte wohl, woran sie dachte: Wenn sie mit ihrem Totenlicht schuld war am Absturz der *Schwalbe*, ohne es zu wollen, hatte sie vielleicht auch ihre Familie getötet. Sie wusste es nicht, die Erinnerungen waren lebendig begraben, und das brachte sie fast um den Verstand.

Mercurin umarmte sie fest. »Das Land hat sie gefressen. Wer zu fliehen versucht, wird mit dem Tod bestraft, das war schon immer so.«

Sie atmete zitternd aus, vergrub das Gesicht an seiner Halsbeuge. »Du findest, das macht es besser? Sie mussten sterben für das Land oder für das Tiefe Licht. Ich habe keine Erinnerungen an sie. Überhaupt keine. Ich weiß nicht, woher ich komme.« Sie schloss die Augen, fühlte so viel Schuld, Trauer und Ohnmacht in sich, dass sie daran zu zerbrechen glaubte. Aber das tat sie nicht. Alle diese Gefühle wogten in ihr auf und versanken schließlich. Mercurins Finger glitten durch ihre Hand, umschlossen die ihren.

»Die Macht des Totenlichts bewirkt nicht nur Schreckliches«, flüsterte er. »Auch … wunderschöne Dinge sind möglich. Sieh her.«

Sie drehten die Köpfe, ohne sich loszulassen. Die Regenwolken kamen näher. Ein silberner Vorhang schloss sich um Hellesdîm, alles verwischte dahinter zu tiefem Grün, und nun sah es wirklich so aus, als befänden sich Hel und Mercurin in einer Glaskugel, abgetrennt vom Rest der Welt.

»Du kannst das auch alles«, flüsterte er weiter. »Ich glaube, dein Totenlicht ist dem Feuer verbunden. Du hast mich damals im Badehaus in Brand gesetzt, weißt du noch? Ja, das warst du!« Er lächelte und drückte sie an sich, als sie erschrocken die Augen aufriss. »Du musst dich dem Tiefen Licht öffnen, es einfach zulassen. Dann erfüllt es dich. Je mehr du dich selbst aufgibst, umso mehr Platz findet das Tiefe Licht in dir. Dann bist du der Wille des Landes.«

Er machte kleine Zeichen mit der Hand und die Wolken nahmen Gestalt an. Sie ballten sich zu einem Oval zusammen … Hel glaubte ein Gesicht darin zu erkennen. Dann riss ein Loch in den Wolken auf, blasses Tageslicht schimmerte durch. Hel hielt den Atem an. Dort oben war ihr Gesicht und in ihrem blinden Auge strahlte die Sonne.

Ein Wiedersehen

Im Morgengrauen kamen die Isen nach Tridad. Sie stürmten die Handelsstadt in den Felsen nicht heulend und waffenschwingend, wie es viele erwartet hätten: Still glitten die dunkelhäutigen Krieger aus den Wäldern und folgten den Felspfaden bis zum Stadttor. Drei Spione hatten sich bereits am Vorabend in Tridad eingeschleust und öffneten das Tor. Erst als die Bewohner vom Trommeln der Schritte erwachten, das kaum aufdringlicher war als Regenprasseln, brach Tumult aus.

Reisende, die in den Gasthöfen übernachtet hatten, ergriffen heulend die Flucht oder verbarrikadierten sich; Händler, deren Gut nicht so leicht mitzunehmen oder zu verstecken war, befahlen ihren Söldnern, sich den isischen Rebellen zu stellen. Aber die Isen mieden jeden Kampf, obgleich sie bestens dafür vorbereitet waren: Säbel und Schwerter blieben in den Scheiden, dafür hielten sie Fahnen – Stofftücher in jeder erdenklichen Farbe und Größe, auf denen jedoch immer dieselbe weiße, spiralförmige Muschel abgebildet war.

Die Stadtwache kam, bestehend aus zwölfhundert

Mann – ein geradezu lächerliches Hindernis für die Flut an isischen Rebellen. Mehr als die Hälfte der Wachen ergab sich sofort, mit dem Rest lieferten sich die isischen Krieger ein heftiges Gefecht, das rasch entschieden war.

Die Isen drangen in Häuser ein und nahmen alles Lirium an sich, das sie fanden; sogar das Lirium in Leuchtkugeln wurde eingesammelt. Als sie das berühmte Badehaus von Tridad erreichten, lag ein ganzer Liriumvorrat vor der Tür für sie bereit. Dennoch brachen die Isen ein und durchkämmten die Zimmer. Was man ihnen dargeboten hatte, war nur ein Bruchteil des Liriums, das sie noch versteckt unter Betten, Bodenklappen und Badewannen fanden.

Auf ihrem Marsch durch das Land hatten Mutter Meer und ihre Anhänger schon so viel gesehen, dass sie glaubten, nichts könne sie mehr erschüttern. Doch als Oyara eine schwere Tür aufschob und plötzlich aberhundert Käfige voller Geisterwesen erblickte, stockte ihr für einen Moment der Atem.

Aus der Ferne drang der Lärm vereinzelter Kämpfe, doch die Realität schien wie entrückt angesichts der leuchtenden Kobolde, Gnome und Pixies – sogar eine Fee, eine menschengroße Fee schwebte träge in einem Gefängnis aus Silberdraht! Wer auch immer die Geisterwesen gefangen hielt, verfolgte ein Ziel, das Oyara völlig unbegreiflich war. Niemand hatte das Recht, diesen Wesen ihre Freiheit zu rauben. Sie konnten aber nicht entdecken, wer sie eingesperrt hatte. Außer den flatternden, quietschenden, fiependen Geisterwesen schien niemand im Raum zu sein.

»Öffnet die Käfige«, befahl Mutter Meer ihren Anhängern.

Doch als sie die Käfige öffneten, flog keines der Geisterwesen hinaus. Traurig schwebten sie auf der Stelle, als hinderte sie noch ein zweites, unsichtbares Gitter vor der Flucht. Oyara ging aufmerksam an den Käfigen vorbei. Und dann bemerkte sie, dass vielen Geisterwesen – nein, allen! – ein Körperteil fehlte: hier ein Fingerchen, dort ein Fuß, ein Auge, ein Ohr, eine Nase … vage erinnerte Oyara sich daran, dass man Macht über ein Geisterwesen erlangte, sobald man ein Teil von ihnen bekam. Wer immer sie in seine Gewalt gebracht hatte, musste die Körperteile noch irgendwo aufbewahren.

Sie hatten bereits das ganze Haus durchsucht. Wo konnte dieser Ort sein? Oyara ging an den Zimmerwänden entlang und betrachtete nachdenklich die prächtigen Wandteppiche. Einer schien an der Seite ein bisschen ölverschmiert zu sein. Sie hob ihn an und entdeckte dahinter eine weitere Tür. Das Schloss ließ sich leicht mit einer Handaxt zerschlagen. Oyara trat als Erste in den Raum, der ebenfalls voller Käfige war. Die leuchtenden Geisterwesen ließen den fensterlosen Raum unwirklich schimmern und klägliches Fiepen erfüllte den Raum. Essensduft hing in der Luft. Ein Diwan nahm die Mitte des Raumes ein und die tiefen Dellen darin verrieten deutlich, dass jemand darauf gelegen hatte.

Die Isen folgten Mutter Meer in den Raum, öffneten die Käfige und kippten alles Lirium in ihre mit Silbergarn ausgelegten Beutel. Auch hier blieben alle Gnome, Pixies und Kobolde schwirrend in ihren Käfigen, ihr buntes Licht wirkte schwach und traurig. Entschlossen, sie zu befreien, sucht Oyara weiter nach einem möglichen Versteck für die Gliedmaßen, die den Geisterwesen die Macht genommmen hatten. Sie tastete die Wände nach Geheimtüren ab, fand aber keine. Aufmerksam suchte sie den Raum ab. Sie mussten etwas übersehen haben. Wenn es sein musste, würden sie das ganze Haus auf den Kopf stellen.

Sie stieß mit dem Fuß gegen die Kante einer Bodenfliese, die sich gelockert hatte. Und noch weiter lockern ließ … Sie schob die schwere Steinfliese zur Seite. Darunter lag eine geheime Klappe, die leicht zu öffnen war. Eine schmale Treppe führte ins Dunkel hinab.

Jemand hob eine Leuchtkugel von ihrer Wandhalterung und reichte sie Mutter Meer, die den anderen voran die Stufen hinunterstieg. Die Treppe war nicht lang. Bald mündete sie in einen niedrigen Gang, an dessen Ende Licht glomm. Oyara packte ihren Säbel fester.

Das Licht kam von unzähligen Leuchtkugeln, die das Kellergewölbe in speckiges Gelb tauchten. Auch hier hingen überall Käfige mit wild fiependen Geisterwesen. Wasser köchelte über offenem Feuer oder bläulichen Liriumflammen. In versilberten Schraubstöcken klemmten Kristalle – es waren Feenlichter. Manche glitzerten schwarz vor aufgesogenem Lirium, andere waren durchsichtig und vollkommen leer. Eine riesige Silberkugel drehte sich träge zwischen den merkwürdigen Apparaturen. Oben und unten steckten Rohre in der Kugel, die sie mit weiteren Behältern aus Glas und Silber verbanden.

Oyara blieb stehen. Nie hatte sie etwas Ähnliches gesehen. Weder der Tod noch Schmerz noch Ungerechtigkeit konnten sie mehr erschrecken, doch dieses rätselhafte Labor jagte ihr Angst ein. Hier gingen Dinge vor sich, die sie nicht einmal erahnen konnte.

»Sammelt das Lirium ein«, befahl sie mechanisch, doch ihre Stimme klang dünn. Zögernd gehorchten ihre Gefolgsleute. Während die Isen ganze Schränke voller Liriumflakons leerten, ging Oyara auf die große Silberkugel zu. Obwohl ihr eine Gänsehaut über die Arme kroch, fühlte sie sich zu dem geheimnisvollen Gerät hingezogen. Was mochte das sein? Es musste etwas mit Magie zu tun haben. Aber wie kam eine solche Apparatur nach Tridad, das nicht einmal mit der Magierschaft im Bunde war? Noch dazu war dies ein Badehaus, kein Fürstensitz.

Als Oyara ihr Araidann ausstreckte, um die Silberkugel zu berühren, erklang ein greller Schrei. Sie erschrak, als hätte die Kugel selbst den Laut ausgestoßen.

»Nicht anfassen!«

Die Isen fuhren zusammen. Irgendwo ging ein Liriumflakon zu Bruch und glitzernder Staub wolkte auf. Säbel glänzten im Schein der Leuchtkugeln. Doch niemand war da; der Ruf schien aus dem Nichts gekommen zu sein.

Oyara keuchte. Sie hob einen Finger, um den anderen zu bedeuten, still zu sein. Knirschende Geräusche. Füße huschten irgendwo vorüber. Oyara spitzte die Ohren und drehte sich langsam um. Die Geräusche erstarben, aber sie hatte längst die Richtung ausgemacht, aus der sie gekommen waren. Außer dem Eingang, durch den die Isen gekommen waren, gab es keine Tür, doch die Wände hatten eine Reihe faustgroßer Löcher, vermutlich zur Belüftung.

»Wer ist da?«, rief Oyara. Der kurze Schrecken hatte sich gelegt, nun war sie wieder ganz Mutter Meer. Wer auch immer gerufen hatte, war aus Fleisch und Blut und konnte sie nicht ängstigen.

Es kam keine Antwort.

»Wir setzen alles in Brand, wenn Ihr Euch nicht zu erkennen gebt!«

»Nein!«, ächzte eine alte Frauenstimme. »Das Lirium gehört euch! Aber der Rest ist wertlos, völlig wertlos für euch! Nehmt das Lirium, ich schenke es euch!«

Oyara näherte sich der Stelle, wo die Stimme hergekommen war. Hinter der Wand trappelten wieder Füße. Die Unbekannte floh, aber Oyara hörte ihre Schritte und ging hinterher. Schließlich hielt die Unbekannte inne. Oyara blieb stehen, als sie ihren keuchenden Atem durch die Wandlöcher hörte.

»Was hast du mit all den Geisterwesen vor?«, fragte Oyara leise.

»Nichts«, keuchte die Fremde. »Gar nichts!«

»Du hältst alle diese Wesen gefangen für – nichts?«

»Ich … ich bin eine arme, einsame, alte Frau, die kleinen Monster sind meine einzige Gesellschaft! Ich habe ja niemanden sonst außer meine Herzchen …«

»Und diese Apparaturen hier? Bist du mit der Magierschaft im Bunde?«

»Nein! Nein, zum Henker mit den Magiern! Ich bin auf eurer Seite! Sie sollten alle aufgeschlitzt werden! Ich spucke auf die Magierschaft!« Finger krallten sich in die Wandlöcher, während die Alte keifte, zogen sich aber gleich wieder zurück. Dennoch glaube Oyara für einen kurzen Moment das Gesicht der Unbekannten gesehen zu haben: Das Glitzern zweier Augen in der Dunkelheit.

»Wozu dient diese silberne Kugel?«

»Nur eine Spielerei. Ich mische Badedüfte.« Die Alte begann zu wimmern. »Nehmt das Lirium, es gehört euch! Lasst eine alte Frau in Frieden, ich habe euch doch nichts getan!«

»Wir wollen kein Lirium, wir wollen Gerechtigkeit«, sagte Oyara ruhig. »Also komm heraus. Du hast nichts zu befürchten, wenn du nichts mit der Magierschaft zu schaffen hast. Wenn du nicht herauskommst, muss ich etwas anderes vermuten. Dann brennen wir alles nieder.«

Die Unbekannte winselte. »Ich komm heraus. Ich komm heraus. Ich bin eine Isin. Ich gehöre zu euch …«

Oyara folgte dem Gewimmer bis zu einem Wandschrank. Das große Möbelstück glitt zur Seite und eine Frau in einem staubigen Pelzmantel tapste hervor. Tränen hatten Spuren durch ihr gepudertes Runzelgesicht gezogen. Tatsächlich verriet die Farbe ihrer Haut, dass sie nicht nur menschlichen Geblüts war. Oyara spürte, wie etwas in ihr erstarrte.

Sie kannte die Alte.

Sie hatte sie schon einmal gesehen. Aber –

Die Bilder der Erinnerung entglitten ihr, bevor sie sie begreifen konnte, wie manche Träume nach dem Erwachen. Oyara blinzelte. Jetzt stand nur noch eine heulende Alte vor ihr, die sich den Mantel ängstlich vor dem dicken Körper zuhielt.

»Seht ihr?«, schluchzte sie. Ein Lächeln zuckte über das Gesicht, das wie aus geschmolzenem Wachs gemacht zu sein schien. »Ich bin eine Isin, ja, wie ihr! Vom Volk der Inseln! Ich bin auf eurer Seite!«

Die Alte tapste auf Regale zu, ohne Mutter Meer und ihre Krieger aus den Augen zu lassen. »Nehmt euch all das Lirium, ich schenke es euch! Für unseren Krieg gegen die

Menschen! Ich stehe auf eurer Seite, wir werden siegen! Nehmt euch alles!« Sie nahm Liriumflakons aus den Regalen und legte sie den Isen vor die Füße.

»Ich bin nur eine alte Frau, ich tu niemandem etwas. Ich würde mit euch in den Kampf ziehen, wenn ich noch könnte! Aber ich kann euch nur mit Lirium unterstützen, meine Brüder und Schwestern.« Mit einem grauenerregenden Lächeln legte sie eine Kiste mit Liriumflakons vor Oyara nieder. »Oben habe ich Fässer, die ihr benutzen könnt. In den Fässern lässt sich das Lirium leichter transportieren.«

Und da, an ihrem Lächeln, erkannte Oyara sie endlich wieder.

Dieselbe Haltung, den Mantel vor der Brust zusammengerauft. Dasselbe breite Katzengesicht. Jene Nacht an der Küste, die Männer mit den Peitschen, die heulenden Kinder, das Blut auf den Felsen und der braune Meeresschaum. *»In die Fässer mit ihnen! In den Fässern sind sie leichter zu schmuggeln!«*

Die Kinderhändlerin.

»Du«, hauchte Oyara.

Kombasa blinzelte verdutzt. Doch als sie Oyaras Blick begegnete, weiteten sich auch ihre Augen.

Die Fässer. Zugenagelt. Ein winziges Loch zum Atmen, durch das Wasser spritzte. Tage und Nächte, eine Ewigkeit in der engen Finsternis, nur das Rauschen des Meeres und Peitschenknallen von draußen.

Kombasa wich stolpernd zurück, als Oyara auf sie zukam, das Araidann vorgestreckt.

»Du ... hast mich gekauft.«

»Was?«, stotterte die Alte.

»Wie viel war ich wert?« Oyara stieß den Tisch zur Seite, hinter den Kombasa gewichen war. »Einen halben Flakon Lirium? Ein Stück Mauer dieses Badehauses?«

»Du verwechselst mich«, keuchte die Alte, doch die Angst lähmte ihr Gesicht, nahm der Lüge alle Glaubhaftigkeit.

»Ich habe keinen Menschen getötet, wenn nicht mein eigenes Leben davon abhing«, sagte Oyara mehr zu sich selbst als zu Kombasa. »Frieden und Gerechtigkeit, das wollen wir, nicht Krieg und Macht. Keine Rache. Keine Rache …«

Kombasa sagte nichts. Reglos kauerte sie an der Wand und starrte Mutter Meer an.

Langsam hob Oyara das Schwert an den Hals der Alten. »Du wirst sie alle freilassen. Sag schon, wo hast du sie versteckt, all die fehlenden Gliedmaßen …«

Sie verstummte plötzlich. Kombasa hatte den Mantel losgelassen, er war aufgeglitten und legte die unzähligen leuchtenden Medaillons frei, die sie um den Hals trug. Die winzigen Gliedmaßen der Geisterwesen glommen durch Glas und Silber und tauchten Kombasa in einen unheimlichen Glanz. Sie wirkte wie tot, noch bevor die Klinge ihre Haut berührte. Jegliche Mimik war aus ihrem Gesicht gewichen; es gab keine Schauspielerei mehr, die sie jetzt noch retten konnte.

»Töte mich nicht«, flüsterte sie rau.

Oyara verzog keine Miene. Die Klinge knirschte an einer dicken Halskette.

»Ich kann euch das Geheimnis der Feenlichter verraten. Ich habe herausgefunden, wie die Magier sie herstellen. Ihr könntet euer eigenes Lirium jagen. Das Geheimnis sind die Geisterwesen! Ich zeige euch, wie man die Feenlichter herstellt, ihr könnt alle dazu verwenden, die ich gefangen habe, wenn ihr mich –«

Oyara zog das Schwert zur Seite. Kombasas schlaffes Fleisch leistete der Klinge kaum Widerstand. Ihre Augen blinzelten noch, während ihr Kopf nach vorne sackte. Langsam rutschte ihr Körper an der Wand hinab.

»Das Geheimnis der Magier interessiert uns nicht«, sagte Oyara, als könnte Kombasa sie noch verstehen. »Bald wird es keine Feenlichter mehr geben und das Lirium kehrt zurück ins Lebendige Land. Das alles hier hat ein Ende.«

Blut begann den Körper der Toten zu überströmen. Bald bildete sich eine dunkle Pfütze, wuchs Oyara entgegen, umfing ihre Stiefel.

Nun hatte sie die Gewalt zurückgegeben, die ihr widerfahren war. An ihren Händen klebte Blut. Mutter Meer schloss die Augen, dann steckte sie das Schwert ein und drehte sich zu ihren Gefolgsleuten um. »Wir gehen.«

Zwei Meilen südlich von Tridad war ein großer Fluss. Dorthin würden sie das Lirium bringen, so wie sie all das Lirium, das sie auf ihrem Heerzug schon gesammelt hatten, zurückgaben. Alles floss zurück ins Meer, zum Ursprung des Lebens.

Ihre Krieger verließen das Kellergewölbe. Oyara aber kniete sich noch einmal neben den Leichnam. Mit zitternden Fingern öffnete sie jedes einzelne Medaillon und die leuchtenden Gliedmaßen der Geisterwesen schwebten aus Blut und Silber ins Freie.

Die Eindringlinge

Mercurin wollte ihr alles beibringen. Die Lehre der Elementarmagie, den Umgang mit ihrem Totenlicht und das Sprechen mit dem Lebendigen Land.

»Es ist nicht so wichtig, was du dem Lebendigen Land sagen willst. Wichtiger ist, dass du das Lebendige Land hörst. Dann wirst du merken, dass sein Wille und deiner derselbe sind.« Er stellte sich hinter sie und nahm ihre Hände, um sie anzuheben. Vor ihnen lag das flache Steinbecken des Wasseraltars, hoch oben auf einer der Felsenterrassen von Hellesdîm. Hel spürte seinen Atem im Nacken, als er leise sprach. »Du bist nur ein Funken, getrennt vom ewigen Lebensfeuer des Tiefen Lichts. Kehre zu ihm zurück … fühle deine Lebendigkeit, vergiss dein Ich. Dann wird sich der Geist des Regens mit dir vereinen. Du wirst ihn hören. Dein Ich ist nur noch ein Gedanke: Regen! Und dann wird es regnen.«

Hel versuchte sich zu konzentrieren. Wolkendecken räkelten sich über Hellesdîm, doch der Regen fiel nur jenseits des ringförmigen Abgrunds, der die Heiligen Hallen umschloss. Sie dachte an das Wasser, das Mercurin einst aus dem trockenen Wüstenboden hervorgezaubert hatte. An seine Haarsträhnen, die ihr auf der Schulter kitzelten.

»Trenne dich von deinem Ich, Hel … vergiss das Körperliche. Fühl das Licht.« Seine Hände glitten aus ihren. Mit dem Verlust seiner Berührung schien auch sie selbst fortzugleiten. Sie atmete flach aus. Plötzlich fielen drei, vier, ein Dutzend dicker Tropfen aus dem Himmel. Erschrocken blickte sie auf.

»Denk an das dunkle Herz!«, beschwor sie Mercurin. »In dir schlägt die Macht der alten Druiden. Konzentriere dich. Der Regen soll das Steinbecken füllen!«

Hel starrte auf den Altar und wiederholte den Befehl in sich. Doch der Regen verschwand abrupt, nur ein Tropfen rollte ihr noch über die Nasenspitze. Sie ließ die Hände sinken. Mercurin fing sie gleich wieder ein.

»Gib nicht so schnell auf. Du kannst es!«

Sie drehte sich halb zu ihm um. »Ja, vielleicht. Aber …«

Irgendetwas veränderte sich in seinem Gesicht. Eine stille Enttäuschung härtete seinen Blick. »Aber du willst es nicht.« Immer wieder bemerkte sie solche Blicke an ihm und sie hatte Angst davor.

»Doch«, beteuerte sie eilig. »Ich will alles wissen und alles können, was du kannst.«

Er schlug die Augen nieder und nickte. »Es ist viel, was ich dir beibringen muss. Aber du hast ein Totenlicht. Du wirst alles schnell erlernen. Wenn du es wirklich möchtest.« Er klang niedergeschlagen. »Versuch es noch einmal«, bat er. »Den Regen zu rufen, ist der erste Schritt. Danach kannst du mit den Seen und Flüssen, mit dem Meer sprechen.«

Kurz darauf liefen Hel und Mercurin nass bis auf die Knochen in den Schutz der Steinhallen. Draußen stürzte ein Platzregen auf Hellesdîm nieder, sogar Hagelkörner sprangen über die Felsen. Lachend taumelte Hel gegen die Wand und Mercurin drängte sich an sie.

»Du bist gefährlich«, murmelte er. Aber langsam wich die Strenge aus seinem Blick und ein Lächeln schlich sich in sein Gesicht. Mit einem Ruck warf er seinen tropfnassen Umhang ins prasselnde Grau vor dem Halleneingang. Er schüttelte sich. Wassertropfen sprangen aus seinen Haaren. Er zog das durchnässte Wams aus und wrang es aus.

»Mir ist kalt.«

Hel beobachtete ihn, fuhr mit dem Blick die Kontur seiner Schulterblätter nach, die Form seiner Arme. Er war so schön. Sie ging auf ihn zu und legte die Hände auf ihn. Ihn berühren zu können, schien wie ein Wunder. Er war ein Wunder. Sie legte den Kopf an seine Halsbeuge.

Der Regen trommelte, als gäbe es keine Zeit. Mercurin zog sie an sich heran. Er musste sich hinabbeugen, um ihr Gesicht zu küssen. Obwohl er viel größer war, fühlte Hel sich in seiner Nähe nicht eingeschüchtert. Sie waren beide gleich verletzlich, einander gleichermaßen ausgeliefert.

Er strich ihr über die Wange, musste verwundert lächeln, als könne auch er nicht glauben, dass sie sich halten durften. Wahrscheinlich durften sie es nicht. Sie taten es trotzdem. Er schien etwas sagen zu wollen, aber dann legte er nur die Stirn an ihre und schwieg. So standen sie da, nass und zitternd zwischen ihrem warmen Atem und der kalten Luft, unfähig, den Moment verstreichen zu lassen.

Er erzählte ihr alles über den Kult der Druiden. Die Gebete. Die Schönheit des Lebens, und die Ehrfurcht, die es von den Menschen verlangte. Geschichten über die Entstehung der Welt, das Zusammenspiel der Elemente, den Geist der Wälder und des Donners. Alles klang so fremd und war doch erfüllt von kühler Zärtlichkeit. Nicht alles wollte Hel glauben – dass Menschen und Tiere nur etwas wert waren, weil das Tiefe Licht einen Funken in sie gesetzt hatte, und dass es sich diesen Funken jederzeit zurückholen durfte –, aber sie behielt ihre Zweifel für sich, wollte ihm erst einmal nur zuhören und ihn verstehen.

Hin und wieder hielt er inne und fragte sie, ob sie ihm folgen könne; ob es in ihrer Welt ähnliche Vorstellungen gegeben hatte. Neugierig lauschte er ihren Erzählungen, doch dann wurden seine Fragen immer leiser, und schließlich kehrte er zur Lehre des Tiefen Lichts zurück, als hätte er den Auftrag, Hel zu bekehren, und dafür nicht viel Zeit.

Immer wieder wollte er in den nächsten Tagen, dass Hel sich im Umgang mit dem Totenlicht übte. Nachdem sie den Regen rufen konnte, sollte sie mit den Winden sprechen, Lirium aus dem Boden ziehen und zurückgeben. Hel hatte anfangs Bedenken, ob sie das alles wirklich wollte. Es waren dämonische Kräfte. Dieselben Kräfte, die Gharra und die Sturmjäger getötet hatten. Sie fürchtete die Macht, über die sie verfügte, hätte alles am liebsten geleugnet. Doch dann … wie köstlich war der Erfolg! Sie konnte tatsächlich die Elemente nach ihrem Willen lenken. Sollte ein Grashalm wachsen, so wuchs er. Sollte ein Zweig verdorren, verdorrte er. War Hel erschöpft, so konnte sie sich vom Lirium der Erde stärken. Sie fühlte sich unbesiegbar und so selbstsicher wie nie zuvor. Gerade das erschreckte sie oft.

Sie fragte sich nicht mehr, ob sie das Richtige tat. Diese Gedanken hatte sie für Mercurin aufgegeben. Doch tief in ihrem Inneren wusste sie, dass sie die Grenzen ihres Gewissens nicht ewig überschreiten konnte … irgendwann würde sie sich ihren Fragen und Zweifeln stellen müssen. Und vieles verlieren.

Eines Nachts wachte Hel auf und merkte, wie Mercurin sich erhob. Sie schliefen wie immer unter den Bäumen, deren Zweige wie Vorhänge um sie geschlossen waren. Er strich sie zur Seite und trat hinaus.

Es war noch dunkel im Himmel, zu früh für sein Morgengebet. Hel stützte sich auf und sah ihm nach. Am Rand des Hanges blieb er stehen. Schließlich stand Hel auf, rieb sich den Schlaf aus den Augen und kam zu ihm.

Er hörte ihre Schritte im Gras und drehte sich überrascht um.

»Kannst du nicht schlafen?«, fragte sie.

Er lächelte matt. Sie wusste ja, er brauchte keinen Schlaf. Sie eigentlich auch nicht – was erklärte, wie sie in den vergangenen Monaten mit so wenig ausgekommen war –, aber es hatte trotzdem etwas Schönes an sich, in vollkommene Ruhe zu versinken. Es war so vertraut. Und was sollten sie sonst mit ihrer Zeit anfangen? Am besten war es, sich nur in den Armen zu liegen und nicht über das zu sprechen, was ihr Zusammensein von allen Seiten bedrohte.

»Ich … ich höre den Isen gar nicht mehr«, erklärte Mercurin zögerlich. Er wich ihrem Blick aus. Dabei wusste sie genau, dass er sich noch immer, in jedem Augenblick, nach den anderen Totenlichtern sehnte. »Vielleicht wurde er von Saraide oder Anetán gefunden und erledigt. Aber dann müsste ich sie hören, irgendwie. Unmöglich können sie die Verbindungen zwischen den Totenlichtern gleich zu Beginn so gut unterdrücken. Wenigstens ein kurz aufflackerndes Bild.«

Hel nickte. »Es ist kalt.«

Er legte einen Arm um sie.

»Nein«, sagte sie, »ich meine, es ist kalt dort, wo das Totenlicht von Karat ist, dem Isen.«

Er starrte sie an.

»Ich habe ihn doch auch gesehen«, erklärte sie. »Und ich fühle die Verbindung noch.« Sie atmete tief durch, versuchte das misstrauische Funkeln in seinen Augen zu übersehen. Dachte er denn, sie spürte ihr Totenlicht nur, wenn er ihr damit umzugehen beibrachte? »Ich habe mir schon überlegt, ob Karat vielleicht irgendwo gefangen ist oder … sich in einem tiefen Schlaf befindet oder etwas Ähnlichem. Aber manchmal sind da Bewegungen, wo er ist. Nur keine Gedanken und Gefühle mehr. Ich sehe manchmal Berge im Schnee, aber nur entfernt, als würden sich die Bilder auf einer Art Spiegel befinden.«

Er biss die Zähne zusammen. Hel griff nach seiner Hand.

»Habe ich mehr gesehen als du? Oder macht es dir nur Angst, dass ich dir davon erzähle, während du es verschweigst? Ich will nicht deine Gegnerin sein, ich werde dir nie etwas verschweigen. Ich wünschte, du könntest das auch.«

Er sah sie an. »Ich habe es nicht gesehen. Nicht so deutlich wie du. Aber jetzt, wo du es beschreibst … ja, du hast recht. Es kam mir auch vor, als sei das Totenlicht nicht mehr in Karat, weil seine Gegenwart spurlos verschwunden ist. Aber Bilder sind noch da. Kalt und ... wie ein Widerschein der Wirklichkeit.«

Eine Weile standen sie schweigend in der Nacht. Das Zirpen der Grillen bebte im Schleier der Stille auf. Am Himmel war kein Mond zu sehen, nur ein wenig Sternenstaub in der Ferne. Auf der zweiten Sicht schwamm das Land in glimmenden Adern, friedlich wie immer. Die Welt schien ganz dicht an sie heranzurücken.

»Wenn Saraide oder Anetán ein Totenlicht gefunden haben, werden sie uns suchen und töten wollen. Nicht wahr?«

Er nickte nur. Sie atmete noch einmal tief durch. Wenn sie doch eine Lösung wüsste ... am besten wäre es vielleicht, wenn sie die Totenlichter fand, bevor die Druiden es taten. Dann war sie unangreifbar und sie würde kein Unheil mit ihrer Macht anrichten.

Du musst ... alle ... in dir einen ...

Sie schüttelte kaum merklich den Kopf, als könne sie so die Stimmen verscheuchen.

Seine Hand verkrampfte sich um ihre. Kurz befürchtete sie, er könne ihre Gedanken erraten haben, doch als sie aufsah, schloss er sie in die Arme und drückte sie fest an sich.

»Hab keine Angst. Ich werde dich beschützen, egal wovor. Vor allen.«

»Ich hab keine Angst vor den anderen«, flüsterte sie.

Er verstand, ohne ihre Angst aussprechen zu müssen, und atmete aus. Hel schloss die Augen. Wohin führte das alles nur? Sie wollte ihm sagen, dass sie ihn liebte; wollte irgendwie beweisen, dass ihr nichts wichtiger sein konnte.

Doch ihre Kehle war wie zugeschnürt. Und so schwiegen sie beide wieder, zitternd und sprachlos, vor Hoffnungslosigkeit.

Durch ihre Träume schnitt die Vision von Karats Totenlicht wie eine glatte Klinge. Gebirge. Schnee. Das Ende der Welt. Mit langen Schritten näherte es sich dem letzten, dem vierten, noch verschollenen Licht im Schoß der schlafenden Erde. Die Meilen, die sie trennten, wurden mit jeder verstreichenden Sekunde zur Seite gefegt wie von Schwerthieben.

Bald. Bald. Waren zwei Totenlichter geeint, wären sie zusammen mächtiger als die beiden Lichter, die getrennt in Mercurin und Hel glommen.

Nur einer würde sie einen. Alle anderen würden sterben.

Und die Zeit flog im Tanz von Schneeflocken.

»Was ist das?«

Hel fuhr aus dem Schlaf, als sie Mercurins alarmierte Stimme hörte. Er war schon aufgestanden und lief unter den Bäumen hervor. Es dauerte einen Moment, bis sie aus ihren Träumen in der Wirklichkeit angekommen war. Dann lief sie ihm taumelnd nach, noch weich vor Schlaf.

»Was? Was ist?« Sie sah sich verwirrt um. Es war schon heller Tag, doch schwere Wolken trieben Schatten durch das Land. Und dann sah auch sie es: ein stecknadelgroßes schwarzes Loch im Lichterstrom der zweiten Sicht. Ein Schauer schoss ihr den Rücken herauf. Karat? Ein Dämon? Irgendetwas war da, was Lirium aufsaugte.

»Was ist das?«, murmelte sie.

Der Wind strich ihm die Haare aus dem Gesicht. Seine

Kieferknochen traten hervor. Etwas Gefährliches hing über seinen Augen.

Mehrere Minuten beobachteten sie angestrengt das Loch in der zweiten Sicht. Es schien größer zu werden. Hel erkannte, dass es näher kam. Was ging hier vor sich?

Irgendwann ließ sie sich ins Gras sinken, umschlang ihre Beine mit den Armen und sah der unheilvollen Erscheinung entgegen. Mercurin begann auf und ab zu gehen. Immer wieder starrte er auf den Boden, dann in den Himmel, als wöge er die Möglichkeiten ab, was dort auf sie zukam.

»Saraide oder Anetán sind es nicht«, sagte Hel leise.

Er schüttelte den Kopf. »Sie würden sich verborgen halten.«

»Karat … aber dann würden wir ihn spüren.«

Eine Stunde verstrich. Noch eine. Der Tag kroch dahin und das tote Loch wuchs wie ein Geschwür am Horizont. Dann war es so nah herangekommen, dass sie einzelne Löcher erkannten, die aus der Ferne wie ein großes erschienen waren. Dünne Fäden des Nichts hingen herab. Als würden sich die Löcher vom Lirium des Bodens nähren …

Schließlich hob Mercurin die Arme. Hel fragte, was er vorhatte, doch dann begriff sie schon, dass er die Wolken öffnete. Kreidebleiches Sonnenlicht goss herab. Der Himmel lichtete sich. Aus dem bauschigen Grau erschien ein Schwarm schwarzer Flecken. Hel stockte der Atem.

Es waren Schwebeschiffe. Das Heer von Aradon.

Wie erstarrt blickte Hel der Flotte entgegen. Sie hatten es tatsächlich geschafft, die Kauenden Klippen zu überqueren. Aber wo waren die Trolle? Hatten sie sie in den Gebirgen zurückgelassen? Was war dann aus den Kriegern geworden, die von ihnen getragen worden waren?

Sie hörte Mercurin atmen. Er ging vor und zurück wie ein gefangenes Raubtier. Dann riss er die Arme erneut hoch. Ein tiefes Grollen drang aus dem Gewölk.

»Nein!« Hel stürzte auf ihn und zog seine Arme herunter. Sie musste sich mit aller Kraft gegen seine gespannten Muskeln stemmen. »Bitte! Töte sie nicht.«

Irgendwo hinter ihnen zuckte ein Blitz. Donner erscholl. Hel suchte in seinen Augen, aber sie fand keinen Zugang zu ihm. Das Blau darin war kalt wie Stahl. Die alte Angst vor ihm platzte wieder in ihr auf, so wund, als wäre sie nie verheilt.

»Auf den Schiffen sind Menschen, die mir etwas bedeuten«, sagte sie mühsam beherrscht. »Die ich liebe. Du darfst sie nicht angreifen.«

Er riss sich von ihr los. Hel stolperte einen Schritt zurück. »Eindringlinge!«, zischte er. Seine Augen wurden schmale Schlitze, scharf wie Säbelklingen. »Sie rauben das Land aus! *Ask'myr shaladin Shar mahaut nyr Dhar…*«

Hel begriff, dass er eine Beschwörung aufsagte. Seine Hände bebten. Der Himmel krachte. Stürme brauten sich zusammen.

»Bitte«, schrie Hel. »Mercurin, hör doch, was ich sage!«

Sie versuchte seine Hände in ihre zu schließen – vergeblich, er ließ sich nicht davon abbringen. Panisch blickte sie zu den Schiffen. Schwarze Gewitterwolken begannen sich um die Flotte zu winden.

»Hör auf! Da – ist Nova!« Sie biss sich auf die Lippe. Nova, Kelda, Harlem, die Söldner. Ganz zu schweigen von

Hunderten anderer Menschen, die unschuldig sterben würden.

»Sieh mich an.« Sie nahm sein Gesicht in die Hände, drückte ihre Stirn an seine. »Mercurin. Hör mir zu. Da sind meine Freunde.«

»Verfluchte«, zischte er. Sein Atem stieß ihr heiß entgegen, er wollte sich ihren Händen entwinden, aber sie ließ nicht los.

»Lass mich mit ihnen reden! Sie werden das Alte Reich verlassen. Gib mir nur Zeit, mit ihnen zu reden.«

»Sie werden alle sterben«, flüsterte er.

Sie sah ihm in die Augen. Die Augen eines Dämons. Die stahlblaue Hitze des Totenlichts glomm aus ihnen, schirmte alles andere ab. Seine Wimpern zitterten, als versuchte er sie durch seinen Zorn hindurch zu erkennen. Endlich fühlte sie auch seine Hände im Nacken.

»Sie werden ohnehin alle sterben, früher oder später«, wiederholte er gebrochen. »Ich … ich will nicht derjenige sein, der die Totenlichter in sich eint und es vollbringt.«

Hel begriff, was er damit sagen wollte. Tränen schossen ihr in die Augen. Sie schüttelte kaum merklich den Kopf.

Er vergrub das Gesicht an ihrer Halsbeuge. »Es ist feige, ja, aber ich will, ich kann nicht zusehen, wie du stirbst. Nicht du. Bitte, lass mich das nicht erleben. Ich sagte dir doch … ich werde dich beschützen, vor allem, vor jedem, bis dahin … alles was in meiner Macht steht …«

Hel wusste, dass er etwas Unmögliches von ihr verlangte. Dass sie es niemals tun würde. Aber sie konnte es ihm nicht sagen, nicht jetzt – seine Hoffnung war das Einzige, was Nova und die anderen noch retten konnte.

»Gib mir Zeit, mit ihnen zu reden«, flüsterte sie. »Bitte. Wenn du … Mercurin, wenn du mich liebst, dann weißt du, was ich für die Menschen empfinde, die dort auf den Schiffen sind!«

Er starrte sie mit so viel Hass an, dass sie nicht weitersprechen konnte. Doch dann schlug er die Augen nieder, seine Hände zitterten an ihrem Hals.

»Gib mir Zeit bis Sonnenuntergang. Nur bis dahin. Ich werde sie überreden. Bitte. Mercurin, bitte!«

»Bis Sonnenuntergang«, brachte er endlich hervor.

Hel seufzte tief. Die Tränen rannen ihr aus den Augen, sie wischte sie hastig fort. Sonnenuntergang. Ihr blieb nicht viel Zeit.

Mercurin ließ sie los und sie ging zurück. Blieb stehen. Sah ihn an. Sie begriff, dass es vielleicht das letzte Mal war, dass sie ihn so sah. Der Junge, den sie liebte, im Kampf gegen den Dämon, der sie töten sollte. Das nächste Mal – wenn es ein nächstes Mal gab – würde er nur noch ein Dämon sein. Sie wusste es.

Ohne ein Wort hervorbringen zu können, drehte sie sich um, ging, begann zu laufen, rannte. Unter dem Dach der Bäume hindurch, durch das lebende Geäst von Hellesdîm. Donnerte es oder hörte sie nur ihr eigenes Herz, das mit jedem Schritt Risse bekam, zerbröckelte, brach? Sie kniff die Augen zu, rannte, rannte, als könnte sie allem entfliehen. Erreichte den Abgrund und flog mit taumelnden Schritten darüber hinweg. In der Tiefe zischten Feuer, das wütende Blut der Erde schlug Blasen und kochte auf. Feen stoben aus den Wiesen auf, glitten unter ihren Körper, kaum dass sie den Abgrund mit einem Sprung hinter sich gelassen hatte. Mit einem keifenden Windrausch raste sie in den Himmel empor, wo Mercurins schwarze Wolken ihre Fäuste ballten.

Lieder von Dunkelheit

Die Feen trugen sie mit rasender Geschwindigkeit auf die Flotte zu. Inzwischen waren die Gewitterwolken so finster und groß geworden, dass die meisten Schiffe nicht mehr zu sehen waren. Aber Hel nahm mit der zweiten Sicht wahr, wie das Lirium aus Erde und Luft in die Beutel strömte, die weit geöffnet an den Sturmjägerschiffen befestigt waren. Es schmerzte sie beinahe körperlich, wie das Leben des Landes in die Feenlichter gesaugt wurde, darin eingepfercht und gefangen wie ein unaussprechlicher Zorn in überquellenden Herzen.

Sie flog zwischen den Schiffen hindurch. Krieger, Sturmjäger, Magier auf den Decks starrten sie fassungslos an. Endlich entdeckte sie die *Taube*. Sie musste ihren Wunsch, zu landen, nicht in Worte fassen, damit die Feenwesen sie verstanden. Sie schwebten herab, Hel landete sanft auf beiden Beinen und die Feen stoben davon wie Staubwirbel.

»Hel!« Kelda sprang die Treppe der Trollaufsicht herunter und rannte auf sie zu. Ein paar Meter vor ihr blieb er atemlos und ungläubig stehen.

Hel lief auf ihn zu und fiel ihm in die Arme. Er presste sie an sich, fast ohne Zögern.

»Wo warst du? Wir dachten …« Seine Stimme erstarb. Er strich ihr übers Haar und lächelte; lächelte zum ersten Mal mit offenem Mund und scherte sich nicht darum, dass sie seine spitzen Isenzähne sah. Sie lächelte zurück.

»Mir geht es gut«, murmelte sie, ohne zu wissen, ob es stimmte. »Ich werde alles erklären, aber jetzt haben wir nicht viel Zeit. Wir müssen …«

Immer mehr Leute tauchten hinter Kelda auf. Arill und Berano, Kapitän Nord, einige Sturmjäger, Harlem, Aricaa und Meister Olowain. Und da endlich: Nova. Kelda trat dezent zur Seite, um ihnen nicht im Weg zu sein.

Gewitterwind fegte über das Deck. Die Luft schien zu knistern vor nahenden Blitzen. Novas Jacke flatterte ihm um die Schultern und sein Haar tanzte über die Stirn, doch sein Gesicht war vollkommen still. Als wäre alles aus ihm gewichen, was sie kannte.

»Ich dachte, du wärst …«

Hel schüttelte den Kopf. »Mir ist nichts passiert«, brachte sie hervor, und nun wusste sie, dass es eine Lüge war.

Er kam auf sie zu. Ihre Hände griffen nacheinander und dann standen sie sich einfach gegenüber, umklammerten die Finger des anderen und blickten sich stumm an. Die Panik, die Aufregung in Hel lösten sich einfach auf wie Nebelschwaden. Sie war wieder da, er musste sich keine Sorgen um sie machen, das war alles, was zählte.

»Die Flotte muss das Alte Reich sofort verlassen«, sagte sie ruhig, aber laut genug, dass auch Meister Olowain es hören musste, dessen Gegenwart sie abgesehen davon zu ignorieren versuchte. Er war es nicht einmal wert, wütend oder enttäuscht zu sein. Hel empfand gar nichts für den Magier, diesen Feigling. Er hatte ihre Freundschaft nie verdient, ihren Hass verdiente er ebenso wenig.

»Mercurin ist in Hellesdîm und beobachtet uns. Er gibt uns Zeit bis Sonnenuntergang. Wenn wir dann noch hier sind, werden die Stürme und das Land uns auf seinen Befehl verschlingen.«

»Wir sind auf dem Weg nach Hellesdîm«, sagte Olowain. Seine Stimme klang kühl und verunsichert, als könne er sich nicht entscheiden, ob ihre plötzliche Wiederkehr etwas Gutes oder Schlechtes war. Vor allem aber schien er Angst zu haben. Hel verachtete ihn. Aber sie drängte ihre Gefühle für ihn zurück.

»Jetzt nicht mehr«, erwiderte sie. »In Hellesdîm ist niemand außer Mercurin. Es ist keiner da, gegen den Aradon Krieg führen kann.«

»Solange die Druiden leben, haben wir Krieg!«

Hel fuhr herum, als sie den Vorsitzenden der Magierschaft hörte.

Ein Gleiter landete im Heck des Schiffes. In der kleinen, wendigen Flugmaschine, die von einem länglichen Liriumballon gehalten wurde, saß eine Gruppe hochrangiger Magier. Meister Palairon erhob sich aus ihrer Mitte und stieg als Erster aus. Anders als Olowain schien er genau zu wissen, was er von Hels Auftauchen hielt. Seine vogelhaften Augen waren auf sie geheftet.

»Geht weg von dem Mädchen«, befahl er, sein Blick irrte nur für eine Sekunde zu Kelda und Nova, ehe er wieder zu Hel zurückkehrte. »Sie ist im Bunde mit den Druiden.«

Weder Kelda noch Nova rührten sich von der Stelle.

»Habt ihr nicht gehört?«, brüllte Palairon.

Hel zuckte gegen ihren Willen zusammen. Nie hätte sie erwartet, dass der Magier so laut werden konnte. Doch sie hatte keine Angst – sein Zorn bewies, dass er machtlos war.

»Ich bin hier, um Euch zu warnen«, sagte Hel leise. »Wenn Ihr nicht sofort umkehrt, werden alle Menschen auf diesen Schiffen den Abend nicht überleben.«

»Wir fliegen nach Hellesdîm!«, stieß Palairon hervor. »Keiner verlässt dieses verfluchte Reich, ehe der Tempel in Schutt und Asche liegt.«

Hel hielt seinem Blick stand. Ihr wurde klar, dass sie ihn niemals überzeugen würde. Nun, was aus den Magiern wurde, interessierte sie nicht – sie war wegen ihrer Freunde gekommen.

»Dann werdet Ihr sterben, Meister Palairon. Ihr habt es verdient.« Sie wandte sich an Kelda, Nova, Harlem und die Söldner. Kapitän Nord und Aricaa traten zu ihnen.

»Wir müssen die Flotte sofort verlassen. Vertraut mir, wir können …«

Palairons Stab stieß dumpf auf die Planken. »Keiner verlässt das Schiff. Vor allem nicht du.« Er richtete den Stab auf Hel. Ein Lichtstrahl schoss auf sie zu. Ehe Hel auch nur begreifen konnte, was geschah, traf sie der Angriff mitten in die Brust.

Schreie spritzen wie Scherben um sie auf. Hels Körper begann heftig zu zucken. Aber es war nur Lirium, Lebenskraft. Es konnte ihr nichts anhaben. Das Totenlicht öffnete seine schwarzen Lippen und trank die leuchtende Kraft einfach hinunter. Hel schloss die Augen. Sie musste lächeln.

Als das Licht in ihr verebbte, legte sich Stille über das Schiff. Nur der Wind fegte in den Umhängen der Magier. Hel sah auf. Palairon stand ihr reglos gegenüber, bleich wie eine Wachsfigur, und umklammerte seinen Stab. Die Magier warfen sich nervöse Blicke zu.

»Vielleicht«, sagte Hel ruhig, »solltet Ihr gehen. Und dann kehren die Schiffe um.«

»Tötet sie.« Palairon riss den Stab hoch. Die Magier hinter taten es ihm gleich. Doch diesmal war Hel vorbereitet. Sie öffnete die Arme und gab das Leben an den Himmel zurück. Die Liriumstrahlen flohen zu allen Seiten, ehe sie Hel treffen konnten, und vereinten sich mit den Blitzgeweben in den Wolken.

»Sie hat ein Totenlicht«, brüllte Palairon. »Haltet sie in Schach!« Er zog einen langen Dolch aus dem Gürtel. Mit der Waffe in der einen, dem Blitze spuckenden Stab in der anderen Hand, schritt er auf sie zu. Kalter Hass stieg in Hel auf, schwappte über. *Es wäre so leicht, so leicht,* flüsterte eine Stimme in ihr. *Nimm das Leben dieser verdorbenen Wesen. Sie haben den Funken nicht verdient, der sie mit dem heiligen Totenlicht verbindet. Nimm ihr Leben, gib es der Quelle zurück…*

Hel zögerte. Kamen diese Gedanken wirklich von ihr? Konnte sie … nein, nein! Sie konnte niemanden töten. Auch wenn sie es verdient hätten. Wenn es das Beste wäre, für alle. *Der einzige Weg…* Sie war hier, um den Tod dieser Menschen zu verhindern, nicht um ihn herbeizuführen. Aber wenn sich das Sterben all dieser Menschen nur verhindern ließ, indem einige, einige wenige gingen…

Sie fühlte, dass es kein Zurück geben würde, wenn sie

dem Totenlicht einmal nachgab. Es war mächtiger als sie; es würde ihr grenzenlose Macht verleihen, wenn sie es nur zuließ. Eine Macht, wie Mercurin sie hatte. *Oder noch mehr*, flüsterte es in ihr. Mercurin! Er war ganz in der Nähe, dicht bei ihrem Herzen. Er haderte mit sich selbst. Lange würde er nicht mehr warten. Den Kampf zwischen dem Gedanken an Hel und dem Zorn seines Totenlichts würde das Totenlicht gewinnen. Es war mächtiger ... Nicht mehr lange. Hel musste die anderen in Sicherheit bringen – es blieb nicht viel Zeit und die Magier hielten sie auf!

Palairon hatte sich bis auf wenige Meter genähert. Die Klinge seines Dolches leuchtete im Widerschein der magischen Ströme, die um Hel abprallten, als stünde sie hinter einem Schutzschild. Aber den Dolch konnte sie nicht mit dem Totenlicht abwehren. Palairon wollte sie töten. Sie konnte es nicht glauben, selbst jetzt noch nicht, wo er ihr mit erhobener Waffe näher kam. Er, der Vorsitzende der Magierschaft, ein erwachsener Mann, wollte ein unbewaffnetes Mädchen erdolchen. Vor aller Augen. Wie war das möglich?

Sie atmete tief aus. Es war wahr. Die Magier hatten das Land ausgeraubt. Die Isenrebellen brutal unterdrückt. Die Zwerge von Gondurill ermordet. Auch Hel würden sie gewissenlos aus dem Weg räumen. Egal, wer zusah. Solange niemand etwas dagegen unternahm. Und wer würde das wagen, wo doch alle Welt die Magierschaft brauchte?

Wütende Winde rauschten durch ihre Finger. Sie spreizte sie ein wenig weiter. Fühlte das Vibrieren der Luft anschwellen. Die Blitze der Magier zuckten wie Tentakel zurück. Hel sah, wie Palairon und ein paar andere Magier von den Füßen gerissen wurden. Einer wurde vom Wind gegen die Reling geschleudert und stürzte darüber hinweg – als würde jemand ein Blatt wegpusten, so leicht! Sein Schrei zog die Spur seines Falls schrecklich nach, riss jäh in der Tiefe ab. Hel zuckte vor Schreck zusammen. Wirbel brausten an ihrem Körper empor wie unsichtbare Flammen. Sie hatte das nicht gewollt! Aber was hatte sie denn gewollt?

Ächzend versuchte Palairon seinen Stab in die Arme zu schließen und sich aufzustemmen. Hel bewegte entschlossen ihren Arm durch die Luft, wischte alle Gedanken damit weg, ihre Angst und ihre Zweifel. Dazu war jetzt keine Zeit. Es war zu spät!

Palairons Stab blitze auf, als er sich daran hochziehen wollte. Das gesammelte Lirium brach aus der Speicherkugel und tauchte Palairon in weißes Feuer. Er klatschte zurück auf den Boden. Sein schwerer Körper zappelte und zuckte wie ein Fisch auf dem Trockenen. Risse brachen in die Holzplanken. Die Blitze des Stabes schlugen um sich, brannten rauchende Löcher ins Schiff, sprangen in die grollenden Gewitterwolken und trafen die Magier hinter Palairon. Manche wirbelten in wahnwitzigen Pirouetten um sich selbst, andere stürzten wie nasse Mehlsäcke zu Boden, einer wurde weit in den Himmel hochgeschleudert und von einem Dutzend greller Blitze zerrissen. Keine Schreie. Der Donner schluckte alle menschlichen Geräusche.

Unfähig, sich zu regen, starrte Hel auf ihr Werk. Getötet. Sie hatte diese Menschen getötet. Die Erkenntnis floh wie eine Pfeilspitze durch sie hindurch, hinterließ eine glühende Schmerzspur – dann wälzten die Mächte des Totenlichts aus ihrer Brust in ihren Kopf empor – *was bedeutete schon der*

Tod, sie waren Funken, nichts als Lebensfunken, zurückgekehrt ins ewige Leuchten der Welt! Das Leben war noch da, dankbar für seine Befreiung aus diesen schwachen Körpern und verrotteten Geistern …

Ein Krachen ging durch den Himmel, dass das Schiff erzitterte. Feine Regenwogen wischten über das Deck, prasselten achtlos über die Toten, die dort lagen. War die Sonne schon untergegangen oder schlossen die Wolken nur das Tageslicht aus? Ein metallisches Flimmern haftete auf den Umrissen, sonst herrschte Dunkelheit, als wäre die Welt in ein farbloses Schattendasein umgekippt.

Hel wagte nicht, sich zu den anderen umzudrehen. Sie konnte nicht in ihre entsetzten Gesichter blicken.

»Wir drehen um«, befahl sie. Ihre Stimme war so laut und streng – war es sie, die da sprach? Vielleicht traute sie sich zum ersten Mal, vor allen ihre Stimme zu erheben. Erinnerungen an das Mädchen durchrieselten sie, das sie einst gewesen war: Immer bemüht, es anderen recht zu machen, nicht aufzufallen, bloß niemanden mit ihrer Anwesenheit zu belästigen. Den Kopf geneigt, damit ihr hässliches Auge ja keine Abscheu erregte. Nie hätte sie eine Forderung gestellt oder gar ein nettes Wort für sich beansprucht. Gharra kam ihr in den Sinn, ihr Kapitän, der Mann, der sie gekauft und großgezogen hatte. Er war der einzige Vater gewesen, den sie je gehabt hatte. Aber wäre sie je auf die Idee gekommen, ihn zu bitten, ›Tochter‹ zu ihr zu sagen? Nein. Sie hatte sich keiner Liebe würdig gefühlt. War dankbar gewesen, überhaupt geduldet zu werden. Wahrscheinlich hatte sie sich überhaupt zum ersten Mal für ihre Mitmenschen bemerkbar gemacht, als sie die *Schwalbe* hatte abstürzen und alle sterben lassen. Bittere Tränen brannten hinter ihren Augen. Tief in ihrem Inneren wusste sie, Gharra hatte sie geliebt. Und sie hatte ihn umgebracht. Sie war eine Mörderin und daran ließ sich jetzt nichts mehr ändern.

»Meister Olowain! Schreibt Eilige Federn an die anderen Magier. Alle Schiffe müssen auf der Stelle wenden.«

Nichts regte sich. Nur das Heulen des Windes, das Knarren und Gurgeln der Liriumrohre.

Hel drehte sich endlich um.

Die Gefährten klammerten sich an die Reling und die aufgeschlagene Tür der Steuerkabine. Der Sturm zerrte sie beinahe vom Schiff. Nur Hel blieb von den Winden unberührt. Sie hob verunsichert die Hände, wollte den wütenden Himmel besänftigen. Doch die Luft war von Peitschenschlägen erfüllt. Aricaa rutschte mit den Füßen über die Planken. Kapitän Nord versuchte sie um die Taille zu packen, damit sie nicht fortgeweht wurde.

»Aufhören«, wimmerte Hel. Die Wolken gruben sich ineinander wie Schlangen. Heftige Regenschauer sprühten über das Deck. Knarzend und ächzend sank die *Taube* zu einer Seite weg.

Mercurin. Seine Hände ballten sich in den zornigen Wolkenmassen.

»In die Steuerkabine!«, schrie Hel. Sie taumelte auf Nova und Kelda zu, die ihr am nächsten waren und an der Reling hingen. Hel nahm sie an den Armen, zwang sich, ihre Blicke zu ignorieren. Zu dritt liefen sie durch den Regen auf die Kabine zu. Die anderen hatten sich bereits die Treppe hinaufgekämpft und krochen erschöpft ins Trockene. Hel schloss die Tür hinter sich. Dann ging sie ans Steuerrad und wendete das Schiff.

»Eilige Federn, Olowain«, wiederholte sie, ohne den Magier anzusehen. »Sofort!«

Er reagierte nicht, bis sie sich zu ihm umwandte. Schwer atmend, kauerte er in einer Ecke. Als ihr Blick ihn traf, wollte er sich hinter seinem Stab verstecken. Hel spürte, wie ihr Mund vor Abscheu zuckte.

»Schickt den Befehl. Oder Ihr könnt gleich über Bord springen, um mit Euren Magierfreunden zu sterben.«

Zitternd kramte er eine Schatulle mit Eiligen Federn aus seinem Umhang und begann zu schreiben. Als er fertig war, öffnete er die Tür einen Spalt, um die Federn zu entlassen. Er musste sich mit seinem ganzen Körpergewicht dagegenstemmen, um die Tür wieder zu schließen. Draußen erscholl markerschütterndes Donnern, als wären die Wolken Steinlawinen geworden, die sich langsam lösten. Das Schiff neigte sich so stark nach links, dass sämtliche Gegenstände zu Boden rollten. Berano lag beinahe auf dem Fenster. Hel musste sich am Steuerrad festhalten, um nicht umzufallen.

Ein Blitzgewebe erstrahlte, tauchte die ganze Welt für Sekunden in grelles Nichts. Hel hielt den Atem an. Draußen brüllten die Trolle an der Kurbel. Dass so mächtige Wesen panisch wurden, erschreckte sie beinahe mehr als die Blitze selbst. Ein Krachen folgte, das den Himmel zu spalten schien. Das Schiff erbebte. Die Gefährten schrien. Irgendwo splitterte Holz. Erinnerungen strahlten auf. Die *Schwalbe*. Die plötzliche Leere unter ihnen. Jureba, ihre kleine dunkle Gestalt, die von funkelnden Zungen verschlungen wurde. Der Absturz. Die Schreie.

Sie würde es nicht wieder zulassen, es durfte nicht passieren! *Mercurin!* Hel schob den Hebel, der den Liriumstrom der *Taube* regulierte, voll auf. Dumpfes Dröhnen rollte durchs Schiffsinnere. Obwohl sie auf die maximale Geschwindigkeit beschleunigten, schien die *Taube* reglos im tobenden Wolkenmeer zu hängen.

Wieder Blitze. Hel sah, wie sie in den Ableiter im Heck einschlugen. Er durfte nicht – sie würde nicht zulassen –

Mit einem verzweifelten Schluchzen stürzte sie auf die Tür zu, riss sie auf und rannte in die peitschenden Regenmassen.

»Hör auf!«, schrie sie in die Dunkelheit. »Wir kehren um! Hör doch auf! Hör auf!«

Wieso hörte er sie nicht? Sie suchte die Verbindung der Totenlichter, doch er war nicht da. Wo sonst seine Stimme, seine stillen Augen in ihr gewartet hatten, war nur schwarzes Gewölk, Mordlust, so viel Hass …

»Bitte«, wimmerte sie. Der Wind riss sie von den Füßen. Sie taumelte und stürzte gegen die Reling. Die Rohre pfiffen grell, das Lirium sauste darin, als wollte es vor dem drohenden Unglück fliehen. Noch ein Windstoß. So heftig, dass sich das Schiff abermals neigte. Hel rutschte mit den Füßen über die Reling, sie klammerte sich mit regennassen Händen fest.

Mercurin! Sie wiederholte seinen Namen wie eine Beschwörung. *Wenn du sie tötest, tötest du mich mit.*

Das Schiff stemmte sich gegen den Orkan.

»Hel!«

Der Ruf schien aus einer anderen Welt zu kommen, von jenseits der heulenden Winde. Nova klammerte sich ans Geländer der Treppe.

»Geh wieder rein!«, schrie sie. Der Regen schlug ihr ins Gesicht, machte sie stumm. Dann rannte er auf sie zu. Seine Füße schlitterten auf den nassen Planken. Hel stemmte sich mit letzter Kraft von der Reling weg und taumelte ihm entgegen.

»Geh wieder r–!«

Das Schiff kippte jäh zurück. Der Wind, der sich gegen sie gedrückt hatte, tauchte ab wie eine Meereswoge. Kreischend stürzten sie zu Boden. Dann fegte ein Wirbel über sie hinweg, machte sie schwerelos. Hel flog in die Luft, als hätte sie kein Gewicht. Alles stürzte übereinander. Nova war nicht mehr als ein grauer Schemen im freien Fall. Er krachte lautlos gegen die Reling, überschlug sich, wurde ins Nichts davongerissen.

Sie schrie seinen Namen. Schrie nach dem Leben, das ihn auffangen sollte. Sie selbst stürzte durch Schwärze, Blitz und Donner. Erde und Himmel hatten sich in rasendes Nichts aufgelöst.

Im Segelflug Richtung Tod umhüllten sie schillernde Feen. Trugen sie auf körperlosen Schwingen. *Nova. Rettet Nova,* flüsterte sie.

Sie sah ihn in der Finsternis, ein unbewegter Schatten, getragen von Lichtgestalten. *Halte durch,* dachte sie. *Bitte, halte durch.*

Dann versank auch ihr Verstand im brüllenden Schwarz.

Probe

Irgendwo am Rande der Silbernen Steppen hatte der Druide die Spur verloren. Karat musste hier gewesen sein – auf seinem Weg hatte er verdorrte Pflanzen hinterlassen, wo sein Totenlicht sich vom Lirium genährt hatte. Doch jetzt, wo das Alte Reich, seine Heimat, vor ihm lag, fand Anetán kein Zeichen mehr von dem Isen.

Wankend glitt er unter den mannshohen Farnen hindurch. Er war so erschöpft. Wochenlang hatte er sich durch das Lebendige Land schlagen müssen; all seine Kraft darauf verwendet, es im Zaum zu halten, damit es ihn nicht fraß. Seit er in den Silbernen Steppen war, schlief er kaum mehr als ein paar Stunden am Stück. Schweißgebadet erwachte er vom Fauchen und Zischen unbekannter Bestien, die sich durch das tiefe Dickicht bewegten. Niemand wusste, ob sie sich nur vom Lebendigen Land nährten wie Geisterwesen oder Fleisch fraßen. Aber die Tiere waren seine kleinste Sorge; gegen sie konnte er sich mittels seiner magischen Fähigkeiten wehren, wenn er schnell genug war. Das Land war viel gefährlicher. Einmal war er atemlos aus dem Schlaf gefahren, weil sich Erde und Schlingpflanzen über ihn geschoben hatten. Er wäre begraben worden, hätte er nicht die Kraft aufgebracht, das Leben zu beschwören und zurückzudrängen.

Natürlich hätte er sich Feen oder Lymaeri rufen können, um sicher durch das Land getragen zu werden; doch dann hätte er die Spur des Isen nicht verfolgen können. Er musste sich an den dünnen Pfad erloschenen Lichts halten. Der fadenschmale Tod im überwuchernden Leben. Seine einzige Hoffnung.

Er trank das Brackwasser aus Pfützen. Die meisten Pflanzen in den Silbernen Steppen waren ihm unbekannt; hin und wieder fand er einen Strauch, dessen dunkelrote, fleischige Blätter essbar waren und süßlich schmeckten. Sonst fing er kleine Tiere, spinnendürre Frösche meist, die erst über dem Feuer gebraten genießbar wurden.

Ihm war so elend zumute. Hätte er doch ein Totenlicht! Er würde keine Nahrung mehr brauchen. Er wäre eins mit dem Land, könnte sich die unermessliche Energie des Tiefen Lichts zu eigen machen… wieso hatte das Schicksal ausgerechnet einen unwürdigen Isen zum Träger eines Totenlichts auserkoren? Wieso hatte seine Schwester Totumé, dieses Kind, ein Totenlicht gefunden? Nein, sie hatte es bekommen – sie musste es bekommen haben. Sie war unfähig gewesen. Jemand musste ihr geholfen haben. Aber wieso war sie ihm vorgezogen worden? War sie denn würdiger gewesen als er, sie, die unter dem Gewicht der Macht gleich ihren Verstand verloren hatte? Er begriff es nicht. Das Tiefe Licht war unergründlich.

Doch im Grunde ahnte er, weshalb er unwürdig war… wieso das Tiefe Licht Totumé und seinem Bruder Mercurin als Träger erwählt hatte, während er erfolglos durch das Reich der Verfluchten irren musste. Das Tiefe Licht sah alles. Es durchdrang auch ihn. Kannte seine Gedanken … Gedanken, die immer wieder seine Schwester durchschritt. Saraide. Ihr feuriges Haar, ihre kohleschwarzen Augen. Ihr Fuchslächeln. Er konnte sie nicht vergessen, sie kam immer wieder zurück, in tausendfachen Bildern.

Ihr schöner Körper … wie sie sich bewegte, wie sie ging und vor ihm stand, den Kopf neigte und ihn ansah … der durchdringende Blick; ein Blick, der aus dem tiefsten Schwarz des Alls herabschoss. Es gab nichts, was er mehr fürchtete als die Geheimnisse, die sich hinter dem Spiegel ihrer Augen verbargen. Und nichts, was er mehr begehrte.

Ja, deshalb fand er kein Totenlicht! Er begehrte sie mehr als die Erfüllung seiner Mission. Er hatte sie all die Jahre wie eine zweite Gottheit neben das Tiefe Licht gestellt, heimlich. Aber das Tiefe Licht hatte er nicht täuschen können. Es duldete keine Gottheit neben sich, dem Quell des Lebens. Doch Saraide war genau das für ihn: die Verkörperung des Lebens. Eine Quelle. In ihr war die ganze ungreifbare Schönheit des Tiefen Lichts in eine zarte Form geschlüpft. Anetán rief sich jede Berührung in Erinnerung, während er durch das Dickicht tapste, dem Alten Reich entgegen. Ihre Haarspitzen auf seiner Brust, als sie sich herabgebeugt hatte, um ihn zu küssen. Ihre kühlen Finger an seiner Wange. Ihr Atem, ein Zittern auf seinen Lippen.

Wo sie wohl war? Sooft er sich fragte, wo die unentdeckten Totenlichter lagen, sooft überlegte er auch, wo Saraide sein mochte. Zog sie ebenfalls durch die Silbernen Steppen, vielleicht keine Meile von ihm entfernt, auf der Suche nach dem Isen? Oder hatte sie sich an Mercurins Spur geheftet? Hatte sie womöglich schon ein Totenlicht?

Wenn sie noch keines hatte, konnte das nur bedeuten, dass das Tiefe Licht sie ebenso strafte wie ihn. Die Vorstellung durchrieselte ihn warm. Dann liebte sie ihn! Wenn sie an ihn dachte wie er an sie… nichts könnte ihn glücklicher machen.

Nichts? Wirklich nichts?

Er blieb stehen. Hatte er nicht Stimmen gehört? Er lauschte, doch das Pochen seines Herzens füllte ihm den Kopf aus wie dicke Watte.

Nach einem Moment ging er weiter. Er wollte die Silbernen Steppen hinter sich lassen. Er wagte es aus Ehrfurcht vor dem Lebendigen Land kaum zu denken, aber diese Gegend war ein Albtraum. Das Leben konnte eben auch bösartig sein, triebhaft, gierig. Es fiel Anetán schwer, die Schönheit darin zu erkennen. Rasch murmelte er ein Gebet vor sich hin, um die lästerlichen Gedanken zu entschuldigen.

Und deine Liebe zu Saraide, ist sie nicht ebenfalls bösartig, triebhaft und gierig? Ist es nicht rohes Verlangen? Hast du nicht den urtümlichen Trieb auf einen Altar gehoben, ebenbürtig mit dem Tiefen Licht?

Anetán blieb nicht mehr stehen, als er diese Stimmen in sich hörte, doch er ging langsamer. Er wusste, dass die Gedanken nicht seine waren. Und doch waren sie in ihm. Es war ein Gefühl, als würden Finger in seinen Kopf greifen.

»Wer seid ihr?«, flüsterte er, bemüht, seine Angst zu unterdrücken. Alles, alles war Teil des Tiefen Lichts und musste verehrt werden. »Seid ihr die Aljen?«

Schlagartig umfing ihn Nebel. Sein Herz blieb stehen – zwang ihn, innezuhalten. Der Nebel formte sich tropfengleich zu Wesen, die ihn im Kreis umschlichen. Ihm stockte der Atem. Noch nie hatten die, die immer da waren, immer sein würden, vor seinen Augen Gestalt angenommen. In Hellesdîm hatte er ihre Präsenz oft gespürt; aber sie leibhaftig zu sehen, war, als offenbarte das Tiefe Licht ihm sein Gesicht.

»Du hassst… längssst… deinen Treueschwur vor dem Tiefen Licht gebrochen! Schon eine Lüge, alssss du dich auf den Weg machtessst… deine Missssion zu erfüllen!«

Ihm fiel keine Antwort ein. Die Gestalten kicherten zischelnd.

»Du wirssst sssie nicht töten können, deine geliebte Schwessster… wozu dann die Sssuche nach den Totenlichtern? Leg dich auf die Erde und krepiere! Dasss wäre dasss Bessste für deine geliebte Schwessster… ein Gegner weniger für sssie!«

Anetán spürte, dass ihm Tränen in die Augen stiegen. Er konnte es nicht verhindern. Das ganze Elend seiner Zerrissenheit schwappte in ihm hoch. Glaubten die Elfen denn, dass er nicht selbst schon an all diese Dinge gedacht hatte, hunderte Male?

»Liebssst du ssie…«, zischelte es ihm in die Ohren. Er wagte nicht, sich zu regen, geschweige denn, sich umzudrehen; die Elfen schienen sich ihm auf Haaresbreite genähert zu haben, und doch sah er sie im Abstand von mehreren Metern im Kreis schleichen. »Wasss heißt dassss schon, Liebe? Liebtessst du sssie auch, wenn sssie hässslich wäre? Wasss liebst du überhaupt an der Schlange?«

Auch diese Fragen hatten ihn schon nächtelang wachgehalten. In Wahrheit hatte er keine Ahnung. Er konnte jede Einzelheit aufzählen, die er an ihr begehrte – von ihren spitzen Knöcheln bis zu ihren dichten Augenbrauen –, aber warum er sie liebte, dafür gab es keine Antwort. Ihre Schönheit, ihre bewundernswerte, eisige Schläue waren nicht der Grund seiner Liebe. Es war etwas anderes; etwas, das sich hinter all diesen Eigenschaften verbarg und nie ergründet werden konnte, egal wie lange er sie ansah, wie fest er sie im Arm hielt, wie oft er von ihr träumte.

»Ssso issst dasss«, zischelten die Stimmen. Anetán blickte in ihre gläsernen Gesichter, die das Sprechen nur nachzuahmen schienen. »Du willssst die Totenlichter nur ssammeln für deine Schwesssster!«

Er wich ihren starren Augen aus und konzentrierte sich auf seine Füße; die Worte zu hören, die er schon so lange unausgesprochen in sich trug, erschreckte ihn.

»Wenn sssie die Totenlichter nimmt und dein Leben dazu … hieße dasss nicht, sssie liebte dich weniger, viel weniger alsss du sssie? Zu wenig, um deiner Liebe würdig zu sssein …?«

»Was wollt ihr von mir hören?«, fragte er erschöpft. Es fiel ihm schwer, gegen das vielstimmige Gezischel anzureden. Als würde er ein Floß gegen Sturmwellen rudern.

»Menschen reden, reden, träumen von der Liebe! Wer von ihnen hat je geliebt? Lügen, falsche Schwüre, nur Begierde!«, keiften die Nebelgestalten. »Lasss ab von deinem Irrglauben, Druide! Du kannssst Sssaraide nicht trauen … nimmt sssie die Totenlichter von dir, war eure Liebe nur ein leeresss Wort! Nimmt sssie sssie nicht, issst sie eine Verräterin am Tiefen Licht, unwürdig, verabscheuungssswürdig, keiner Liebe wert! Du kannssst niemandem trauen… du ssselbsst musssst die Totenlichter in dir einen! Du lebssst, um all dasss verderbliche Leben ansss Tiefe Licht zurückzugeben! Reinige die Welt von all den irrgläubigen Menschen! Reinige dich von allem Irrglauben!«

Er atmete schwer. Die Stimmen waren immer dunkler geworden, dröhnend und verschlingend.

»Aber ich finde die Totenlichter nicht«, flüsterte er.

»Willssst du… sssie wirklich finden?« Die Gestalten hoben gleichzeitig ihre Ranken bewachsenen Arme und wiesen in eine Richtung. »Geh bisss ansss Ende der Welt. Drei Totenlichter haben bereitss einen Träger. Nur einsss issst noch zu finden… nimm esss dir! Und dann nimm dir alle anderen! Ssag dich losss von der Schlange…«

Im Nebel formten sich Hügel, dann Berge, scharf wie Säbelklingen. In ihrer Mitte pulsierte ein Licht.

»Wo der letzte Druide sssich zum Sterben zurückzog, dort wartet sssein Herz auf einen neuen Träger… am Ende der Welt, wo dasss Land einsss wird mit den Wolken und die Eisgipfel den Himmel tragen…«

Anetán erkannte das Gebilde im Nebel. Norden. Der Rand des Alten Reiches, wo das Land bis ins Grenzenlose anstieg und kein Mensch sich zuvor hingewagt hatte. Kein Mensch… nur der Druide von einst, dessen Herz noch immer im Eis pochte.

»…und auf einen neuen Träger wartet«, hauchten die Elfen. »Hol esss dir, Druide!«

Die Nebel stoben auseinander, die Gestalten und ihre Stimmen verloren sich wie Sandwogen im Wind. Plötzlich stand Anetán wieder allein im regendurchtränkten Land. Die Wiesen bäumten sich auf und Lymaeri brachen schillernd aus der lebendigen Erde, stoben auf ihn zu und glitten unter seine Hände und Beine. Anetán hielt sich in den Mähnen fest. Im nächsten Moment flog er über Farn und Gräser, im Rausch federleichter Funkenkörper.

Das Alte Reich riss unter ihm davon. Die Lymaeri trugen ihn durch tiefste Wälder, wo kein Sonnenstrahl das Dickicht störte, und über weitläufige, goldene Steppen. Licht und Dunkelheit, Regen und Wärme wechselten sich ab im irrwitzigen Rhythmus des Lebens, rasend schnell in ihrer Trägheit wie die Sterne am Firmament.

Das Wetter wandelte sich immer stärker. Schließlich wurde aus Regen Schnee. Wiesen und Wälder verschwanden unter samtig weißen Decken. Die Kälte nagte an Anetán, doch wenigstens umgaben ihn die Lichtkörper der Lymaeri wie ein Sonnenstrahl. Und seine Gedanken befanden sich in einem fieberhaften Taumel. Hatten die Elfen ihm die Wahrheit gesagt – befand sich wirklich ein Totenlicht in den nördlichen Bergen? Es musste, es musste so sein … gewiss hatten die Elfen schon Totumé geholfen, wieso sollte es bei ihm anders sein. Nur weil er Saraide liebte … aber die Elfen gaben ihm eine Chance, sich für das Tiefe Licht, gegen seine Schwächlichkeit zu entscheiden.

Ein Totenlicht. Endlich. Er wäre endlich ein Gegner für seinen Bruder Mercurin. Schon immer waren sie Gegner gewesen. Sein Bruder, dieser verschwiegene, ehrgeizige, eifrige Junge – ihm war nicht zu trauen, das hatte Anetán schon immer gewusst. Manchmal hatte er gebangt, Saraide an ihn zu verlieren. Aber Mercurin war kalt im Herzen, kalt wie der blaue Stern am Abendhimmel, dessen Namen er trug. Selbst wenn Saraide ihm dieselben Dinge dargeboten hatte wie Anetán – was er in seinen schlimmsten Augenblicken befürchtete –, wäre sein eisiger Bruder nie darauf eingegangen. Das war wohl der Grund, weshalb das Tiefe Licht ihm bereits ein Totenlicht gegeben hatte. Aber nun stand auch Anetán in der Gunst der Elfen. Man gab ihm eine Chance. Seine Verpflichtung vor dem Tiefen Licht oder seine Liebe zu Saraide – er würde entscheiden müssen, *richtig* entscheiden. Aber noch nicht jetzt. Erst wenn er das Totenlicht besaß. Darauf musste er sich konzentrieren – danach kam die wahre Prüfung.

Das Land verschob sich weiter, Gebirge ragten bald aus dem Dunst von Wolken und Schneegestöber. Wie lange er jetzt schon auf den Lymaeri ritt, konnte er nur an seiner Erschöpfung erraten, seinem quälenden Hunger, der Müdigkeit. Endlich kam das Ende der Welt näher: eine zernarbte weiße Wand aus Eis und Gestein. Die Gebirgsfront war so hoch, dass sie in der Wolkendecke verschwand. Kein Mensch hatte sie je überwunden – Irrsinn, sich ihnen überhaupt zu nähern! Wenn der Druide mit dem Totenlicht einst hergekommen und gestorben war, konnte auch sonst niemand hier überleben. Anetán sog die klirrend kalte Luft ein, während die Lymaeri sich unter ihm auflösten. Die Stimmen der Elfen hauchten in den Schluchten der Gletscher … und dort, im Bett des ewigen Schnees, lag ein pulsierendes Licht, das auf Anetán wartete.

Ab hier musste er alleine weiter.

Ans Ende der Welt

Hel kam in blauer Dunkelheit zu sich. Ihr erster Impuls war, sofort aufzuspringen, doch ihr Körper konnte sich nicht regen. Eine tödliche Erschöpfung breitete sich über ihr aus wie eine Bleidecke. Blinzelnd öffnete sie die Augen und sah sich um.

Die Umgebung war in eintöniges Dunkel getaucht. Die Farbe eines Himmels zwischen Tag und Nacht. Mercurin – er hatte die Schiffe angegriffen. Nach und nach kehrten die Erinnerungen zurück, fallenden Papierschnipseln gleich, die erst zusammen ein Bild ergaben. Nova und sie waren von Deck gerissen worden. Ein bodenloser Sturz durch den Himmel. Und dann – dann das hier. Wo war sie?

Sie tastete mit den Fingerspitzen über den Boden, aber es war weder Erde noch Gras. Glasglatter, kühler Stein. Erst jetzt wurde ihr bewusst, dass das dämmrige Licht aus dem Boden stieg. Hel presste die Augen zu. Wenn sie gestorben und dies die Totenwelt war, wieso fühlte sie dann noch ihre schmerzenden Glieder?

Die Luft erzitterte. Es war, als schleiche ein lichtes Seufzen unsichtbar um sie herum. Hel drehte sich unter größtem Kraftaufwand zur Seite. Sie zog die Knie an und stützte sich auf die Arme. Die Elfen nahmen ringsum Gestalt an, als würde jemand milchblaue Flüssigkeit in Gefäße füllen.

»Wo bin ich?« Hel schluckte; ihre Stimme war wie ausgetrocknet.

»In… Sssicherheit…«, zischelten die Elfen. »Hier isssst… unsssser Reich.«

»Das hier?«, murmelte Hel. Sie sah sich wieder um, aber da war nichts, nur leerer bläulicher Raum. »Nicht so spannend wie euer altes Reich, die Welt.«

Ein Zischen vibrierte in der Luft. Hel blickte in die ausdruckslosen Raubtiergesichter.

»Oder? Ihr wart doch einst die Herrscher über die Welt. Bevor die Menschen kamen.«

»Wir ssssind die, die immer waren, immer sssein werden… wir werden sssein, wasss wir einsssst waren…«

Hel beobachtete die schleichenden Gestalten. Einmal mehr wurde ihr bewusst, dass sie nichts über sie wusste. »Wie habt ihr die Welt an die Menschen verloren?«, fragte sie leise.

Das Zischen wurde lang und stöhnend. »Wesen ausss Fleisch und Blut, nach unssserem Abbild… Wesen mit unserem Verstand, aber warmen Herzen, so dachten wir! Doch Kinder wenden sssich gegen Eltern, Schöpfung gegen Schöpfer… Menschen sssind nach unssserem Abbild geschaffen, zu sssehr nach unssserem Abbild… wir können nicht fühlen, ssssind der kalte Nebel, dasss eisssige Licht, nur rohesss Leben… aber ihre warmen Herzen, gemacht, um zu lieben… unsssere Schöpfung, unssser Traum für unsssere Welt… doch ssssie lieben nicht, sssind kalt, nur schöne Worte, nichtsss alsss Begierde!«

Hel versuchte zu verstehen, doch die Stimmen verwischten immer wieder, stürzten übereinander wie Meerwogen an einer Küste. Aus zischelndem Flüstern wurde Donner, die Worte dröhnten tief und gefährlich, als kämen sie aus den Schlünden von Bestien statt aus Mündern.

»Verdorbene Brut! Falsche Schlangen! Krepieren sssollen sssie an ihren eigenen verdorbenen Herzen!«

Hel schüttelte den Kopf, als könne sie die Stimmen so vertreiben. Die Luft bebte von ihrem zornigen Brüllen.

»Das stimmt nicht!«, rief Hel dagegen an, aber sie hörte sich selbst kaum. Woher nahm sie die Kraft? Woher die Zuversicht? Waren die Elfen nicht immer da gewesen, wussten sie nicht besser Bescheid? Sie hatten die Menschen geschaffen, sagten sie. Beobachteten sie seit Jahrtausenden. Wie konnte Hel behaupten, dass die Elfen sich irrten und sie recht hatte?

Die Stimmen wiederholten ihre Zweifel zischelnd und fauchend wie Echos ihrer Gedanken.

»Menschen sind nicht nur schlecht«, sagte sie mit aller Überzeugung, die sie aufbringen konnte. Meister Palairon irrte durch ihren Kopf. Olowain. Mercurin, der sie liebte und dennoch das Schiff angegriffen hatte. Die Elfen wussten, woran sie dachte, und knurrten vor Genugtuung. Und doch fuhr sie fort: »Ihr wisst, wie die Menschen sich verhalten. Ihr wisst es besser als ich. Aber eins könnt ihr nicht: wie ein Mensch fühlen. Ich fühle, dass Menschen lieben können, dass sie gut sein wollen und füreinander da sind, dass sie Schuld kennen und verzeihen und –«

»Worte! Dumme Worte«, keiften die Elfen. Dann wogte ein plötzliches Schweigen durch die Dunkelheit; ihre Atemlosigkeit schien auch Hel alle Luft zu rauben. Die Gestalten glitten zur Seite, öffneten den Kreis um sie. In der blauen Tiefe wurde ein blass erleuchteter Körper sichtbar. Hel spürte einen Aufschrei in ihrer Kehle kratzen. Nova!

Er lag wie tot auf der Erde, so unendlich bleich im schwachen Schimmer.

»Nova –«

»Tot«, hauchten die Elfen. Langsam begannen sie um Hel und Nova zu schleichen. Die Distanz zwischen ihnen schrumpfte einfach fort, bis er genau vor ihr lag. Hel zitterte unkontrolliert. Das durfte nicht sein. Nicht Nova. Es durfte nicht …

»Getötet von Mercurin. Und tot deinetwegen …«

Hel wollte den Blick von ihm losreißen, die Elfen ansehen, aber es gelang ihr nicht. Sein weißes Gesicht.

»Wieso tut ihr das«, flüsterte sie erstickt.

»Wir … ahh, die Schuld lasssstet auf dir!«

Sie ballte die Fäuste. Konnte nichts sagen.

»Du kannsssst ihn … retten, wenn du wirklich recht hassst …«

Sie blickte auf. Keine Regung spiegelte sich auf den kalten Zügen der Elfen.

»Wir halten ihn … am Leben … ssssolange er bei unsss issst … aber er braucht ein Herz … ein Totenlicht könnte ihn noch retten!«

Die rankenumwachsenen Arme wiesen auf Hel. »Wenn du recht hassst und ihn wirklich liebssst, deinen Freund, deinen besssten Freund, dann schenke ihm das Totenlicht, dasss dir einssst dasss Leben zurückgab! Damalssss, in den Kauenden Klippen, deine Eltern, ein Häuflein Menschen, Flüchtlinge, Feiglinge, auf dem Weg insss Land der Verdammten … dassss Land hat sssie gefressssen, sssich dassss Leben zurückgenommen, nur du, kleine Hel, kleiner Funken, nur du stolpertessst direkt auf ein Totenlicht, dasss die Jahrhunderte über im Bett der Gebirge geschlummert hatte … dein Leben war schon vorbei, du hassst es nur geliehen, dem Totenlicht entliehen … die kleine Hel isssst längssst gestorben, du bisst nur noch die Trägerin des Totenlichtsss!«

Ihr Kopf hämmerte. War es das Totenlicht? Oder die Stimmen der Elfen? Hel konnte keinen klaren Gedanken mehr fassen, es war zu viel, zu viel. Die Stimmen sollten endlich still sein!

»Gib Nova dein Totenlicht, wenn du ihn wirklich liebssst! Wieso verdienst du esss mehr alsss er, den du liebssst? Liebssst du dich ssselbst doch mehr alsss ihn?«

»Nein«, schluchzte sie. Sie liebte sich selbst gar nicht! Sie war sich doch immer nur im Weg, den anderen im Weg. Aber trotzdem konnte sie sich nicht für Nova opfern. Das konnten die Elfen nicht ernsthaft von ihr verlangen. Es war unmöglich. Niemand konnte entscheiden, welches Leben mehr Wert hatte. Auch wenn sie sich für Nova, gegen sich selbst entschied – es wäre Mord, ein Menschenleben für ein anderes. Sie konnte eine solche Wahl nicht treffen.

»Und doch hassst du schon längsssst eine ssolche Wahl getroffen!«, keiften die Elfen hämisch. »Hassst du nicht die Magier getötet, ihr Leben gestohlen, um deine Freunde zu retten? Sssso sssind die Menschen! Über den Tod anderer lässst sssich leicht entscheiden, nur wenn es um den eigenen geht, flüchten sssie sssich in ihre tröstende, schöne, schäbige Moral!«

Hel konnte nichts erwidern. Wahrscheinlich stimmte es. Was erwarteten die Elfen denn von ihr? Sie war eben ein Mensch, verdammt, nicht mehr und nicht weniger!

»Essss gibt natürlich andere Mittel … deinen Freund insss Leben zurückzuholen …«

»Welche«, hauchte Hel. Sie war zu erschöpft, um echte Hoffnung zu hegen.

»Esss gibt vier Totenlichter … wenn du dich nicht opfern kannssst … nimm dir ein anderesss! Mercurin … Mercurin hat ein Totenlicht … er, der deinen Freund getötet hat, der deinen Tod in Kauf genommen hat … nimm doch sssein Totenlicht! Wäre dasss nicht gerecht?«

Hel fühlte, wie sie wieder den Kopf schüttelte, aber sie brachte kein Wort zustande.

»Der Ise … Karat, du weißsst, bei ihm ist auch ein Totenlicht …«

»Ich kann niemanden umbringen. Nicht einmal für Nova«, flüsterte sie. Sie schämte sich so. Sie hatte längst getötet. War es nicht im Namen ihrer Freunde geschehen? Oder war es doch etwas anderes gewesen – hatte sie dem Drang des Totenlichts nachgegeben, einfach weil es ihr möglich gewesen war? Einfach, weil sie die Macht gehabt hatte? Sie wollte nicht mehr darüber nachdenken, all diese Fragen trafen sie wie Peitschenschläge und rissen tiefe Wunden.

»Esss gibt noch ein viertes Totenlicht«, hauchten die Elfen tückisch. »Verborgen, nicht gefunden, schlafend in Schnee und Eisss, am Ende der Welt … du musssst es dir nur nehmen, dann kannssst du deinen Freund insss Leben zurückholen und ssselbssst am Leben bleiben …« Die Gestalten malten helle Umrisse in die Dunkelheit: Berge, deren Gipfel irgendwo im Himmel verloren gingen, wie gigantische umgekehrte Eiszapfen. »Einer der Druiden ist schon auf dem Weg dorthin. Du musssst dich beeilen, kleine Hel… esss geht um die Zukunft der Erde. Und esss geht um deinen Freund, deinen einzigen besssten Freund…«

»Wenn ich das Totenlicht finde«, hörte Hel sich fragen, »dann wird Nova wieder leben?«

Die Elfen seufzten zustimmend. »Sssolange wird er bei uns ruhen… versssagssst du, gibt es keine Hoffnung für ihn. Keine Hoffnung für irgendeinen Menschen!«

Die Dunkelheit begann zwischen Hel und Nova zu wachsen. Innerhalb von Sekunden war er so weit von ihr entfernt, dass sie ihn nur noch als hellen Fleck ausmachen konnte. Auch die Elfen verschwanden wie Lichtstrahlen, und im nächsten Moment schmolz das dämmerige Blau, Wind spülte die Umgebung fort. Hel kauerte bibbernd in hohem Gras.

Irgendwo begann der Tag. Das weite Land war in ein fahles Licht getaucht, die Nachwehen eines Sturms irrten heulend durch die Wiesen.

Zitternd kam Hel auf die Beine. Nichts und niemand weit und breit – sie war alleine. Alleine wie der letzte Mensch der Welt.

Am Ende der Welt. Ein Totenlicht. Um Novas Leben zu retten.

Hel sah sich um. Sie weinte nicht, sie fühlte nichts, irgendetwas in ihr war erstarrt. Da waren nur noch Gedanken, kahl und spitz wie das Geäst eines toten Baums.

Sie musste das Totenlicht finden.

Sie holte Luft, rief das Land um Hilfe. Ein Vibrieren ging durch den Boden. Sie wusste, dass sich die Erde verschieben würde, um sie zum Totenlicht zu bringen.

Das Ende der Welt. Wo, bei allen Geistern, war das Ende der Welt? Gab es ein Ende? Dahinter ein – Nichts?

Lymaeri erhoben sich aus dem Lichtrauschen des Landes. Hel stieg auf ihre schillernden Rücken. Ihre Reise begann. Wieder einmal. Doch es würde ihre letzte sein.

Das Alte Reich flog unter ihr davon. Hel wurde eins mit den Geisterwesen. Sie waren ein geballter, glühender Schwarm von Lichtern, die kometengleich über die Erde zogen. Wälder glitten unter ihnen vorbei, Hügel, Flüsse, Jahreszeiten; sie galoppierten durch Regen und Wind, Sonnenschein, durch rosa verschleierte Morgendämmerung und das dunstige Schattengeflecht des Abends. Die Welt veränderte ihr Gesicht mit jedem Atemzug und war doch immer dieselbe, unabänderlich in ihrem Wandel, endlos im steten Verfall.

Dann sah sie menschliche Behausungen. Zum ersten Mal überhaupt, seit sie im Alten Reich war.

Eine Handvoll Stroh- und Holzhütten drängten sich ans Ufer eines Flusses. Ringsum waren Felder. Hel versuchte zu erkennen, ob Rauch aus den Schornsteinen stieg, doch das Dorf war zu weit weg und ihr Flug zu schnell; es dauerte nur ein paar Augenblicke, dann war es außer Sichtweite, verschwunden hinter einer Klippenfront. Falls dort noch Menschen lebten, waren sie dem Land schutzlos ausgeliefert. Es gab keine Druiden mehr in Hellesdîm, die über ihre Häuser und Felder wachten. Hel dachte an das, was die Elfen gesagt hatten: dass sie die Tochter von Flüchtlingen gewesen war, dass sie zufällig über ein Totenlicht in den Kauenden Klippen gestolpert und vom Tod verschont geblieben war. Ob es stimmte? Vielleicht war ihr Überleben, ihr Schicksal als Trägerin eines Totenlichts tatsächlich nichts weiter als ein Zufall. Es gab womöglich kein Geheimnis, keinen mysteriösen Grund, der die ganze Ratlosigkeit in ihrem Leben gerechtfertigt hätte. Ihre toten, unbekannten Eltern, ihre verlorene Kindheit, die ganze Wahrheit – all das trieb spurlos im schwirrenden Wandel der Welt davon wie das kleine Dorf am Fluss.

Hel klammerte sich an die Geisterwesen. Sie musste sich damit abfinden. Für den Moment gab es keine Vergangenheit, die ihr verraten konnte, wer sie war und was sie tun sollte. Es gab nur eine Gegenwart. Alle Entscheidungen lagen allein bei ihr.

Der Himmel wischte rauchgrau über sie hinweg. Das Land schien im regnerischen Glanz wie aus Stein gehauen. Es gab kaum Farben, nur noch Schattierungen zwischen Hell und Dunkel. Die Weite des Horizonts erzeugte ein Gefühl von Winzigkeit; die Entfernungen waren so unermesslich, dass sie vor Hels Auge schmolzen, bis alles nur noch wie ein kleines, flaches Wandbild aussah. Ganz allmählich schloss sie innerlich Frieden mit ihrer fehlenden Vergangenheit. Sie verabschiedete sich von den Eltern, an die sie keine Erinnerung mehr hatte. Sie war nicht mehr Hel, das heimatlose Mädchen, das von der Gönnerschaft anderer abhängig war, und sie wollte es auch nicht mehr sein. Merkwürdig, dachte sie, dass sie gerade jetzt, wo so vieles am Zerbrechen war, erwachsen werden musste. Aber vielleicht war das immer so.

Es wurde kälter. Hel sah Gebirge am Horizont wachsen, die eher aus dem Himmel zu kommen schienen als aus der Erde. Ihre Gipfel verwischten mit dem wattigen Weiß der Wolken. War dies das Ende der Welt? Oder lag doch etwas jenseits dieser eisernen Mauer, etwas für Menschen Unerreichbares? Und machte es überhaupt einen Unterschied, wenn ohnehin nie ein Auge erblicken würde, was die letzten Klippen der Erde verbargen?

Diese Gedanken gingen Hel durch den Kopf, während sie den eisigen Fronten entgegenflog. Sie hätte über das Totenlicht nachdenken sollen, das sie doch unmöglich in der schieren Weite dieser Eiswelt finden konnte, und daran, wie es weitergehen würde, falls sie es tatsächlich bekam. Dann hätte Nova sein Leben zurück – aber auch die Last, ein Totenlicht zu tragen. Mercurin und die anderen Druiden würden versuchen, ihn zu töten. Und sie würden ihn überall finden, durch die Verbindung der Totenlichter. Konnte sie Nova für immer vor Mercurin beschützen? Wie würde Nova überhaupt umgehen mit der Macht eines Totenlichts? Egal wie Hel es drehte und wendete: Letztendlich kam sie nicht um eine Entscheidung herum. Ihre Wahl musste fallen – zwischen Mercurin und ihrem Gewissen. Zwischen Nova und dem, was am sichersten für den Rest der Welt war. Sie musste allein zu einer Antwort kommen, hier konnte sie niemandem vertrauen … denn wer konnte ihr schon sagen, wie sie ein Leben gegen ein anderes, einen Glauben gegen den anderen abwägen sollte?

Noch blieb ihr ein wenig Zeit. Sie ließ ihren Blick über die mächtigen Schneegebilde schweifen, das blendende Weiß, das tiefe, kalte Blau der Schatten und das Wabern der Himmelslichter. Immer kälter, immer stummer wurde alles. Und hier war das Ende der Welt, dachte sie. Wiederholte nur diesen Gedanken. Das Ende. Das Ende. Die endlose Leere saugte sie in sich auf, bis Hel selbst nur noch Eis war, kühl und farblos, ein wirbelndes Schneekorn im ewigen Tanz des Lebens.

Geschwister

Saraide stand auf einer windigen Anhöhe und blickte in den Wald hinab, der sich wie ein Meer vor ihr erstreckte. Das Laub der Bäume hatte sich gefärbt; goldene, blutrote und dunkle, fast violette Tupfen rauschten durcheinander. Ein Stoß wirbelnder Ahornblätter stob ihr entgegen. Saraide hob die Hände und fing ein paar auf. Sie vergrub das Gesicht darin, atmete tief ein. Dieser Duft! Es wunderte sie, dass die schwere Süße des Laubes sie glücklich und traurig zugleich machen konnte. Sie öffnete die Hand und ließ die Blätter weiterfliegen. Es war wohl die Schönheit kurz vor allen Verfall und Sterben, die sie seltsam entzückte.

Die Blätter flogen davon, trudelnd wie Spatzen mit gebrochenen Flügeln. Saraide blickte ihnen nach, ließ dann den Blick durch das herbstliche Land schweifen. Hier war sie wieder: im Alten Reich. Ihre Heimat. Ein wohliges Gefühl durchglitt sie. Endlich wieder Leben und Bewegung, nach all den Monaten im toten Land der Magier.

Alle waren sie ins Alte Reich zurückgekehrt: ihre beiden Brüder, der Ise mit dem Totenlicht, die Magierschaft und ihre Kriegsflotte. Alle kehrten sie heim zur Quelle des Lebens, zur Fruchtbarkeit. Saraide war den Magiern gefolgt; das Mädchen mit dem blinden Auge musste bei ihnen sein und dann war höchstwahrscheinlich auch Mercurin nicht fern. Er war wirklich sehr klug, ihr Bruder. Er musste längst erkannt haben, dass das Mädchen mit der Augenklappe ein Totenlicht trug. Saraide war es erst viel später klar geworden, als dieses Mädchen ihren Angriff überlebt hatte. Dabei waren Saraides Kräfte in ihrer Gegenwart auf wundersame Weise viel stärker gewesen; nein, sie zweifelte nicht mehr daran, dass das Mädchen ein Totenlicht trug. Und wenn sie es im Moment ihres Angriffs nicht sofort gewusst hatte, wurde es ihr spätestens klar, als sie sich verwundet durch die toten Wälder geschleppt hatte. Ob das Mädchen selbst Bescheid wusste? Oder war sie so unwissend wie der Ise?

Bis jetzt hatte Saraide die Flotte verfolgen können. Die Schiffe waren ihr am Horizont vorausgeschwebt wie eine Schar schwarzer Insekten. Doch dann war ein Sturm aufgekommen, Wolkenmassen hatten die Flotte verschluckt und jetzt waren die Schiffe weg.

Saraide fegte mit den Armen durch die Luft. Das Land verschob sich rings um sie; die Anhöhe, auf der sie stand, trieb wie ein Floß durch die vorüberfließenden Wälder. Irgendwo mussten die Schiffe sein. Sie durfte sie jetzt nicht verlieren. Es war der einfachste Weg für sie, zu einem Totenlicht zu gelangen: das Mädchen mit der Augenklappe.

Anetán verfolgte den Isen – oft dachte sie daran, wie ihr Bruder hinter dem verdammten Fischfresser herlief, kreuz und quer durch das tote Land. Vielleicht hatte er ihn aber auch schon erreicht. Vielleicht hatte Anetán schon sein Totenlicht. Dann wäre sie die einzige der drei verbleibenden

Druiden, die noch keins hatte … würde er es ihr wirklich geben, sich aufgeben für sie, wie versprochen? Sie atmete tief durch. Worte, sie hatte nichts als Worte von ihm. Alle Schwüre mochten dahinschmelzen, sobald er die Macht eines Totenlichts kennenlernte.

Flirrende Stimmen strichen um sie. Saraide spitzte die Ohren. Der Wind rauschte. Aber da – es war kein Irrtum, sie hörte Stimmen, fern und verzerrt. Sie konnte sie nicht verstehen. Was sagten sie? Die Worte ließen sich nicht greifen:

Am Ende … der Welt … Norden, nach Norden, deine Geschwister, die Totenlichter …

Der Boden bebte. Saraide stolperte einen Schritt. Das Land begann sich rascher zu bewegen. Knarzend teilte sich der Wald, um vorüberzugleiten. Auch die Anhöhe wurde erschüttert. Felsbrocken wuchsen zurück und bildeten sich anderswo hervor. Saraide musste ein Stück nach vorne laufen, um nicht rückwärts abzurutschen, hinab ins herbstliche Dickicht. Ihr Herz trommelte. Sie hatte das nicht veranlasst. Die Stimmen …

Nach Norden, zu den eisigen Bergen, ans Ende … hier ist … das Ende …

Das Land schien sich zu verflüssigen; die Ferne schmolz zu einem wabernden Schleier vorbeitreibender Lichter und Schatten, Saraide mitten hinein. Irgendetwas passierte, etwas Unkontrolliertes. Saraide wusste nicht, wohin das Land sich verschob, es folgte nicht mehr ihrem Willen.

Die Sonne wischte am Horizont vorüber, violette Dunkelheit eroberte den Himmel. Sterne erhoben sich über Saraide und beobachteten, wie sie einer Schiffsbrüchigen gleich auf Felsen durch das Land trieb.

»Halt inne!«, schrie sie. »Halt!«

Ihre Beschwörungen wurden nicht erhört. Saraide schluchzte. Wimmernd klammerte sie sich an einen Felsbrocken, immer bereit, aufzuspringen und vorwärtszuklettern, falls sich die Erhöhung nach hinten verschob.

Nach einer schlaflosen Ewigkeit stieg ein neuer Tag auf. Es wurde Morgen, dann Mittag. Saraide trank den Rest aus ihrem Wasserschlauch. Jetzt hatte sie nichts mehr, weder zu essen noch zu trinken. Wo sollte sie Nahrung herbekommen, wenn das Land weiterhin so verrücktspielte?

Regen kam auf, tauchte den Nachmittag in den Abend. Die Dunkelheit wurde immer tiefer. Und noch immer raste das Land in unermesslichen Lichtwogen vorbei. Saraide hatte sich nie so hilflos gefühlt. Kalte Tränen wurden vom Wind über ihre Schläfen gezogen.

Dann wurde es eisig. Der Regen gefror, winzige Flocken wirbelten durch die Nacht. War es so plötzlich Winter geworden? Wo war sie?

Im Dämmerzustand der Erschöpfung bemerkte sie kaum, wie es abermals Morgen wurde. Dunstige Wolken schälten sich aus der Dunkelheit, sonst wurde es kaum heller. Die Welt war plötzlich grau geworden. Alles war verschneit und so düster, als hätte jemand flüssiges Metall über die Landschaft gegossen. Halb schlafend murmelte Saraide weiter Beschwörungen, aber das Land gehorchte ihrem Willen noch immer nicht.

Irgendwann in der Endlosigkeit des farblosen Tages strahlte ein grelles bläuliches Licht auf. Saraide blinzelte sich die Schneekörner aus den Augen. Das Licht riss die Formen von Bergen aus dem wabernden Nebel, zitterte eine Weile über allem und schrumpfte dann zurück. Ein tiefes, grollendes Pochen irrte durch die Erde.

SARAIDE!

Sie hielt den Atem an. Anetán schien ihr plötzlich so nah, als hätte er eine Hand auf ihre Schulter gelegt. Sie stemmte sich auf die Beine, trotzte dem Wind und den Schneeböen.

»Ich bin hier«, sagte sie leise. Und lauter: »Anetán? Bist du das? Wo bist du?«

Sie blickte von ihrer Anhöhe herab und sah nichts als Schneewolken. Aber das Aufleuchten des merkwürdigen Lichts hatte ihr eine Ahnung davon gegeben, wie die Umgebung aussah. Sie rutschte bergab. Stolpernd machte sie sich auf den Weg durch die Schneemassen.

»Ich bin hier«, wiederholte sie. »Ich bin hier! Wo bist du?«

Sie sammelte ihre letzten Kräfte und endlich fand sie die Verbindung zum Land wieder; es schenkte ihr neue Lebensenergie, ließ ihre Schritte leicht über den Schnee gleiten, näher, näher, auf das Licht zu.

Er kam ihr aus dem tiefen Weiß der Gebirge entgegen. Lichter umwaberten seine Gestalt, den wehenden schwarzen Umhang, der wie eine Rabenfeder durch den Schnee glitt. Saraide blieb unter einer Gletscherhöhle stehen. Er sah sie; sein blasses Gesicht schien zu schmelzen, wurde jung, hoffnungslos jung.

Ein paar Schritte vor ihr blieb er stehen. Ihr Atem traf sich in der klirrenden Luft, Geister in der um sich greifenden Dämmerung.

»Ich habe dich gerufen«, sagte er.

Saraide nickte nur. Er musste nicht weitersprechen. Er hatte ein Totenlicht. Und er hatte das Land verschoben, um sie zu sich zu holen. Aber würde er nun sein Versprechen halten?

Saraide ballte die Fäuste. Ihr war so kalt, dass ihre Zähne aufeinanderschlugen. Sie oder er. Der Tod stand mit ihnen in der watteweichen Stille.

»Wo hast du es gefunden?«, flüsterte sie.

»Die Aljen …«

Saraide starrte ihn an. Also hatten wohl auch Mercurin und Totumé die Hilfe der Aljen gehabt. Alle, nur sie nicht. Sie war immer die Beste gewesen … aber sie war die Einzige, der sie nicht geholfen hatten.

Ihre Zähne klapperten jetzt so laut, dass er es hören musste.

»Wie geht es dir?«

Sie musste blinzeln, ihn erneut ansehen, um zu verstehen, was er sagte. Diese banale Frage, in diesem Moment – für eine Sekunde war sie überzeugt, dass er den Verstand verloren hatte. Und doch hatten sie ihm ein Totenlicht zugespielt. Und nicht ihr. Wo hatte sie versagt? Wann hatte sie sich jemals unwürdig gemacht?

»Es geht mir gut«, sagte sie grob. Presste die Lippen aufeinander. Er sollte nicht sehen, wie es ihr ging. Niemand sollte es sehen.

Anetán streckte zögernd die Hand nach ihr aus, ließ sie wieder sinken. »Es war hier, in einer Höhle. Das … das Totenlicht, meine ich. Es lag dort wie aufgebahrt für … den, der es findet.«

»Wie sah es aus?«, hörte Saraide sich fragen. Gierig, wütend, beschämt klang sie in ihren eigenen Ohren. Anetán schien es gar nicht zu registrieren.

»Es hat geleuchtet, Saraide. Es war so hell! So schön ... sobald ich es berührt habe, da ist es ...« Er schluckte. Sein Blick glitt über sie. Saraide versuchte sich vorzustellen, wie sie gerade aussah – erschöpft, übermüdet, ausgezehrt, mit wirrem Haar, ausgetrockneten Lippen und roten Augen. Aber Anetán nahm sie anders wahr. Er sah sie, wie sie einst in Hellesdîm vor ihm gestanden hatte, unter den blühenden Apfelbäumen, süß und frisch wie der Sommerabend. Glücklich lächelte er sie an.

Dummkopf, Dummkopf, fauchte eine Stimme in ihr. Sie biss die Zähne zusammen, so fest sie konnte, damit sie nicht mehr klapperten.

»Also hast du das Totenlicht jetzt«, stellte sie fest.

Er zuckte kaum merklich zusammen. Er brachte nicht einmal eine Antwort hervor. Saraide registrierte, wie er die Fäuste ballte. Das Herz hämmerte ihr gegen den Hals. Er konnte sie töten. Jetzt. Jetzt wäre es ganz leicht für ihn. Seine Konkurrentin, jetzt oder nie. Er oder sie.

Saraide kam auf ihn zu; er regte sich nicht. Mit einem Wimmern fiel sie ihm in die Arme. Klammerte sich an ihm, an seinem vertrauten Körper, fest und – es war schön, dachte sie, schön, ihn zu umarmen. Ihre Hand legte sich um seinen Nacken. Sie spürte seinen Atem, warm und zittrig.

»Ich wollte es dir geben.« Er stockte. Saraide fühlte Panik durch ihr Blut rauschen. »Ich wollte es mitnehmen, aber sobald ich es berührte –«

»Dann töte mich«, stammelte sie schrill, »tu es doch, du Feigling!«

Sie fühlte seine Hände auf dem Rücken. Er presste sie an sich. »Ich liebe dich.«

Sie wimmerte unkontrolliert. Beide klammerten sie sich aneinander, während der Wind sie in wirbelnde Schneewolken hüllte und der Rest des fahlen Tageslichts schwand. Die Welt schrumpfte auf einen kleinen, blauschimmernden Raum der Kälte.

Er musste spüren, dass sie eine Hand von ihm löste. Doch er hielt sie weiter, bewegte sich nicht. Noch immer fühlte sie seinen Atem auf der Haut, ganz ruhig. Eine Ewigkeit musste sie in ihrem Umhang suchen, und als sie vor Angst und Wut schluchzte, drückte er sie nur fester an sich.

Und dann zögerte sie. Es wäre nur eine kleine Bewegung. Ein kurzer Stoß. Wie oft hatte sie sich diesen Moment vorgestellt, sich darauf vorbereitet, sich fest vorgenommen, es zu tun – und jetzt zögerte sie. Vor Hilflosigkeit fielen ihr Tränen aus den Augen. Aber sie durfte nicht – es durfte nicht sein! Sie schloss die Augen, biss die Zähne zusammen.

Es war wirklich nur eine kleine Bewegung. Keine körperliche Anstrengung. Ganz einfach. Ihr wurde schlagartig übel, als sie fühlte, wie ihr Dolch sich durch den Widerstand von Kleidung, Haut und Fleisch grub.

Er zuckte nur leicht zusammen, aber er ließ sie nicht los. Saraide zitterte mehr als er. Sie zwang sich, aufzublicken.

Er hielt die Augen geschlossen, als wäre er gar nicht da. Als träumte er konzentriert von etwas. Saraide wagte nicht, den Dolch loszulassen. Am liebsten wäre sie vor ihm weggestolpert, weggerannt – aber seine Umarmung war wie eine Klammer, aus der sie nicht freikam. Warme Flüssigkeit kroch über ihre Finger. Endlose Minuten standen sie so umschlungen da.

Dann begann Licht aus ihm zu dringen. Langsam tastete es sich aus ihm hervor, Strahl für Strahl, wie eine blasse Sonne durch Wolkendecken. Saraide hielt den Atem an. Sie spürte, wie eine rieselnde Hitze durch ihren Arm stieg und sich in ihrer Brust einnistete. Das Licht tauchte sie für Augenblicke in unwirklichen Glanz. Dann ebbte es ab, zog sich in Saraide zurück und ließ Anetán erlöschen.

Seine Arme wurden schwer. Saraide fühlte sein Gewicht auf ihre Schultern drücken, bis sie nicht mehr aufrecht stehen bleiben konnte. Er sackte in sich zusammen und zog sie mit auf die Knie. Endlich gelang es ihr, das Ächzen auszustoßen, das so lange in ihrer Kehle gesteckt hatte.

Dunkelrotes Blut fraß sich in den Schnee. Anetán schien durchsichtig zu werden; bläuliche Blässe durchstieg ihn. Fast glaubte Saraide, er würde sich auflösen.

Sie legte eine Hand auf seine Wange. Er löste sich nicht auf. Er war wie aus Eis gehauen, so starr. Seine Augen waren bis zuletzt geschlossen geblieben.

»Ich liebe dich auch«, stammelte sie. Dann starb ihre Stimme. Das Wimmern wurde immer lauter, wurde zu einem Schluchzen, das dem Windheulen mehr ähnelte als einem menschlichen Klang.

Kaskaden aus Bildern und Stimmen stürzten auf Saraide ein. Das Totenlicht durchflutete sie wie ein neuer Sinn; als wäre sie davor taub, blind und lahm gewesen, nahm sie plötzlich die Welt aus allen Dimensionen wahr. Sie spürte das Leben in der Erde und sah die Lichter im frühen Nachthimmel, und sie hörte die anderen Totenlichter.

Zitternd stand sie auf. Ihre eigenen Gefühle, Anetáns Tod und das heulende Flüstern, das ihr Grauen umweht zu haben schien – *du hast ihn geliebt, hast du ihn geliebt? Du hast ihn getötet! Nur Worte, nichts als falsche Schwüre, aber er, er hat dich geliebt!* – alles versank unter der Flut der neuen Eindrücke.

Karat war in der Nähe. Sie fühlte seine gewichtlosen Schritte, die im Schnee nicht versanken, als wären es ihre eigenen. In seinen Gedanken herrschte vollkommene Stille, nur ein feines, metallenes Sirren; sein Körper war hier, aber sein Geist war erloschen. Das Totenlicht befand sich in einem Teil von ihm, der losgelöst war von jeglichem Bewusstsein.

Und Mercurin. Auch seine Nähe spürte Saraide wie einen Schatten, der ihr im Nacken klebte – doch ihr Bruder verbarg sich, er hatte seine Gedanken hinter eisernen Wänden verschlossen. Er war klug. Er wusste, dass sie ihn jetzt hören konnte, und lauschte angestrengt aus der Dunkelheit. Saraide bebte. Sie musste sich ebenfalls vor ihm verschließen – er durfte sie nicht finden und überraschen. Das Totenlicht hatte Anetán das Leben gekostet. Dafür würde Saraide diejenige sein, die das Tiefe Licht beschwor. Es war sein Wille gewesen. Sie würde Mercurin töten, und den Isen sowieso, sie würde jeden töten, der sich jetzt Anetáns letztem Willen in den Weg stellte.

Wie im Traum verließ sie Anetáns Leichnam. Bald würde der Schnee ihn zudecken. Sein Körper, sein Blick, seine Stimme – verloren. Für immer. Aber sein Funke war heimgekehrt ins Licht des Lebens und dort begleitete er Saraide. Sie spürte ihn noch an ihrer Seite. Verzeih mir, dachte sie. Immer wieder wiederholte sie diese Bitte wie ein Gebet: *Verzeih mir. Verzeih mir!* Ihr sanftmütiger Bruder verzieh ihr; er hatte ihr schon in dem Augenblick verziehen, als sie die Hand von ihm gelöst hatte, um nach ihrem Dolch zu greifen. Aber woher kam dieses grauenhafte Gefühl der Schuld, des Zorns? Wieso verzieh er ihr denn einfach? Wieso hatte er sich nicht gewehrt und verhindert, dass sie mit dieser unerträglichen Schuld zurückblieb?

Saraide merkte, wie das Wimmern wieder in ihre Kehle schwappte, aber sie durfte es jetzt nicht zulassen. Sie hatte eine Aufgabe. Anetán war tot, sie hatte ihn erstochen. *Na und?*, rief eine Stimme in ihr, die sie verteidigen wollte gegen einen unsichtbaren Ankläger. Sie würden doch sowieso alle vergehen. Wenn sie die vier Totenlichter in sich geeint hatte, würde auch sie der Macht des Tiefen Lichts erliegen und alles Menschliche an ihr vergehen. Anetán war eben früher gegangen. Was machte es für einen Unterschied?

Aber all diese Worte konnten sie nicht von jenem Gefühl der Schuld befreien, das sie quälte.

Das Totenlicht war es, das Saraide von Anetán fortzog. Aus dem Nichts tauchte Karat wieder in ihr auf, unmittelbar, als wäre er soeben vor ihr im Schneetreiben erschienen.

Er suchte das Totenlicht. Darum war er hier. Aber er wusste nicht, dass sie es bereits in sich trug …

Ohne zu wissen, wohin ihre Füße sie trugen, setzte Saraide ihren Weg in die Gebirge fort. Das Totenlicht hauchte ihr den Weg zu. Wie an Seidenfäden zog sie sich in Karats Nähe.

Es wurde dunkel, aber Saraide sah die Umgebung jetzt vor Leben leuchten. Alles war so viel deutlicher geworden. Sie war eingeweiht in alle Geheimnisse des Landes. Sah den trägen Puls der Gebirge und ihren Atem, der als Funkenstaub in die schwarze Nachtluft stieg.

Fasziniert glitt Saraide durch die Gebirge, tastete sich an Eisspalten vorbei und ließ schroffe Hänge vor sich aufgleiten, damit sie weiterkam. Wie einfach es ihr fiel! Das Land musste nicht mehr ihrem Willen gehorchen; sie war das Land. Ihre Hände fuhren über Eiszapfen und mit den Fingerspitzen nahm sie Lirium auf, stillte ihren Hunger und Durst, bis sie wieder ganz bei Kräften war. Die Müdigkeit und alle Schmerzen ihres schwachen Körpers blätterten von ihr ab, bis nichts von ihr übrig blieb als ein roher, leuchtender Kern, ein schwelendes Herz.

Wie lange Saraide so durch die Eiswüste ging, wusste sie nicht. Die Zeit war langsamer, unwichtiger geworden. Was waren schon Stunden, Nächte und Tage für die Ewigkeit des Landes? Doch mit einem Schlag fand sie in die Zeit zurück, als der Ise für sie sichtbar wurde.

Im Zwielicht des nahenden Morgens war seine Gestalt kaum auszumachen, doch Saraide fixierte ihn, bis er ganz nahe war.

Auf einem Klippenvorsprung stehend, blickte sie auf ihn herab. Mit schleppenden Schritten ging er bergauf, folgte irgendeiner Spur. In seiner Hand lag ein Krummschwert, das er seltsam steif vor sich hielt wie eine Leine, an der ein unsichtbarer Spürhund ging. Saraide hob die Hände. Konnte es so einfach sein? Sie spreizte die Finger. Der Hang begann zu beben, von weiter oben löste sich grollend eine Lawine.

Der Ise stakste weiter, als sähe und hörte er nichts. Weiße Massen warfen sich ihm entgegen. Saraide hielt den Atem an. Der Ise versank in der Lawine, wurde fortgerissen. Saraide sah, wie sein Krummschwert mit einem Aufblitzen im Schnee unterging.

Als alles wieder still war, kletterte Saraide den Vorsprung herab und suchte nach der Stelle, wo der Ise verschüttet worden war. Abermals öffnete sie die Hände. Die Schneekörner wehten auf, entblößten nach und nach den reglosen Körper des Isen.

Es war ein grässlicher Anblick. Seine Augen waren weit aufgerissen und die Wimpern von Eiskristallen bedeckt. Seine Lippen waren dunkelblau, als wäre er schon vor langer Zeit erfroren. Saraide fiel auf die Knie und griff nach seiner Kehle. Er war starr und eiskalt. Kein Puls.

Saraide wartete. Gleich würde sie dasselbe heiße Rieseln erfüllen wie vorhin, als sich das Totenlicht aus Anetáns Körper in ihren übertragen hatte. Doch nichts geschah. Saraide verstärkte ihren Griff um seine Kehle. Er war tot, zweifellos. Sie hatte ihn umgebracht, sie hatte die Lawine doch ausgelöst! War ihr ein Fehler unterlaufen? Hätte sie ihn erstechen müssen? Aber sie hatte ihren Dolch zurückgelassen; wie hätte sie ihn denn aus Anetáns Körper ziehen können… Der Ise leuchtete noch immer, wenn auch nur schwach. Aber das Totenlicht konnte nicht mehr in ihm sein! Wenn es nicht mehr in ihm war und auch nicht in ihr, wo war es dann? Sie begann den Schnee umzugraben. Sie hielt inne und horchte in sich hinein. Es war in der Nähe.

Sie spürte den doppelten Herzschlag, als läge jemand neben ihr. Aber wo? Wo war es?

Saraide presste beide Hände um den starren Hals des Isen und würgte ihn, so fest sie konnte. Minuten verstrichen. Als Saraide erschöpft losließ, hinterließen ihre Finger Dellen in seinem Fleisch.

»Du bist tot!«, rief Saraide schrill. »Gib mir das Totenlicht! Es gehört mir, es steht mir zu!« Sie ballte hilflos die Fäuste, als könnte sie ihm jetzt noch drohen. Wieder begann sie den Schnee umzugraben. Keuchend besann sie sich auf ihre neuen Kräfte und ließ das Totenlicht wirken: Der Schnee stob in Wirbelstürmen davon, legte den Isen mit seinem Schwert frei und schuf eine Schlucht zwischen den Eisklippen. Nichts. Kein Totenlicht. Nur ein diffuses Leuchten, das den Isen umgab.

Wieder horchte Saraide in sich hinein und da war ganz deutlich die Anwesenheit der anderen Totenlichter ... erschrocken sprang sie auf. Nicht nur ein Totenlicht! Mehrere.

Mercurin. Sie spürte seine Nähe, er kam mit weiten Schritten auf sie zu. Sie fühlte seinen Blick in sich aufstrahlen, für den Bruchteil einer Sekunde nur, wie eine verglühende Sternschnuppe. War der Ise nur eine Falle, die Mercurin ihr gestellt hatte?

Saraide lauschte. Feen rauschten aus der sterbenden Nacht auf sie zu. Irgendwo hinter den Schneewirbeln, die sie heraufbeschworen hatte.

»Mercurin!«, schrie sie. Ihre Stimme hallte aus den Grotten und Schluchten wider. »Mercurin! Zeig dich! Ich bin hier! Zeig dich!« Wankend stolperte sie bergab. »Mercurin!«

Sie atmete schwer. Er musste sie nicht finden – sie erwartete ihn. »Komm aus deinem Hinterhalt! MERCURIN!«

Lichter funkelten durch das Schneegewölk. Saraide blieb stehen.

Eine Gestalt landete knapp einen Steinwurf von ihr entfernt auf einem Gletscher, der zu langen Eiszapfen gefroren war. Die Feen, die sie hergetragen hatten, lösten sich auf, wurden wieder eins mit dem Leben des Landes.

Saraide blinzelte. Enormes Licht umstrahlte die Gestalt. Aber sie war kleiner, viel kleiner als Mercurin, und trug andere Kleider. Saraide erkannte sie. Aber für Verblüffung blieb keine Zeit. Tatsache war, dass das einäugige Mädchen ein Totenlicht trug.

Saraide stolperte zurück, rannte und rutschte über das Eis, bis sie wieder bei dem Leichnam des Isen war. Fiebrig löste sie das leuchtende Säbelschwert aus seiner Faust. Noch einmal würde sie nicht denselben Fehler begehen – das Mädchen würde sie eigenhändig erschlagen, um ihr Totenlicht zu bekommen.

Als sie das Schwert endlich aus der Hand des Isen befreit hatte, fuhr sie herum. Das Mädchen stand noch immer auf dem Gletscher. Saraide packte den Schwertgriff, der sich ungewöhnlich heiß anfühlte. Dann nahm sie Anlauf, rannte den Hang hinab, rief die Kräfte des Totenlichts an und flog auf das Mädchen zu.

Entscheidung

Schon von Weitem hatte Hel das Strahlen gesehen, das zwischen den weißen Hängen aufblühte und wieder erlosch. Je näher sie den Bergen gekommen war, umso deutlicher hatte sie die Totenlichter gespürt – nicht nur das verborgene silbrige Wummern von Karats Gegenwart, sondern auch Saraides aufgewühlten Geist. Fetzen ihrer Gedanken, Gefühle und Wahrnehmungen erreichten Hel wie ein unfertiges Mosaik: Da war ein ermordeter Junge, den Saraide ihren Bruder nannte – für einen schockierenden Augenblick glaubte Hel, sie meinte Mercurin, aber dann sah sie die reglose Gestalt im Schnee und wusste, dass es ein anderer war. Danach begann Saraide, Karat zu suchen.

Hel war so schnell geflogen, wie die Feen sie tragen konnten. Saraide durfte unter keinen Umständen Karats Totenlicht erhalten. Hatte sie erst einmal zwei und damit doppelt so viel Macht wie Hel und Mercurin, war es beinahe aussichtslos, sie zu besiegen. Dann konnte Hel bestenfalls versuchen, sich für immer vor ihr zu verstecken, damit sie niemals das Tiefe Licht heraufbeschwor.

Doch als Hel sie endlich erreichte, war es zu spät.

Sie sah das Leuchten der Totenlichter, landete auf einem Gletscher direkt über ihnen und bekam gerade noch mit, wie Saraide von Karats reglosem Körper forttaumelte. Sie hatte ihn umgebracht.

Hel erstarrte. Zu spät.

Wirklich? Als Saraide sie erblickte, rannte sie zurück zu Karat. Verständnislos sah Hel, wie sie das Krummschwert aus Karats Faust löste. Wozu eine Waffe, wenn sie schon zwei Totenlichter hatte?

Hatte sie tatsächlich zwei? Angestrengt beobachtete Hel sie auf der zweiten Sicht. Saraide glühte vor Leben. Aber nicht stärker als Mercurin oder Hel, wenn sie das Totenlicht anrief.

Saraide rannte den Hang wieder hinab. Ihre Füße schienen den Boden kaum zu berühren. Dann stieß sie sich ab und flog geradewegs auf Hel zu, das Schwert hochgerissen.

Hel sprang zur Seite. Das Totenlicht pochte in ihr auf, vergrößerte ihren Sprung; sie landete auf einem Felsvorsprung drei Meter weiter oben. Kaum war sie gelandet und blickte über die Schulter, setzte Saraide ihr schon nach.

Hel machte eine Rolle vorwärts. Sie hörte, wie die Klinge auf das Eis schlug. Ein merkwürdiges Beben ging durch die Erde, das Schwert strahlte noch heller auf. Womöglich hatte Saraide eine magische Attacke in ihren Schwertschlag eingewirkt.

Hel kam auf die Füße und für eine Sekunde standen sie sich bewegungslos gegenüber: Saraide, gebückt und das Schwert in beiden Händen, das hellrote Haar wie einen wirren Vorhang über dem Gesicht – Hel, unbewaffnet, aber mit gespreizten Fingern, schwer atmend. Keine sagte ein Wort. Sie wussten, dass nur eine überleben würde.

Saraide holte aus. Die Klinge sauste herab und schien die kalte Luft mit einem Klirren zu zerschneiden.

Hel wich zurück, stieß mit der flachen Hand in Saraides Richtung. Das Lirium der Erde wogte in einem Windstoß auf und fegte über Saraide hinweg wie ein Nadelregen. Schützend hob diese die Arme vors Gesicht. Funken drangen in ihre Brust und verloren sich im inneren Glühen. Hel beobachtete, wie manche Funken aber auch ins Schwert gingen – die Klinge leuchtete. Sie kniff die Augen zusammen. Doch es blieb keine Zeit, sich zu wundern. Entschlossen fegte Saraide den Angriff von sich und stürzte erneut auf Hel, die Klinge erhoben. Hel sprang auf eine andere Klippe. Das Eis war so rutschig, dass sie für einen Moment taumelte. Als sie sich umdrehte, wollte Saraide ihr bereits nachsetzen. Hel breitete die Arme aus.

Der Angriff traf Saraide mitten im Sprung und schleuderte sie zurück. Ihr Körper zuckte unter dem Prasseln der Liriumfunken. Hel bewegte die Hände. Ihre Kraft verstärkte sich. Das Licht strömte von überall auf sie ein. Das Licht in Saraide wurde immer greller, als wollte es aus ihr herausplatzen. Auch das Schwert glühte hell.

Doch Saraide gab nicht so schnell auf. Ein zorniger Schrei erklang, dann stieß sie den Angriff von sich ab. Hel wurde einen Schritt zurückgedrängt, als ihre Liriumwoge auf plötzlichen Widerstand prallte. Saraide hüllte sich in einen schützenden Ring aus Licht, und eine Weile fraßen sich die beiden Attacken prasselnd und blitzend ineinander. Schließlich ließ Hel nach und sprang von ihrem Felsen.

Sie musste neue Kräfte sammeln – und Saraide vor allem an einen Ort locken, wo frische Liriumquellen im Boden waren. Nur so konnte sie mit derselben Macht weiterkämpfen.

Wie erwartet folgte Saraide ihr. Hel rannte an einem Abgrund entlang und sprang auf ein Plateau, das eine gute Kampffläche zwischen höhlenartigen Spalten und Rissen bildete. Sie ging hinter einem Eisbrocken in Deckung und wartete, bis Saraide zu ihr hochsprang. Wie zuvor griff Hel an, als Saraide in der Luft war. Doch diesmal wehrte Saraide sofort ab. Sie landete stolpernd am Rand des Plateaus, aber immerhin, sie war nicht getroffen worden. Sie lernte schnell.

Hel wartete nicht, bis Saraide sich gefangen hatte. Sofort setzte sie nach.

Saraide blieb keine Zeit, auszuweichen. Stattdessen öffnete sie die Arme und fing das Licht einfach auf. Hel sah, wie es in ihr Totenlicht strömte und es mit schwelendem Glanz erfüllte. Sie biss sich auf die Lippe. Jetzt hatte Saraide also auch noch herausgefunden, wie man einen Angriff aufsog und sich die Kraft zunutze machte. Aber auch Hel lernte dazu.

Sie richtete ihre Energie auf die Eiszapfen, die über Saraide hingen. Das Eis zersprang. Die mannslangen Zapfen stürzten nieder und explodierten in Abertausend Splitter. Saraide brach kreischend zusammen, rutschte ab, hielt sich nur noch mit den Armen am Rand des Plateaus fest. Blutspuren zogen sich durch den Schnee.

Hel kam aus ihrer Deckung und näherte sich langsam. Ohne das Schwert loszulassen, versuchte Saraide wieder auf das Plateau zu klettern, doch immer wieder rutschten ihre Arme ab. Sie keuchte. Blut strömte über ihr verzerrtes Gesicht. Als sie Hel auf sich zukommen sah, ließ sie los und stürzte in die Tiefe.

Hel rannte an den Abgrund und starrte hinunter. Er war nicht sehr tief, vielleicht sechs oder sieben Meter. Nicht tödlich für eine Dämonin. Eine Wolke aus Schnee und Eisscherben verbarg Saraides Fall. Einen Moment lang stand Hel zitternd und unentschlossen in den blutigen Splittern. *Wie könnte ich den Wert eines Menschenlebens gegen ein anderes abwägen?* Das hatte sie gesagt, daran glaubte sie – und doch stand sie hier, hatte versucht, Saraide zu töten. Und würde es weiter versuchen, bis es ihr gelang. Für Nova. Damit er weiterleben konnte, mit Saraides Totenlicht.

Mit aller Macht versuchte Hel, diesen Gedanken wegzuwischen, zu leugnen. Sie tat es nicht nur für Nova – sie tat es, um die Dämonen aufzuhalten, um zu verhindern, dass Saraide das Tiefe Licht beschwor! Saraide musste nicht für Nova sterben. Sondern für alle Menschen, Isen, Zwerge, Tiere und Geisterwesen der Erde, für alle Lebewesen.

Und überhaupt – es war keine Zeit, jetzt nachzudenken. Wie um ihrem nagenden Gewissen zu entfliehen, sprang Hel hinab. Sie landete weich auf dem Boden, umhüllt und getragen von Liriumwolken.

Saraide lag halb begraben im Schnee, aber sie bewegte sich noch. Das isische Schwert war hinter ihr gelandet, außerhalb ihrer Reichweite. Ächzend hob sie den Kopf. Sie blutete aus dem Mund. Hel öffnete die Hände, um zum letzten Angriff auszuholen.

Doch sie zitterte am ganzen Leib. Saraides pechschwarze Augen funkelten sie durch Schleier von Hass und Schmerz hindurch an. Ihr Blick fraß sich in Hel, brennender als jede magische Attacke es vermocht hätte. Hel konnte sich nicht regen. Sie konnte niemanden töten, der auf dem Boden lag und sie anstarrte.

Saraide röchelte. Erst glaubte Hel, sie würde ersticken – dann, dass sie etwas sagen wollte. Wie gelähmt wartete Hel darauf, ihr zuzuhören. Irgendetwas zu hören, das es ihr unmöglich machte, sie umzubringen.

Doch Saraide sprach nicht; sie lachte. Es war ein stotterndes, erschöpftes, rasselndes Lachen. Hel begriff nicht. Eine Gänsehaut zog über ihren ganzen Körper. Wieso lachte sie? Hel hätte die Frage am liebsten geschrien, doch sie bekam den Mund nicht auf.

Bebend schob Saraide ihre Hände durch den Schnee. Langsam begann Licht aus der Umgebung zu ihr zu fließen. Mit einem Ruck ballte sie die Fäuste – Hel spürte es in sich, als würde Saraide ihr Herz packen.

Schlagartig fiel sie auf die Knie. Alle Kraft strömte aus ihr heraus. Entsetzt starrte sie an sich herab, erwartete fast, dass sie am Verbluten war – doch nicht Blut strömte aus ihr hervor, sondern Licht. All das Licht ihres Lebens.

Saraide richtete sich auf, noch immer atemlos lachend. Sie hatte verstanden, dass es klüger war, den Träger eines Totenlichts seiner Liriumquellen zu berauben statt ihn damit anzugreifen. Wieso hatte Hel nicht früher daran gedacht? Ihre Attacken waren instinktiv gewesen, abwehrend – nicht genügend durchdacht. Saraide aber war ihr ganzes Leben darauf vorbereitet worden, mit den Totenlichtern umzugehen. Und allmählich gewöhnte sie sich an ihre neue Macht.

Hel versuchte das Licht in sich zu halten. Das Lirium aus der Umgebung aufzunehmen. So, wie sie Hunger und

Durst und Müdigkeit stillte. Aber es reichte nicht, um den Strom auszugleichen, den Saraide ihr entzog.

Während Hels Licht schwand, begann Saraide zu glühen. Auf der zweiten Sicht umgab sie ein so kräftiges Flimmern, dass alles ringsum in Dunkelheit zu ertrinken schien. Verzweifelt rief Hel das Licht zu sich. Nur ein paar Funken lösten sich aus Saraides Aura und strudelten zu ihr. Wie machte sie das? Wieso konnte Saraide ihr Licht halten?

Bleierne Kraftlosigkeit durchdrang ihre Glieder, ihre Arme und Beine und ihren Kopf. Jeder Atemzug wurde anstrengend. Sie hatte ihre Chance gehabt und zu lange gezögert. Saraide beging nicht denselben Fehler. Hels schmerzerfüllter Blick hielt sie nicht davon ab, ihr das Leben zu nehmen.

Und dann geschah alles ganz schnell.

Saraides Lachen spitzte sich zu einem gellenden Schrei. Etwas Leuchtendes stieß aus ihrer Brust. Ihre Aura erbebte, spritzte auseinander und tauchte alles in schillernden Regen. Saraide kippte um. Alles Licht floss aus ihrem reglosen Körper.

Hel fühlte, wie das Leben in sie zurückkehrte, stockend erst, dann gleichmäßiger. Sie rang erschöpft nach Atem. Träge woben sich ihre Gedanken und Wahrnehmungen wieder zusammen. Sie blinzelte, versuchte zu erkennen, wer hinter Saraide aufgetaucht war. Aber noch bevor sich ihr Blick klärte, fühlte sie seine Nähe – ein warmer Rausch durch ihr Innerstes, glatt und rasch wie ein Flügelschlag.

Mercurin hielt das Isenschwert in beiden Händen; es strahlte so sehr, dass das Blut an der Klinge erbleichte. Gebannt starrte er auf Saraide herab. Seine Schwester, seine Verbündete seit ihrer Kindheit, seine Gegnerin: tot.

Er ließ das Schwert in den Schnee fallen und öffnete die Hände. Beißend grelle Lichttentakel strömten aus Saraides Körper in seinen, sammelten sich in seiner Brust, erloschen in einer tiefschwarzen, ölig schillernden Blase. Das Totenlicht war in ihn eingekehrt.

Hel beobachtete, wie sein Körper zuckte; er senkte den Kopf. Er konzentrierte sich auf seinen Atem. Legte die Hände über seiner Brust zusammen. Es gelang ihr nicht mehr, sich einzubilden, er hätte Saraide getötet, um sie zu retten – er hatte es wegen des Totenlichts getan. Dafür hatte er Saraide das Schwert in den Rücken gestoßen.

Hel hatte wieder genug Kraft, um sich aufzurichten, aber ihr fehlte der Wille. Karat war tot. Saraide war tot. Es gab keine Feinde mehr, die sie zwischen sich schieben konnten; jetzt gab es nur noch sie und ihn.

Doch als er die Augen öffnete und sein verschleierter Blick sie traf, da schmolzen alle Worte, die ganze Realität schmolz dahin – Feind, Mörder, was konnten diese Begriffe schon ausrichten gegen die Flut dessen, was sie empfand. Er war befleckt vom Blut seiner Opfer, aber Hel wollte in seine Arme.

»Mercurin«, murmelte sie. Sein Name irrte durch die Stille, ein einsamer Laut in den endlos leeren Gebirgen. Ohne zu wissen, warum, schüttelte Hel den Kopf. Kurz, nur angedeutet. Sie konnte nicht in Worte fassen, was sie damit verneinte, doch sie war sicher, dass er es verstand.

»Hast du …« Er schluckte. Seine Stimme klang fremd, als gehörte sie nicht mehr ihm. »Hast du das Totenlicht des Isen?«

Hels Blick flog zu dem Schwert im Schnee. Es leuchtete

kaum merklich. Aber sie sprach ihren Verdacht nicht aus. Rasch sah sie wieder Mercurin an. Kalt sah er aus. Fremd. Sicher war das Klügste, ihm zu sagen, sie habe es; vielleicht würde er sie dann nicht angreifen, nicht direkt und nicht sofort. Und sie hätte Zeit gewonnen.

Doch sie konnte ihn nicht belügen. Wenn seine Liebe nicht ausreichte, um sie um ihrer selbst zu verschonen, dann sollte es so sein.

»Nein.«

»Wo ist es?«

»Ich… das würde ich dir niemals sagen«, flüsterte sie. »Ich brauche es. Für Nova. Er ist mein Freund, und er wird im Reich der Elfen sterben, wenn ich ihm kein Totenlicht bringe, um ihn zu retten.«

»Hör auf mit dem Gerede! Das Totenlicht wird nicht an deinen Freund vergeudet. Bald ist alles vorbei, finde dich damit ab; das Tiefe Licht wird die verschonen, die frei von Sünde sind.«

»Wer ist das schon?«, fragte sie zitternd.

»Wahrscheinlich keiner. Dann ist die Erde befreit von uns.«

Sie sah ihn an, aber ihr Blick konnte ihn nicht erreichen. Er war unerreichbar. Sie wünschte, sie hätte weinen können vor Verzweiflung, aber es war nichts mehr in ihr übrig. Sie war unendlich erschöpft.

»Ich glaube nicht, dass du das wirklich willst«, sagte sie, tapferer, als ihr eigentlich zumute war. »Es sind nicht deine Worte. Sie sind erlernt.«

»Hör auf!«, rief er. Unter seinem Zorn flackerten ganz andere Gefühle, er konnte sie nicht verbergen. »Hör auf, mich so zu sehen! Nichts war echt. Das alles mit dir und mir war nicht echt! Du siehst Dinge, die nicht existieren.«

Sie starrte ihn an. »Ich sehe dich.«

Er versuchte ein höhnisches Lächeln, verzerrte aber nur das Gesicht. »Glaubst du, mein Aussehen, meine Erscheinung unterliegt nicht meinem Einfluss?« Und tatsächlich, seine Augen schienen sich zu verfinstern, der Mund wurde schmal und die Schatten seines Gesichts tiefer. Aber Hel wusste, dass es nur ein Trugbild war. Er betrog sich selbst mehr als sie.

Klamm stand sie auf und ging auf ihn zu. Er wich einen Schritt zurück; hielt inne; dann ließ er die Schultern sinken, und als Hel ihn erreichte und behutsam die Arme auf seine Schultern legte, trat er näher und umarmte sie kraftlos.

Die Stille hüllte sie ein, ein letzter, gnädiger Augenblick des Vergessens und Verstummens, bevor alles passieren musste – alles, was auch immer es war.

»Du kannst es nicht aufhalten«, flüsterte Mercurin irgendwo in der Nähe ihres Kopfes, sein Atem streifte ihre Schläfe wolkenhaft. »Weder du noch ich. Alles kommt und vergeht und muss untergehen, wir auch. Es wird besser sein. Das Tiefe Licht … ist auch gütig. Es holt die Abtrünnigen heim, zu sich. Und lässt die Gläubigen am Leben.«

»Aber all die anderen Druiden sind tot!«, erwiderte Hel erstickt. »Wer zwingt dich, diesen Wahnsinn weiterzumachen?«

»Mein Gewissen«, sagte er kaum hörbar. »Das Tiefe Licht, spürst du es denn nicht auch? Gib es zu! Du weißt, dass das Land blutet. Die Menschen zerstören den Quell ihres eigenen Lebens! Sie sind das giftige Geschwür der Erde, ich werde es abschneiden, und wenn ich dabei sterben muss. Das ist meine Aufgabe, ich habe mich damit abgefunden. Nicht alles wird untergehen. Ich bin sicher, das Tiefe Licht lässt das Schöne und Gute am Leben …«

Hel schlug die Augen nieder und wusste nicht mehr, was sie entgegnen sollte. Sie wusste, dass er falsch lag, aber wie sollte sie ihm das verständlich machen? Er war so viel entschlossener als sie.

Mercurins Hände verkrampften sich auf ihrem Rücken; irgendetwas ging in ihm vor. Doch dann sah er sie an und lockerte seine Umarmung. Er wich kaum merklich vor ihr zurück. »Du weißt, wo das vierte Totenlicht ist, nicht wahr?«, murmelte er fahrig.

»Ich werde es dir nicht sagen.«

Schmerz zuckte durch sein Gesicht. Hel sah, wie sein Licht heller und dunkler wurde. »Du … musst es mir … nicht geben! Nimm es selbst. Na los!« Er atmete aus und drückte sie von sich weg. Er selbst stolperte zurück und griff sich an die Brust. Noch immer pochte sein Licht gefährlich. Zwei Totenlichter schlugen in ihm. Hel konnte nur ahnen, welche Kraft es kostete, ihnen nicht zu erliegen, seinen Verstand und sich selbst nicht an diese Macht zu verlieren.

»Hol es dir«, keuchte er. »Verdammt, Hel, nimm es oder ich …« Er presste die Lippen aufeinander, blinzelte. Für eine Sekunde blitzte unbändige Gier in seinen Augen auf, so wie vorhin, als er über Saraide gestanden hatte. Die Totenlichter wollten sich einen. Die zwei in ihm waren mächtige Magnete, die ihres anzogen. Hel begriff, dass er dem Drang, sie zu töten, heftiger widerstand denn je. Ein Totenlicht allein, durch Mord an sich gebracht, reichte schon aus, um jemanden zum Dämon zu machen. Mercurin war stark, aber das Tiefe Licht in ihm war viel stärker.

Krampfhaft streckte er die Hand nach Hel aus, als gehorche ihm sein Körper nicht mehr. Er machte einen Schritt, ging in die Knie, zog den Arm zur Seite. Ein Liriumblitz schoss haarscharf an Hel vorbei, traf den Hang hinter ihr und entzog ihm innerhalb eines Wimpernschlages alles Leben.

Hel rannte los, ohne nachzudenken. Ihre Füße wirbelten Schnee auf, sie bückte sich und packte das Isenschwert, ehe sie begriff, was sie tat. Ein Gefühl von Macht durchlief sie schlagartig.

Mercurin kam mit steifen Schritten auf sie zu, als koste es ihn unheimliche Kraft, nicht loszustürmen. »Im Schwert?«, flüsterte er rau. »Wie kann das … der Ise muss sich selbst damit …« Er verstummte, streckte die Hände aus.

Hel zitterte unkontrolliert. Sie wusste nicht, was sie tun sollte. Wegrennen – sich mit dem Schwert zur Wehr setzen – was hatte das alles überhaupt noch für einen Sinn?

Sie riss sich zusammen. »Ich, ich werde es mitnehmen und … ich gehe jetzt. Schwöre mir, dass du mir nicht folgst –«

Er packte ihre Hände und den Schwertgriff. Ein Ächzen entfuhr ihr, aber sie ließ nicht los. Sie würde es ihm nicht geben, niemals.

Er zog das Schwert langsam, gegen ihren Widerstand, zu sich heran.

»Lass los.« Hels Befehl klang mehr wie ein Schluchzen.

Er öffnete den Mund, brachte aber kein Wort hervor.

Seine Augen waren eisige Spiegel, hinter denen nur die Unerbittlichkeit des Tiefen Lichts schwelte. Kaum wahrnehmbar füllten sie sich mit Tränen.

Er führte das Schwert immer näher zu sich, immer höher, und dann begriff Hel, was er vorhatte, und ihr Herz verkrampfte sich.

»Nein!«

Seine Finger lagen fest auf ihren. Sie versuchte das Schwert zurückzuzerren, aber es gelang ihr nicht. Die Klinge berührte mit einem feinen Sirren seinen Hals.

Hel konnte das Schwert nicht wegziehen. Aber ihre Hände.

Sie ließ einfach los, ihre Finger rutschten ab und sie taumelte zurück. Doch aufhalten konnte sie ihn nicht mehr.

Die Klinge glitt weich an seiner Haut entlang und zeichnete Blut.

Sternennacht

Es wirkte unecht – als hätte sich ein falscher Albtraum über die Wirklichkeit geschoben. Hel starrte auf das flüssige Rot, das erst stockend, dann wie in einem Sturzbach aus der Seite seines Halses quoll und mit leise trommelnden Tropfen in den Boden schlug. Erst als Lichter aus ihm strömten und die Klinge aufstrahlen ließen, wurde Hel klar, dass es wirklich passierte.

Er senkte kraftlos das Schwert. Nur die Lichtstrahlen, die aus seiner Brust stiegen, schienen ihn noch aufrecht zu halten. Er sah Hel an, und sein Blick klärte sich, bis ihn nichts mehr verschleierte als eine dünne Tränenschicht.

Sie spürte, wie sie auf ihn zuging. Er brach zusammen, kaum dass sie vor ihm stand, und Hel fing ihn behutsam auf. Zusammen sanken sie auf die Erde.

Sie hielt ihn in den Armen, auf ihrem Schoß, und legte eine Hand auf die Wunde. Warm floss es zwischen ihren Fingern hindurch. Lirium strömte von überall zu ihr und sie lenkte das Leben in ihn hinein.

Er sah sie an. Sie mussten nichts sagen. Sie sahen sich; wortlos, und verstanden.

Erst als Hel merkte, wie sein Licht trotz ihrer Bemühungen immer mehr erlosch, konnte sie ein Schluchzen nicht unterdrücken. Sie legte beide Arme um seinen Nacken, beugte sich zu ihm hinab und weinte.

Dünn wie ein Seidenfaden erklang seine Stimme; sie glaubte schon, sie hörte ihn wie so oft von innen heraus. Aber er trug kein Totenlicht mehr, diese Verbindung war für sie für immer verloren.

»Zwischen dir und mir steht die ganze Welt… und weil du ferner bist als… weil es nie sein wird, deshalb wage ich… dich zu lieben. Ich liebe dich, ich liebe dich so sehr, wie ein Mensch zu lieben fähig ist!«

Hel hob den Kopf, um ihm in die Augen sehen zu können. Er schien nicht mehr ganz da zu sein, war schon in ferne Erinnerungen fortgesunken. Sein Blick streifte ihr Gesicht zärtlich, aber er wusste wohl nicht mehr, dass sie tatsächlich da war.

»Ich bin die Nacht«, murmelte er so leise, dass sie ihn kaum verstand. »Hel ist die Sonne am anderen Ende der Welt. Ich vermisse dich so… wie die Nacht einen wärmenden Sonnenstrahl vermissen muss. Geh auf für mich. Mach Licht. Es ist so dunkel…«

Hel atmete zitternd aus. Sie umklammerte ihn, flößte ihm alles Lirium ein, das sie rufen konnte. Nur noch ein fahles bläuliches Schillern umgab ihn.

Er tastete nach ihrer Hand und drückte ihr Gelenk. Für eine Sekunde glaubte sie beinahe, er sei zurückgekehrt, er *könnte* zurückkehren.

»Du musst… das Tiefe Licht… zerstöre das Schwert, Hel. Rufe das Tiefe Licht… versprich es mir…«

Sie brachte es nicht über sich, ihm jetzt zu widersprechen. Sie nickte.

Er drückte ihr Gelenk so fest, dass sie Angst bekam, er würde seine letzten Kräfte daran verschwenden. »Du sollst leben, um das Tiefe Licht zu rufen… und du wirst auch danach leben…«

»Ja«, flüsterte sie.

Ein Ausdruck des Friedens breitete sich auf seinem Gesicht aus. »Eine schöne Welt…«

Sein Griff löste sich; er sank in ihre Arme, wurde schwerer. Hel strich ihm die Haarsträhnen aus dem Gesicht. Er war so jung, er hatte sie bestimmt angelogen, als sie ihn nach seinem Alter gefragt hatte. Panik fegte durch Hel, als sie begriff, dass sie nie mehr eine Antwort bekommen würde – weder auf die Frage nach seinem Alter noch auf sonst etwas. Dabei musste sie noch so viel über ihn erfahren, so viel, alles –

Sie beugte sich wieder hinab und weinte in seine Halsbeuge. Es gab nichts mehr zu erfahren. Er war tot.

Sein Licht verglomm wie ein Stern im dämmernden Morgen, und alles wurde dunkel um Hel, trotz des Schwertes, das in seiner schlaffen Hand weiterleuchtete.

Hel blieb reglos. Sie konnte sich nicht von ihm lösen. Wenn sie ihn losließ, würde sie seinen lichtlosen Körper sehen, das Blut, das an ihren Fingern längst trocknete, und das würde sie nicht überstehen. Wenn sie sich nur darauf konzentrierte, nicht nachzudenken, konnte sie auch nicht in die brodelnde Flut der Verzweiflung stürzen, die langsam um sie anstieg.

Doch dann kamen die Stimmen. Ihr zischelnder Singsang war erst kaum vom Heulen des Winterwindes zu unterscheiden. Doch dann spürte Hel, wie sie einen Kreis um sie schlossen, mit jeder fauchenden Silbe einen Schritt um sie machten.

»Zwei Liebessspaare hatten die Wahl ... zweimal gab esss nur Verrat ... unsssere letzte Probe für die Menschen, nicht bestanden! Issst ausss, issst aussss, allessss aussss ... isssst tot, dein Mercurin isssst tot!«

Hel presste die Hände auf seinen Kopf, auf seine Ohren, als würden die Worte der Elfen wahr werden, wenn *er* sie hörte. Aber er regte sich längst nicht mehr. Nur ihr eigener Atem schlug ihr noch vom Boden zurück ins Gesicht.

»Erstochen hat die Schlange ihren Bruder, erstochen, mitten insss blauäugige Herz ...« Das erboste Fauchen ebbte in Kichern ab. Hel ertrug es nicht. Sie sollten verschwinden! Brennende Tränen fielen ihr aus den Augen.

»Dummer Narr, der an die Liebe glaubt ... Sssaraide war nicht ssso dumm, sssie war gewisssenhaft ... und jetzt issst sssie auch tot, die falsche Schlange, hah!«

Ekelerregend nah hauchten die Stimmen ihr zu: »Und auch Mercurin konnte ssseine Liebe nicht halten! Hat er nicht die einfachste Lösssung gewählt, hat sssich davongemacht, dir allesss überlasssen? Und dir im Sterben noch ein letztesss Versprechen abgerungen, der hinterhältige Feigling? Du sssollssst vollenden, wozu er mit ssseinem schwachen, unentschlosssenen Herzen nicht fähig war ...«

Hel presste die Augen zu. Sie waren verlogen, sie waren tückisch, sie wollten sie nur quälen. Nach Gründen zu suchen, war völlig zwecklos. Sie hatten keine Gefühle.

»Er hätte von ssseinem Glauben abschwören können, für dich«, fuhren die Elfen unbarmherzig fort. »Jetzt hat er ssich davongemacht, um nicht mitansssehen zu müssssen, wasss er dir angetan hat … Ha! Dassss issst die Liebe der Menschen!«

Hel zwang sich, den Kopf zu heben. Behutsam löste sie die Arme von ihm und ließ ihn von ihrem Schoß gleiten. Sie sah sein Gesicht; sie musste die Zähne zusammenbeißen, um nicht aufzuschluchzen. Er war ganz verschmiert von der Wunde. Seine Lippen waren so blutleer, dass sie in der knochenweißen Leichenblässe kaum mehr auszumachen waren. Hel riss ihren Blick von ihm los und konzentrierte sich darauf, ihr Zittern zu unterdrücken. Sie ballte die Fäuste.

»Drei Totenlichter sind in dem Schwert«, erklärte sie mit aller Ruhe, die sie aufbringen konnte. Nur der Gedanke an Mercurin gab ihr die Kraft, sich so zusammenzureißen. »Mit einem davon möchte ich Nova das Leben zurückgeben, wie wir es ausgemacht haben. Und mit dem anderen … mit dem anderen soll Mercurin wieder ins Leben zurückkommen. Das dritte werde ich euch zurückgeben.«

Sie sah auf. Die Elfen hielten inne, wabernde Nebelwesen, die sie aus leeren Gesichtern anstarrten. »Ihr habt es versprochen … Nova soll leben. Und Mercurin auch.«

»Glaubssst du, dann würde Mercurin von ssseinem Glauben abschwören, sssein Gewissssen und dasss Tiefe Licht verraten? Niemalsss! Esss würde nichtsss ändern, du Närrin!«

»Doch«, flüsterte sie. »Ich weiß es. Ich … wenn er nur die Welt und die Menschen kennenlernen würde. Es gibt andere Wege als Rache. Verständnis!«

Ein Hauchen ging durch die Runde, das beinahe mitleidig klang. »Und wenn ihr euch hättet, wasss wäre dann? Du glaubssst, du liebssst Mercurin. Du würdessst alles für ihn tun. Und doch brichssst du dasss erssste Versprechen, dasss du ihm gabssst: dasss Tiefe Licht für ihn zu beschwören!«

»Aber –«

Die Elfen überdeckten ihre Widerworte mit ihrem Gezischel. »Steh zu deiner Liebe, Hel … opfere eure gemeinsssame Zukunft, um ssseinen letzten Willen zu erfüllen, wenn du ihn liebssst … Und Opfern issst eine bittersüße, köstliche Erfahrung! Während eine Liebe ohne Hindernissse etwasss ganz anderesss issst … kannssst du dir vorstellen, wie esss wäre, käme er zurück? Stell dir vor, jeden Tag mit ihm zu erwachen, in seine Augen zu blicken, bisss jedesss Geheimnisss ergründet issst … Wärssst du bereit, dasss leuchtende Bild aufzugeben, dasss du jetzt von ihm hassst, nur für einen ganz gewöhnlichen Menschen ausss Fleisch und Blut? Liebe issst ein Augenblick, kein Ziel. Sssie zerfällt zu Staub, wenn Zeit und Frieden sssie in die Länge ziehen! Wenn du willssst, dassss deine Liebe zu Mercurin unendlich issst, dann liebe ihn ohne Erfüllung. Verzehre dich nach ihm, opfere dich, beweissse deine Liebe, indem du dasss Tiefe Licht für ihn rufssst! Aber sssuche die Liebe nicht im Zusammenssssein …«

Hel wollte sich am liebsten wieder die Ohren zuhalten. Die Worte der Elfen streuten sich dunkel in ihr aus, säten Zweifel. Aber Hel wusste, dass sie logen, dass das alles nicht stimmte.

»Ich tu, was ihr wollt«, flüsterte sie und blickte auf. »Wenn ihr mir sagt, was ihr wirklich wollt! Was wollt ihr denn?«

»Rufe dasss Tiefe Licht!«, dröhnten die Stimmen tief. »Vernichte die verdorbene Menschenbrut! Erfülle die Aufgabe, für die deine Liebe gestorben issst!«

Wankend erhob sich Hel. Sie löste das Schwert aus Mercurins Faust und nahm es in beide Hände. »Ihr wollt also, dass die Menschen untergehen. Ihr wollt eure Schöpfung vernichten, weil sie euch zu ähnlich ist, weil sie nicht wirklich lieben kann? Gut. Ich helfe euch.«

Sie ging los. Die Elfen folgten ihr, schwebten im Kreis um sie herum wie ein Nebelring. Hel versuchte, an den Gesichtern vorbeizublicken, die sie gierig beobachteten.

»Du mussst … das Schwert … gib unsss dasss Schwert, wir öffnen esss für dich … nimm die Totenlichter herausss …«

Hel hörte nicht hin. Sie ging den Schneehang hinauf, als wäre sie alleine. Sie kletterte über Eisbrocken und balancierte an Gletschern vorbei. Schließlich erreichte sie eine breite Narbe im Eis, eine Schlucht, die so tief war, dass der Grund sich in Dunkelheit verlor. Hel warf eine Handvoll Schnee hinab. Die Flocken versanken weit unten in der Schwärze.

Nervös zischelnd umkreisten sie die Elfen.

»Ihr habt die Menschen immer wieder auf die Probe gestellt, aber überzeugen konnten sie euch nie«, sagte Hel. »Nun, dann werde ich es jetzt tun! Ich liebe Mercurin und ich liebe meinen besten Freund Nova. Wer weiß, wie viele Menschen dort draußen sind, die sich genauso lieben. Ich werde sie nicht vor das Gericht des Tiefen Lichts stellen! Lieber opfere ich mich, Mercurin und Nova. Das ist euer Beweis, dass es Liebe gibt.« Sie hob das Schwert – und ließ es in die Schlucht fallen.

Ein jähes Kreischen fegte durch die Runde. Der Ton war so schrill, dass die Erde bebte und Hel auf die Knie stürzte. Sie presste sich die Arme um den Kopf. Aber das Schwert war gefallen, egal, was jetzt geschah – Hel hatte entschieden.

Das Schwert stürzte durch raumlose Finsternis. In davonrasender Ferne erscholl das Kreischen der Elfen und folgte ihm, folgte durch Eis und Dunkelheit und lang gezogene Sekunden, bis das Kreischen kein Laut mehr war, nur noch ein tiefes Beben im Gestein. Eiszapfen begannen zu klirren. Risse sprangen auf und lösten hier einen Brocken, dort einen Brocken. Dann stürzte eine Lawine nach der anderen los, holte das Schwert ein, umschloss es wie eine Wolke aus harter Materie. Als der Grund nahte, verhakte sich das Schwert in spitzen Gletschergebilden. Die Eismassen der Erschütterung begruben es malmend unter sich. Die Wucht traf das Schwert wie eine gigantische Faust und ließ den Stahl zerspringen.

Grelle Lichter spritzten auf. Würmern gleich suchten sie sich ihren Weg durch den dampfenden Schutt nach oben, durch Schwärze und Vergessenheit, immer weiter nach oben, zu ihrem rechtmäßigen Träger.

Das Heulen der Elfen erstarb so abrupt, dass Hel nicht anders konnte, als aufzublicken. Sie hatte sich keine Gedanken darüber gemacht, was nach ihrer Entscheidung aus ihr werden würde – erst als das Schwert in die Erde gestürzt war, wo das Tiefe Licht für immer schlafen würde, begann sie sich davor zu fürchten, was die Elfen ihr nun antun würden. Sie hatte ihren Plan vereitelt. Würden sie sie jetzt töten?

Doch die Elfen verstummten. Ihre ausdruckslosen Glasgesichter starrten in den Abgrund. Ein Schimmer irrte heran. Wurde stärker. Stockend wich Hel zurück.

Fäden von Licht schossen aus der Tiefe, griffen suchend in den Himmel und senkten sich auf sie herab.

Hel schrie auf. Selbst wenn sie sofort losgerannt wäre – das Licht war schneller. Sie fühlte, wie die Strahlen in sie eindrangen, ihren Körper mit rasselnder, flirrender Hitze füllten, durch ihren Kopf spülten und den Schrei in ihrem Mund erstickten.

Sie sank rücklings zu Boden, sah nur noch grelles Weiß. Wie ein Steinbrocken, der in dickes Sumpföl sinkt, tauchte das erste, dann das zweite und schließlich das dritte Totenlicht in ihre Brust und schloss sich unter Haut, Fleisch und Knochen ein.

Für endlose Sekunden pochten die vier Lichter gegeneinander an, ein rasendes Quartett schwarzer Trommelschläge. Feuer, Wasser, Erde und Luft rebellierten. Flammen rauschten durch ihre Glieder, wurden fauchend gefressen von den Wogen heulender Meere; Meere versanken unter den Massen von Granit und roter Erde; Orkane rissen Berge nieder, mischten alles neu zusammen in einem glühenden Kessel, der nun Hels Körper war.

Und dann stimmte sich das Pochen der Vier aufeinander ein, fiel in denselben dumpfen, schweren Rhythmus wie ein Pferdegespann, das im Gleichschritt die Welt voranzieht. Es war der Rhythmus von Ebbe und Flut, Sonnenauf- und -untergang, von Mond und wandernden Sternen und dem Blühen der Pflanzen und dem Verdorren der Blätter, von Geburt und Verfall und vom Flug der Zeit. Langsam, pochend, öffnete das Tiefe Licht sein Auge. Das Leben erwachte zu Bewusstsein, eingeschlossen in dies zarte Gebilde seiner Schöpfung: den Körper eines Mädchens.

Erwachen

Hel lebte.

Sie schlug die Augen auf. Nie hatte sie sich so sehr lebendig gefühlt. In einer fließenden Bewegung erhob sie sich und ihr Körper schien eins mit der Umgebung, dem Eis und der Luft, dem schwebenden Schnee und den gefrorenen Gletschern. Alles war verbunden, wie ein Uhrwerk, dessen Räder sich langsamer oder schneller drehen mögen, aber alle zusammen auf denselben Takt horchen.

Sie hatte keine Gedanken mehr. Ihr Denken schien von der schieren Kraft des Lebens so bedrückt und bedrängt zu werden, dass nur noch ein strohhalmdünner Tunnel frei geblieben war, durch den gerade einmal das Wahrnehmen ihrer Sinne möglich blieb. Sie fühlte, sie sah und hörte alles mit unermesslicher Vergrößerung und Klarheit, doch ihr Verstand war auf ein tänzelndes Sandkorn im Wind geschrumpft. Diese Tatsache erreichte sie nur flüchtig; es beängstigte oder besorgte sie nicht.

Ihr Körper glitt durch die Gebirge. Die Füße setzten nicht auf der Erde auf. Die Erde bewegte sich für sie. Der Himmel, zuvor noch ein bleiern blaues Tropfwerk, wurde schwarz, es war Nacht, unendlich klare, scharfe Sterne gingen auf.

Wohin Hel ging, erwachte der Boden unter ihr zu Leben. Alles strahlte. *Strahle mehr,* flüsterte sie sich selbst zu, ihrem wunderschönen Leib, der Erde. Die Gebirge leuchteten auf. Hel flog über verschneite Ebenen. Der Schnee spritzte in die Höhe, als sich der Boden darunter zu regen begann. Goldenes Blut wollte zwischen den Erdschuppen hervorquellen; der Honig des Lebens köchelte unter der dünnen Kruste des Bodens. Hel fühlte, wie es – wie sie – sich mit all den müden Funken vereinen wollte, die jetzt die Oberfläche bevölkerten. Sie rief vor Sehnsucht mit den Stimmen der Winde und Wolken, mit dem Rauschen der Bäche. Doch die Elfen geboten ihr Einhalt, drängten sie weiter, führten sie fort.

Nicht hier, nach Süden … nach Süden … ins Brachland … zu den Verfluchten …

Sie flog weiter, immer höher, und betrachtete das glühende Leben des Lebendigen Landes.

Sie sah Hellesdîm. Die Feuerschlucht, die den Tempel wie ein Ring umgab, spendete flüssiges Licht und überschwemmte das Land ringsum. Mit einem Fingerstreichen ließ Hel den Ring aufreißen und als lange Narbe durch den Boden treiben. Der Tempel stürzte in die bewegte Erde, verschwand. Es bedurfte keines Tempels mehr; die Welt war jetzt ein Tempel.

Sie durchströmte Steppen und Berge, schwamm in Flüssen. Fontänen aus Lirium brachen aus und bemächtigten sich der Elemente. Nichts blieb in Starre, alles erwachte, wandelte sich, tanzte.

Die Kauenden Klippen erschienen unter ihr, teilten sich, wurden zu steinernen Trollen, abertausenden wild geformten Leibern, und zerflossen schließlich in Licht. Hel hielt inne, während die Grenzen ihres treuen Reiches schmolzen. Vor ihr lag das Brachland. Das geschundene, verrottete Gesicht einer ausgebeuteten Erde. Tief, tief darunter bebte der Quell des Lebens. Er wollte befreit werden. Aber das Tiefe Licht würde nicht hier ausbrechen, sondern mitten im Herzen des Todes: im Süden, bei den Menschen, in den vier Türmen!

Hel verließ das Alte Reich und überflutete die Wüste, bis die Dünen auf und nieder tanzten gleich den Wogen eines aufgepeitschten Meeres. All das war wunderschön und die Welt strahlte vor Glückseligkeit. Hel spürte nicht weit die Gegenwart von Städten, die verseuchten Schatten gleich die Erde befallen hatten. Alles dort war ein wimmelnder Haufen verlorener Menschenfunken, die einander bekämpften und zerschlugen, ohne zu ahnen, dass sie alle ein und dasselbe waren. Frieden musste kommen, um sie zu einen; sie mussten heimkehren ins warme Becken des Lichts. Doch die Elfen führten sie noch weiter.

Nach Süden, weiter nach Süden, zu den vier Türmen!

Weiter trug sie das Land, dorthin, wo das Leben verschwunden war und nur Städte in Funkenpfützen glommen. Bei den vier Türmen würde sie das Tiefe Licht rufen, die Erde aufbrechen lassen und die toten Massen mit Leben erfüllen. Bei den vier Türmen, dem Kern der Finsternis, würde das Leben den Tod besiegen.

Hier muss es beginnen!

Ein Funkengewirr erschien am Horizont. Sie kannte … kannte diese Stadt … Aradon.

Aradon, hier war es! Der Name stürzte in ihr Bewusstsein wie eine rollende Murmel. Die vier Türme, der Sitz der Magierschaft. Die Magierschaft … vage, ferne Erinnerungen flatterten auf.

Rufe nun das Tiefe Licht! Hier muss es beginnen!

Die Funkenwirbel umschwärmten die vier Türme wie entzündetes Gewebe, eine Schlacht war im Gange. Hel blinzelte. Züngelnde Flammen und magische Blitze zersprengten die stählerne Dunkelheit. Im Himmel flogen Schiffe. Die Magierschaft war aus dem Alten Reich zurückgekehrt und die Flotte der Sturmjäger war im Einsatz. Mit dem Lirium, das sie im Alten Reich erbeutet hatten, wurde die Rebellion blutig niedergeschlagen. Die Angreifer schwenkten Fahnen, auf denen mit weißer Farbe ein Symbol abgebildet war … eine Muschel. Das Zeichen der Isen. Blitze, die von den Schiffen herabgefeuert wurden, brachten Dutzende Rebellen auf einmal zu Fall, doch andernorts erklommen sie Mauern und drangen in die Türme ein.

Hel sah all das, und doch sah sie keine Magier, Sturmjäger und Isen, nur Funken, Blitze, Flammen und Licht. Sie konnte kaum erkennen, dass die Funken Krieger waren, die die Türme der Magierschaft stürmten.

Die Erde bebte. Ein Leuchten tief aus dem Kern der Welt irrte heran, durchströmte Granit und Lehm, Wurzeln und Gestein mit Leben. Ihre Stimmen rasselten vor Gier.

Doch Hel hielt inne. Etwas in den Türmen drängte sie, näher zu kommen. Da waren Lichter, tief verborgen hinter den Mauern … mächtige Lichter …

Beende das elende Flimmern dieser verlorenen Funken! Vereine sie! Verschlinge sie!

Ihre Stimmen kreischten gegen den Lärm der Schlacht an, doch dann wurde das Jubeln der Isen lauter. Sie hatten das große Portal eingebrochen, das in den Südturm führte.

»Nehmt ihnen die Feenlichter! Alles Lirium in den Fluss! Isen und Menschen, Brüder und Schwestern, nieder mit der Magierschaft!«

Die Rufe erreichten Hel nur als ein bedeutungsloses Summen. Das dröhnende Trommeln der Totenlichter blendete alles andere aus.

Noch immer starrte sie fasziniert auf einen der Türme, der von unten heraus zu glühen schien. Etwas strahlte dort heller als alles andere und zog sie an. Es wollte zu ihr, genau wie das Licht tief in der Erde. Stockend begann sie auf den Turm zuzugehen, geradewegs durch die anstürmende Isenschar.

Ihre Schritte setzten kaum im Gras auf. Isen, die sie angreifen wollten oder bloß an ihr vorbeistürmten, fielen kraftlos nieder. Die Totenlichter zuckten vor Behagen. Mehr und mehr Licht kehrte in sie ein.

Der Boden unter ihr begann zu grollen. Die Erde war in Bewegung. Ein dumpfes Krachen erfüllte den Himmel. Eine Flut aus Schreien schwoll an, als die Brücke zwischen Ost- und Südturm einstürzte und die Trümmer Krater in den Boden rissen. Ebenso ohrenbetäubend hörte Hel das triumphale Gelächter der Elfen. *Das Tiefe Licht! Du bringst das Tiefe Licht über alle, über alle!*

Irgendetwas in Hel versuchte sich zu wehren, doch sie

konnte sich nicht erinnern, was und warum. Noch immer zuckten magische Attacken von den Schwebeschiffen herab und rissen Löcher in die Heerscharen der Isen.

Als Hel näher an die Türme kam, begannen die Blitze der Magierschaft in der Luft zu zerplatzen. Das Lirium zerstob in einen Funkennebel, ehe es die Isen treffen konnte, und rauschte zu ihr. Wie schön das Leben leuchtete! Alles Leben kehrte zurück zu den Totenlichtern.

Hel spürte ihr dumpfes Pochen, sie riefen nach dem Licht in der Tiefe, nach der herrlichen goldenen Glut des Lebens, das heraufdrängte, um die jämmerlichen Funken zu vereinen, die verstreut über die Erde krochen. Doch in einem der Türme schienen bereits vereinte Funken zu sein … Hel kam darauf zu und öffnete die Handflächen. Die Steine lockerten sich. Wieder erzitterte die Erde. Die schwarzen Mauern des Turms brachen auf, der Boden teilte sich. Eine Fontäne von Liriumstrahlen und Kristallsplittern spritzte hervor – und Geisterwesen. Hunderte Feen und Lymaeri stoben ihr aus dem aufgebrochenen Turm entgegen. Wie schön sie waren! Ihre Körper zerflossen und formten sich neu in den schillernden Liriumwogen, schossen in den Himmel empor oder geradewegs in ihre Brust hinein, zu den Totenlichtern, deren mächtiger Puls die Erde zum Erbeben brachte.

Wie schön waren all die Lichter …

Das ist nur der Anfang! Befreie das Tiefe Licht! Rufe das Tiefe Licht!

Ihre Hände öffneten sich. Sie spürte, wie sie die Arme hob, und ein dumpfer Paukenschlag ging durch die Erde. Tief unter ihr barsten Felsen. Hitze und Licht schwoll an, bahnte sich seinen Weg an die Oberfläche … Hel blickte hinab in die Trümmer des aufgerissenen Turms. Plötzlich nahm sie einen Funken wahr, der zu keinem Lymaerus, keiner Fee gehörte – Hel blinzelte angestrengt. Eine andere, fast vergessene Sicht kehrte zu ihr zurück. Der Funken verwandelte sich in eine Frau aus dem Isenvolk. Korngelbes Haar flammte um ihr Gesicht. Ihre Augen waren direkt auf Hel gerichtet. Durchdrangen sie mit dem unbeugsamen Willen, zu verstehen und verstanden zu werden.

Hel hielt den Atem an. Gebannt starrte sie auf die Frau, auf diesen Funken, der so hell flackerte, und spürte, wie die Totenlichter in ihr aufbegehrten.

Raube ihr Licht … sie ist nur ein Wesen aus Fleisch und Blut! Befreie ihr Licht von der schwachen Hülle!

Hel griff mit Lichtfingern nach dem Lebensfunken der Isin. Doch als sie ihn berührte, kannte sie mit einem Mal die Frau, kannte alles in ihr; ihre Gedanken und Gefühle, ihre Vergangenheit, ihr Wesen. *Oyara.*

Ein Mädchen von den Inseln, verloren, ihrer Sprache beraubt und in Schlachten gepeitscht. Ein Fünkchen, das nur im Verborgenen glimmen darf. Doch es erlischt nicht; es weiß, eines Tages wird es aufstrahlen, sichtbar für alle. Das Mädchen wird zur Frau, die Frau zur Kämpferin. Sie nährt ihren Verstand und ihr Herz wächst über allen Narben zusammen, wird größer und fester wie ein trainierter Muskel, wie eine Faust, die sich schützend um die einen schließt und die anderen unerbittlich zerquetscht.

Sie sammelt ihre Brüder und Schwestern um sich, sie ist Mutter Meer; sie wiegt ihre Gefährten und umschließt sie, nährt sie mit ihrem Wissen und reißt die Türen in ihren Köp-

fen auf, um Licht einzulassen. Sie verschließt nichts. Sie öffnet.

Sie führt ihre Geschwister in den Kampf, sie erobern Städte und der Funken in ihrem Herz bleibt ungebrochen, denn sie weiß: Er wird weiterleuchten, er erlischt nicht, selbst im Orkan der Gewalt. Die Heerschar der Isen reißt Liriumvorräte an sich, die emsig gehortet in menschlichen Burgen und Festungen lagern; doch sie nehmen den Rohstoff nicht an sich. Dieses Leben rauben sie nicht. Sie geben das Lirium zurück ans Land. Es ist nicht gemacht für Menschenhände, weiß Oyara – und nicht gemacht für Isenhände. Bewaffnet nur mit ihrem Willen nach Gerechtigkeit, werden sie die Welt verändern.

Ein Gefühl regte sich in Hel, das aus dem hintersten Winkel ihrer Brust zu dringen schien und nicht aus den Totenlichtern, den wummernden Geistern des Tiefen Lichts. Es kam aus ihr selbst. Sie selbst – war tatsächlich noch da. Hel klammerte sich daran, sie durfte nicht versinken im Strahl der Totenlichter!

Doch die Stimmen brüllten sie nieder.

Das Tiefe Licht! Befreie das Tiefe Licht!

Das Tiefe Licht

Mutter Meer fand die Brücke, die Südturm und Westturm verband, als das erste heftige Erdbeben einsetzte.

Sie war über das einzige ebenerdige Tor im Südturm eingedrungen und hatte sich zwölf Stockwerke erkämpft und vier Magier besiegt, die sich ihr in den Weg gestellt hatten – zum Glück nur Schüler, die gerade erst lernten, Magie zu wirken. Alle anderen Magier waren offenbar gegen das Alte Reich in den Krieg gezogen und befanden sich draußen auf den Schiffen.

Nun hatte Oyara die Brücke erreicht, die zum Westturm führte. Im Südturm gab es nur leere Unterrichtssäle und Schlafgemächer. Der Westturm aber war das Herz der Magierschaft; hier lagerte das Wissen, das ihre Macht begründete und über all die Jahrhunderte gehütet worden war. Dort mussten sie hingelangen und die Brücke war der einzige Weg.

Allerdings war sie gut eine halbe Meile lang und darüber kreisten die Schiffe der Magierschaft. Sie würden direkt in ihre Schusslinie geraten. So kauerten Mutter Meer und ihre Gefolgsleute vor dem Torbogen des Südturms, blickten in den von Schiffen erfüllten Himmel und warteten. Darauf, dass den Magiern das Lirium ausging und sie zur Landung oder zum Rückzug gezwungen würden. Doch wie es aussah, hatten sie reichlich Rohstoff im Alten Reich erbeutet.

Bogenschützen und Speerwerfer wurden vorgelassen, um die Magier zu attackieren, wann immer ein Schiff nahe genug vorüberflog. Oyara stand ganz vorne, fast schon auf der Brücke im Freien, um ihren Speer zu feuern. Nun flog abermals ein Schwebeschiff nah genug an ihnen vorbei, doch es war überraschend klein, eher ein fliegendes Boot: Nur eine einzige junge Magierin war an Bord und führte das Steuer. Hinter ihr stand ein Ise. Wie hatte er es auf das Boot geschafft? Aber er schien die Magierin nicht überwältigen zu wollen. Nein, er half ihr beim Steuern. Es gab genug Isen, die sich auf die Seite der Magier gestellt hatten. Oyara ließ keine Verbitterung darüber zu; sie hob den Speer und holte aus.

Plötzlich schwankte der Boden. Der Speer, den sie eben abgewofen hatte, verfehlte sein Ziel und schoss über das Flugboot hinweg. Die Isen hinter ihr stießen entsetzte Schreie aus, als der Turm sich grollend und knirschend zur Seite neigte. Auch Oyara schwankte. Der Schreck ließ sie zu Boden gehen. Vorhin schon hatte die Erde ein paar Mal leicht gezittert, sie hatte die Magierschaft dafür verantwortlich gemacht. Doch konnten sie ein so heftiges Erdbeben verursachen?

»Da!«, riefen die Isen hinter Oyara. Ihr Blick folgte den ausgestreckten Armen. Gegenüber, zwischen Süd- und Ostturm, stürzte die Brücke ein. Wie feuchte Erdklumpen fiel das schwarze Gemäuer in sich zusammen, riss noch ein kleines Schiff in die Tiefe, das gerade unter die Brücke geflogen war, und brach dumpf in den Boden. Wieder bebte die Erde, vielleicht auch nur durch die Einschläge der Trümmer. Nein, diese Erdbeben konnten die Magier nicht bewirkt haben. Denn selbst wenn sie ihre eigenen Brücken zerstören wollten, würden sie doch zuallererst die vernichten, die den wichtigen Westturm mit den anderen Türmen verbanden.

Aber wieso verschob sich der Boden dann?

Ein Schiff explodierte im Himmel. Wieder stießen die Isen verblüffte Rufe aus, und Oyara spürte, wie ihre Knie weich wurden. Die Liriumballons an den Seiten des Schiffes waren aufgerissen. Glitzernde Wolken und kleine Kristallsplitter quollen hervor. Die Feenlichter, die zum Liriumfang in den Beuteln steckten, mussten zersprengt worden sein. Wie ein Nebel sank das Lirium auf die Erde herab.

Der schillernde magische Staub senkte sich auch über die Brücke. Weder die Morgensonne noch die Erde noch die Schiffe der Magierschaft waren jetzt noch zu sehen. Es war, als hätte sich eine funkelnde Nacht über sie gebreitet. Oyara begriff, dass dies ihre Chance war.

»Los! Über die Brücke!«, befahl sie und rannte ihren Mitstreitern voran. Mit drei großen Schritten war sie im Liriumnebel.

Die Funken stoben schillernd an ihr vorüber, manche verglühten an ihren Haarspitzen, brannten für Sekundenbruchteile in ihrem Nacken; hinter ihr erschollen gedämpft Schreie, weil nicht jeder so viel Glück hatte wie sie. Manche Isen wurden von Liriumblitzen getroffen, die unsichtbar in dem Nebel hingen wie die Giftstachel einer Spinne.

Mutter Meer betete zu den Göttern ihres Volkes, dass sie es heil über die Brücke schafften. Wieder bebte die Erde und jeder Stein der Brücke begann zu vibrieren. Es waren nicht die Magier, die das bewirkten, wiederholte Oyara wieder und wieder in Gedanken, während sie rannte – es war das Land selbst, das sich endlich wieder bewegte, das seine letzten Kräfte aufbrachte, um mit den Isen gegen die Magierschaft zu rebellieren.

Dann veränderte sich der Klang des Donners. Oyara sah blinzelnd auf und blieb stehen: Sie hatte den Liriumnebel hinter sich gelassen und die Eingangshalle des Westturms erreicht. Das Erdbeben hallte hier drinnen unheimlich wider, so als stöhnten die Gemäuer selbst.

Die Halle war gigantisch. Gut drei Dutzend Torbögen führten in verschiedene Korridore. Zu ihrer Rechten öffnete sich die Halle zu einer weitläufigen Plattform, vermutlich einem Landeplatz für Schwebeschiffe.

»Vernichtet alles!«, rief Mutter Meer. »Werft Lirium und Feenlichter aus den Fenstern! Und lasst uns die Bibliothek finden!«

Die Isen schwärmten aus.

Der Turm war ein Labyrinth. Gänge gabelten sich immer wieder und führten in riesige Versammlungshallen und Säle. Doch dort gab es nichts als ein paar Tische, Stühle und Bänke. Oyara glaubte schon, der gesamte Turm sei leer, als sie in einem tieferen Stockwerk auf Gemächer stießen, in denen offenbar die Magier lebten. Prunkvolle Möbel, kostbarste Kleider, Bücher und magische Apparaturen häuften sich in Schlafzimmern, Arbeitsräumen und Kammern.

Doch das waren nur einzelne persönliche Gegenstände, es konnte nicht das gesammelte Wissen der Magier sein. Die Isen zerschlugen, was sich zerschlagen ließ, oder warfen es aus den Fenstern; der Rest würde in Brand gesteckt, sobald sie die Bibliothek gefunden hatten.

Immer wieder erbebte das Gemäuer. Manchmal hörten sie dumpfes Donnern und Krachen, wenn irgendwo etwas einstürzte. Vielleicht, dachte Oyara, sollten sie sich in Sicherheit bringen und es der Erde überlassen, die Türme in Schutt und Asche zu legen; doch sie waren so weit gekommen, kurz vor dem Ende würden sie sich nicht zurückziehen. Wenn es sein sollte, ließ sie hier ihr Leben, um sicherzugehen, dass alles vernichtet wurde.

Schließlich erreichten sie eine breite Treppe, die hinab in die Dunkelheit führte. Immer wieder versperrten ihnen massive Steintüren den Weg, die die Isen aufbrechen mussten. Mit jeder Tür wuchs Oyaras Zuversicht, dass sie auf dem Weg in die Bibliothek waren. Anfangs durchzogen noch Fenster die Wände, weiter unten herrschte tiefe Schwärze. Das letzte Fenster war eingebrochen, der Boden mit Scherben übersät. Ein kleines Flugboot lag schräg auf der Treppe. Irgendjemand musste hereingeflogen sein, doch von Magiern war keine Spur. Ein Blick nach draußen verriet ihnen, dass sie höchstens noch im vierten oder dritten Stock sein konnten, nah dem Erdboden.

»Entzündet eure Fackeln!«, rief Mutter Meer. Sie vermutete, dass die Bibliothek in den Kellergewölben verborgen lag. Dort würden sie das Feuer legen. Und wenn alles lichterloh brannte, konnten sie den Turm verlassen. Mit neuer Zuversicht stürmten sie die Treppe hinab. Bald kam ein

Torbogen in Sicht, doch davor standen zwei Gestalten: eine junge Magierin mit zerzausten Haaren und einem runden Gesicht mit Stupsnase. Daneben ein Ise. Der Ise aus dem Boot – ja, es waren die beiden, auf die sie gezielt hatte, bevor die Türme ins Wanken geraten waren.

Erschrocken starrte die Magierin den anstürmenden Kriegern entgegen, doch sie ergriff nicht die Flucht. Sie hielt nicht einmal einen Zauberstab in den Händen. Auch der Ise schien unbewaffnet. Hinter ihnen erhoben sich Reihe um Reihe schwarze Steinregale voller Bücher.

Die junge Magiern breitete die Arme aus: »Halt! Verbrennt nicht die Bücher! Das Wissen von Jahrhunderten ist hier angesammelt, nicht nur über die Sturmjagd und Lirium! Wenn ihr die Bibliothek vernichtet, verlieren wir so viel mehr als –«

Irgendjemand feuerte einen Pfeil ab. Das Geschoss traf die Magierin in die Seite und riss sie zu Boden.

Der Ise stürzte zu ihr. Die mutige Magierin und der Ise, der auch jetzt noch zu ihr hielt und nicht zu seinem Volk, verblüfften Oyara, aber es war keine Zeit, um zu staunen. Schon drangen die Isen in die Bibliothek ein. Flammen loderten auf.

Plötzlich barst die Wand zu ihrer Linken. Schreie und Steinsplitter fegten an ihr vorbei. Oyara stürzte zu Boden und verlor ihr Araidann; durch Rauch und Staub sah sie, wie Männer und Frauen durch die Luft geschleudert wurden. Lichter schwemmten herein. Oyara hustete. Als sie die Arme vom Kopf hob, erkannte sie, dass die komplette Wand eingestürzt war. Dahinter lag ein Gewölbe, aus dem es strahlte, so hell, dass sie kaum hinsehen konnte. Das war kein gewöhnliches Licht. Ein Schillern wechselnder Farben waberte durch den grauen Dunst … bunte Geisterwesen. Und Kristalle, groß wie Steinblöcke. Es waren Feenlichter. Daneben standen riesige Amphoren aus verspiegeltem Glas, in denen sich etwas zu bewegen schien. Ein dunkles Leuchten konnte Oyara erahnen, doch sie wusste nicht, woher es rührte.

Und inmitten all des Leuchtens aus unzähligen Käfigen glänzten magische Apparaturen – ganz ähnlich wie damals in Tridad, in Kombasas Labor. Das Geheimnis der Feenlichter … hier wurden sie hergestellt. Auch hier schillerten Geisterwesen in versilberten Käfigen, doch es waren mehr, viel mehr als bei Kombasa. Hunderte. Vielleicht Tausende.

Ensetzt schickte Oyara ein Gebet zu ihren Göttern. Wie lange hatten die Magier die Geisterwesen schon gefangen gehalten? Wie viele hatten sie für ihre Zwecke missbraucht und ausgebeutet?

Wieder bebte das Gemäuer, heftiger als je zuvor. Risse brachen durch die Steinwände. Plötzlich teilte sich die Decke. Felsbrocken stürzten herab, rauchschweres Sonnenlicht irrte von irgendwo weit oben zu ihnen herab. Der Turm brach auseinander, alles schwankte, wackelte und stürzte. Über ihnen erschien, gehüllt in Schwaden von Lirium, eine einzelne Gestalt. Als sie die Hände öffnete, zersprangen die Käfige der Geisterwesen, die Feenlichter explodierten zu glitzerndem Staub. Die Glasamphoren barsten und heraus schossen Heerscharen von Lymaeren und Feen.

Hel erspürte Oyaras ganzes Leben, ihren Kampf für die Freiheit und die Kraft ihres Willens. Längst war es nicht mehr sie, die in Oyara hineingriff; Oyaras Geist war in *ihr* und drängte die Totenlichter zurück.

Wie konnte dieses Leben, dieser winzige Funken, mächtiger sein als all das Lirium des Landes?

Vernichten, du musst sie vernichten, hörte sie das undefinierbare Fauchen und Zischen der Elfen, und die Totenlichter wurden wieder stärker.

Und dann sah sie Kelda. Mit einer anderen, trüberen Sicht, die sie längst vergessen zu haben glaubte. Kein Funke, ein Freund. Er kauerte in den Trümmern unter ihr und hielt jemanden in den Armen. Sie kannte dieses Gesicht. Aricaa! Sie war verletzt, sie bewegte sich nicht mehr. Was würde Nova tun, wenn er sie jetzt sähe? Nova …

Befreie das Tiefe Licht! Sie müssen alle vernichtet werden!

Nova – wie hatte sie ihn so vollkommen vergessen können! Was war mit ihr geschehen?

War sie nicht einmal aufgebrochen, um ihn zu retten?

Hel stöhnte. Sie durfte nicht all das Leben mit dem Tiefen Licht überschwemmen. Sie wollte es nicht. Die Funken, die in jedem Einzelnen glommen, waren keine verlorenen Teile des Ganzen; sie waren selbst Quellen des Lebens! In jedem von ihnen lag eine eigene Welt.

Die Mächte der Totenlichter donnerten gegen alle Staudämme ihrer Gedanken, doch Hel hatte ihr eigenes Herz wiedergefunden, und während sie Oyara beobachtete, dann Kelda und Aricaa, schließlich neue, fremde, andere Gesichter, wurde ihr klar, dass auch ihr eigener Funke mächtiger war, viel mächtiger als der Wille der zornigen Erde. Auch das Tiefe Licht war nichts weiter als ein Funken, tief im Inneren der Welt. Kein Leben hatte mehr Wert als das andere, keins konnte geopfert werden für ein anderes.

Und dann wusste Hel, was sie tun musste – sie, sie allein, mit der Macht der Totenlichter, aber nicht nach deren Willen.

Sie hob bebend die Arme und spürte die ganze Macht der Tiefe auf sich lasten. Der Himmel füllte sich mit schwarzen Wolken. Donner übertönte den Lärm der Schlacht. Die Schiffe der Magierschaft sanken zur Erde, als das Lirium aus den Rohren barst.

Ich rufe das Tiefe Licht, sprach Hel in Gedanken. *Erde, gib dein Leben. Erfülle die Toten und gib ihnen ihren Funken zurück.*

Der Boden bebte. Die Türme der Magierschaft wackelten wie marode Knochen, die jemand in Asche gesteckt hat. Einer nach dem anderen stürzten sie nieder, die schwarzen Steine verrauchten in der Luft zu Liriumwogen; die Erde teilte sich und hervor quoll das strahlende Licht der Tiefe. Doch es griff nicht an und es vernichtete nicht. Es erfüllte die Gefallenen der Schlacht, Isen wie Menschen. Wunden schlossen sich und Herzen begannen wieder zu schlagen. Aricaa kam in Keldas Armen zu sich.

Fast unbemerkt traten die Elfen hinter Hel, um das Wunder zu betrachten.

Neue Welt

Das Licht wuchs bis in den Himmel und erfüllte die Welt. Wie eine Flut überschwemmte es die Erde, den Tod, und ließ nur Leben zurück. Geisterwesen, Feen und Lymaeri zerstoben in glitzernde Funkenregen. Dann sanken die Wogen zurück. Das Licht versickerte wieder in der Tiefe und nahm all das funkelnde Lirium mit sich, das nicht in Fleisch und Blut verankert war. Als die Narben im Boden sich schlossen, brach Hel zusammen. Ein Strahlen umgab sie und wurde immer schwächer. Die Totenlichter strömten aus ihrem Körper und kehrten in die Erde zurück, wie alle Magie zurückkehrte. Erschöpft schloss Hel die Augen. Das Gras lag weich unter ihren Händen. Wie schön es war, es zu fühlen. Regen goss aus den Gewitterwolken, glitt über Hel und verlor sich im Boden. Wie schön auch das war! Und wie unbeschreiblich schön, dass sie sich selbst hatte, in sich selbst steckte und das alles auf ihre Art fühlen konnte. Ihr Körper, mochte er noch so klein sein, konnte dasselbe empfinden wie das weite Land. Sie wollte, sie musste nicht eins sein mit ihm. In ihr selbst war eine Welt, ebenso reich und leuchtend.

»Willst du es wirklich so lassen, das ganze Gewimmel der Funken?«, hauchten die Elfen.

Ja, dachte Hel. Genau so sollte es bleiben. Jeder Funken ist eine Welt und jede Welt besteht für sich.

»Obwohl sie die Welt, in der sie alle leben, ausbeuten?«

Das werden sie nicht mehr, dachte Hel. Wir haben unser Leben, jeder von uns; wir brauchen keine Magie mehr.

Ein Hauchen ging durch die Elfenschar. »Du bist ein außergewöhnliches Wesen, kleine Hel… kaum einer hätte das getan, was du getan hast. Du hast uns bewiesen, dass das menschliche Herz mächtiger ist als alles andere. Das Tiefe Licht wurde nicht gerufen, um zu töten, und so ist es in die Erde zurückgekehrt. Menschen und Isen werden weiterbestehen – ob sie sich bekämpfen, liegt bei ihnen. Und du sollst bekommen, worum du gekämpft hast. Doch die Zeit der Magie ist vorüber. Das Lebendige Land wird erstarren und dann seid ihr allein; allein mit euch selbst. Und wir werden gehen… an einen anderen Ort, fern von hier… «

Hel nickte langsam. Sie sorgte sich nicht. Endlich hatte sie das Gefühl, die Zukunft gefunden zu haben.

Sie setzte sich auf und blickte um sich, doch die Elfen waren nicht mehr zu sehen; aus den Augenwinkeln meinte sie noch Gestalten wahrzunehmen, doch wann immer sie den Kopf wandte, waren sie bereits verschwunden. Ihr Seufzen löste sich in ein Windrauschen auf. Für einen Moment umwehte Hel nebelhafte Finsternis, sie sah nichts mehr; dann war nur noch der anbrechende Tag um sie herum. Die Elfen waren fort.

Hel blinzelte. Sie sah die letzten Funken von Lirium, die noch in der Luft waberten. Träge sanken sie herab und versickerten im Boden. Das Strahlen in den Bäumen und Wiesen verglomm und verschwand. Als die Sonne hinter den Wolken hervorkam, war die Welt auf der zweiten Sicht leer; nicht einmal die Menschen und Isen, die in den Trümmern irrten, leuchteten mehr. Hel betastete ihre Brust. Die Totenlichter hatten ihren Körper verlassen; selbst das eine, mit dem sie so lange gelebt hatte.

Jemand lag in der Wiese neben ihr und begann sich ächzend zu regen.

»Nova!«, schrie sie. Hel stürzte auf ihn. Er hatte kaum den Kopf gehoben, da fiel sie ihm in die Arme. Stöhnend sank er zurück. Vor Freude konnte sie gar nichts sagen. Sie drückte ihn an sich, vergrub das Gesicht in seinem Nacken und wusste gar nicht, ob sie schluchzte oder lachte.

»Wa... was ist...« Er verstummte erschöpft.

»Du bist am Leben!« Sie rief ihm direkt ins Ohr, ohne es zu merken, sodass er zusammenzuckte. Fahrig berührte er sie an den Schultern und schob sie von sich, um wieder atmen zu können. Hel stand auf und half ihm auf die Beine. Er wankte wie jemand, der lange Zeit krank im Bett gelegen hatte. Sein Blick fiel auf die Trümmer von Aradon.

Rauch hing über dem schwarzen Krater, wo einst die Türme der Magier gethront hatten. Jubelschreie hingen in der Luft. Isen kletterten über die Trümmer und schwenkten ihre Fahnen.

»Wo bin ich?«, murmelte Nova.

»Das ist die neue Welt. Ist sie nicht wunderschön?«

Er blickte sie angesichts der Zerstörung irritiert an. Aber Hel lachte. Er musste nicht gleich verstehen. Bald würde er begreifen, was sie meinte.

»Ich bin so froh, dass du wieder da bist!«, rief sie und umarmte ihn noch einmal.

»Wo war ich denn?«

»Das erkläre ich dir ein andermal. Aber zuerst muss ich jemanden suchen.«

Novas Blick irrte zur Seite und diesmal drehte auch Hel sich um. Aricaa, gestützt von Kelda, kam ihnen entgegen. Ihre Augen weiteten sich, als sie Nova erkannte. Sie lächelte fassungslos, hielt sich die Hand vors Gesicht, und auch Nova konnte nicht anders, als sie anzustrahlen. Hel zog sich zurück. Dieser Moment gehörte Nova und Aricaa. Sie wollte das Wiedersehen zwischen den beiden nicht stören.

Kaum merklich nickte sie Kelda zu und drehte sich dann um.

»Du kommst doch wieder?«, rief ihr Nova nach.

Hel lächelte und nickte. Dann ging sie mit weichen Schritten fort von den Trümmern.

Zwischen Horizont und Wolken war die Sonne aufgegangen und zog einen blassen Teppich aus Licht über die Wiesen. Dort, wo das letzte Blau der Nacht verschwamm, schritt eine Gestalt auf sie zu.

Er hatte seinen Umhang verloren oder abgelegt, seine Ärmel waren hochgeschoben und das Haar strich ihm offen über die Stirn. Leichtfüßig kam er aus der unkenntlichen Ferne in ihre Sichtweite, schwang die Arme frei mit jedem Schritt und lächelte. Hel machte ein paar eilige Schritte vor und blieb dann stehen. Wärme goss durch all ihre Glieder. Sie sahen sich an, bis auch er abwartend stehen blieb.

Langsam kam sie auf ihn zu. Und dann standen sie sich

gegenüber, sein Gesicht so still und klar wie der junge Tag. Sein Blick strich über ihr Gesicht und sie sah ihm in die Augen.

Ohne ein Wort zu verlieren, setzten sie sich in Bewegung. Sie gingen nebeneinander durch die Wiesen, fuhren mit den Händen durch das hohe Gras und, wie beiläufig, über die Finger des anderen. Hel konnte nicht sagen, ob er Bescheid wusste, was vorgefallen war, oder ob er einfach darauf vertraute, schon bald alles von ihr zu erfahren. Sie wollte jetzt nicht reden und genoss es einfach, tief die Morgenluft einzuatmen. So nah bei ihm zu sein und zu wissen, dass er nur noch ein Junge war, kein Dämon. Durch die Streifen des gleißenden Sonnenlichts lächelte er sie stumm an. Wie so oft hatte sie das Gefühl, dass er ihre Gedanken erriet. Und zum ersten Mal war sie ganz sicher, auch seine zu erraten.

Mercurin

Nova

Hel

Anetán

Saraide

Kombasa

Kelda

Oyara

Caiden, Relis, Arill und Berano